朝内
166
人文文库

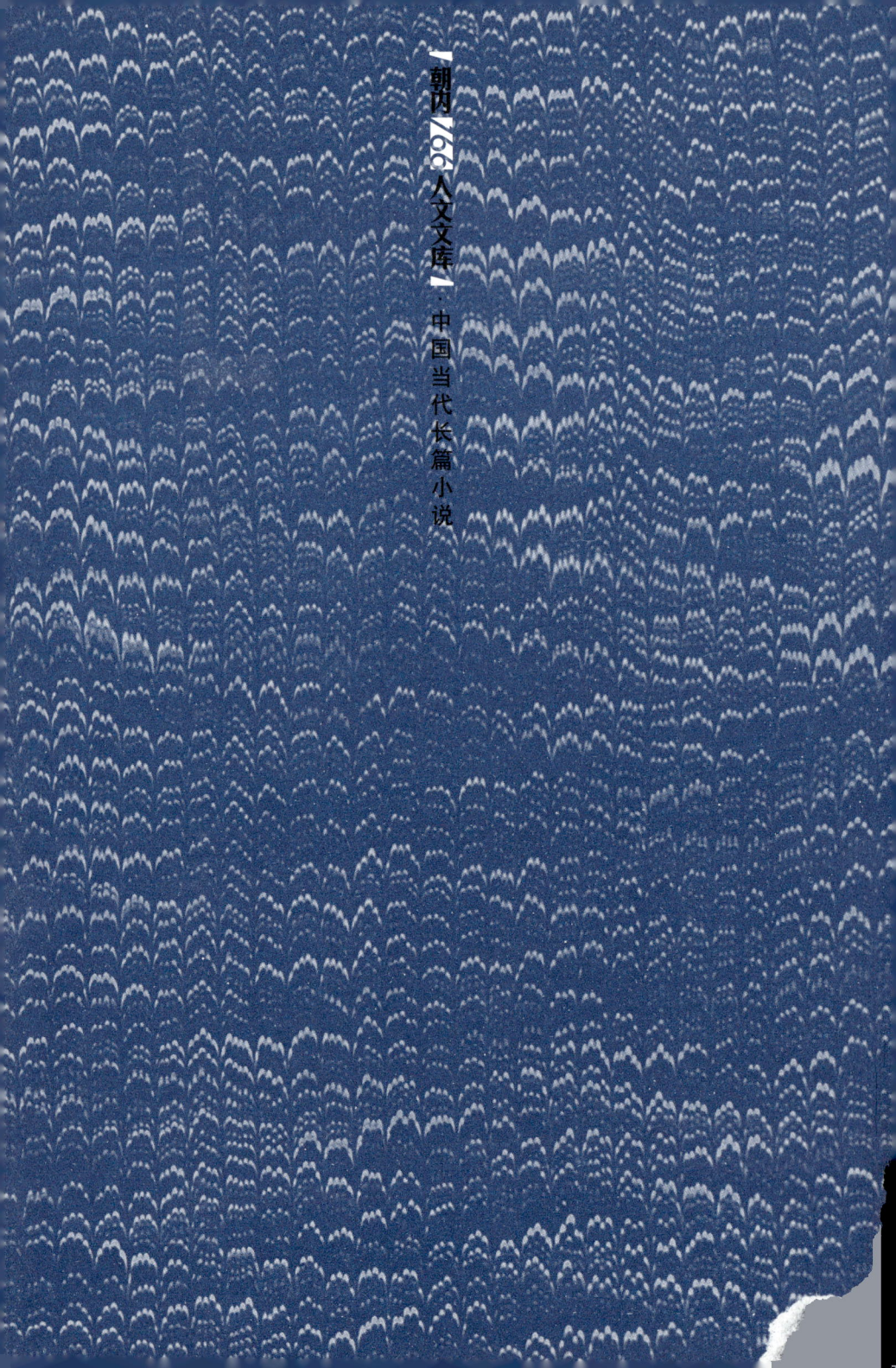

朝内166 人文文库·中国当代长篇小说

第二十幕 [下]

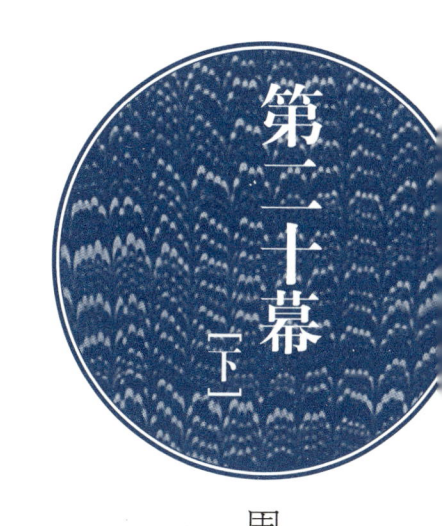

周大新 著

人民文学出版社

第 一 部

1

南阳这块平常的土地,常常悄无声息地把一些珍贵的东西藏进她的土层里,尔后,在她认为恰当的时候,再一件一件地亮给后人。本世纪初,她把南召猿人的生活遗址和秦时的官营铸铁作坊袒露给人们;三十年代,又捧出一大批瑰丽的汉画像石刻让世人目睹;九十年代,她再把上万枚的恐龙蛋化石和恐龙骨架化石呈现出来,使世界很是吃了一惊。

一九八〇年春天的那个上午,当南阳城西落霞村的栗丽十五岁的女儿曹宁贞,扛着镢头去安留岗挖掘种植桑树、柞树的树坑时,并不知道她也将从土里挖出一桩新闻,挖出一处让世人一愣的历史遗迹。

自从村里允许村民在四周荒芜的土岗子上种桑树、柞树养蚕之后,承包村里小桑园的栗丽和丈夫曹冬至便决定再挖一些树坑,再栽一些桑树和柞树苗,以便日后能养更多的蚕。宁贞便是因此在那个阳光和暖的上午拿上镢头爬上安留岗的岗脊的。

安留岗是一个呈东南——西北走向、长约五六里的土岗子。岗上多细碎的料礓石,不长庄稼;眼下岗上除了刚拱出地面的青草之外,便是才绽出叶子枝条蓬乱的矮树棵子。宁贞爬上岗脊中部之后,脱下上身的翠色褂子,便挥镢挖了起来。

十五岁的宁贞因为劳动更因为母亲的先天遗传,已出落成了一个腰身柔韧纤长十分惹人注意的漂亮姑娘。她一登上岗脊,先她而来在岗上砍杂树棵子作柴的小伙,便都把热热的目光射了过来。宁贞对那些目光浑然不觉,她只是不停地挥镢挖着。

大约是挖第三个树坑的第四镢时,她感觉到镢头碰上了一种东西,这种东西既不是土块也不是岗脊上常见的料礓石,而是一种原来没有碰到过的易碎的物件,因为她听到了"咔哧"的断裂声。她有些小心地把镢头拉上来,这时候她看到随着镢头出来的是一些变朽的骨头。

骨头?她有些惊异。

像是牛身上的骨头?她又扬起了镢头。

随镢出来的是一个破了的陶罐。

这地方怎会有这样的东西?

她来了兴趣,又一镢挖下去。

镢头碰上了一个木制的东西,发出"咚"的一声闷响。箱子?她凭响声做出了判断。这儿怎么会埋有箱子?惊奇使她更快地用镢头刨起了土,随着土块的被逐渐刨开,一口棺材露了出来。

"妈呀!"宁贞吓得叫了一声,扔下了镢头。

在近处打草的两个小伙闻声跑过来,其中一个拿起宁贞的镢头刚想去撬棺板,只见一条镢把粗的五花长蛇从棺材一头的土里倏然爬过。

两个小伙显然有些害怕,吐口唾沫扔下镢头走了。

宁贞也慌忙拎起镢头,惊惊惧惧地离开了岗脊。她想,这大概不是种桑树、柞树的地方,不吉利!

宁贞挖到棺材的消息是后响传进城里的,市文物科的两个人于傍晚时分来到了现场。他们赶到现场时,一个闻讯跑来的干过掘墓差事的农民正用他雪亮而笨重的镐头把那具棺材揭开。棺材的质量一般,内中盛的是一具女尸,女尸的头和身子是断开的。这具保存尚好的女尸正在血红的夕阳下迅速地变形。两个文物官员见状叫苦不迭,说:"你怎敢乱挖?为什么不等等我们?"那农民抹了一下鼻涕笑笑,答:"我以为能找到几个铜钱,不想除了骨头啥都没有。"两个文物官员在现场反复察看了一番之后,留下一人看管,另一人匆匆向城里奔去。

天黑定之前,几名公安局的人来到了安留岗脊,他们在岗脊上围上了一圈绳子,并在旁边竖了一块木牌,上写:"文物重地,严禁入内"。

第二天,城里的报纸上出现了一则消息:

> 昨日,市郊落霞村一位姑娘在安留岗中段的岗脊上挖坑种树时,无意中发现该岗脊埋有一具女尸和不少羊骨、牛骨和陶器,据文物部门初步判定,这些均为东汉时期的东西,极具研究价值。文物部门已决定即日开始对该处进行详细发掘。另据民间传说,当年刘秀初起兵时,曾于此岗摆脱过王莽的追兵而脱险,故此岗起名为安留(刘)岗……

宁贞从安留岗回到家后仍心神不定,那口棺材总在她眼前晃动。她给妈妈栗丽说了事情的经过和她的感觉,妈妈用手点着她的额头笑道:"小胆子货,挖出个破棺材也值当吓成这样?"

晚饭后宁贞没像往日那样去找女伴们玩,而是早早地上床睡了。她想早点沉入睡眠以把安留岗上的事情忘掉。不料刚入睡乡,便见一个身穿黑色长裙的姑娘在向她招手,问她愿不愿去看一处风景,她觉得惊奇,就点了头。那黑裙姑娘便扭身在前引路,上坡、过桥,路曲曲折折,那黑裙姑娘最后在一处四四方方的平台上站定,说:就在这儿! 宁贞便举目四望,只见四周白茫茫一片,只有烟云在翻,就回了头问:风景在哪儿? 那黑裙姑娘笑笑:在这儿! 说着抬手从自己头顶抽出一缕一缕细如蚕丝的东西,宁贞惊问:这是啥? 感情! 那黑裙姑娘笑着答。宁贞越觉惊异:感情原来是这样的? 她刚想上前看个仔细,却见那女子猛将自己的头从脖颈上取下朝她递来,说:你看看清楚! 宁贞定睛一看,竟是一个骷髅,吓得她"妈呀"一声从梦中惊醒,"呼"地一下从床上坐了起来。

还没有上床的栗丽闻声跑过来,搂住女儿惊问:"咋了?"

"做了个噩梦。"宁贞气喘吁吁地说。"我梦见了——"

"好了,夜晚不能说梦,夜里说梦,一夜不宁,睡吧。"栗丽重又扶女儿躺下,"妈今夜就睡在你身边,你放宽心,再不会有噩梦找你了。"

宁贞这才算睡到天明,天亮起床后她对妈说:"我不去挖树坑了,我到桑园里看护蚕,让我哥去找种树的地方吧。"栗丽点头说:"中。"

宁贞赶到村南自家承包的桑园时,哥哥宁安正挎着竹篮站在一棵桑树枝杈上采摘桑叶,两只手如摘棉花的女人一样,快速翻飞。看见她,问:"跑来干啥?"

"换你,我来照护蚕!"

"你行?!"宁安瞪了一眼妹妹。

"当然。"宁贞也想麻利地爬上另一棵桑树摘叶,但爬了几次都未能如愿。

"好了,叶子已经摘足了,"宁安跳下树,"跟我去蚕房,我告诉你要注意的事儿。"

兄妹俩于是一前一后向早先的看园小屋如今的蚕房走去。一推开房门,"沙沙沙"的蚕嚼桑叶声就如风一样飘了过来。宁贞看见,十几个笸箩里都有白白胖胖的蚕在桑叶间蠕动。

"再过顿饭工夫,你往各个笸箩里放一次叶;顶重要的是小心别让老鼠进了笸箩,老鼠这东西吃起蚕来,像喝面叶,又贪又快。你把这个小棍拿在手里,发现老鼠,就把它吓走!"

"老鼠咬人吗?"宁贞有些怯意。

"吃人!它们专吃十五岁的胆小姑娘!"

"去!"宁贞把哥哥推出了蚕房门,开始小心地查看各个笸箩里蚕的发育情况。它们的身个比前几天又见大了。快长吧,蚕宝宝们,等你们长大结了茧卖了钱,我才能上高中一年级哩!求你们早点长大结茧吧……

门前的土路上响起一串自行车铃声,宁贞扭头隔了桑树的枝叶缝隙向路上看去,是四五个邻村的去卧龙高中上学的男女学生,内中有一个姑娘宁贞还认得。看着他们飞旋的车轮和背上的书包,听着他们摇响的车铃和笑声,一股明显的羡慕之色浮在了她的脸上。唉,我啥时候才能像他们一样去上高中读书,尔后考上一所大学,再后分回到南阳城,像城里姑娘一样到一个机关上班?

她直直地望着他们的背影……

2

安留岗有古尸出土的消息抵达尚家时正逢中午来临。达志那阵子正眯缝着两只老眼在院里晒着太阳。孙子昌盛说：爷爷，城郊的农民挖坑种树挖到了一座古墓，其中有两口棺材。达志听后既没接口也没往心里去。挖到十座墓与我有啥子相干？我马上也就要进坟墓了，还会对一座前人的坟墓感兴趣？人早晚都要躺到坟墓里，还是手下留情别动别人的墓吧。但后来听昌盛的媳妇小瑾说文物管理部门的人断言那是一座汉墓，而且新挖出的一口棺材里可能还是一具女尸，那女尸身上的衣服也可能保存完好时，他的心一动：汉代人穿的衣料不会是今天的化学纤维，可能是家织土棉布，更可能是丝绸。如果真是丝绸，在开棺后见识一下汉代的绸缎岂不是很有意思？至今为止，我还没见过古时的绸缎哩。

达志于是让昌盛去问，如果尸体上的衣裳保存完好，能不能借一片给他看看。市文物科的人一听都笑了，说：所谓保存完好，就是在开棺的那一瞬间，你能看到尸体上的衣服完好如初，但实际上一与空气相触，它顷刻间便焚毁成灰，手一动它就飞了，哪还能拿到手里？达志一听是这样，问清了开棺时间定在第二天，便不顾昌盛夫妇的阻拦，决心在打开女棺时亲自到现场看看。

第二天头晌是一个风止树静的和暖天气。达志让孙子昌盛用地板车把他拉到了岗上。文物部门为了在棺材打开的那一瞬间把棺内的情景弄个清楚，请来了四名摄影记者，他们将在四个角度上同时对尸体拍照——这是在没有能力保存棺内东西的情况下所采取的一项补救措施。

开棺的准备工作全部做好之后,达志被允许站在棺材附近。在文物科长一声号令下,依然结实的棺盖被"轰隆"一声打开。达志急忙在老花眼镜的帮助下向棺内看去:那俨然是一个刚刚去世的年轻女人,双目微阖静躺在那里;黄绸上衣黑缎裤子鲜艳如初,脚上还搭了一匹白绸子,似乎是怕她脚冷;胸脯分明还有些高隆。果然是一名穿绸着缎的女人!达志惊奇地看着女尸和女尸身上的绸缎,这是他第一次看见一个真正古装的女人。但几乎是眨眼之间,就在记者们相机的"咔嚓"声中,那尸体忽然塌陷变形,眼和嘴和肚子和阴部一下子塌成了深坑,身上的衣裳也像受惊的苍蝇一样四下里乱飞,一股难闻的气味钻进达志的鼻孔。是尸体那副吓人的样子和这股呛人的味道迫使达志移开了目光。

那些记者拍出的照片是在后晌冲洗出来的。昌盛拿着其中的四张照片连蹦带跳惊惊咋咋地跑到爷爷身边叫:"爷爷你快看,你快看这照片上的字迹!"

达志不知孙子何以这样激动,慢条斯理地戴上老花镜去看孙子递过来的照片。那是女尸腿部的几张照片,女尸脚上搭着的那匹白绸很清晰,那匹白绸上竟然有几个字也隐隐约约照了出来,达志仔细看去,可以辨出是四个隶书汉字:"南阳绸缎"。

达志惊奇的目光与昌盛惊喜的目光迅即相撞。嘀,南阳绸缎!谢谢老天爷也谢谢你这个不知名的女人,你让我尚达志开了眼界,见识了汉代的"南阳绸缎"……

达志那天剩下的时间一直激动不已,晚饭也吃得心不在焉。晚饭后,他把昌盛叫进自己的房间,慢了声问:"昌盛,我死的时候,你能不能在我的腿上也搭一匹绸子,而且在绸子上也织几个字:'尚吉利霸王绸'?"

昌盛怔怔地望着爷爷,半晌之后方开口:"我眼下只是'国营尚

· 9 ·

吉利织丝厂'的一个供销科长,啥时能造出'霸王绸'我确实不敢——"

"行了,你走吧!"老人朝孙子挥了挥拐杖。

尚达志在过了九十六岁生日迈进九十六岁的门槛之后,没想到还有三个考验在等待着要检验他的生命强度。

头一次考验发生于一个阳光很淡的午后。在那个午后他忽然很想吃几颗山楂,可那阵孙子昌盛和孙子媳妇小瑾都已上班,重孙子旺旺也已去了学校,没人为他把山楂拿来。他知道应该把这个陡起的愿望压下去,可他压抑不住,满嘴里都是因想咀嚼山楂而涌出的唾液。他最后决定自己动手去拿。盛山楂的坛子放在立柜的上边,他拄杖走过去才发现自己的手够不着坛子,没有办法,他只好借助一个矮凳,他想他只要站到这个矮凳上他就一定可以拿到山楂。在这一刻他有点像个孩子,他用拐杖把矮凳拨拉到立柜下,尔后颤颤地抬起一只脚踏到上边,就在他准备把另一只脚也抬起的时候,矮凳很不听话地翻了,他理所当然地倒了下去。他摔得不轻,胳膊和腿都出了血,他躺在地上好长时间没有站起。还好,骨头没有受伤,他后来是自己爬起来的,爬起来时他很想搧自己一个嘴巴:你个馋嘴的老东西!那天傍晚孙子媳妇小瑾回来见他那副受了伤的样子,惊问原因,他只能淡了声答:不小心绊着了一个凳子,摔了一跤,没啥大不了的事⋯⋯

第二次考验是在一个晚上到的。那天晚上他睡下之后,正要拉灭电灯时忽然看见床前的地上有一只蚕——一只身形巨大体长半尺的蚕,通体发光,爬动时"沙沙"作响。那只蚕在他的床前地上爬了三圈之后向门外爬去。他第一次见到这种蚕,他惊奇地起床,只穿衬衣短裤拄上拐杖想看它要爬到哪里去。那蚕出了门径向前院爬,而且爬一阵回过头来看看他。他越发惊异,就随了那蚕走,他看见那蚕爬到前院那块刻有▦形图案的石头上,最后卧在了那个飜形图案的中央。他呆呆地看着那蚕,那蚕也昂头看他。所幸这时刚好昌盛起来小解,见爷爷直直站在院中,忙跑过来扶住他问是咋着回事,他指了指石头说:"别管我,你看那只蚕!"昌盛用手中的手电朝石头上一照,诧异道:"哪有什么蚕?"达志眨眨眼睛,也是一愣,发现石头上果然空空的。那天的后半夜达志开始发烧,昌盛估摸爷爷如此高龄经这一冻,恐要大病一场,未料三天后爷爷竟退了烧,神清气爽地下了床。

第三次考验差不多是小瑾一手制造的。那几天达志小腹不适,昌盛请一名中医给他开了三副中药,药是小瑾到药铺买的。抓药的人在把三大包药递到小瑾手上时又交给她三个小包,告诉她每大包药煎二十分钟后再放一小包药进去,继续煎十分钟后再倒出药汤交病人服用。并再三告诫小瑾,一定不要忘了放小包药,因为大包药煎出后是带毒的,没有小包药的搀配,人服食后就会中毒。小瑾回家后依嘱煎药,但煎第三大包药那天,她因为旺旺吃饭打碎了碗烫了手忙着给儿子包扎,而忘了把小包药放进去,她伺候爷爷把药喝进去后,返回厨房去刷药锅时才发现出了大错。她吓得面孔发白手足无措,她想爷爷这次必死无疑,一边叫儿子去隔壁的厂里喊昌盛回来一边双腿发软地向爷爷的睡屋走去。她想爷爷或是正躺在床上呻吟或是已经死了,未料推门一看发现爷爷正坐在床帮上听收音机。她又惊又怕地问:"爷爷,你身子有啥不适没有?"达志摇头说:"没有,喝了这副药我左嘴角哆嗦的病好像也好了,你看,一点也不哆嗦了是吧?"小瑾听完这才嘘一口气把悬吊起来的心慢慢放到原位。

昌盛回家后听妻子说了事情经过,仍不放心,又去把安泰堂的安老大夫请了来,让他看看爷爷身子咋样。安老大夫把脉良久之后对达志说:"我给不少过了九十岁的人把过脉,只有你的脉最正常,这说明你的内部脏器都还完好运转正常,你很有可能活到一百多岁!"

达志听罢笑了："你不必宽慰我,我是今晚脱鞋上床,不知明早能不能下床穿鞋的人了,小鬼们怕都做好了拿我魂灵进地府的准备啦。"

安老大夫摇摇头说："我一向只宽慰年轻的病人,过了九十的人对人生都已看得透透的,还用得着我来宽慰?我接触过几个过了百岁的老人,发现他们除了注意饮食适度、经常运动、能很快从不好的精神状态中解脱出来之外,大都有一个特点,这就是终生只选一个目标。"

"哦?"达志来了兴趣。

"一生没有选择目标的人,很容易陷入懒散和放纵,让自己的生命活力渐渐降下来;一生选择多个目标的人,很容易陷入紧张、苦恼和疲累之中,这当然会加快生命活力的消耗。"

"噢?"

"我知道你这一生想的只是织出好绸缎,因为有了这个目标,你自我约束,洁身自好,没有不良生活习惯,这使得生命活力日渐蓄积;又因为目标惟一,你虽然也思虑很多事情,也为很多事情奔忙,但和那些生活目标一个连一个的人相比,你消耗掉的东西就相对要少一些。所以我说,你会活一个别人很难想望的岁数。"

"但愿你的话能够应验。"达志摸住安老大夫的手摇着,"我还真想再活几年,再做一点我想做的事。"

"是织绸缎的事?"安老大夫笑问。

达志没有点头也没有摇头,只是轻轻叹了口气。

3

一吃过晚饭,南阳师专历史系年轻的副教授卓月就坐到了书桌前,开始如往常的那些夜晚一样,聚精会神地校对外爷卓远生前写完的那部专著:《时间的痕迹》的清样。自从一年前外爷卓远去世之后,她一直在为外爷这本书的出版奔走,现在总算有了结果,清样校对完就要付印了。

院子里很静,偌大的卓家院子只有她这一盏灯在亮着,也只响着她笔尖舔纸的沙沙声。远处街上夜市的喧闹仿佛被这院里浓浓的书卷气息所吓,根本不敢踏进院门。

外爷,你写的东西就要与世人见面了!我不会忘记那些你口述我速记的夜晚,你完全凭记忆去翻查历史的册页,你坐在那把朱漆剥落的圈椅里,背向着灯,用一只手撑着额头,一句一句地说着,你那全白了的头发随着你的口述在纷然摇动。外爷,我根本没想到那个满月之夜会是你离开我的时刻。我像往常一样把稿纸摊开在桌上,我听见你很低地说了一句:"咱们开始吧。我担心……"我等待着下文,我望着拥挤到窗前的月光在猜,今晚你会口述多少文字。随即我便听到了你拐杖落地的声音,你的拐杖经常靠在你的腿旁,我以为你不小心碰倒了它,我转身弯腰替你拣起,在我把拐杖往你腿上靠时我发现你的头耷拉下来,这时我仍然没想别的,我以为你累了,想歇息一会儿,你过去口述前也有过歇息的先例。我静静地坐在那儿,等待着你把头重新抬起。时间过去了许久,这时我想起该给你披件衣服,免得你在这种假寐中着凉。当我把你那件灰夹袄披到你的肩上触到你的手时我才吃了一惊,我才去喊你摇你,但你再没有答应我一声,你永远地离开了这个你无比关注的世界。你最后说出的一句话是:"我担心……"你没有说完这句话,我不知道你担心什么,是担心这本专著不能出版?是担心你走后我的生活?还是担心人们对时间的挥霍?担心人们漠视了时间的痕迹?……

月儿摇摇头,止住自己漂移的思绪,把目光和精力重新注向清样上的字迹。

这个无月的夜晚在月儿对清样的校对中一点一点向深处走。又一页清样翻过之后,月儿听到了一阵敲门声。

"谁?"

"是我们,文物科的老解和小唐。"

月儿闻答急忙起身去开门,她在教授历史的同时兼搞点文物研究,和文物科的每个人都熟。

"我们是来求助的,"老解进院就说明来意,"安留岗挖出的陶器和牛、羊的骨殖越来越多,骨殖摆放的位置也有些奇异,而且两具有棺女尸的头骨是被砍断的,这既不像一个私人墓地也不像一个刑场,我们很想请你和我们一起工作,以便早日得出发掘结论。"

"我们所以来得晚是因为先去找了你们学校校长,已经代为你请了假。"小唐笑着补充。

"好嘛,这不是逼着我去给你们干活?我可是正在校对外爷留下的一部关于时间的书稿。"

"搞文物发掘也是研究时间,不过是研究已经过去了的时间,研究物体上凝结的时间。"

"好吧,我去。"月儿点头,"据传,安留岗在刘秀的政治生涯中起过作用,王莽地皇三年,也就是公元二十二年冬,刘秀与刘縯起兵反王莽以复汉室,欲攻进宛城,不想进攻当日天有大雾,汉军大败,刘秀只身徒步逃至安留岗,后边追兵迫近,正惶急间,忽见一匹黑马在岗上疾步朝他奔来,他遂飞身跨上跑走,免遭了追兵杀戮。今既在岗上发现了文物和尸骨,其间一定藏有故事!"

"那么我们明天岗上见?"小唐笑问。

"岗上见!"

连续十来天的发掘让卓月每天都处在一种惊奇之中,在这个长宽不过三十米的地方,出土的东西竟是如此丰富:一大一小两口棺材;陶罐、陶钵、陶缸、陶烛台、陶鸡、陶鸭等陶器三十来件;牛骨十六具;羊骨十六具;环首刀一把。

令卓月意外的是,一大一小两口棺材里的两具女尸的头都是断的,骨头都是从脖子那里断开,断茬很齐。

令卓月惊讶的是,现场的文物全部清理完毕后,发现棺材下的土层是经过夯实的,夯土层厚达两米。经丈量之后,发现夯土的地方成方形,边长为三十米——九丈。这就是说,棺材和文物是放在这个方形的土坛上的。这种埋葬方法在南阳地域出土的古墓葬中还是首次发现。

更令卓月惊愕的是,当棺材和文物全部拿开、对夯土坛进行清扫之后,发现土坛上用一种奇怪的颜料画着一个巨大的ﷺ形图案。

这图案和卓月外爷家院中那块石头上刻的图案一模一样。

随着发掘工作的结束,一连串的问号出现在卓月的脑子里:在埋葬死者的地方出现随葬的陶器可以理解,可为什么会出现牛、羊等动物的骨头?在埋葬女人的墓里为何会出现环首刀?那两位死去的女人是谁?她们的头为何会被砍断?为何要把棺材下的土层夯成土坛?而且夯成方形?为什么在土坛上画出ﷺ形图案?这个图案在这里的含义是什么?

全部出土文物运回南阳城里是在一个后晌,当运文物的车驶走之后,月儿一个人站在发掘现场,目光直直地盯着那个土坛。你保存了不少秘密,你把自己变成一个待猜的谜,你什么时候向我公开谜底？看来那句话说得有些道理:历史越是久远的民族,历史的奥秘也就越多……

直到西天的霞光完全消失,冰凉的夜风爬上岗脊的时候,她才慢慢抬脚向岗下走。倘是外爷卓远在世,他大概不会被这问题难住吧？土层下埋住的秘密太多了。这一切都是因为时间,是时间给我们造成了麻烦。外爷,你在你的专著里说过,时间会把一些原本明白的东西变成不解之谜,我有点懂得这话的含意了。

卓月是那种一旦接触一个问题就想把它弄清楚、不弄清楚不愿罢手的人。她当晚到家之后,为了思索方便,把发掘出的东西按位置画出了一幅图:

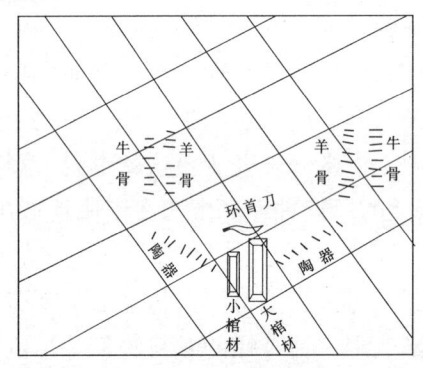

几乎在这幅图画出的最初一瞬,她的心就一动,她觉得在正对着大棺材的地方,应该还有东西,牌位或者石碑——反正是说明土坛用意或死者是谁的东西。目前的发掘还未发现,但应该找,也许能够找到!

她急忙走出书房和院门,在大街上找到了一个公用电话。拨通了文物科老解的电话之后,她对着话筒急急地说:"明天还应该发掘,在正对着那口大棺材的前方,应该还有物品出土! 我相信我的判断,也希望你能相信。如果那个物品被找到,我们差不多就可以写发掘结论了! ……"

4

天才刚刚有点亮的模样,昌盛就听见爷爷喊他。他以为爷爷有啥急事,慌慌张张地提上裤子向爷爷的睡屋里跑,进去看见爷爷正把耳朵贴到一个小收音机上听,就问:"有事,爷爷?"

"你听!"达志把耳边的小收音机的音量旋钮拧大,把喇叭正对着孙子,收音机里的声音便传了过来:"……中国今年蚕茧生产形势喜人,预计总产量可达五百余万担,从而可能使全国的生丝产量创历史最高水平,成为世界上产丝最多的国家……"

昌盛有些疑惑地看着爷爷:一大早喊我来就是为了让我听这个?

"听了这个你有啥子想法?"达志望着孙子。

"想法?"

"对。"

"想法嘛,"昌盛抓着头皮,努力想着应该答的话语,"要马上动手买丝,趁丝多价低大批购进。"

"没有了?"

"得珍惜丝,提高生丝整理的技术,丝多不一定能织成好绸。"

"嗯,这还像个尚吉利织丝厂的供销科长。"达志点点头,"这两天还有两个消息不知你留意到没有?"

"啥?"

"一个是北京有人开会讨论允许私人雇几名工人合适;一个是

广州表扬了一位私养三千只鸡的人。"

"这与咱有啥子相干?"

"再想想!"达志顿了顿手上的拐杖。

"这有啥想的?咱又不去养鸡——"

"可只要让私下里养鸡,就有可能也让私人养牛私人织绸!"

"真的?"昌盛瞪起了眼睛。

"只要允许私人雇三个工人,就有可能允许雇三百个工人!"

"爷爷,你是说——?"

"我啥也没说!"尚达志一下子闭上了眼睛,"我只是提醒你注意琢磨,你眼下的任务就是当好国营尚吉利织丝厂的供销科长,明白?"

昌盛默默地看着爷爷。

"去吧,你!"达志挥手让孙子走开,自己挂起拐杖到院子里散步。天这时才算真亮开了,鸡笼里小瑾养的几只鸡开始不歇气地叫了起来。

吃早饭的时候,承达的次子,前年考上北京大学的尚穹来了。尚穹长得清清秀秀,文文雅雅地提着一袋北京果脯站在达志面前说:"爷爷,我送一个因病休学的同学回湖北,返校时顺便回家看看,这是给你的!"

昌盛、小瑾听见尚穹的声音,都出来亲热地问候。尚穹是尚家出的惟一一个大学生,而且考上的又是北京大学,尚家的每个人都觉得高兴、荣光。

达志眯缝了眼看着面前长得高挑俊美的孙子尚穹,一种奇异的满足感在心里弥漫开来。这也是我的亲孙子,是我们尚家的一个成员,他身上也有我的血在流哩。云纬,为此我要永远感谢你!是你,让我真正地成为了一个儿孙成群的人。"学习紧不紧?"他蔼然问。

"还行。"尚穹多少显得有点局促。他是文革后才知道尚达志是自己的亲爷爷的。他在奶奶面前可以无拘无束,可在这位爷爷面前总不能放松。也许是没有在一起住的缘故,他在心里对自己解释。

"好好读吧,我们尚家日后还真需要大学生哩!"

"就是,"昌盛接过去说,"咱尚家还从来没人去北京上过大学,今后这个家说不定就要指望你哩!你在北京,听没听说上头有让人办厂的意思?"

"办厂?"尚穹茫然地反问。

"就是——"昌盛说到这儿看见爷爷正拿眼瞪自己,急忙改口喊自己刚刚起床跑到门口撒尿的儿子旺旺:"旺旺,快来看看你在北京上大学的叔叔!"

爷爷的话像石头一样砸进了昌盛原本平静的心中。办一个自家的丝织厂,这是父亲和爷爷早就在他心里种下的希望,但这希望很久以来他从未敢给它浇水,只让它埋在心底深处;每当它自己摇摇晃晃地从心中露出细芽时,他便紧忙把它掐掉。办一个自家的丝织厂?你想要干什么?你想把全家再拖入一个深渊吗?

但是现在似乎有了这种可能,爷爷说得有几分道理,既然允许私人办养鸡厂,那么私人办一个丝织厂也应该可以,它们的性质不是一样?难道这个国家真要发生一次根本性的变化?

倘若真有这种可能,死去的父亲该会怎样的高兴?尚家的先祖们也许会在那一边来一次庆祝。断了若干年的祖业得以重新接续,这是不是神灵的保佑?

要真是办一个自家的丝织厂,这副担子当然是自己来挑了。爷爷老了,旺旺还小,承达叔叔和堂弟尚天、尚穹他们,兴趣都不会在这上边,你不挑谁挑?可你自己有办一个丝织厂的本领么?

试试?就是,既然爷爷、太爷爷他们当初能办,我也就应该能办。我自小就在自家的丝织厂里干活,这些年又一直在国营厂里干,技术总是懂一点,经历总是有一些,只要肯钻,干成应该不成问题。

剩下的就是等待时机了,会不会真有这样一个时机到来?

昌盛那些天一直被这个问题弄得坐卧不安,有天下班回家时忽然想起,应该去问问卓月,月儿在学校教书,整天读书看报,对世事的发展应该比爷爷和自己更明白、更清楚一些。

昌盛去时卓月正一边翻书一边看着从安留岗方形土坛上出土的一块木片。月儿听完表哥的问题后笑了,月儿说:"你和外爷的感觉很敏锐,你们一下子就闻到了你们需要的气味。全盘公有制的控制经济,使我们的国家和人民付出了惨重的代价,使富裕离我们越来越远,现在国家已经认识到了这一点,并真的开始允许私营企业出现,只是这股风目前还只刮在沿海,你们要想在南阳办一个私家丝织厂还需要再等一段时间,这段时间不会很长。"

"真的?"昌盛高兴地站起来,一拳捶到月儿的书桌上,把月儿的书和那块木片震得跳了一寸来高。

"轻一点!"月儿急忙抓住那块木片,"这是刚出土的文物,弄坏了你可是包赔不起。嗳,对了,我回答了你的问题,你现在帮我想想,这木片上的'鄗'字是啥子含意?"

昌盛接过木片看了一阵后摇头:"说不清楚,不过我那年到河北给厂里卖绸缎,记得经过的一个地方叫鄗镇,这会不会是一个地名?"

"地名?"月儿眼睛慢慢瞪大,片刻后双手猛拍在一起叫:"对呀,我为何就没往地名上想呢,鄗,是一个古县名,公元二十五年六月二十二日,刘秀就是在鄗县南郊即皇帝位,改年号为建武元年的。谢谢你提醒了我,这真是局外者清,我一直在琢磨鄗字在汉代的含义和用法,从未往地名上想,谢谢你的提醒。不过现在我得催你快走,我要忙我的工作了!"

"对你哥哥下逐客令可不是礼貌的态度。"昌盛笑着说罢,转身出门。他的心情很好,月儿的分析将他心中对能否开办丝织厂的怀疑差不多全都消去。剩下的只是等待,等待并不可怕,我们尚家已经等待了这么久,再等一些日子当然可以。重要的是要等的东西差不多已经可以看见,我正在向你走近。爷爷,你的感觉很准,尽管你不能出门,可你对世事还保持着高度的警觉,看来我还真得跟着你学……

晚霞在昌盛轻快的脚步声里飘落在地,暮色和昌盛一起走到自家院里。

昌盛那些天开始对时事产生兴趣,得空就看报纸听广播,十分留意各地关于私人办企业的消息。昌盛的这种举动自然引起了小瑾的注意,有天晚上,小瑾问起原因,昌盛就说了。小瑾当时正在铺床准备睡觉,听罢昌盛的话惊得手中的被子都落了地:"天呵,要是自家办丝织厂,日后你不就成了资本家了?"

"资本家其实就是指有资本的家庭,这个词本身并没有贬义,有钱有资本的家庭总比没钱没资本的家庭好,人不是都愿富裕一些?"

"你甭给我胡乱解释,"小瑾惶惶地摇头,"咱才过了几天安生日子,你又想惹祸?忘记当初把你和爷爷和爹关起来的事了?资本家可不是一个好听的称呼,你趁早把这份心死了,咱一家平平安安就成。"

"你看你,八字还没一撇就把你吓成这样?咱即使真办了厂,也是老老实实给国家交税,国家办厂不也是为了挣钱?咱给国家交税不也算给国家挣了钱?"

"你甭说得那样好听,一旦日后又斗起了资本家咋办?我可是没有胆量再经那样的场面。"

昌盛笑笑,昌盛也被小瑾说得心里有些发毛。过去经历的那些还真会一幕一幕再来一遍?

春末的一个早晨,昌盛刚起床,爷爷就把他喊了过去,爷爷递给他一小片纸,昌盛看见纸上有爷爷写的两个歪扭的大字:深圳。

"干啥?"昌盛茫然地问。

"去看看这个地方!"

"看它干啥?"

"那儿有我们要看的东西。"

"是——?"

"刚刚广播的,它被设为特区,允许私人开办企业。"

哦?这么说中国有了允许私人资本出现的肚量?深圳,你可真是幸运!

"好吧,爷爷,我去一趟。"

"要找合理的借口!"

"找借口?"

"不能让别人看出你是对私人办厂感兴趣!"

"为啥?"

"有些事只有在别人未加注意的时候才能办成!"

昌盛点头,心里对爷爷又生了一点钦佩:你万事都思虑得很细。

从这天开始,昌盛开始寻找去南方出差的借口,可惜因为厂里生产状况一般,产品外销不多,厂子与外界的联系也少,出差的借口竟久久没有寻到。

昌盛找来一张地图,在广州的南部很费了一番心思才发现那个标注有"深圳"二字的地方。哦,你是这样小,可就是你,牵动了爷爷和我的心,但愿我到达你身边时你不会让我失望!

机会在昌盛焦急而耐心的等待下终于姗姗来了。

那天昌盛去给厂长汇报生产进度,无意中发现厂长办公桌下的废纸篓里扔有一张铅印的纸,纸上盖着一个鲜红的印章:深圳远东丝绸有限公司。便急忙拣起来去看,原来那是一张关于在深圳召开丝绸生产信息交流会的通知,会是远东丝绸有限公司组织的民间会议。与会人员食宿一切自理。"厂长,这样的会我们应该去个人看看。"昌盛急忙建议。

"全是务虚的东西,浪费时间。"

"万一得点有用的信息,不是也好?"

"好吧,你要愿去就去。"厂长挥手。

昌盛抑住心里的欢喜,不动声色地叹口气:"也罢,既然这苦差是我自己揽的,我就去。"

5

　　从装束、形体到精神都完成了向一个农村老妇转变的栗丽,在全家承包了村里的桑园养蚕之后,经过数次的犹豫,最终还是决定请算命先生来算算她家未来几年的收成。

　　一个名叫天通的卦师于是摇头晃脑地来到了栗丽的家中。在吃完两碗荷包蛋卜了三卦之后天通断言:一年空,二年平,三年金子装满瓮……

　　卦师的话似乎真有些应了:今年的雨水充足,桑叶长得又密又嫩;今年的气温不高不低,蚕们做茧特别勤奋;今年的蚕病几乎绝迹,蚕宝宝们一个个身强体壮。茧收下来一秤,果然比去年的产量高出一些,也算是一个好年景了。

　　一大早,栗丽就来到了桑园忙活。她把今天要卖的蚕茧在桑园中间的空场上摆出来时,太阳已攀上了桑树的顶端。阳光似也惊喜于栗丽家今年的收成,一齐扑到那一个个盛茧的篓子前观看,把白色的蚕茧映照得越发耀人眼睛。

　　听到桑园外边的土路上响起地板车车轮转动的响声,栗丽知道那是丈夫冬至和女儿宁贞拉着空车来了,该去喊儿子宁安起来装车进城了。她快步走到桑园中间的蚕房门口,推开门刚要张嘴喊叫,一见儿子还仰在窄木床上熟睡,又紧忙把嘴闭了。这些天,儿子每日夜里在这充当蚕房的看园小屋里看守,为了防止老鼠对蚕们的袭击,一夜要起来好多回查看防鼠的铁网是否被毁坏。孩子累了,让他多睡一会。屋内层层摞放的蚕箩里传出了蚕们吞吃桑叶的沙沙声,这声响与儿子时断时续的轻微鼾声相混着飘进耳里,让她感到了一种舒心的满足。

"妈,车来了。"女儿宁贞从父亲拉的地板车上跳下,欢快地朝妈妈身边跑来。栗丽急忙竖一根手指在嘴边警告女儿不要高声,尔后指着空地上的茧篓示意冬至往车上装。冬至抱起一篓茧时喘气明显变粗,他老了,繁重的劳动使他和自己一样很快地走向老境。她捋了一下鬓边的白发,刚要弯腰去抱面前的茧篓,宁贞说了声:"妈,我来!"伸手就把茧篓抱放到了车上。她知道女儿这是怕她累着,她望着女儿差不多已经长成的颀长的腰身,感到有一股温暖的东西向周身漫去。

车快要装好时儿子宁安打着哈欠从蚕房里出来,瓮了声说:"咋不喊我?"——"想让你当一回懒鬼!"宁贞朝哥哥笑道,随即从地板车车把上的一个蓝布兜里掏出三个杂面包子往哥哥手里一放:"快尝尝,还是热的,这是俺的手艺!"

宁安大口地吞吃着杂面包子,大约是太饿了,下咽时像鸭子一样伸长了脖子。"咋样,好吃吧?"宁贞期待着一句夸奖。"不咋样。"宁安边香甜地咀嚼边评价,原本阴沉的脸上浮了一丝捉弄的笑容。由于社会关系不清白而失去了上学机会的他,脸上经常阴云满布,只有在逗妹妹时才露一点笑意。"既然不好吃就把包子给我!"宁贞有些着恼地朝哥哥扑来,要夺他手上剩下的那个包子,宁安却已麻利地把那个包子全塞进了嘴里。——"小心噎着!"栗丽这当儿在一旁急忙提醒。每当看见儿子、女儿在一块斗嘴时她就觉得快乐,就觉得有一种惊奇在心里升起:这两个高高大大的孩子会是自己生的?就觉到了很想把一股感激向谁表示:谢谢你给了我这两个可爱的孩子,是这两个孩子最终消除了我的不平衡心理,让我觉得生活并没欠我多少东西,我在别处失去的欢乐,我在孩子们身上都得到了……

"妈,今儿个让我跟哥哥进城卖茧吧,反正这蚕房里的活也不多了!"宁贞见哥哥把地板车的背带往肩上放时提出了要求。

"好吧。"栗丽慈爱地点头,"进城之后凡事要听哥哥的。"

"我不想带个累赘!"宁安立刻含了笑反对。

"谁是累赘?这车就你能拉?我一样拉得动!"宁贞边叫边逞强地去按车把,不想载重的车把立刻向地下栽去,要不是宁安急忙抓住,车上的茧篓就会訇然滚下。宁贞吓得脸有些白了。

"咋样?"宁安瞪了一眼妹妹,"你要去就赶紧坐到车上给我扶住茧篓,别再给我添乱。"

宁贞不敢再多嘴,老老实实地爬上车坐在了茧篓上。待哥哥把车拉动时她才又迟迟疑疑吞吞吐吐地开口朝车下说:"妈,你上回说,卖了茧给我钱让我读完高中,你可要——"

"好吧,好吧。卖了茧留下油盐钱,剩下的给你去上学!"

车子在栗丽的叮嘱和注视下向桑园外移动。升高了的太阳跳到车上,在女儿亮丽的头发上耀出金色的斑点;两只鸟儿在前边的空中盘旋,翅膀划出一个又一个大小不一的圆圈;一阵微风从园外的什么地方飘来,带着一股淡淡的苜蓿草香。这是一个美好的上午,是一个让栗丽心情畅快的头晌。但愿我家的生活从此有一个转变,我已经进了老境,我现在祈求的只是保佑我儿女们的日子能过得比我好一点……

宁安在蚕茧收购站的告示板上一见到公布的收购价钱,正在蒸腾着热气的身子便"扑嗵"一声浸到了凉水里:老天,这样低的价钱?比去年差不多低了一半!他找人打听了一下方知缘由,今年蚕茧大面积丰收,而国营丝织厂的用茧量有限,蚕茧价自然就压低了。

这可咋办?不卖?家里正等着卖了茧之后好买柴米油盐,妹妹也正等着拿钱上学哩!卖?吃亏太大,辛苦一年,就落了这么点钱？因为丰收就把价压得这样低呵？！

只有忍痛卖了,不卖把茧留在家里好干啥子？

宁安原有的好心情被一股愤怒和气恼取代,他双眉蹙紧了把茧车排进卖茧的队伍里。宁贞当然也看到了那张告示板,看到了茧的收购价钱,看到了哥哥浓云翻滚的脸,她不敢再提学费的事,只小心而不安地站在茧车旁,等待着卖茧队伍缓慢地向前移动。

太阳一步一步地爬到了天顶,队伍一点一点地向前挪着。一个消息此时又在卖茧的队伍里流传:每一个卖茧的人在过磅时该主动给收茧者扔几包香烟,否则不会卖得顺利。这消息让原本就怨气满腹的宁安更加焦躁生气:有点权就想拿捏俺们农民,一盒烟要几毛钱哩,抽你奶奶的蛋！

轮到宁安过磅时日已西斜。管过磅和验茧的是一个鼻子有点太扁的小伙,他见宁安没有照惯例朝桌上扔两盒香烟,脸上就露了点愠色,就紧三紧四地催促着宁安、宁贞兄妹俩快点往磅秤上放茧篓。宁安因这催促在搬茧篓时不小心碰了一下他的胳膊,他立刻恶狠狠地骂道:"妈的,咋着回事？"宁安因为茧价太低和长久的等待而在心中蓄满了火气,所以听到那声骂语后立刻把眼一瞪:"把你那张嘴用水漱漱干净！"

"嗬,妈的,教训起老子来了！"那年轻人把嘴一撇将磅秤一拍:"还没有哪个乡下小子敢这样跟爷们说话,滚开！把你的茧抬下去！"

"为啥？"宁安不觉间攥起了拳头。宁贞见状急忙上前拉住了哥哥的手腕。

"就为了你对老子的不恭！下一个。"他一把拉开磅上的茧篓,茧篓跟着滚翻下去,白色的蚕茧顷刻间撒了一地。"轰"的一声,两团火焰从宁安的眼眶中喷出,他一把抓住对方的胳膊:"你把茧给我拣到篓子里！"

"自己拣！"那年轻人猛地打开宁安的手,"别用你那摸过牛粪的手碰我的胳膊！"他的话音未落，宁安的拳头已经闪电般地砸到了他的脸上。他显然没料到宁安竟敢打他，在趔趄着向地上倒去的时候还将一缕惊诧留在眼中。收茧的另外几个男人见状，一齐奔过来扭打宁安，红了眼的宁安在暴怒中与这几个人奋力厮打，终因寡不敌众被打倒在了地上。宁贞一边用手拢着被众人踩在地上的茧一边哭喊着："放开我哥哥！"可那些人怎会善罢甘休，拳打脚踢着把宁安架进了院子里边。卖茧的其他蚕农一个个敢怒而不敢言。宁贞只听见拳脚击打在肉体上的闷重响声而看不见哥哥，吓得她扑在通往院里的铁门上哭开了……

兄妹俩那天回家时天已经完全黑定，因为煤油灯的光亮太弱也因为栗丽和冬至的眼睛不好，夫妻两个都没有注意到儿子的脸上和脖子里满是血痕。栗丽问咋回来得这样晚，宁安、宁贞都没说别的，只说卖茧的人太多。接下来宁安把卖茧的钱交给了妈妈，栗丽数了钱后当然也是一惊，当知道了收购价太低之后她只有叹口气："唉，贞儿上学的事怕是不行了。"

"妈，你不必操心我，上学的钱我自己去挣！"宁贞宽慰着妈妈。

"爹，妈，养蚕的事我不干了，我要想别的法子赚钱！"宁安的话音里充满了委屈。

"能有啥别的法子？"栗丽有些意外地看定儿子。

"让我想想！"宁安双手抱头蹲在墙角，入定了似的一动不动……

6

云纬努力打起精神在桌边的椅子上坐了。九十多岁的人是不愿再到酒宴桌上凑热闹的,今天要不是在北京上学的孙子尚穹回来她心里高兴,她才不会受这份罪哩。我们家出了一个名牌大学生了!达志,我为你生的儿子传下来的后代咋样?为你们尚家争光了吧?你们尚家啥时候有过在北京城上学的人?

她抹抹老花镜上的水雾慈爱地看着坐在身边的穹穹。我的孙子一表人材。达志,穹穹的眉眼里还留着你的痕迹,那眉毛的形状活脱脱就是你的,你把你的刷子眉传给了承达,承达又把这种眉毛传给了穹穹。这真是一桩奇妙的事情,一个人身上的东西竟可以通过子孙一代一代传下去。

"奶奶,你吃!"穹穹把一个鸡腿夹到了云纬面前的盘里。云纬笑了:"奶奶要是还能啃动鸡腿就好了,奶奶的牙已经被收走了不少,剩下的也已被磨得没有了力气,老天爷已经不准我吃肉了。"还是孙女滟滟知道奶奶爱吃什么,把西红柿炒鸡蛋往她碗里拨了一些。但就是这种好嚼的菜,云纬吃起来也很费力气,一下一下地靠牙床把它们挤碎。每当吃东西的时候,她的心绪就会变坏。人为什么要老?阎王爷你为什么不把我早带走了事?她知道自己咀嚼食物的样子很不雅观,所以她平日极少出来吃饭。她这些年一直跟着孙女滟滟住在另外一处两室外加一个小厨房的屋子里,她平时很少出门。当初承达一家要搬回这座旧日的官邸如今的市长宿

· 29 ·

舍时,她是坚决反对的。她认为这所宅院不吉利,她说她让几个孙子、孙女们发过誓别再进这所院子的。但她最终没能劝阻得住承达夫妇,天天和穹穹也认为这所房子宽敞好看,让住不住岂不是傻蛋?眼见拦不住,云纬只好表示自己和孙女滟滟仍住原来的房子。今儿个,要不是穹穹回来,要不是云纬的住处太窄容不下很多人吃饭,要不是承达的秘书反复劝说并派车去接,她是不会再走进这所宅邸的。

"穹穹,眼下可不要翘尾巴,要记住在这世上无论干啥都不容易。"云纬慢腾腾地叮嘱孙子。这世道马上就要由孙子这一辈人去掌握了,人世变化多快!晋金存、栗温保,那些当年不可一世的人物如今都已差不多被人们忘记。再过一些年头,人们也会把我们这一代人忘掉,我们活没活过对于今后的人都会变得不重要。到了穹穹的孙子那一辈,大概就不知道我盛云纬的名字了,你说这是不是有点让人心寒?

"奶奶放心,我会认真完成学业,争取今后能做成一点事业。"

"你这次回来,记住去看看你爷爷,你爷爷也老了,他这一辈子——"

"奶奶,这是你吗?"边吃饭边翻着叔叔家相册的滟滟这时指着相册上的一张发黄的照片问。

云纬睁大昏花的双眼看过去,那个衣着华贵的漂亮少妇是自己吗?是的,那是当年南阳首家照相馆开办时晋金存让照相师给自己照的。那时我才多大年纪?二十几岁?一转眼多少年头过去了,那个生气勃勃的少妇和今天的自己已判若两人,连自己的孙女都怀疑那个少妇不是自己,可见变化是多么巨大。达志,你还记得当初的我吗?还能认得这张照片么?岁月是多么的怕人,它可以把一个人变得面目全非。时间,都是时间这个东西在作弄人呵……

饭还没有完全吃完的时候，云纬就靠在圈椅里睡着了，手里的两根筷子顺着腿骨骨碌碌地滚到了地上，轻微的鼾声也随之响起。众人都停了吃喝去看老人，承达用手势示意大家不要做声快点吃完离席，自己进屋拿来一件衣服盖在了妈妈身上。

尚穹放下碗后，承达示意儿子跟自己走进客厅，父子俩在客厅坐下，承达开口说："我下午要去乡下蹲点，明天不能送你了，你还有要给我说的事没有？"尚穹搔搔头发，说："别的也没啥，就是我日后分配的事，想问问你有啥考虑，听说从第三学年开始，学生们就要对自己的分配去向拿定主意，开始做点准备。""依我看你当然还是回咱南阳，咱南阳急需人才，这边的人也都熟，你回来也能施展开，再说——"

"回南阳干啥？"妻子文琳这时进来打断丈夫的话，"最好是留在北京，进到哪个部委里去，这样对孩子今后的发展有好处。中国政界的升迁有一条规律，就是从上级机关往下级机关调动时，通常都要升一级。如果咱穹穹能在国家部委机关里当上个处长；那过几年要是在部里提升无望，就要求往省里机关调动，调动时起码让当个厅长、副厅长；要再从省里往地、市里调动，起码会给个一把手当当。一个人要是一直在南阳干，啥时候能当上一把手？你干了这么多年，还不只当个副市长？"

"为啥总想着当官？"承达白了一眼妻子，"搞个专业做个技术方面的事，比如当个工程师，有啥不好？"

"你说得倒轻巧，和你一块转业到地方上工作的人，凡是当工程师、教师的，有谁现在出门坐轿车？有谁住的房子比你宽？有谁能配上一个秘书？有谁能整天在宾馆里参加宴会？只有你这个当副市长的，才有轿车坐，有大房子住，有秘书用，有宴会吃。我是看明白了，在咱这个国家，干啥都不如当官！"

承达看了看表，不想再和妻子争下去，就问穹穹："你的意见呐？这事到最后得由你拿主意。"

"我——"尚穹笑笑。

"说吧,什么想法都可以说。"承达催着。

"我想留在北京,"尚穹看了一眼父亲,"那里接触的面宽,可以见多识广;再者,我也的确喜欢做点组织工作,我现在在学生会就担着职务。"

"子继父业嘛!"文琳笑道。

"也好。"承达淡淡地说了一句。儿子的选择多少有点出乎他的意料。他过去对进大机关、做大官也不是没有羡慕过,只是在经历了文化大革命,看尽了仕途上的凶险之后,那份羡慕被稀释流走了。没想到儿子又迷上了这个。看来官场的繁华的确能吸引人。以他自己的想法,他是想让儿子做一份技术工作干一项专业的。他现在有点理解了为什么历史上不少当官的不愿让自己的孩子再去做官,人们都希望自己的孩子能过一种清白平安的生活,可官场很难有这种保障。"不过眼下的任务是完成学业。"

"你只管拿到文凭,"文琳对儿子笑道,"到分配前我和你爸去一趟北京,北京有你爸的几个老战友和老上级,其中有几个还当了大官,找找他们会把你安到部委机关里去的!"

承达再一次白了一眼妻子,不知怎的,他最近听妻子的话总觉得有点不顺耳。他向门口走去,他看见妈妈在餐厅的那把圈椅上直起身来,高龄的妈妈睡了一小觉之后已经醒了,便急忙趋前扶住……

7

尚昌盛是在爷爷尚达志掉了两颗牙的那个早上动身南下深圳的。当南行的列车"哐啷"一声启动之后,昌盛才想起应该叮嘱妻子小瑾,过两天送爷爷去医院镶两颗牙,掉了牙会影响进食消化,爷爷毕竟是九十多岁的人了。但列车此时已驶离站台,载着他飞快地向南国驰去。

深圳的绸缎织造信息交流会结束于一个还算凉爽的傍晚。昌盛走出会议大厅时街灯已把柔和的光线投向了新建的大街,几丝若有若无的细雨把四周的灯光变得扑朔迷离。这个新兴的城市的确让昌盛感到惊喜,到处都在盖楼,到处都是公司和工厂的招牌,到处都是关于挣钱的议论。他这几天利用会议的间隙时间,已走访了七八家私营企业,对私营企业从报批到买地,从基建到投产,从销售到纳税的各个环节都作了详细了解。可惜我们尚家不在深圳,要是在这里,我保准也可以把工厂建起来!但愿这种试验性的特区日后能扩大到内地,但愿这里的政策也能在内地实行,要是那样,我们尚家会有一座丝织厂的!

他在街边一个吃食摊上要了一碗馄饨一个烧饼,边吃边想着在会上的所见所闻。他现在有些明白南阳国营尚吉利织丝厂织出的绸缎为何出口很少,为何外商愿买生丝却不要绸缎,原来我们在丝的整理、织造和印染技术上已落后外国许多个年头……

"嗬,尚先生就在这街边吃饭?"

昌盛闻声抬起头来，认出是刚在会上结识的一个朋友，和自己在宾馆同住一室，姓胡，也是一个丝织厂的厂长，便笑道："尝尝这街边小吃的风味，你要不要也来一点？"

胡厂长摇摇头，尔后俯下身放低了声音说："老弟，快吃，吃完了咱俩一块去洗头。"

"洗头？"昌盛的眼中露出了意外，"咱自己不会洗头，还需要找人——？"

"这你就不懂了！"胡厂长快活地眨着眼睛，只催他快吃。昌盛见对方一片盛情相邀，拒绝了不礼貌，想自己这两天刚好没有洗头，让人洗洗也没有什么不好，就几口扒完碗里的馄饨，随他走了。

那是一个名叫"幽梦"的发屋。店堂里摆了四张理发的转椅，每个转椅后站一位姑娘。昌盛进屋后打量了一下店堂，觉得这和内地的理发店差不多一样，不同的只是理发员都是女性且都是漂亮的姑娘，个个服饰时髦讲究，每个人还都化了妆，身上有一股让人爽心的香味。那位胡厂长似乎过去来过，抢先在一个身个窈窕的姑娘面前的转椅上坐了，其余几个姑娘见昌盛还站在那里，便一齐开口招呼：请这边坐。昌盛在这齐声相请面前稍稍犹豫了一霎，有点慌乱地在就近的一张转椅上坐了。

坐下之后借着面前的墙镜，昌盛注意到站在椅后开始给他脖子里围罩布的姑娘脸蛋圆润，双眸灵动生辉，长得很是秀美。那姑娘似乎也在打量他，边把洗发水往他的头上倒边让目光在他的身上晃，昌盛被这种打量弄得有些不好意思，急忙把眼睛闭了。姑娘的双手轻柔地在他的头上搓动，那动作显然是经过训练的，给人一种舒服安逸的感觉，加上弥漫在四周的洗发水的那种催人欲眠的香味，昌盛慢慢沉入了一种迷迷蒙蒙的浅睡里。他后来是被一声轻柔的贴耳呼唤弄醒的："先生，该去冲洗了。"他"哦"了一声急忙睁眼。"待一会儿再睡吧，我们这儿有休息的地方。"那姑娘又微笑着贴了他的右耳说，他感觉到她温热的双唇已经触到了他的耳轮，

· 34 ·

她口中呼出的热气正向他的耳道里滚。他的脸一红,急忙站起身问:"去哪儿冲洗?"

姑娘领着他向里屋走去,进了里屋他才注意到,这儿被用木板隔成了几个封闭的单间,单间里有一张可升降调适让人仰躺着冲洗头发的床,床头有一套冲洗设备。他对这种讲究的洗头路数有些意外:洗洗头还要弄得如此繁琐和复杂?他在那姑娘的帮助下在那张床上仰躺好,尔后听任姑娘拿起温水管仔细地冲洗着他的头发。水的温度调得十分可人,这种温水对头皮和头发的冲刷再一次让昌盛有了一种惬意的感觉,一种朦胧的睡意再一次袅娜着由意识的深处走来。在这儿睡一阵倒是不错。他微微闭上眼睛,他感觉到姑娘在擦拭他的头发,感觉到姑娘在按摩他的头顶,姑娘的手指在慢慢下移:耳、颈、肩、胸。他开始不自在起来,希望这种按摩赶紧结束。但姑娘并没有住手,按摩的部位在继续下移,蓦然间,他感觉到姑娘的双手一下子落到了他的两个大腿根,而且耳畔同时响起姑娘的一声笑问:好受吗?

他身子一个激灵,"呼"一下坐起了身,红着脸干咳了一声,说:"我有点急事,该走了。"那姑娘倒没怎么害羞,只淡了声说:"我以为你了解我们这儿的服务项目,你如果不想做,看看也行。"说着,就起身去解自己的上衣纽扣。昌盛见状,惊得面孔有些发白,紧忙拉门往外跑去。至此,他方明白这儿的洗头是什么含义。他在外间照墙上贴的洗头价格表扔下两张票子,逃也似的沿街跑去。跑进自己住宿的宾馆房间他还惊魂未定,一边喘息着一边回想着刚才的情景。天呐,幸亏自己跑得早,要不然会惹来怎样的麻烦?真没想到深圳还有这样的地方……

那位领他去"幽梦"发屋的胡厂长一直到十一点钟才回来。两人同住一室,胡厂长进屋就向他笑叫:"放着享受你不要,假装他妈的什么正经?这些嫩妞的滋味不尝尝,你就不遗憾?离开了深圳,去哪里找这样的机会?……"昌盛倒被他笑骂得低下头来,上床之后,怎么也睡不着,"幽梦"发屋的那些经历又都像幻灯片似的一张一张地在眼前闪过。那个姑娘倒是长得漂亮,眉眼、腰身让人看着都舒服,她要真脱下衣服会是什么模样?奶子肯定好看,皮肤准很细腻,其实自己在她要脱衣服那会儿不跑,看一眼倒也没有什么大不了的。她会要很多钱么?会是多大一个数目?只看几眼她就会收一大笔钱吗?这一点胡厂长肯定知道,悄悄问一下他么?想到这儿他身子一震,在黑暗中抬手砸了一下自己的额头:你怎么敢去想这些?但脑子深处的那种欲望渐渐把这种清醒意识的阻拦一下一下推开,"幽梦"发屋的那个姑娘慢慢又站在了他的眼前。脱吧,你脱吧!不过你先得告诉我看一眼要收多少钱!嘀嘀!他听到了一声冷笑,扭头一看忽然发现爷爷蹒跚着拄杖朝他走来。爷爷,爷爷,你的牙镶了吗?我这是在开会间隙出来看看,无意中碰见了这个姑娘……

　　昌盛天亮醒来时一身冷汗,他起身穿衣服时觉到了有些头重脚轻。邻床的胡厂长还沉在酣畅的睡眠里,呼噜声平稳悠长。这个家伙倒是心宽,做了那样的事还睡得这样香甜。倒也是,这儿离他家几千里,他做了谁能知道?就说自己,真要做了小瑾怎能晓得?罢,罢,罢,怎么会想到这儿了?他急忙下床跑进卫生间里用洗漱止住思绪的蔓延……

　　那天上午会议的组织者安排了最后一个项目——游览市容。大客棚车载着他们这些到会人员在建设中的深圳市区走走停停,在几个游览点上下车时,他都认为他又看到了昨晚在"幽梦"发屋认识的那个姑娘。他知道那是幻觉,他有点想笑自己而终于没有笑出来。

　　那天后响会上已不再安排任何事情,剩下的就是各自返家了。在睡了一个长长的午觉之后胡厂长笑着问他:"伙计,马上就要走了,机会难得,愿不愿再跟我去一趟'幽梦'发屋?"昌盛闻言脸霎地红了,他没想到对方还会再提这样的要求。"不……只是……当然……"昌盛竟然语无伦次起来。那胡厂长就又笑叫:"我知道你心里也想去,哪有男人见了漂亮姑娘不喜欢的?走吧,你就别再忸怩了!"边说边扯了昌盛出门。昌盛先是挣了几下胳膊,但挣得既不用力也不持久。"我可只是陪你,我什么也不会做的。"昌盛边走边郑重声明……

"幽梦"发屋仍如上次一样幽静,四个姑娘端立在转椅后边,一股稍嫌浓烈的香味在屋里飘荡回旋。胡厂长走进发屋后径直到老位置上坐下,跟在身后的昌盛停顿了片刻,这时上次接待过他的那个姑娘认出了他,立时露出了灿烂的笑容,轻步过来鞠了一躬说:"先生,看到你非常高兴!"昌盛略有些尴尬地搓了搓手,这当儿那姑娘已上前牵住他的衣袖说:"请这边坐。"

昌盛在转椅上坐下后浑身不自在,连目光也不知道放在哪里妥当。那姑娘似乎看出了他的窘态,麻利地把洗发水倒在他头上搓了几下,便贴了他的耳说:"请随我去里间冲洗。"

到了冲洗的单间之后昌盛才敢把眼睛抬起把目光放到姑娘身上。那姑娘边擦干他的头发边甜甜一笑说:"你能够再来我真感到高兴,说实话,你上次走了之后我非常伤心,我认为我没有挽留住你的魅力。""不,不,上次不是……我今天也只是来随便看看。"昌盛急忙分辩。"放心,我会让你看个够。"姑娘边说边"哧啦"一声扯开了衬衫上的按扣,她里边竟什么也没穿,两只雪白的乳房如离笼的鸽子一样一下子扑啦啦落到了他的眼前。昌盛先是一惊,目光像看见枪口的兔子似的蓦然逃窜,不过转眼间那目光又扫射过来,加满热度地罩住了目标,直到把它们烤得滚烫滚烫。昌盛分明听见有一个冷然的声音在耳畔响起:该走了!你该走了!他也的确改变了仰躺的姿势挺身坐起,但他却无法收回自己的目光,好像那目光已经脱离了他的控制不再受他的指挥。他看见那姑娘在继续脱着剩下的衣服,他知道他正站在一个深井的边沿并正在向井沿滑动,他明白他必须离开,他也真的起身做出了要走的样子,但他的双脚像被人用绳索绑住了,他动弹不得。两只脚只是在原地徒劳地踏动了一下。当姑娘那白色的胴体完全呈现在他面前之后,他听见原先响在耳畔的那个"你该走了"的声音越来越小终至于消失,同时感到一股灼热的类似厨房蒸馍的笼屉揭开的那种气体罩住了他。他开始觉得憋闷和眩晕。他向那个白色的身体跟跄了一步,不过又极快地退了回来。没人看到的,没人知道的!有一个柔和的声音在宽慰着他。小瑾不可能知道,爷爷肯定不会知道!又是一个劝慰的声音。一次,就这一次!谁没有放纵的时候?做一次这种事又有什么了不起?又有一个声音在替他辩解。"我很喜欢你这种胆怯的样儿!"那姑娘款款地向他走来,他像被围猎的动物一样向后跳了一下,但这时姑娘已张开了手臂,昌盛只觉得一张大网向他兜头撒来,他只来得及呻吟了一声,便朝那个白色的身体扑了过去……

　　当天晚上,昌盛找到尚未撤走的会务组负责订票的人,说他还有点事要在深圳办理故不能按原来的车次北返,请把给他买的返程车票退了,票将来由他自己买。

　　第二天上午,在西丽商场的北门口,眼戴墨镜的昌盛等来了"幽梦"发屋的那个姑娘,姑娘熟练地挽住了他的胳膊,二人亲亲热热地走进了商场。那天后晌接近傍晚的时分,昌盛和那姑娘一前一后地又走进了"幽梦"发屋那个单间。欢歌!他朝那姑娘亲昵地叫了一声,姑娘便立刻扑到了他的怀中。欢歌,多么好听的名字!人生是该有欢歌的时候!他一边亲吻着她那嫩白的双颊一边喃喃自语……

　　昌盛是四天后离开深圳的。在内心里,他是真不愿离开才二十一岁浑身青春活力的欢歌的,但钱包里的钱已经不允许了,再住一天他就要交不起房费了。他依依不舍地在"幽梦"发屋那个单间里同欢歌告别。再见了,小欢歌,如果我还有来深圳的机会,我还会来找你的！……

　　直到坐上北返的火车昌盛才记起,他忘了去会务组领一本"外国绸缎样品",那是供回厂做花色、花纹研究用的,会上说好是在取返程车票的同时领那本资料的,钱已经先交过,昌盛因为与欢歌相会早把这事忘到了九霄云外。糟糕！他在飞驰的火车上反复拍打着自己的头。不过也没有什么大不了的,我们自己来研究。

　　随着火车向家乡的驶近,一股慌乱风一样一点一点潜进他的心里。小瑾和爷爷总不会看出什么来吧？小瑾那脾气,要是看出来那还得了？他们不可能晓得的,两地相距那么远,谁会知道我在那边做的事情？再说,小瑾,按照深圳这边好多人的说法,这不叫堕落,这叫偶尔的风流,我想你即使知道了也不该生气……

8

　　尚达志是在嚼一口生调萝卜丝时听到口中"咯崩"响了一声的,随即便感到右腮那儿有些空陷,他知道是牙出了毛病,便停了咀嚼,伸出两根手指慢慢去口中摸出两颗掉了的老牙。

　　"咋了?"坐在老人身旁的旺旺见太爷爷忽然从口中摸出了两个东西审视,很是惊奇,忙凑过去盯着叫:"哟,是骨头!妈你在菜里还拌有骨头?我咋没有吃出?"

　　旺旺的喊叫把边吃边想着要南下深圳开会的昌盛惊得抬起脸来,正在灶屋盛饭的小瑾闻声也紧忙跑了过来:"咋了,掉牙了?"两口子一齐惊问。

　　"该掉了,再不掉倒是一桩怪事。"达志边说边把那两颗牙放到饭桌一角,"九十多的人了,一颗牙不掉不成了神仙?"

　　老人镶牙的事是孙媳妇小瑾张罗的,那已是昌盛南下深圳开会的七天之后。小瑾专门骑上自行车去校场路把一个姓仲的老牙医请到了家里。老牙医进了尚家躬身和达志打了招呼之后,开始慢条斯理地在桌上摆放他那套镶牙工具,随之接过达志手中的那两颗掉牙反复端详比量着大小尺寸,这之后才让达志把嘴张开说要看看牙床。达志刚刚把嘴张开老牙医只看了一眼,一把镊子就"当啷"一声从老牙医的手中滚落在地,跟着便见老牙医躬身朝达志作了一揖道:"恭喜,恭喜,尚老先生!"达志被老牙医的举动弄得有些莫名其妙,愣了神盯住对方问:"我有何喜要恭?"

・40・

"你大概还不知道,你又长出了两颗新牙,这两颗老牙是被新牙顶掉的。你不信可用舌尖在掉了牙的地方舔舔试试!"

达志惊得双眉一跳,忙用舌尖去探,可不,果有两个不高的东西在牙床上的那个空间里立着。老天,九十多的人了还会长出新牙?这不成了妖怪?

"爷爷张嘴我看!"一直站在一旁的小瑾这时好奇地叫道。达志只好又张开了嘴,小瑾仔细地看了一阵之后惊叹道:"果然是两颗新牙,不高,但白生生的,和旺旺三岁时长的那些牙齿一样!嗬,真是奇了!"

"这究竟是咋着回事?人到这个年纪了还会长牙?"达志语带不安地问着牙医。

"这说明尚老先生体内活力很旺,要活高寿的!我做了一辈子牙医,这样的事连你算上只见识过两回。"

"那一回是在哪里见过的?"达志急问。

"那是民国十九年,在叶县县城南关见过一个姓廖的,也是长出了两颗新牙。那姓廖的后来活到一百零四岁,家里买有三顷地。"

"哦?"达志的两只老眼瞪大了。

"记住把这两颗掉下的老牙用白布包了,用麻绳绑好系到正屋梁上,"老牙医转对小瑾交待,"这是两个宝物,是它们引发了两颗新牙,千万不要丢掉,丢掉了就可能使那两颗新牙断掉,会破你们家的财气!把它们往梁上系时,最好焚两根香,烧几刀纸,算是对赐福给你爷爷和你们家的神灵表示一点谢意!"

"我记住了。"小瑾爽快地答应。

"我还有一句话不知你愿不愿听?"老牙医在把包好的镶牙工具往挎包里塞时有些吞吐地朝达志问。

"快请讲。"

"这老人长牙和女人一产三胎一样,在民间都称怪事,往往在让人欢喜的同时,也会让人落泪。"

"你是说——"

"有一乐就有一哀,当小心别让家里出事。"老牙医说罢,捋了捋飘垂的白须,迈着老年人特有的颤步向门外走去。

达志被老牙医最后那句话惊得有些发呆,出事?我家能出什么事?旺旺的身体健壮,小瑾勤俭持家,昌盛忙着丝织厂里的工作,能出啥子事?老天保佑我们尚家人个个平安;保佑旺旺学业有成;保佑小瑾身子结实;保佑昌盛诸事顺遂,能早日把自家的织丝厂办起来,织出俺尚家世代人都期盼着的"霸王绸"……

尚达志如今的活动范围主要是在院里和室内。院子门口的那道高门槛已是他很害怕的东西,有几次他想迈过门槛再走到街上再走到隔壁的尚吉利织丝厂里去,可那道院门槛固执地挡住了他的脚,他抬了几次腿都没能迈过去。他现在才知道"人老怕门槛"这句话是对的。

吃过早饭他照老习惯拄了拐杖在院子里散步,每走十来步就停下来歇息一阵。年龄像一个榨取力气的机器,每过一年就要把人身上的力气榨走一批,使得人活动的范围日益见小。老天爷似乎在玩一个游戏:人生下来后先让他在床上躺在室内爬在院子里牙牙学步,尔后放他到院子外边到大街上到田野里到大山上去跑,让他活动的范围越来越大。就在人觉得自己无所不能忘乎所以之后,再一点一点限制他的活动范围,先是不准他爬山,不准他越野,后是不准他上街不准他出院,最后完全把他限制在室内直到他重又躺在床上等着死去。出发点和终点都不过是一张床,你们人还有什么了不起?! 达志仿佛听到了老天爷讪笑的声音。

他在停步歇息的时候厌了耳去听隔壁尚吉利织丝厂里的动静——他如今常靠这个方法去了解厂里的情况。只要听到织机在响他的心情就好。尚吉利织丝厂自承达重新主政恢复生产以来,虽然产量时高时低很不稳定,但织机总算没停。承达当了常务副市长在工厂推行新的管理制度之后,尚吉利织丝厂的绸缎产量又有些增加,只是出口外销的情况仍未见好转。外国人为什么不像过去那样争着买我们的绸缎?是我们的质量不行么?

"哐当"一声,院门被猛地推开,小瑾走了进来。门咋能推这样响?她像是脸含怒色。咋着了?是为了厂里的什么事情生气?还是和昌盛闹了别扭?昌盛从南方开会回来后没见他们红脸争吵过呀?"乒!"是花瓶摔到地上碎裂的声音。干啥要摔花瓶?真是生气了?达志急忙拄杖向屋里走。

花瓶的碎片躺了一地,小瑾那压抑的抽泣声从卧室里传出来。"咋着了,小瑾?"达志关心地问。他对这个勤俭持家的孙子媳妇很满意,他不愿看着她伤心。

小瑾的哭声更大了,哭声里的委屈和气恨成分流露得更加清晰。

"究竟出了啥事,快给爷爷说说!"

"离婚!我要同尚昌盛离婚!"小瑾呜咽着叫了一句。

达志一愣:啥子事闹得这样严重?这些年多少苦难临头时小瑾都没有产生过离开这个家庭的念头,现在日子过得好好的怎么忽然提出了离婚?"昌盛做错啥事了?"

"你问他!"

"好,好,我找人去叫他回来。"达志说着颤巍巍地转身。小瑾一见爷爷走路那副艰难样子,又忍不住叫道:"爷爷,你不必去找他,你看看这个就会明白!"说着把一张白纸递到了达志手上。

"这是啥?"达志越发莫名其妙。

"诊断结论!"

"诊断结论?谁得病了?"

"我。"

"哦?啥病?"达志急忙摸着衣兜里的老花眼镜。"淋病?淋病

· 43 ·

是什么病?是不是——"达志话到这儿突然噤口,无限吃惊地抬眼望着小瑾。

"昌盛从南方回来的第三天,我就觉着不舒服,当时我没有在意,"小瑾双眼望着墙角,慢腾腾地开口,"今儿个实在难受,我就去了医院,医院一查就把我留下了,说我是全市发现的第一例性病!反复追问我是怎么得的。他们说女人得这种病无非是两个途径:要么是自己卖淫染上的;要么是丈夫嫖妓传上的!我是不是卖淫的女人爷爷你应该知道,我白天在织丝厂里上班织绸缎,晚上回来忙家务,我就是想卖淫,也没有时间——"

"不用说了。"达志摆了摆手,腿开始打起了哆嗦。

"我从医院里回来时才想起,昌盛他这些天一直在吃药、打针,他骗我说他嗓子疼有炎症,原来——"

"不用说了,旺旺他妈。"达志再一次摆了摆手,身子一点一点地佝偻下去并最终跌坐到一张椅子里。好,尚家终于出了能人了!出了会嫖娼的男人了!列祖列宗,达志没有培育好子孙,尚门不幸呵!达志没有让你们看到霸王绸,倒让你们看到了淋病,达志是不孝之后呵……

那天后晌剩下的时间,达志没有再在室内和院内踱步,差不多一直坐在椅子里。旺旺放学回来的时候,达志说:"旺旺你去你承达爷家,今晚就住在他们那里,书包也带上,作业就在他那里做。"旺旺刚要说不想去,一看太爷爷脸上堆积的大团阴云,急忙遵嘱低头走了。这之后达志去了一趟厨房,把一个什么东西掖到了衣襟里,接下来便又坐到椅子里静等着昌盛回来。

小瑾原本是想回娘家的,可一看爷爷那副样子,担心他一气之下身子出什么事,就没有走,坐在卧室里生闷气。

昌盛的脚步在院门口响起的时候,垂首坐在那里的达志霍一下抬起了头。"爷爷好!"昌盛进屋打了一声招呼便挟着公文包往卧室里走。

"昌盛,你过来!"达志平静地喊。

"有事?"昌盛转身来到爷爷面前,"我刚刚陪着厂长会见了一对美国夫妇,你猜他们是谁?原来是栗温保的孙子,也就是城西落霞村栗丽的侄子栗振中和他的老婆,他老婆是一个美国女人——"

"你坐下,我有话问你!"达志打断了昌盛的话音,指了一下面前的椅子。

昌盛有些意外,不过没问什么就坐下了,对爷爷的话他一向不敢违抗。

"把你的两只手放到桌子上!"

"干啥?"昌盛惊诧了。

"放上我看看。"达志的话音依旧平静。

昌盛不明所以地笑着把两只手摊放到了桌子上,"爷爷你是不是要给我看手相?"

"你平日摸东西时常用哪只手?"

"摸东西?左手,用左手最多。"昌盛笑答。

"最近这只手都摸过些啥?"

"啥东西都摸过呀?!"昌盛越发糊涂了。

"摸没摸过犯禁的东西?"

"犯禁的东西?"昌盛呆望着爷爷。

"譬如说妓女的身子!"达志的声音突然变得低沉严厉,而且在这话音响起的同时,只见他呼一下从衣襟下摸出一把菜刀来,猛然提起向昌盛的左手指肚砍去。昌盛在最初的惊愕过后急忙缩手,但是晚了,那把刀斜着砍上了他左手的五个指肚。五片鲜红的肉伴着鲜血和"梆"的一响落到了那张黑漆剥落泛白的桌面上。昌盛跟着发出了一声凄厉的喊叫:"呀——"随即就见他右手抓住左手疼得在地上滚起来。

达志慢腾腾地把菜刀扔到桌子上,颤颤地拄杖站起来说:"我这是故意伤人,你可以去公安局告我,让他们把我抓起来!"

原本闷坐在卧室里的小瑾听到昌盛的惨叫,吃惊地跑出来,待看见昌盛满手是血的在地上滚动,骇得腿都软了。

"拿一块白布给他包包,然后领他去医院让人家大夫消毒!"达志转对小瑾沉声交待。原本吓呆在那里不知所措的小瑾,紧忙进屋找了一件白衬衣出来,三两下撕成布条,捏住昌盛的手包扎起来。

"削去点皮肉,在指肚上留个疤好,你以后再玩妓女时,手指头摸上去会感觉更受用!"达志瞪住还在呻吟的昌盛恨了声说,"我叫你去深圳看看学学人家咋样办厂子,你倒好,先学会了玩妓女,你个狗东西,这东西你学得倒挺快!我们尚家世代男人都在为织出好绸缎操心费力,只有你敢把精力用到玩妓女上,行呀,尚家终于出了聪明能干的后人!你可真是为咱们老尚家争了光了!你个杂种!"

"我是一时鬼迷心窍……"昌盛忍了疼吸溜着嘴嗫嚅道。

"鬼迷心窍?你为啥就没有让织绸织缎的事迷住心窍?你个不成器的东西!你是没有约束自己的能力!你看看这个世界上,有哪个干成一番事业的人是放纵自己的?约束,约束自己,懂吗?"达志又朝昌盛挥起了拐杖,吓得小瑾急忙用自己的身子遮挡住丈夫。

小瑾扶昌盛去医院包扎回来,达志还坐在堂屋里等着,昌盛一进屋,达志就抬手指了一下他刚摆好的祖宗牌位,说:"你给你爹、你妈和祖宗们说说,以后玩妓女想咋着个玩法,是跑到南方去找呢,还是把她们请到家里来?!"昌盛见状急忙"噗嗵"一声在那些牌位前跪下,羞愧至极地说道:"昌盛此后敢再向妓女们伸一回指头,就立马撞墙而死!……"

当晚临睡前,达志又隔了门对昌盛、小瑾厉了声交待:"你们两个下身上的病,要悄悄地吃药,打针,找大夫开药,不能用真名!明天要把你们的衣被统统蒸煮一遍,从明儿个起直到你们病好,不许再接触旺旺!"言毕,才拄了杖一步一步向卧室里挪去……

9

卓月再次走上安留岗是在一个太阳初升的早上。她决定今天再对土坛四周来一次复掘,这样的复掘此前已进行过一次,那是在大规模发掘结束的第二天进行的,但那次的复掘只找到一块刻有"鄗"字的木片,那木片仿佛是从一根木简上断裂下来的。木简不可能只有一根,她估计土坛四周的土里还应该埋有木简,于是就在星期天的早晨带着师专历史系的几个学生又来到了安留岗上。

她对学生们讲了挖掘的位置和方法之后,便和学生们一起干了起来。这是一场没有任何报酬的劳动,卓月是用自己的工资给学生们买的干粮,她只是想弄清近两千年前发生在安留岗上的事情。

夏季的太阳正在迅速地变成火球,卓月后悔没有让同学们都戴个草帽来,她担心待会儿升高的太阳会把同学们晒晕。但奇怪的是,太阳升高之后,在发掘现场忙碌的同学们都没感觉到太阳的热度,相反,每个人都觉得有股凉气从脚下升起。卓月有些惊奇,就到岗下去走了一趟,想比较一下岗上和岗下的感觉是否一致,结果发现站在岗下反而很热,这使她忽然间明白:正是因为岗上的那种奇怪的凉意,才使得那两具女尸和动物的骨头得以保存到今天。

"大姐,当初挖出来的那些棺材都拿到哪儿了?"一个手提竹篮和镰刀的姑娘这时走到卓月身边问。

"拿到市里的博物馆保存了。"卓月仔细地打量了一眼这个姑娘,发现这个农村少女长得可真是漂亮。

"大姐,你说棺材里的鬼魂不会缠住最初挖到她的人吧?"

"哪有什么鬼魂?"卓月笑了,笑罢忽然抓住姑娘的手:"你叫曹宁贞吧?当初是你先发现的这个地方?!"

宁贞轻轻点头。"我这些天总做噩梦,总梦见一个女的捧着头向我走来。"

"这是精神作用。"卓月笑着拍拍宁贞的肩膀,"人的梦境常和自己的想象有关。"她觉得她有点喜欢上了这个纯真的乡下姑娘。"你这是在挖野菜?"

"挖野菜卖钱,如今城里人也喜欢吃野菜了,我想用这个法子攒点学费,看能不能把高中读完。"

"噢。"卓月有些意外地看着宁贞,"高中读了多长时间?"

"只读了两周,因为家里没钱,停了。"宁贞答罢,朝卓月挥挥手:"我得去挖野菜了。"

卓月望着宁贞的背影,心里涌上了一阵难受。多好的女孩,她发现了这个汉代的土坛和那么多的文物,而她自己竟然无钱读书。

那天的发掘一直持续到后响,一无所获使卓月和同学们都有些泄气。眼见太阳就要坠地,卓月只得宣布发掘结束。待同学们做好了返回的准备之后,卓月打开自己的书包,掏出了一摞新书——那是外爷卓远的那本刚印出的专著《时间的痕迹》,她给每个学生发了一本。"你们今天辛苦了,为了表示我的谢意,我送每人一本书。这本书是讲时间的痕迹的,我们今天所进行的发掘,其实也就是在寻找时间的痕迹。时间是一种无形无状轻盈无比的东西,但它走过时还是留下了这样那样的痕迹……"

学生们走后,卓月又在土坛上站了很久。看来我得凭已有的东西来作结论了。现在重要的是弄清这个土坛建立的时间,碳14测定的误差有几十年,这不行,我必须有准确的年、月,有了年、月,一些事情就好判断了。

时间！人干什么都绕不开你呵！

根据方形土坛上出土的陶器和两口棺材的形制,可以大致判断出土坛建成于东汉初期;依据碳14的测定,也只能明白土坛建成于公元一世纪末至二世纪初,但要具体弄清建成于哪一年确是一件难事。卓月那些天除了给学生上课之外,剩余的时间全泡在了保存在博物馆里的那些由土坛上出土的文物中间进行琢磨、研究。

绝望是一点一点向卓月心中积聚的,当成堆的绝望使得卓月就要决定退却罢手的时候,那把环首刀帮了她的大忙。那把刀保存完好,刀身与刀柄同等宽窄;刀身上沿着刀背开有血槽;刀尖由刀背向后成半圆形斜收;环首包缠金片;外带鞘。这是一种优质钢刀,是经过反复叠压锻打而成的,硬而有韧度,很适宜于猛力劈砍而不致折断。这在铁铠大量使用,骑兵日益发展的时期,是优良的近距离格斗兵器。卓月过去也曾反复看过这把刀,可除了发现刀身上刻有"百练(炼)清(精)刚(钢)、卄涑(卅炼)大刀"字迹之外,并没发现可给她的研究以帮助的东西,那天她因绝望决定罢手回家,在收拾放大镜、毛刷和其他用物时,不小心把横放在桌子上的那把环首刀碰掉到了地上。她吓了一跳,担心把这件文物摔坏了,待弯腰拣起以后,发现除了把朽木柄摔脱外,其他一切包括刀鞘都未损坏,她松了一口气,急忙把摔脱的朽木柄往柄舌上安,就在安柄舌时她忽然发现,那柄舌上刻有"延光四年阎耀"六个字。这使卓月十分惊喜:延光是汉安帝刘祜的年号,延光四年是乙丑年,是公元125年,这就是说,这个方形土坛最早是延光四年建的。阎耀显然是这把刀的主人,有了名字就好办,就可以查史料找了。

卓月当天晚上没有吃饭,就赶往学校的图书馆里查找东汉延光四年的史料。阎耀的名字最后是在一本南阳县志上查到的,那上边只有一句:"阎耀,南阳县人,官至城门校尉,死于延光四年。"

这就是说,阎耀是在得到这把环首刀的当年死的。这把环首刀是当年造出当年进了坟墓。这也就同时证明,这个方形土坛是延光四年建的,那两位女尸是延光四年死的和埋的。嗨,我又向谜底前进了一大步!

卓月兴奋得一晚上都没有睡好觉。

接下来的任务就是查找阎耀的死因,弄清他的环首刀何以放在了这个方形土坛上,放在了两个女人的棺材前边。

她想,既然阎耀是一个城门校尉,有关东汉安帝年间的史料就有可能提到他。果然,有一本关于刘秀宗室研究的书中提到:阎耀,安帝皇后之三弟,官至城门校尉,卷入延光四年的宫廷政变后被杀。

卓月面对着这条记载吸了一口冷气。教历史的她知道,延光四年发生的那场宫廷政变极其血腥,死人无数。阎耀既是卷入这场宫廷政变中,被杀是很正常的,只是他的环首刀怎么会进了两位女子的坟墓?

两位年轻女子与他一起卷入了那场宫廷政变?

是他的一妻一妾?

这对妻、妾是为了表示对丈夫的挚爱而嘱人把他的环首刀放进自己的坟墓?

卓月再一次面对着一连串的问号……

10

昌盛在确信自己的淋病已经治愈的那天黄昏,独自走进一家酒馆接连喝了三杯啤酒。这也算一个庆祝吧,庆祝自己总算从一场劫难中逃了出来。老天,这是一场什么样的劫难呵!昌盛一想到这些天治病的经过就觉得无地自容:去买药时惟恐别人认出自己,总是戴了墨镜垂眼低眉轻声细语;去打针时胆战心惊,惟恐别人问起病情;在家擦洗涂药时紧闭屋门,只怕有谁此时上门撞见。有时厂里有急事需要去处理,得忍着那份可怕的疼和痒同人们说笑;在家里,小瑾虽不再吵闹,但那份冷眼相向一句话不说的样子也非常让人难受;尤其是到了夜里,分床而睡的两个人都对着灯用药涂擦患部,小瑾常常涂着涂着就把棉球恨恨地扔到了他的身上,真真是令他尴尬无比。

这一切总算过去了。

这是我应得的一次惩罚,深圳之行将因此而永远留在我的记忆里。

深圳的确是一个好地方,但它让我带回的第一件东西竟是如此可怕。

昌盛往家走时觉到了有点头重脚轻,他想到家就倒头躺下,好好地在一种没有精神压力的情况下睡个好觉。可刚进屋门就听爷爷喊他:"昌盛,过来。"

昌盛向爷爷的睡屋走时,立刻感到了左手指肚上的伤疤在隐隐作疼,他进屋没敢抬头去碰爷爷的目光,只问:"爷爷,有事?"

"好了?"

"好了。"他感觉到脸和脖子都红了,好在天已黑透,爷爷看不清他的神色。

"我估摸也该好了,既是好了,就去拿把镢头来。"

"镢头?"昌盛一愣。

"对,去把这里边的东西挖出来。"爷爷指了一下一处墙角。

昌盛呆了一霎,恍然记起父亲生前曾告诉过他这墙角埋有贵重东西,什么时候挖要看时机,这个时机爷爷在世时由爷爷决定,爷爷不在时由他决定。这么多年过去,他差不多已经忘了。

"挖吧。"

他没用多久就从墙角挖出了一个坛子,并从坛子里抽出了一个木箱,打开木箱时他的双眼一下子瞪大:金条?

"数一数,看是不是二十根。"

昌盛数后点了点头。

"知道让你把它们挖出来干啥吗?"

"办厂,爷爷。"

"藏了这么多年,总算到用的时候了。"爷爷示意昌盛把盛金条的木箱抱放到他身边的桌子上,边说边用手摩挲着那些金光灿灿的"砖头"。"昨天的广播上说,咱南阳出现了首家个体水泥预制件厂,由此我估摸着,咱们也可以着手了。"

昌盛静静地听着,预料之中的事总算就要来了。他知道这是尚家的大事,这件事爷爷作了决定之后,剩余的事就全要由自己去做了——你行吗?你能保证会把这件事办成?开办一座工厂可不是一件小事情,万一——

"眼下有这样几桩事你要去办!一个,去给你承达叔说说我的心愿,让他能够同意咱办厂,他是副市长,他同意了,具体的手续就容易办些。再一个,找到银行里的熟人同人家说说,把这些金条换成现钱,一克能换多少钱,先弄清楚;这事要办得隐秘些,不能让多的人知道,不的话说不定会惹出祸来。三一个,同南方的或杭州那边的丝织厂家联系联系,问问丝织机的行情,计划一下买几台织机。四一个,要去咱世景街东头的三星帆布厂打听打听,我听说他们这个街道小厂已经垮了,看咱们租用他们的厂房行不行。这几桩事办完,咱们再说下一步。"

爷爷沉稳地有板有眼地吩咐着,昌盛一边点头一边在心里惊叹:九十多的人了,想事还这么细!有爷爷这个参谋在背后指点,我会把这件事办出个模样来的。

昌盛没有想到,叔叔承达会坚决反对另办丝织厂。昌盛刚在他面前说明来意,承达就决绝地摇头:"怎能想出这个主意?"

昌盛在叔叔面前没敢坚持,昌盛说:"你不让办你得去给我爷爷做点解释,不然他还会让我来找你。"

于是当天后响承达就来到了父亲的睡房。他是文革后改姓尚的,这些年他早已从感情上接受了这位父亲,常常怀着一份歉疚来到父亲身边嘘寒问暖。

父子两个一番例行的问候过后,承达说了自己不同意另办丝织厂的原因。"你想,我在当副市长,带头支持侄子去办私营企业,别人会咋说?昌盛有技术有本领完全可以在国营丝织厂里发挥,为何非要另起炉灶不可?眼下国家是支持私营企业的发展,但从长远看,它毕竟属于资本主义的东西,为什么非要往这条路上走不可?……"文革那些年的经历让承达认识到了发展生产的重要,但从小所受的那种教育使他对发展生产的途径有自己的看法。他认为决不能依靠"私人"和"私营"的办法,在他的脑子深处,对"私"字保持着很高的警惕,总认为"私"是一切罪恶的渊薮。

达志不动声色地听儿子说着,没有进行任何争辩和反驳,只是在儿子说完之后问道:"私人办厂犯不犯国法?"

"国法倒不犯。"

"不犯国法就说明国家是允许的,国家都允许了,你作为一个地方官为何反对?"

"我——"

"就是为你考虑,你也该同意这桩事。你为官一任,该不该造福一方?造福凭啥,不是凭钱么?可你手中的钱从哪里来?不是要靠各个村子各家厂子交吗?国营厂子交的利润是钱,私营厂子交的税就不是钱了?"

"当然,只是——"

"只是啥?只是你只考虑自己,你没考虑考虑你爹,你爹我这一辈子都想办个丝织大厂,如今社会总算又给个机会,你为啥就不许呢?你要不是我的儿子,我也不敢同你这样说话,过去你爹我见了当官的都是低眉顺眼大气不敢喘。"

"我理解你的心思,但——"

"还有一桩事不知道你晓不晓得,昌盛告诉我,前些天有两个美国人,到国营尚吉利织丝厂里参观,原来是说好要订购一批绸缎的,可看了工厂看了绸缎样品后嫌质量不好,一匹没订就走了。这桩事你听后心里咋想?"

"尚吉利厂子的绸缎质量有问题,你和昌盛都可以提意见出主意。"

"我出了主意你敢照办?我说把现有的厂级干部全部免去,只留一个懂行的人当厂长;厂长下边只设原料、生产、销售三个人管事,其余的人全由这三个人决定去留,你敢采用这主意?"

"这会引起社会大震动,当然不能——"

"就是,所以你该批准我另建一个新厂,就是只从多让街上的闲人就业这点考虑,也该批准……"

父子俩说了许久,但直到最后承达也没有表态应允。承达走后,达志哑了声喊:"昌盛,去找个地板车来,拉我去见你云纬奶奶！"昌盛见爷爷情绪激动，担心于他身体不好，就劝道："凡事可从容商量，用不着这样急。"达志一听火了，用拐杖敲着桌子叫道："我还有多少时间让你从容？"昌盛不敢再说别的，急忙出门去找车子。

11

盛云纬要为自己做一口棺材的决心下定于一个没有阳光的早晨。那些天的许多个夜晚,她都梦见了死去多年的娘。梦中的娘每回见了她总要把一个拖把递到她的手上,而且随后便扯了她的手说:走吧,孩子,跟我去梨园里看看……

她梦醒后总要猜娘要拉她去的是哪个梨园。娘在世时百里奚村周围有两个梨园,两个梨园中间都有一块梨园主人家的坟地,年轻时的云纬最不愿去梨园里玩。她记得娘在世时是知道她害怕去梨园的,可娘为啥偏要拉我去梨园里?而且还要朝我手里塞一个拖把?

她把这视作一个不祥的征兆。也许我真的已活到了阳寿的尽头,该去和爹娘团聚了。也是,九十多岁的人了,还能活到哪里去?该做点走的准备了。阎王爷倘是动了要你走的念头,你能躲到哪里去?她于是把儿子承达叫到身边,说出了想做一口棺材的愿望。

承达一听就笑了。承达说:"妈,你瞎想什么?你的身子结实着哩!退一万步说,就真是有个三长两短,也用不着棺材,如今都兴火葬,买个高级骨灰盒——"承达一见妈的面孔阴沉下来,急忙住了口。

"我不愿火葬,把我一下子烧成灰我还咋能看见你们?让我睡到棺材里,密封严实一点,我就躺在那儿看你们过日子。"

"可我是副市长,这做棺材的事——"

"副市长有啥不得了的？你还能当几辈子副市长？副市长的妈就不能做口棺材了——"

"好,好。"承达不想跟妈妈争辩惹她生气,便悄悄买来木头请来木匠在家里做。

木匠做棺材的那些天,云纬每天拄了拐杖站到一旁观看,时不时地叮嘱几句:经心点做,这可是积阴德的事。偶尔,还会把孙女、孙子们买的糖块拿一把塞到木匠手里说:吃,这算我贿赂你的,你要是做不好可小心我在地下骂你!

棺材做好漆好是在一个正午。云纬戴上老花镜绕着棺材走了三圈反复检查之后说:"行,这老屋让人住着放心。"随后她便让孙女滟滟把一双新被子铺在里边,把自己喜欢的几件衣服和娘当初给她的玉镯、达志送她的岫玉项链全放到了棺材里,俨然一副立马就要走的样子。滟滟被那口新做的棺材和奶奶的举动弄得很是紧张,又惊又怕地问:"奶奶,你这是要干啥?"

"别怕,孩子,奶奶这只是做个准备,免得到时候忙乱。"云纬拍着孙女的肩膀让她去忙别的,自己站在棺材前轻轻用手触摸着棺材。呵,忙活了一辈子,原来这就是自己的归处。在这一刹那,她想起了自己年轻时对生活的想望,想起了和达志相恋以至订婚时的那种欢快模样,那时以为人生会长得没有尽头,会有成堆成堆的时间,以为前边会有许多好景致等待着自己去看,以为自己这一生会获得许多东西,没想到最后不过是落了一口棺材而已。唉——她长长地叹了口气。

正当她在棺材前抚着棺板叹息的时候,昌盛用地板车把爷爷拉到了院里。滟滟最先看见,滟滟一边上前搀着达志下车一边朝屋里高喊:"奶奶,尚爷爷来了!"

云纬听见,隔了窗户问:"是听说我做了'老屋',特意来看的吧?"达志不明云纬的话意,进屋看见棺材,才吃了一惊道:"我比你大一岁,我还没想老屋的事,你倒做好了。同龄的男女,都是男的

· 57 ·

先死,你慌啥子?"

　　云纬挥手让昌盛和滟滟出去,这才又开口:"阎王爷八成已生了要我走的念头,我这满身的病,活着也确实受罪,早死早安生。我死后会给你留一封信,该给你说的话我会写在上边。"

　　达志闻言,手哆嗦着在云纬瘦骨嶙峋的肩上摩挲,心里涌起一阵钻心的痛惜。多少个结婚的机会都失去了呵!文化革命结束后这几年,两人还都动过这心思,后终因年龄太大怕世人笑话而没敢向儿孙们提起。一辈子就要过去了,没有机会了。现在才懂得,人生中有些事办起来是不能犹豫的,一犹豫就可能永远错过去。"我很可能要死在你的前头,"达志笑笑,"不过眼下,我还得求你替我办件事。"

　　"啥?"

　　"我想自家办一个丝织厂。"

　　"还在想织霸王绸的事?人老成了这样?"

　　"这念头是放不下了。"

　　"他是你的儿子,你不会自己去同他讲?"

　　"讲了,不行。我和他讲话终不像当年和立世讲话那样随便,我心里没有啥仗恃,我没有养活过他一天,这心里总虚。"

　　"好吧,我来说,这可能是我最后一次帮你了……"

　　承达进屋时见妈妈正在打盹。只要是不开会外出,他能做到每天晚饭后来看妈妈一回。他见吃饭的筷子还攥在妈的手里,就轻步上前把筷子抽掉。——"这种现象越来越多,吃着吃着就打起了盹。"滟滟伏在叔叔的耳边说,"还有,昨天后晌她站在院里,硬是找不到住的屋门了,在院子里来回转圈。"

　　承达默坐在那里看着妈妈,他第一次发现妈妈坐在椅子里的身子显得十分瘦小。他记得妈妈过去的身个高高大大,他那时很为妈妈的身个自豪。

一阵含混的自言自语从妈妈的唇间涌出,他先是以为妈妈醒了,仔细一听才知道老人是在说梦话:……走……走……白……树……草……他起身拿过一件衣服想给妈妈披上,没想到衣服刚一触到她的身子她就睁开了眼睛。

"你来了。"

"妈,要不要扶你去床上躺下?"

"不,我得先给你说说你爹办厂的事,省得我一会儿又忘记了。现在好像有一个人拿着黑板擦子站在我的脑子里,我只要一想起个事情,他就紧忙把那个事情用黑板擦子从我脑子里擦去,好让我忘得干干净净。"

"他来找你了?我已经——"

"为啥不让他办?"

"主要是怕影响——"

"最大的影响是啥子?"

"别人会说——"

"无非是你丢官吧?"

"妈,这种事你别管。"

"我原本就没指望过你当官,官丢了就算。再说你的年纪也不小了,还能干几年?"

"妈,你知道咱们的政策是因人而变的,万一将来说私营经济是——"

"可你要是不让他办厂,他说不定会丢命的,他的脾性我知道。你可是就这一个亲爹!"

"他人老了,在家享享福多好,为啥非要——"

"这桩事我替你作主了,既是不犯法,就让他办吧。滟滟,你跑一趟,去告诉你尚爷爷,就说你叔叔同意他办厂了。"

滟滟在外间应声出去了。

承达叹一口气,无可奈何地抓着头皮。他不敢再坚持,他知道母亲的脾气,万一她因此事过于激动引发了什么毛病那可就后悔莫及。罢,罢,就让他们办吧,日后无非人们说我支持发展私营经济,可南阳是蚕丝和柞丝的产地,多一个丝织厂也是应该的。

"还有一件事我也想给你说说,我在昨夜里做了个梦。"

"哦,梦见啥了?"承达装作很认真地问。这几年母亲常向他说起她的一些梦,她在说梦的时候,你稍一表示不愿听她就不高兴。

"我梦见穹穹他妈在你们住的那个大院门前流眼泪,好像很伤心,为啥流泪我倒不知道,远处很像是有一辆汽车,穹穹好像是还搀扶着一个人。"

"也许是风把沙子刮进了她的眼睛。"承达笑着宽慰母亲。每次母亲向他说了梦的内容以后,他都要想法把那梦解释成一件轻描淡写的事,以减轻母亲的心理压力。人老了,担心的事情可真是多。

"我觉着那可能是因为一件大事,"云纬忧虑地摇着头,"你们现如今住的那个院子不是个好地方,这些年凡是住进去的人,没有一个有好下场,所以我总担着一份心。你们啥时候要能搬出来住才好。"

"在外边另修一处宿舍要花许多钱,搬出来住不太可能,我们住在那宅院里一切小心就是,不会出啥事的。"

"但愿你们……平安……"云纬说着又阖眼打起了盹。承达没敢动,静听着母亲时轻时重的呼吸声和偶尔一句含混的呓语。衰老原来可以把人变成这样。再过些年,我可能也要变成这个样子?……

12

　　中国人主动地轰隆隆拉开自己久闭的国门的举动,令全世界吃了一惊。人们一时都把目光朝中国扭过来,想看看这个一直关门过日子的家庭的内部究竟是一个什么境况。于是申请到中国旅游的人一下子多了起来。

　　秋天的一个晚霞斑斓的黄昏,美国纽约唐人街中段的梦宛绸缎店里,满头白发的栗秉正把儿子振中叫到身边低了声说:"隔壁卖瓷器的景家儿子,今天飞去中国大陆了;我在想,咱们也应该回去看看,听说以后国内也欢迎外边的人进去做生意,咱们卖绸缎的,过去依靠的就是大陆,不回去摸清情况怕是不行。顺便,也好把你奶奶的心愿了却了。"

　　"我跟振中一块回去。"振中听罢父亲的话还没来得及开口,站在一旁的艾丽雅已经先表了态。振中于是笑笑:"好吧,我明天先去中国驻美使馆问问。"

　　三天后,振中和艾丽雅便来到了中国使馆办签证。

　　一切顺利。

　　拿到签证后振中高兴地把艾丽雅抱起,一直抱到汽车里。

　　"我现在只剩下了一个担心!"艾丽雅那刻坐在车里望着飞速而过的街景说。

　　"担心什么?"

　　"担心我们在中国期间他们不让我们做爱。"

"你胡说什么?"振中猛拍了一下方向盘。

"你不知道,我读过孔子的书,可以说孔子是中国人的代表吧?他给我的感觉是一本正经而且永远板着面孔。他认为女人难养,他主张男女授受不亲;我还听说,中国人反对男女接吻,他们认为那有失庄重。在一个接吻都不允许的国家里你能想象他们会允许——"

"好了,好了,把这些乱七八糟的一知半解先扔开,你下去买一束鲜花!"

"买鲜花干什么?"

"我们先去公墓,把咱们要回中国大陆的消息告诉奶奶!"

振中和艾丽雅到达公墓时天已正午,公墓里一片安详肃穆。所有的灵魂都正在午睡,只有树叶在微风里摇出催人欲眠的响动。振中和艾丽雅轻步走到奶奶草绒的墓前,深深地鞠躬。奶奶去世前曾一再说她很想把遗骨运回故土,但那时中国的国门尚未敞开,这样的事谈何容易?

振中在墓前鞠了躬献了花之后,又轻步走到不大的墓碑后边,从墓碑的底座下摸出了一个很小的防潮防锈盒子。

"这是什么?"艾丽雅满眼惊奇,"我怎么不知道墓碑座下还藏有东西?"

"中国人办有些事时,是不让家中的女人知道的。喏,你看,这里边只装了一枚铜钱,这是奶奶从少女时就穿了红绳戴在胸前的东西。奶奶去世前叮嘱过我,如果今后有回大陆的机会,就把这枚铜钱带回去,埋在栗家祖坟里,奶奶说这枚铜钱会带着她的灵魂一道回去。"

"哦?"

"奶奶,我们走吧。"

艾丽雅觉得她真的听到了一声叹息。她急忙扭身四顾,四周除了安静没有别的。

"你听到了吗,奶奶的叹息?"她紧张地向振中身边靠了靠。

振中微微一笑,什么也没说,只是一手拉了艾丽雅一手拿着那个盒子,快步向公墓大门走去。

那天晚上,纽约唐人街中段的梦宛绸缎店没有再像往日那样店敞灯开迎接晚间的顾客,受雇的几个店员早早奉命关了店门下工,下工前都有些意外地看着店主一家四口静坐在桌前。

"你们明天就要走了,"栗秉正捋了捋鬓上的白发望着儿子、儿媳慢腾腾地开口,"我很想让你们再听一遍你们的奶奶临终前的那番话,那其中有不少是对你们回国后的叮嘱。"双鬓也有了白发的阿倩,在丈夫的话音里起身拿过一盘音带插进了录音机里——

……我的胸口难受……主八成是要带我走了……走吧……我愿意跟你走……主……我知道你不想让我再受罪……我这一辈子接受了你的不少回照应……你给了我很多……儿子……儿媳阿倩……孙子……孙媳艾丽雅……我现在就是缺一个重孙子……但我知道人不能对主要求太多……我应该知足……秉正……要相信主无所不在……无论多忙都不能忘了进教堂……只有主会保佑你和全家……这一点你要记住……咳、咳……

振中在奶奶的咳嗽声里仿佛又看到了奶奶坐在轮椅里的模样,看见奶奶摇着轮椅向他走来,看见奶奶摸着他的下巴叫着:这小东西也长胡子了!看见奶奶俯在艾丽雅的耳朵上说:早点怀个孩子吧……

……我这把骨头……看来要埋在美国了……我多想回南阳看看……看看落霞村……看看福音堂……看看卧龙岗……看看白河滩……看看我和秉正住的那个栗府后院……看看织绸缎的尚吉利大机房……看不见了……这一切都看不见了……我死后……你们有谁要是能回到南阳……记住把我身上的这个铜钱……带回去……这是我的娘从我生下来就戴在我身上的……带回了它也就

等于带回了我的魂灵……它是我的保命符……我的骨殖就不要动了……让它留在美国吧……只要我的魂灵回去了就成……记住把它埋到栗家祖坟上……但不要埋在你们的爷爷栗温保身边……我估摸他已经死了……离他远点……我可以宽恕他……可我不愿接近他……不愿……我的胸口又难受了……我憋得难受……还有……你们要是回到南阳……一定要去看看一个叫尚达志的人……要是他还活着他也该老得像我一样了……你们的爷爷愧对过他……你们要做绸缎生意……免不了要和他打交道……我憋得难受……咳咳咳……

振中再一次看见奶奶在病床上翻滚,看见奶奶在艰难地喘息,看见奶奶抓着父亲的手咽了气,看见父亲俯在奶奶的身边哭,看见奶奶的两只眼还在大睁着瞪着房顶……奶奶,我明天就带你回国,回到你日思夜想的家乡去……

振中和艾丽雅是第二天上午登机的。纽约机场的上空那一天云淡风微,振中在登机口朝送行的父母挥手时忽然听到一声熟悉的奶奶的咳嗽,他吃了一惊,他急忙观察前后的乘客。一定是我听错了,把别的乘客的咳嗽声当成了奶奶的。

但当他在座位上坐下飞机开始滑行时他又听到了一声叹息,这叹息分明是奶奶发出的。他再一次吃惊地环顾左右,左右都是面露喜色的乘客,没有谁会发出叹息。他默然地从包里掏出奶奶生前让带回去的那个保命符,他惊奇地看见那符上有一个很小很小的水珠。奶奶,不是你在显灵吧?你不要吓着我们,我和艾丽雅都没有见过灵魂的模样。你只需安心地不声不响地跟着我们就成,我们一定会把你带回南阳……

"振中,到了中国他们允许我和你睡在一起吗?要是分开睡我可是有点害怕,奶奶是不是一直在跟着我们?"

"放心吧,你看看窗外。"

飞机正在云海上滑动,蔚蓝的海水不时从机翼下露一下面孔。
我正在接近中国。中国,我就要见到你了,我是一个你还不认识的后代……

13

栗丽在卖完最后一担秋茧的那天晚上,听说有两个美国人第二天要来访问她的家庭,原本因秋茧丰收而沉浸在喜悦中的栗丽被这消息吓了一跳:美国人来我家干什么?通知她的村里干部一时说不清缘由,她只好忐忑不安地上床躺下,并在各种各样的猜测中等待天明。

天亮后她喊醒儿子、女儿起床打扫屋子和院子,她平时就注意把屋子收拾得干干净净,何况今天要迎接外国人的访问。你们要来我家问什么?我们只是一家普通的蚕农。

儿子宁安面孔阴沉地执行着她的命令在院里挥动着扫帚。自从春天那次卖茧打架过后,宁安原本就少笑容的脸上越加阴云重重。我不知道这孩子为啥心事这样重?是不是因为家里穷?他要是遇上我当年经历的那些变故又该怎么着?

女儿宁贞在用抹布擦拭着屋内的桌椅条凳,一边忙着一边笑着提醒母亲:"人家要说英语你怎么听得懂呢?"女儿的话勾起了她对当年读书生活的回忆,那时我也学过英语,口语也达到了可以和靳岗教堂那些外国神父对话的水平,可这些年再没用过,一个单词也记不起了。

载着美国人的小轿车是早饭后抵达落霞村栗丽家门前的。栗丽把全副注意力都用在了对从车上走下来的那位美国少妇的观察上,直到听到一声"姑妈,您好"时,她才一怔,才呆呆地看着站在面前的一位年轻中国男子。——"我叫栗振中,栗秉正的儿子,就是……"

栗丽没有再听振中下边的解释,秉正哥哥的身影几乎立刻出现在了她的眼前。当年因为两位母亲之间的不睦,她和这位异母哥哥接触不多,但印象并未磨灭。这小伙和秉正哥确实有些相像。呵,秉正哥,这么说你没有死?你竟然还去了美国?你还有了儿子?你一定是得了神的保佑……

接下来振中介绍了艾丽雅,栗丽拉着这个洋侄媳的手反复端详。艾丽雅热情地拥抱着这个中国姑妈,在栗丽的颊上吻出响亮的声音。栗丽唤过儿子和女儿过来和振中夫妇相见,爽朗的艾丽雅把宁安和宁贞一齐拥到怀里,弄得兄妹俩面红耳赤浑身不自在。

在一顿丰盛的午餐之后,栗丽领着振中夫妇向栗家祖坟走去。振中从小在家庭接受的仍是东方式教育,所以上坟前知道买些火纸、鞭炮、棒香和祭品。在给各位先祖的坟上焚燃火纸时,振中特意给爷爷栗温保的坟头上多放了几张,尔后双膝跪下,喃喃说道:"爷爷,你没见过的孙子振中携媳妇前来祭拜,并带来家父对你的问候……"

上坟祭祖的最后一件事,是埋掉奶奶生前嘱咐让葬在栗家祖坟的那个铜片儿护身符。振中用预先带来的铁锹在爷爷的坟后几尺远的地方挖了个坑,把那个装有铜片儿的盒子埋了下去。奶奶,一切都是照你的嘱咐办的,在离爷爷棺材五尺远的地方埋的,你已经回到了家乡,你现在可以瞑目安息了……

三个人正准备离开祖坟时,忽见一股旋风不知从什么地方生出,在栗温保的坟头和振中刚才埋铜片的土堆上反复旋转,直卷得土砾成柱状向空中升起,且发出一种呜呜的响声。几个人见状都有些惊住。栗丽知道当年父亲和大妈草绒之间有过不快和争吵,总不会是你们两个见面又争执了起来?大妈,我知道你是主的信徒,我听说主是主张宽恕的,倘若父亲当初做了对不起你的事,那么请你宽恕他吧!一切都已成过去,一切都已无可挽救,我们只有接受生活给予我们的。我还明白你一直为父亲又娶了我的母亲而生气,可是你想想,倘若没有父亲的错误,不也就没有了我吗?而没有了我,振中他们回来会有一个姑姑来接待他们?心平气和吧,大妈,我们面对过去只能心平气和了……"

三个人直到那股旋风慢慢平息之后才离开坟地。往回走的时候,艾丽雅紧紧地抓着振中的胳膊,嘴贴了振中的耳朵说:"我这是第一次见识中国的墓地,在极讲集体、团体精神的中国,墓地是以家族为单位的;而在个人第一的美国,人死后却是集中葬在一起。这是不是有点奇怪?……"

在那天后晌剩下的时间里,振中和艾丽雅提出让宁安、宁贞领着去看看他们家承包的桑园。到了园中,宁贞领着艾丽雅去看蚕种,振中则由宁安陪着在园中看桑叶。振中看得兴致盎然。就是这种桑叶养活的蚕吐出的丝,织出了名扬天下的绸缎,我今天要好好看看你们!他仔细地观察着那些桑叶的叶面,触摸着桑叶的厚度,对着阳光去看叶片上的筋脉,甚至撕下一小片填到口中去尝它的味道。

"味道行么?"宁安淡了声问,话音里带了一点点嘲讽。装他妈的什么洋派,桑叶的好坏难道还要靠咀嚼来鉴定?他对这个由美国来的表哥不怀好感。表哥那身华贵的服装,那手指上的金戒指和浑身的香水气味都让他强烈地意识到了自己的贫穷和地位的卑微,这让他的心里充满了别扭。

"这儿的桑叶的确和我在别国见到的不同,它的厚度、味道和表层沁出物都和一般的桑叶异样,这可能和这儿的土质与四面环山的盆地形气候有关,这大概也就是这儿的蚕丝质量优良的原因。"

"哦?"这番一本正经的回答令宁安一愣。

"表弟,我为你们家有这样一个桑园高兴,可也有一点遗憾。"

"遗憾?"

"我为这个园子太小而遗憾。"

"那没有办法,桑园原本就这么大。"宁安耸耸肩膀。

"你从来没想过让它变大的事?"

"让它变大?"宁安惊奇了。

"对呀,譬如说让这四周的不宜种庄稼的岗坡地都变成桑园,你成为一个几万亩桑园的主人!"

"那怎么可能?"宁安笑了,这是许多天来他第一次露出笑容。

"怎么不可能? 美国一个拥有三亿美元财产的名叫亨利的农场主,他起家时只有半亩土地。而你,已经拥有了一个几亩地的桑园。"

"这个桑园只是承包给我们家,并不是——"

"我知道,我刚刚研究过你们的承包制度,承包就是拥有使用权,使用权是很重要的一项权力,人们购买土地的目的其实也是为了使用。你应该珍惜你对这个桑园的使用权力,让它尽快地为你创造财富!"

宁安的眼睛渐渐瞪大,夕阳在他的眸子里燃起一个晶亮的光斑。

"追求富裕是人的本性,任何外力包括你自己,都不应该压抑它。在这个世界上,不富裕的人将在许多问题上丧失说话的权利,这就是表哥想要提醒你的……"

振中和艾丽雅坐车回城已是夕阳坠地的时辰。两个人临走时把五千元放到了宁安的手上,宁安一愣之后原已准备收下的,可不想振中跟着又说了一句:"记住,不要把希望寄托在别人的援助上!"旁边的宁贞一听这话,脸上有些挂不住,赌一口气坚决地从哥哥手上拿过那钱又塞进了振中的提包。

宁安送他们上车走后又返回到了桑园里,他围着桑园缓步走了许久,最后在园边一棵桑树下坐下,目光直直地盯着远处正在变暗的天空。他隐约地听到了妈妈在村边喊他吃饭的声音,但他没动,直到妹妹宁贞跑来,把他从月光辉映下的园边扯起。

"小贞,刚才那五千块钱——"

"咋,想收下?"

"既是人家已经给了,咱凭啥要撑那股劲不要?"

"需要钱咱自己去想法子挣,干啥去拿人家的钱?让人家看不起?!"

"毕竟都是亲戚,他们给咱钱也算是——"

"你没听他们接着说的那些话?你不脸红我还脸红哩!"

"好,好,不要了对。"

"就对!"宁贞朝哥哥嘟起了嘴。

"哎,小贞,你说到挣钱我忽然想起了,你过去上学经过的永泽路口,不是有两间临街的房子一直在空着?"

"你是说范家那两间空屋?咋了?"

"你明儿个去告诉范家你那个女同学,就说房子我租了。"

"你租?"宁贞在月光下惊得跳开了一步,"你租房子干啥?"

"开个酒铺。"

"嗬?"

"指望养蚕和种田看来不会富到哪里去,再说眼下已是冬天,地里和桑园里也没活可干,咱们是该生个法子赚钱!"

宁贞瞪着晶亮的双眸看着哥哥,不认识了一般。

"要不,等两天再说也行,让我再想想。"宁安忽然又有些犹豫,"我不知道我是不是干这个的材料。"

14

栗振中和艾丽雅在那个上午走进尚家大门时,昌盛已去医院给被爷爷砍伤的手指头换药了。小瑾开门见是一个中国小伙和一个外国女人,就诧异地问:"你们找谁?"

振中便做了一番自我介绍,说是来看看尚吉利大机房的主人尚达志。小瑾听了便急忙把客人让进自家住屋的外间,给他们倒上开水,这才跑到爷爷屋里去告诉他来了美国客人。

达志一听说是栗温保的孙子来了,腿就哆嗦了一下,过去和栗温保打交道的那些场景又倏然来到了眼前。栗温保那个东西还有个孙子在美国?他的孙子来我家干啥?素无往来为啥会想起来看我?是不是来看我们尚家的笑话:你们不是一个丝织世家吗?你们现在织的尚吉利绸缎在哪儿?你们几辈子不是都想织出霸王绸吗?如今织出来了么?

"告诉他们,就说我不在家。"达志朝小瑾挥了下手。

"可我已经给他们说你在家了。"

"那就给他们说我有病,不能见他们。"

"他们要是听说你有病,会不会更执意坚持来探望你?"

"唉,也罢,就让他们来,不过你要先告诉他们我喉咙有毛病,不能说话,我也确实无话同他们说。一想起他爷爷栗温保当初把我织绸缎的房子、机器毁得那样干净,我这肚里就是气。"

小瑾应了一声,急忙过去把栗振中和艾丽雅领了过来。两个人见了达志,都是急忙鞠躬问候,可达志一声没吭,只是眯缝了眼睛打量着他们。还行,栗温保的这个孙子还算有模有样,看来善有善报恶有恶报这话有时也不一定准,栗温保当年做了那样多的恶,如今不是照样留下了这个长得周周正正的孙子?而且还娶了个美国老婆。男人娶个外国老婆,这后代日后还认不认他的祖宗?草绒,他们说到了他们的草绒奶奶,草绒那女人的心肠不错,上天也许是看了草绒的面子,才让栗温保有了这样一个孙子。栗温保,要是凭你的所作所为,你是该断子绝孙的……

达志在那天上午与栗振中、艾丽雅的会见中,自始至终没说一句话,只是眯缝了眼睛听。我现在能给你们说啥?说我们尚家的经历?说我的希望和渴盼?那至多是引起你们的一点同情罢了。我没有可以向你们炫耀的,而你们可以向我炫耀的东西很多:你们穿的好衣服、你们住在美国、你们出门可以随便坐飞机、你们的钱财、你们的绸缎店、你们随时可以到别国旅游。不,现在不说,再等几年,五年或者十年,那时候你再来看看我们尚家,那时候我会让你们吃惊的!你们今天进到我家的神色是意外和惊讶,我注意到了,脸上没有敬佩,但几年之后你们要是再来也许就会带一点敬佩的;你们今天说话的口气是平平常常的,不带啥感情的,但几年以后你们再同我们尚家人说话时,可能就要换另一种口气了,就会带一点小心翼翼,就会带一点点敬畏,也许还会带一点讨好的意味,会的!重要的是眼下我们手上没有令你惊喜的想要的东西!你是绸缎商人,但你在我这里没有看到令你惊喜无比的绸缎,所以你们现在是这副神色和口气。一切都会变的,会变的……

栗振中和艾丽雅告辞向门外走时,达志只是点了一下头。小瑾送的他们,小瑾送他们到前院时,艾丽雅发现了竖在前院的那块石头,发现了刻在石头上的那个▓形图案,她吃惊地停步朝振中叫道:"哈啰,你看这个图案,和我们家的族徽好像一样。"说着,从脖子里把挂在项链上的那个方形骨坠取出来对照,振中也是一愣:果然一样!

"请问夫人,你们在这个石头上刻这个图案是什么用意?"

"不知道。"小瑾摇着头,"我嫁进这个家时就有这块石头了。"

"那你是怎么理解这个图案的?"

"我——"小瑾笑了,"我觉着这可能是说,两个人不论站在任何不同的地方,他们只要在走动,就有相遇的可能。"

"这种理解倒有意思。"艾丽雅也笑了,"就像你和我,我们过去谁也没想会能见面,可我们今天见了。"

"那你是怎么理解你项坠上的那个图案的?"小瑾对这个懂汉语的美国女人有了好感。

"它可能只是一种徽记,有表示吉祥和保佑的意味……"

小瑾那天送走栗振中和艾丽雅之后,站在院中的那块石头前惊奇地自语:外国也有看重这个图案的人,真是稀奇!……

昌盛那些天一直在为办厂的事奔波,跑手续、跑厂房、跑织机、跑雇员、跑原料,直把人累得瘦了一圈。因为淋病的事一直生气的小瑾,虽然照样对他采取不理不睬的态度,但暗中却努力把饭菜搞好,顿顿把几个盘子端到饭桌上,希望他的身体能支撑住。

一切跑好之后,达志让昌盛去请卦师天通给择了个开业的日子。

日子定在正月十八。

这日子似乎没有选错,星星刚一隐走蓝湛湛的天就露了出来,东天抹了一层又一层象征吉祥的红色,几只鸟不顾天冷在新厂房上空叫得很是热烈。

开业仪式达志让卦师天通主持。

为了不张扬也为了省钱,仪式除了尚家一家人和雇员参加外,没请任何外人。

达志让昌盛把他背放到厂门口守门小屋的一把椅子里,他要亲自看着仪式进行。

太阳刚一露头,天通就在大门正中面朝着日出方向"噗嗵"跪下,先叩头三个;尔后用鸡血将写有"南阳尚吉利丝织厂"的厂牌慢慢擦拭一遍;接着鸣响鞭炮,在鞭炮声里,昌盛把厂牌挂在了厂门口的墙上。这之后,雇员们排队依次进厂,在门口,每人从天通手里接过一块糖,填进口中边嚼边向各人的工作岗位走去。

二十分钟之后,五台丝织机便轰轰响了。

开始了,总算又开始了!坐在门口小屋的达志长长舒一口气。列祖列宗,尚家自己的丝织厂又开业了,你们等着听好消息,会织出"霸王绸"的,会的……

写有"南阳尚吉利丝织厂"几个字的厂牌在初升的阳光里昂首挺立。这厂名是达志执意坚持用的,"尚吉利"这三个字不能丢,这是尚家多少辈人都知道的牌号,有了它,尚家人的心才好凝聚。也恰好,在这之前一个月,原来国营的南阳尚吉利织丝厂因为经营效益不好,被省里的中原丝织总厂兼并,改为了中原丝织厂南阳分厂,"尚吉利丝织厂"这个名字,也算是物归了原主。

达志坐在那儿凝望着厂院。这是一个很小的院子,只有十几间房屋。小不要紧,重要的是已经开始,它会在昌盛手里发展的。昌盛,尚家几代人的希望就在你身上了,但愿你能争气,让厂子尽快发展起来……

半上午的时候,第一匹绸子织了出来,已辞了原来工作到自家厂里看守织机的小瑾,捧着那匹白绸走出来让爷爷看。达志哆嗦着手摸着那匹绸子,先是激动地贴在脸上摩挲,可随后却是一愣,停下触摸和摩挲说:"小瑾,你快去叫昌盛来,这绸子有毛病!"小瑾闻言急忙低头去看,只见爷爷手摸住的那块地方果然有一些小小的疵点。"嗬,你的手感觉真灵,我刚才检查时还没发现。"

昌盛跑来看了那疵点,立刻断定是织机的毛病,急忙又跑回机房调试,一霎之后才又跑出来说:"行了,疵点消失了。"

"那已经织出来的这些咋办?"达志看定孙子。

"留下,就放在家里,既不卖出也不送人。"

"嗯。"达志满意地颔首,"决不能让一匹质量不行的绸子流到外面去,不的话,就等于自己毁自己。行,你已经真正懂事了,爷爷放心了。厂里的事你以后一样也不许问我,一切由你自己处理,明白?"

昌盛点头。

"还有,今儿个后响,小瑾记着拿一匹绸子给你云纬奶奶送去,就说是我给她的。"

小瑾听后身子一颤,却没应声。

"咋,心疼绸子?"达志不满地瞪着小瑾。

"云纬奶奶已经用不着了。"小瑾嗫嚅着。

"啥?啥叫用不着?这白绸子做衬衣——"

"爷爷,"昌盛沉了声说,"云纬奶奶半月前已经去世,因为怕你受不了,没有——"

"啥?"达志的两只老眼倏然瞪大,白色的寿眉呼啦一声向天竖起……

滟滟事后想起,奶奶对她要走的事有清楚的预感。那天午后,奶奶破天荒地催她烧热水说要洗头洗脚。而在过去,奶奶因为不想让滟滟看见她瘦骨嶙峋的双脚和头发稀薄的头皮,总是尽量拖延洗头洗脚的日期,每一回都是滟滟催上几回她才让步去洗。而在这天中午,她不仅主动地要求洗而且希望洗得仔细。还再三地说明:滟滟,这八成是奶奶最后一次麻烦你。

那天后响她说她想出门看看。滟滟于是向单位请了假,用一辆轮椅推上奶奶上了街。在世景街的西头,奶奶指着远处也已变成街区的百里奚村的位置说:奶奶是从那里走出来的,我这一生原来并没走多远的距离。

那天的晚饭奶奶吃得兴致勃勃,食欲少有的好。吃过饭后奶奶把枕头下压着的一个信封交到滟滟手里。那个信封上写着达志的名字。并再三叮嘱:一旦我走了,记住把它交到你尚爷爷手里。滟滟当时笑着说:奶奶,你要再这样吓我我可要提出抗议了!

奶奶按往常的就寝时间上床躺下,片刻之后就传来了轻微的鼾声。滟滟在这鼾声中也拉灯睡了,她在迷糊中刚要登上一条停在路边的汽车,一个坚硬的东西捣在了她的身上,她重又返回到清醒状态,意识到是奶奶在用拐杖捣她。她睁开眼睛,就着月光看见奶奶拥被坐在床上,就问:奶奶,咋不睡了?

我听到了一阵吱吱嘎嘎的声音。

声音?

你听!

滟滟侧了耳听,四周万籁俱寂,哪有什么声音?

是织绸缎的声音。

没有,奶奶,什么声音也没有,快半夜了,睡吧。

我听得清清楚楚,声音就在放棺材的那个屋里。

真的没有,奶奶。滟滟被奶奶说得有些害怕,起身过去扶奶奶重又躺下。

经过这番折腾,滟滟再躺下时就很快进入了酣睡。事后她忆起,就在这阵酣睡中她看到了一片大水,在那片大水之上有一片木板,她发现奶奶就站在那片木板上,那木板在水浪的冲击下摇摇欲翻,她被吓得惊呼起来:奶奶,奶奶!就是这阵惊呼令她再一次醒来。她醒来后一边抹着额头上的汗,一边去看对面床上的奶奶,月光已移到奶奶的床上,明亮的月光下只见被子翻开不见奶奶。滟滟以为自己睡眼朦胧没看明白,忙去揉眼,揉罢眼看去床上仍无奶奶。她惊得一下子坐了起来。平时奶奶即使夜里小解也要唤醒滟滟搀扶。奶奶!她慌慌地喊了一声。没有回答。"噗嗵"她猛地听到放棺材的那间屋里有什么响声。奶奶一定是去了那里。她忘了害怕,急忙跳下床开门向那间屋跑去。那间屋门果然开着,月光铺满屋子,她扑到门框上时看见奶奶倒在棺材前,脚下绊着一个拖把。

"奶奶——"她扑到奶奶身上摇着,可奶奶再也没有睁开眼睛……

奶奶的葬礼是三天后举行的。葬礼不事声张却很隆重,昌盛夫妇和旺旺都参加了。为了防止刺激高龄的尚爷爷,滟滟听见昌盛哥哥和叔叔承达商定,暂不告诉尚爷爷这个消息。滟滟于是把奶奶留给尚爷爷的信一直存在抽屉里。直到那个阴云飘飞的上午,尚爷爷在她和昌盛哥的搀扶下又来到奶奶的坟上时,她才把那封信掏出来递到了尚爷爷的手上。

信是封着的,她看见尚爷爷哆嗦着手撕了半天才把信封撕开,信纸展开时她看见尚爷爷的身子一抖,两只浑黄的眼珠在老花镜后突然间凝住不动,随后,那张信纸便翩翩飘落到了地上。滟滟看得很清,那纸上只有一行字:

尚达志,我这辈子做的最大一件错事,是爱上了你!你从来没有全心地爱过我,你爱的是物,不是人!

那是奶奶的笔迹。

奶奶已经有多年不拿笔了,这封信一定是多年前就写下的。她看见尚爷爷痛楚地闭上了眼睛,而且他的身子在开始下坠……

……云纬,我没想到你会给我留这样一封信,这么说你是真后悔了?!你信上的口气好冷呵,这信是啥时候写的?写的时候心里肯定满是对我的气恨,开头直呼我的名字,连姓也不省去,读来真叫我伤心!你说我爱物不爱人,真真是冤枉了我,在我的内心深处,我从来都是爱你的,我从来都是把你放在顺儿之上的。我这一生,只与两个女人有过肌肤之亲,这两个女人就是你和顺儿,在你和顺儿之间,我当然更爱更看重的是你,这一点你难道没有看明白?!当然,回头想想,这些年我在处理一些事情时,是伤了你的心的,每当遇到要你还是要丝织祖业时,我选的都是祖业,大概就是因此你觉得我爱物不爱人吧?可这是没有办法的事,尚家祖祖辈辈喜欢的就是这个丝织,一代一代地传下来,我总不能因为你把老几辈的心愿都忘了吧?那别人会不会说我为了一个女人把尚家最珍视的东西都扔掉了?!人活着不就是讲一个名声?要是我为了你扔掉祖业,尚家的后人不要骂我败家子、没出息?不要说我宁要美人,不要美誉?……其实这些年我也一直在想,一个男人活着究竟该要什么?要钱?有了钱可以买好吃的好穿的好玩的东西,可以买好房屋好家具,可以让别人巴结奉承,可一个人钱再多,他最后是要死的,他一死,钱就不归他了,随钱而来的东西也就不归他了,他除了落个死前舒服之外,并没有落下别的。要权?有了权可以指使、指挥别人,可以享受人们的敬畏,可以享受权所带来的诸种利益好处,可一个人权再大,他一死,这权也就没有了,就要交给别人了,随权而来的那些东西也就没有了意义,他除了落个生前舒服之外,并没落下别的。要美女?有了美女可以快乐,可以尝那种飘飘欲仙的感觉,可以让别人羡慕,可以心里舒畅,可一个男人得到的女人再多再漂亮,他也是要死的,他一死,那些女人就不属于他了,他至多是活着时比别的男人多点快乐罢了。只有名声、名气、名誉对男人最重要,这些东西看上去都是虚的,可一个男人只要有了好名声好名誉大名气,他即使死了,还会被人们记起、谈论、回忆,还会继续活在后人心里,也才会给时间打上个印记,使后人在多年之后依然知道,这个男人过去曾经活过。既然名声、名誉、名气对男人这样重要,我作为尚家的一个男人,就只有照当初做的那样做了。云纬,你不能理解我么?你再想想吧,想想你就会明白了,就不会再责怪抱怨气恨我了,就会后悔不该给我留下这样一封信了,云纬,你说我说的这些占没占点理?……

15

检修了一夜织机的昌盛,走出车间时腿都有些打晃。——为了保证白天织机不停转,检修便只好都放在晚上,而干一晚上的活可是真累。他揉着酸涩的双眼向厂门口的看门小屋走去,他想利用上班前的这段时间再小睡一会。在厂门口,他看见有一个姑娘向他走来,因为迎着初升的太阳也因为他的双眼没有完全睁开,他在没有看清来人面孔的时候就开口问:"你找谁?"

"我想找尚昌盛厂长。"

昌盛听到了一句带着犹豫和怯意的回答。

"找他干啥?"

"听说他这厂里招收织工,俺想来试试。"

"织工已经招够了。"

"噢——"

他听到了一声叹息,也许就是这叹息让他对这个姑娘产生了注视的兴趣。他努力把疲倦的眼睛睁大迎着还不太强的阳光去看了对方一眼,这一眼令他的身子一振,流散在全身各处的精神一下子聚拢起来:原来站在面前的是一个衣着简单朴素但却异常妩媚漂亮的姑娘。

姑娘已经转过身去预备要走了。

"等一等。"昌盛忽然开口说。话出口后他也吃了一惊:你的确已不需要女工,五部织机已有连小瑾在内的三个熟练女织工了,你喊住人家干啥？许多年后他再忆起这个早晨时，他为自己那刻贸然喊出了"等一等"而庆幸。

那姑娘回过身来有些发怔地望着他。

"你织过绸缎？"

姑娘摇头："没有，不过我可以学，我会很快学会，我学绣花只用了三个中午。"

"你叫什么名字？今年多大？"

"我叫曹宁贞，今年十七。"她多报了一岁，她估计工厂主会喜欢年岁大一点的工人。

"家住哪里？"

"城西落霞村，卧龙岗过去就是，很近。"

"除了当织工之外，其他的活愿意做吗？"

"干什么都行，只要是能挣到工钱。"

"你家里很需要钱？"

宁贞低下头："我在读函授中专，我得挣自己的学费。"

"哦？既是这样，那你就来厂里干吧。"

"你能作主？"宁贞惊喜地抬起乌亮的眼睛。

"我就是尚昌盛。"

"你是尚厂长？！谢谢你。"宁贞深深地鞠了一躬。

"你先到印染工序上干，这活有些脏，你怕吗？"

宁贞摇摇头问："我今天能来上班么？"

"今天？"昌盛愣了一霎，随后转身朝看门小屋里喊："家福，你领这位姑娘去见宋师傅。"

一个身材消瘦的小伙子应声从看门小屋里出来，领上宁贞走了。我需要一些文化水平高的工人，听说外国的丝织机已经用电脑来控制运转了，目前正在织机上工作的工人包括小瑾，都不太可能适应将来的变化，我必须预作准备。这是我招收的第一个，以后碰到了还要再——

"这姑娘长得不错!"一个冷冷的声音突然把他的思绪打断,他扭头才发现是妻子小瑾冷脸站在身后。

"我是想——"

"你挑选姑娘的眼力令人佩服!"小瑾没看昌盛,只让目光跟着宁贞的背影。

"你别误会,我是为厂子——"

"我没有误会!"小瑾眼里的光刀一样砍过来,"只是别叫我撞见你和她亲热,不的话我可能会拿刀!"

"嗨,我真的不是——"

小瑾没有再听昌盛的解释,转身昂首走了。

昌盛气恼地朝腿上砸了一拳。他明白小瑾所以这样对他不信任是因为自己在深圳的那桩作为。这一回我的确没存别的心思,老天作证!

——可你在没看到曹宁贞时并没有要再招女工的打算!有一个声音在他心底提醒。

——我是临时想到了工厂的今后才下决心招的。他急忙进行辩解。

——不,你是因为她的漂亮才动恻隐之心决定收下的!你敢否认这点?

——动了恻隐之心是真的,但漂亮的确没有成为我考虑时的因素……他感到有汗珠从脊背上滚了下来。

昌盛那晚进家时依往日的惯例,先去爷爷的房间里简要说了说当日厂里的情况;尔后去儿子旺旺的房间里看他是不是在做作业;这之后才去灶屋里吃饭。饭还热在锅里,他三下五去二地吃完了妻子给他留的饭,一边擦嘴一边向卧室走去。

小瑾已经在房角的折叠床上躺下。自从上次夫妻双方得了淋病之后,两个人就一直在分床睡觉。两人相继治愈这么长时间而仍然没有合床的原因,是小瑾一直没有原谅他那次的荒唐行为。昌盛多次向小瑾提议要她回到双人床上睡,小瑾都冷着脸未予理会。有几个晚上,他主动走到小瑾的床边轻声请求,小瑾都假装睡着不吭一声。就这样,两个人白天在家里在厂里是一对关系正常的夫妻,一到了晚上进了卧室,便是没有言语交流更无肌肤之亲的路人。

"睡着了?"昌盛拉亮电灯走到小瑾的床前轻声问。他知道她没有睡着,这从她那依然在颤动的睫毛可以看明白。他估计她是在听到了他进院的脚步声后上床躺下的,为的是不同他说话。

没有回答。

有一刹那,一股火气从他的胸间迅速传导到他的手上,使他产生了很想把小瑾抓起来猛摇一阵的冲动,但他很快把这股冲动掐灭了。他明白小瑾这样对待他并不是毫无道理的胡闹。他把她的心伤得太深了。有哪一个妻子会容忍丈夫嫖妓之后再把脏病传染给她?她不把这事张扬出去不坚持离婚就算很不错了。一想到那次的失足他就后悔得心疼。你怎么就那样地经不住诱惑?你的意志力和自尊心在那一刻都跑到了哪里?你这个状态还能干成什么大事?你总说你是糊里糊涂地跳进了祸坑,真是糊里糊涂?当那个姑娘脱掉衣服时你分明知道她要干什么,你不仅没有约束自己的欲望反而为它百般辩解。作为妻子,小瑾她用这个方式表示愤怒和抗议难道不应该?反过来想一想,假如是小瑾做了这样的事,你心里会是什么味道?你会做出啥样的反应?……

昌盛缓缓地在小瑾床边蹲下身子,一边给小瑾掖着被角一边哑了声说:"旺旺他妈,我实在是对不起你,我为我上次的错误永远后悔。但那件事已经无可挽回了,我现在能向你说的是今后,倘若我今后再向别的女人伸手,你可以像爷爷那样,用刀砍断我的十个指头!我还要给你说说今早招的那个女工,那个姑娘是漂亮,而且她的漂亮确是我当时下决心招她进厂时考虑的一个因素,但我决不是为了别的目的,如果你不相信,我可以向你发誓:老天在上,假若我今后和她真有了什么见不得人的事,就让我出门上街时让汽车撞——"

　　闭眼躺在那儿的小瑾突然从被窝里伸出一只手,准确地捂到了昌盛的嘴上,把那个"死"字捂了回去。

　　被小瑾这举动惊得一愣的昌盛,立刻抓住那只手,轻轻地抚摸着,一霎之后,昌盛的两只手沿着那只丰腴的手臂向下摸去,一直摸到小瑾的肩头。在双手探进被窝的那一瞬,昌盛迟疑了一下,他害怕小瑾把他的手推开,但是没有,小瑾的身子一动没动。这一下他放开了胆子,把手向被子的深处探去,准确地摸到了他已经有些陌生的部位。他听到了小瑾的喘息开始变粗,他不再迟疑,一下子把那个滚烫的肉体连同被子一起抱了起来,尔后转身向大床走去。他感到她的身子扭动了一下,但很轻微且不坚决,他急忙加快了脚步。当他把她平放在床上向她扑下去时他在心里叹道:这场家庭灾难总算过去了……

16

卓月那些天一直在消失已久的东汉延光四年的日子里进出盘桓,她现在差不多可以断定,阎耀参与的那场宫廷政变开始于三月初三。

汉安帝是二月十七日去南方巡视的,三月初一发生在南天的日食令他觉得不安,遂决定北返宛城歇息。初三的早晨,安帝的车队抵达南阳城,他和他宠爱的阎皇后一起住在郡衙后堂特为他们准备的屋子里。这天晚上,阎皇后在为安帝宽衣时,发现他浑身滚烫,惊问何故,安帝说不知道是咋着回事,浑身难受得厉害。皇后遂唤随行的御医来诊脉,御医诊罢急忙配药,随后把皇后叫到外边廊上说道:皇上这回的病起得又急又凶,当尽快回宫诊治才成。皇后慌慌点头。待安帝服过药沉入昏睡之后,皇后悄步来到屋外,叫来随行护驾的她的兄弟阎显和阎耀,把皇帝的病情告诉了他们。三个人密议火速还都。这是阎耀第一次出现在卓月面前,卓月仿佛看见他腰上挎着的那把环首刀在这个星夜里闪着寒光。

三月初十的上午,安帝北返的车队抵达叶县县城,阎皇后正望着车窗外的县城大街,忽听身旁的安帝"哦"了一声,扭身看时,只见皇帝仰倒在坐车后座,头歪在了肩上。她扑过去一摸脉息,惊得一双秀眉飞上双鬓:皇帝已经驾崩。她知道天大的事已经发生,她没敢让哭声从口中飞出,只隔窗朝护驾的阎耀招手。这是阎耀第二次出现在卓月面前,卓月仿佛看见他凑近安帝坐车的窗口,一只手攥紧了那把环首刀的刀柄。

接下来是阎皇后和阎显、阎耀兄弟以及宦官江京、樊丰的密谋,他们认为:如今皇帝死在道上,他的亲生儿子济阴王却留在京都洛阳,消息一旦传出,如果公卿大臣集会,拥立济阴王继承帝位,必将给我们带来大祸。于是决定谎称皇帝病重,火速北行,所过之处,贡献饮食,问候起居,和往常一样。车队急行四天,于十三日返抵皇宫。十四日派人前往郊庙、社稷,祷告天地,当晚,发丧,尊皇后为皇太后。太后临朝主政,任命其兄阎显为车骑将军,阎耀为城门校尉。这是阎耀第三次出现在卓月面前,她看见他率领着卫队横刀立马在城门、宫门布防,一副威武模样。

阎太后为了长期把持朝廷大权,想选立一个年幼的皇帝,于是和阎显、阎耀定策,废黜安帝的亲儿子济阴王,改迎济北王的儿子北乡侯继位。此事引起宫廷内外文武百官不满,中常侍孙程在北乡侯病重后决定除掉阎氏兄妹,使安帝的亲儿子得以继皇帝位。

但阎耀带人守护着城门、宫门。

只有先除掉阎耀方能进入内宫捉拿阎太后等人。

卓月清楚地看见,死神在一步一步向阎耀逼近。但最后杀掉阎耀的是谁?他的环首刀怎会埋进了两个女人的坟墓?……

那是一个后晌,被一个个问号折磨得头昏脑涨的卓月走出她的书房,沿街边散步,不知不觉间走到了尚吉利织丝厂门口。表哥昌盛办的这个丝织厂她只是在开业时来过一次,此刻由厂门向里看去,只见厂区整洁清爽,厂院里没有一个闲人;织房里机声平稳,染印房里人们忙忙碌碌,一切都显得有条不紊。行呵,昌盛哥!她微笑着踱进了厂门。

她在厂院里看见一个穿工装的姑娘推一小车染料从身边经过,她觉得有些眼熟,细一看才认出是那天在安留岗见过的宁贞姑娘,就有些惊奇地叫住对方:"嘀,你怎么到了这里?"那宁贞眨了眨好看的眼睛,想起了卓月是谁,便高兴地回答:"我来打工了,大姐,我想边打工挣钱边读函授中专,你来也是想打工吗?……"两个人笑着说了一阵,待宁贞知道卓月是师专的老师之后,便很敬重地要求:"俺以后函授学习遇到难题时去找你请教行吗?""当然欢迎。"卓月拍着宁贞的肩膀,她觉得她有点喜欢上了这个爱读书的姑娘。

这时昌盛看见了院中的卓月,就迎过来笑问:"要不要我领你看看车间?"卓月摇头道:"我对丝织一窍不通,看了也白看。"昌盛这时脸上浮了一点愁云,低了声又问:"听说上头现在有人认为,私营经济会造成中产阶级,而中产阶级的出现则可能会左右政府的政策,从而改变国家的性质,你觉得这种理论会不会使上头取消私营经济,关闭我这样的厂子?"

"你怎么知道这消息的?"卓月一愣,她因为一直忙着教书和解方形土坛之谜,还不知道有这种传闻。

"几乎所有的私营业主都有我这样的担心,所以一有风吹草动,大家都是互通音信,你别问来源,你只说说你的看法。"

"中国人这些年的全部努力,其实都是想寻找一种富裕、强大起来的法子,现在这种法子总算有点寻到了,聪明的领导人大概不会因为一种什么理论,轻易地就把这个法子扔掉,所以我觉得你不必担心。"

"但愿如此。嗳,我到车间还有点事,不陪你了。"昌盛说着转身要走。

"等一等。"卓月叫住昌盛,"我回答了你的问题,你现在也回答我一个问题,你说,几个文官要想把一个手握兵权的武将杀死,通常会用什么方法?"

"杀人?"昌盛吃了一惊,"怎么问起了这个?"

"你也别问缘由,只管回答我的问题。"

"那当然是趁武将除下身上的武器,和他所指挥的兵们隔开的时候。"

"说具体一点,这种时候究竟是指哪些时间?"

昌盛笑了:"比如他和女人相会的时间。"

"女人?"卓月心中一动。是的,是应该从这个方面去想想去查查,因为阎耀的环首刀最后是放在两个女人的坟墓里的。

女人!卓月笑了……

17

在又经过了很长时间的犹豫和琢磨之后,曹宁安终于决定租下别人两间临街的旧屋,开一个酒馆赚钱。他东借西凑,总算把开一个小酒馆所需要的桌椅碗盘等什物买齐,在酒馆门前挂了一个木牌:田园酒家。之后,就开张了。

宁安原以为只要把田园酒家开起来钱就会源源而来,家里的穷困状况很快就会改变,根本没想到新开张的酒家还会没有顾客。

开张的那天,他在门口放完那挂用借来的钱买来的鞭炮之后,就赶紧进屋站在土坯砌就的柜台后边,满怀希望地等待着上门的顾客。从门前过往的行人倒是不少,可很少有人走进店来;偶有一个两个人走进店门,不知是被屋里简陋的陈设还是被穿着破旧的宁安的模样吓住,都是进屋看了几眼之后就很快返身出去,去了临近的另外一家酒馆。

眼看就过了中午,怕失去赚钱机会的宁安,在慌急中决定出门去"拉"客,看见像是要找吃喝地方的人就上前动手拉人家进店,他这个膀大腰圆面孔阴沉的汉子去拉人喝酒,当然就让人感到害怕,结果把原本想进店看看的人也吓跑了。

操你奶奶的!宁安气得踹倒了一个酒桌子,但随后,又急忙小心地扶起来。

连续三天都是这样,宁安被这种局面弄得十分绝望。看来我不是一个可开酒铺的人,我再等一天,明天要还是这样我就只好关门倒闭。

一片冷清的田园酒家是在第四天正午盼来它的第一个顾客的。

顾客进店时酒家的主人宁安已经因绝望而伏在那张没有涂漆的木方桌上打盹了,嘴角吊着一丝长长的涎水。是顾客的脚步声惊得他睁开惺忪的眼睛问:"有事?"

"你这儿不是卖酒吗?"

"对,对。"宁安尚存的睡意被这个酒字惊得嗖啦一下飞走了,这才记起自己在开着酒家,忙跳起来叫:"我这儿是卖酒的。"

"给我来二两白干!有啥菜?"

"花生米、咸鸭蛋、凉拌藕、黄豆芽。"

"一个咸鸭蛋、一盘黄豆芽!"

宁安在倒酒和拿菜时高兴得手都有些抖了。天爷爷,这是第一个顾客。这么说上天还不想绝我曹宁安活人的路,总算给我送来了一个顾客。

"你这豆芽可是有点馊了。"那个身宽体胖的中年男人皱了眉抱怨。

宁安抱歉地笑笑,他刚才端菜时也闻见了那股馊味。它们不会不馊,豆芽是三天前开张时煮的,到今儿个它要是还不馊倒成了怪事。

"老弟,要不要我给你几句忠告?"那顾客一边响亮地咂着酒一边笑望着他。

"当然。"宁安点头,他对这个明知他菜馊而仍然没有发火的人生了一点真正的感激。

"找一个好看的姑娘帮你端菜。知不知道那句古语:没酒不成礼仪,没色路断人稀?"

"我还没钱再雇一个人。"宁安摊了摊手。

"你可以在你熟悉的姑娘中找一个来帮忙,只是帮帮你的忙,暂不付钱给她。"

"这倒是行。"宁安搔了搔头皮,想起了同村里和他要好的姑娘晶子。

"再就是别卖白酒卖黄酒。"

"黄酒?"

"这满城都是卖白酒的饭店、酒家,你能比得了人家?可你要是卖黄酒就占了独一份,想喝黄酒的人就全要到你这里。而据我知道,喜欢喝黄酒的大有人在。"

"这主意不错。"宁安想起村里就有好多人家酿有黄酒,把他们的黄酒先赊来一部分卖应该不成问题。

"要是能再找一个会唱乡下小曲的人那就更好。"

"乡下小曲?"

"这黄酒喝起来要是再听个小曲,那可是一桩享受;再就是把你穿的衣服弄干净一点。"

"谢谢大哥指点,大哥能不能给我留个姓名?"

"别管我姓啥名谁,快想办法把生意做好。"那汉子说罢,喝下最后一口酒,放下钱出门走了。

宁安捏起这开张后的第一笔收入,站在那儿久久没动。看来我遇见了一个好人,也许我该照他说的去办……

那陌生人的忠告还真是有效。

宁安先把晶子姑娘叫来帮忙。和宁安一样识字不多的晶子在心里早对宁安存一份挚爱,一听说他需要她帮忙立刻就不顾父母的反对来到了酒家。晶子虽然没上几天学但天生一个好看的脸蛋,加上又处在一个姑娘最灿烂的年龄段,所以走到哪里都很招惹人的眼睛。她一到田园酒家,田园酒家的局面立刻有所改观,一些小青年开始对这个门面破旧招牌不起眼的小店有了兴趣,头一天就先后有七八个年轻男人进了店门坐下喝酒,边喝边把眼光在端酒端盘子的晶子身上前后左右地晃。宁安当然注意到了这些目光,他有点不快,他内心里当然也对晶子怀有一种爱,但这种不快很快被收入的增加压下了。看吧,你们再看她也是我的,你们至多是饱饱眼福而已。

接着宁安开始卖黄酒。他在田园酒家的招牌旁边又挂了一个木牌,上写:专营黄酒。黄酒富含营养是满城人都知道的,但因为其酿造、保存、运输难度大而少有酒店经营,如今田园酒家专卖黄酒当然就引起了注意,进店看和喝的人立刻多了起来。

再后来宁安找到了董瞎子。董瞎子五十来岁,是这一带有名的唱坠子书的。中午和晚上酒客多时,他让董瞎子和他的徒弟在酒家屋里唱。董瞎子到田园酒家头一天中午唱的是"刘秀称帝":

　　酒碗端起滚烫烫,
　　说说刘秀当帝王,
　　原本一个寻常人,
　　曾住城南小镇上。

　　刘秀十二离南阳,
　　东西南北来闯荡,
　　羽翼渐丰能领兵,
　　敢拿刀剑对王莽。

　　鄗城刘秀登皇位,
　　随后建都在洛阳,
　　在位三十二年整,
　　从此没再回家乡。

　　黄酒入口甜又香,
　　刘秀娶了皇后娘,

皇后姓阴名丽华，
千娇百媚善心肠。

吃罢美酒喝鲜汤，
皇后妃子睡身旁，
皇帝日子赛神仙，
可惜阳寿不久长。

转眼驾崩把命丧，
方知人生戏一场，
临死留下话一句：
人无贵贱都一样。

没人把这话记心上，
照样你争我夺在官场，
因此世上不太平，
留下叹息长又长……

　　董瞎子的唱声又吸引了一些酒客，这使得田园酒家一时热闹起来，常常到了中午，顾客就有点络绎不绝的味道，营业额开始直线上升。这局面自然使宁安心花怒放。为了保证黄酒的供应，他用赚得的钱买了做黄酒的谷子、酒麹和酒缸，又雇了村里一个会酿酒的老汉，开始自家做黄酒。
　　又过了些天，宁安核算了一下账目，见除了各项开支之外，已赚有三百多块钱，就欢喜地从中抽出一百块钱送回家里。那是个落霞满天的傍晚，他到家时见妹妹宁贞也满脸是汗地进了屋门，他刚把一百元钱放到妈妈的手上，妹妹宁贞也从衣袋里掏出一百元递到了妈妈手里。"这是我挣的工资！"宁贞骄傲地宣布。栗丽这些年已很少一下子见到这么多钱，如今见儿女同时朝她手里放钞票,就感叹道:"好,好,我的儿子、女儿都已经会挣钱,看来我享福的时候到了……"

田园酒家迎来那个特殊顾客是在一个夜晚,那晚大约因为天上密布阴云的缘故,来喝黄酒的人不多,这使宁安有时间在炒菜温酒的间隙和晶子在灶前聊天。宁安说:"晶子,这些天让你受累了。"晶子笑笑,晶子说:"宁安哥我帮你干活再累也情愿。"宁安听了这话很有些感动,就拍了拍晶子的肩说:"我一定不会亏待你!"大约就在这个时辰,酒家门口响起一个男子响亮地叫声:"嗬,这就是田园酒家?谁是老板?鄙人来尝尝你的黄酒,给我上三碗!"宁安闻声急忙出了灶间去看,来者原来是一个和自己年岁相当的年轻人,只是衣着讲究,一看而知是那种干部子弟。"请稍等,酒立马就温好,"宁安趋前伺候他在一张空桌前坐下,"大哥要用啥下酒的菜?"

"把你的菜谱拿来,我来看看!"那年轻人习惯性地朝宁安伸过了手。

"对不起,店小,没有预备菜谱,能做的菜都写在那上边!"宁安尴尬地指指挂在土墙上的一块小木板,那上边用粉笔写着宁安能做出的几样家常菜。

"哟,这样简单?!"那年轻人不屑地笑笑,"那就每样来一盘!"

宁安已看出这是一个有些来历的顾客,不敢怠慢,慌慌地跑进灶间忙乎。片刻之后,晶子就用木托盘相继把酒和菜端了来。

因为天上阴云密布空气发闷加上来回上酒端盘地忙碌,晶子这时已脱掉外衣,只穿了一件薄衬衣和一条单裤,她丰腴秀美的身子的轮廓便极清晰地凸现了出来。尤其是她那对发育极好的奶子,当她弯腰向桌上放菜时,那奶子也重重地垂下几乎要掉进酒碗里。那年轻酒客的眼睛自然注意到了这一切,目光立时就舔到了晶子的身上。晶子当然感受到了那目光对她身子的触摸,但她并没在意,这一方面是因为农村生活并没有灌输给她对男人戒备和自我保护的意识,一方面也是因为每天都有酒客的目光黏在她身上,她有些习以为常。

当她把最后一盘素炒油菜端上来弯腰往桌上放时,那酒客突然伸出手攥住了她的一只奶子。"你这个东西真让人喜欢!"他嘻嘻笑着低声说。晶子被酒客这个突然的动作惊得呆住了,她从来没有经历过这种场面,她被惊得既没喊叫也没有挣脱,甚至忘了直起腰来,直到对方的手又隔着布衫捻了捻她的乳头,她才从呆愣中脱出身来,才抬手啪一下打开了酒客的手,转身急步跑进了灶间。

宁安那阵子正在背对灶屋门口用湿煤封火——时辰已经不早,不会再有酒客上门了。他听见晶子的脚步声时问了一句:"还有几个人在喝?"没有回答。他有些诧异,扭头去看晶子时才发现她在抹眼泪。"咋了?"他丢下煤铲带了意外走过来问。"他坏!"晶子抽噎着朝外间一指。"谁?"宁安有点莫名其妙。"就是刚才进来的那个小伙。""哦?他咋坏?"宁安瞪大了眼睛,"说我们的黄酒不好?""不是,他——"晶子又抹了一下眼睛。"他究竟咋着坏了?""他……捏我这儿……"晶子指了指自己的奶子低下了头去。

宁安在最初那一瞬没有说出话来,双眼只是直盯住晶子那因为抽噎而在抖颤的胸部,但随后便有血红的颜色在他颊部迅速集聚。他心里对晶子一直存有一份爱,虽然两人都还没有把彼此的关系挑明,但心里都是明白的。晶子来店里帮忙以后,宁安更是时时感觉到自己对她的爱和一份欲念。所以这会儿听说那个酒客竟然用手捏了晶子的奶子之后,他立刻觉出一股气恼在心中盘旋膨大:你竟敢欺负晶子,你这个杂种!你欺负她就等于欺负了我,看我今天咋收拾你!

宁安阴沉着脸向外间走去,双拳不觉间已攥了起来。店里除了那个小伙只剩下了两个老头,两个老人正坐在另一张桌上边说边喝,根本没注意到宁安阴沉着脸握拳走向那个年轻酒客。

"我估计你就是这田园酒店的老板了。"那小伙没看宁安的拳头而只看了他的脸说,边说边擦着嘴边的酒渍。"我没想到你这硬件很差的酒家还有一个漂亮可人的女招待,她身上的田园味道让我感到了快乐。喏,因为今晚我喝得快活,这一百元给你做酒钱,这二百元你转给那位女招待,就说是我给她的小费!"说着把一叠钞票推到了宁安站立的桌边。

原本因为愤怒而准备挥拳打人的宁安,被酒客那副派头和推过来的三百元钱惊住。他还从来没有一次收过这么多钱,他的酒家的顾客大都是下层人,一次消费十多元已是了不得了,今天的场面还是第一次在店里出现。奶奶的这小子还真是有钱,不过是十几块的酒钱竟给了一百,这差不多顶了我两三天的净收入;而且还给了晶子二百元钱,二百元,一亩小麦的价钱呵!我一个月给她的工资也只有八十块。他在望着那叠钱的时候,分明觉出原有的那股怒气在迅速地分解,握紧的拳头也在慢慢松开。"这黄酒喝着还行吗?"他听见自己张开嘴说,他被自己话音里的那种讨好意味吓了一跳:你咋能用这种口气同他说话?你应该仇恨满腔!他侮辱了晶子,侮辱了晶子其实就是侮辱了你,你起码应该带着怒气同他说话!

"你的黄酒味道不错,但你这酒家的店堂和装潢、摆设实在太差!我要是你,就赶快赚钱,好早日拥有一个像样的店!"那小伙揿着漂亮的打火机,很熟练地点燃了香烟并吐出一串壮观的烟圈。

"我也想快点赚钱,可钱能那么好赚?"宁安叹了口气,叹完之后又在心里骂自己,你怎能在他面前露底?

"要不要我告诉你一个很快赚钱的法子?"那小伙狠吸一口烟后望着他。

"嘿嘿,啥法子?"他听见自己的笑声后用手招了一下自己的大腿:孬种,你还要对他笑?

"女人!"

"女人?"宁安惊愕了。

"喝酒的主要是什么人？男人！什么东西对男人最有吸引力？女人！明白?"那酒客说罢笑着起身向门口走。

"希望大哥能再来喝酒,我能不能知道大哥的姓名?"

"我的姓名又不保密,鄙人姓尚名天,你这地方我会再来的,因为你有一个令我心动的女招待！"

"女人?!"宁安一边惊奇地自语一边去桌上准确地捏起了那三百块钱。

18

尚天那天晚上回到家时发现家里的气氛有点反常,身为副市长的父亲正在客厅里来回疾走,脚步声里透出一股明显的怒气;母亲面前放着一个黑色提包,提包里鼓鼓囊囊装着东西,母亲手扶着提包一脸尴尬。尚天立刻判明,那个提包是父亲发怒和母亲尴尬的原因。他于是走到母亲身边,呼一下拿过提包并拉开了拉链:茅台酒、云烟?!

"正好,我身上的烟抽完了,这可是雪中送炭!"尚天喜出望外刚要从提包里往外拿烟,不防提包又被母亲一下子扯走:"你没看你爸正在跟我生气?"

——"我给你说过多少回,不能收别人送来的东西,你怎么就不能记住?"承达这时扭脸瞪住妻子文琳。

——"他放下提包就走,我能有什么办法,再说人家这也是一番心意——"

——"啥子心意?这是行贿!"

——"别说得那样难听——"

"好了,好了。"尚天急忙摆手止住母亲的辩解,尔后转对父亲:"不就是一点烟酒嘛,如今哪个当官的不收点礼品,这点礼品不妨碍你当清官——"

——"少废话!"父亲瞪了尚天一眼,尔后转对妻子文琳:"明儿个一定退回到他的家里,这桩事你要亲自去办!"说罢扭身朝卧室走去。

尚天朝着父亲的背影不屑地撇了撇嘴角。我们家的最大问题是父亲想当清官。因为他要当清官,家里的很多事办起来就很别扭。就这么几瓶酒几条烟,吸了喝了谁知道?偏要那么认真,结果还要把送礼的彻底得罪了。"妈,我把这烟酒拿走得了,明儿个爸再问起你就说已经退给了人家。"

"那还得了?"母亲吃惊道,"那你爸还不要把我吵死?好了,好了,你就别打这烟酒的主意了,我得给人家送回去。"

"也罢,这些烟酒我可以不再染指,可我调工商局的事你可是答应了的,至今没有办妥,原因在谁?"尚天笑望着母亲。

"办个调动那样容易?"

"我后晌碰见了工商局的方局长,我说方叔叔你究竟要不要我?他说要呵,我这儿接受一点问题没有,你只让你妈给人事局的部局长打个电话,让他把手续开过来就行。"

"你说你在林科所干得好好的,为啥偏要去工商局?"文琳看着大儿子无奈地把头摇摇。

"这你还不明白?在世上做人要么有钱要么有权,这两样有了一样就能换来舒坦。可我在林科所做事,最大的权力是研究怎样种树,你说那有什么意思?如果进了工商局,再管个发营业执照的事,谁办个执照不来求咱?做人只要有人求你,你心里就是另一番滋味!"

"这件事我得和你爸爸商量商量。"

"你可不能和他商量,"尚天急忙朝妈妈摆手,"他一心想当清官,一商量他准定不让我调动。"

"说起工作的事我倒想起来了,昨天你昌盛哥哥来家找你,说他办的尚吉利织丝厂还缺男工,他想请你去,还说这也是你爷爷的意思。"

"让我去织绸缎?在隆隆作响的织机前来回走动?开什么玩

笑?要让我干那个还不如杀了我!"

"你就是不愿吃苦!"

"好了,好了,妈,我看你最好现在就给人事局郜局长打个电话,把我调工商局的事说说!"

"都半夜三更了——"

"是郜局长吗?我是尚市长家的天天,我妈妈想和你说件事——"尚天已把话筒塞到了妈妈手里……

尚天是三天后去工商局上班的。尚天穿上工商干部制服后显得面貌一新,原先的那股吊儿郎当被那顶大檐帽压得有些踪影全无。他端了茶杯在办公桌前坐下之后很有点威风凛凛。

他果然如愿以偿地分管发放个体工商户的营业执照。很多想办营业执照的人开始在他面前点头哈腰。大约在他上班半月后的一个晚上,第一个送礼的人开始登门找他。

那位送礼的进了家门后首先碰到的是尚天的妈妈文琳,文琳一见是位拎了提包的人立刻提高了警惕,以为又是一个给丈夫送礼的人,便急忙声明:"尚市长不在家,待他回来后你再来见他!"来人笑笑,来人说我不找市长我找尚天同志。尚天那阵正在家里洗脚,便对着门外高叫:"我在这里!"

那人进屋后尚天立刻明白了他的来意。来人想开一个杂货店,白天已去办公室找过尚天。这事按道理当然可以立刻批准,但尚天觉得立时就批准有点便宜了他,这小子也有点太不懂事,进了办公室连根烟也不让。尚天于是找了多种借口说这事比较难办,但又不把口完全封死。他估计对方会明白他的意思,果然如此,这会儿他不是老老实实提着包来了?

"你这是干啥子?"当来人把礼物拿出来时尚天假装不高兴地叫,"大家生活都不宽裕,何必乱花钱?"来人便急忙堆上笑说:"一点心意,你要再推辞我就不好出你这门了。"接下来尚天开始讲述如今批准办店的艰难,不过末了拍了胸脯:"你的事我一定努力促成,三天后等我的消息! ……"

那人走后尚天打开了礼包,原来是两瓶茅台酒,两条云烟外加五百块钱。这可不是送给我爸而是送给我的,从今往后我可以不再沾爸爸的光了,我凭我自己的力量完全可以过日子。看来人一生重要的是要占一个有权的位置。尚天撕开云烟开始过瘾,正吸得快活时妈妈走了进来,妈妈问:"刚才那个人是不是来给你送礼的?""是又怎么样,不是又怎么样?"尚天笑望着妈妈反问。"不是最好;是的话你可要小心些,让你爸知道了他可不会饶你!你刚上任不久就收别人的东西,将来要掌握了更大的权力那还得了?""甭给我上课,知道江青吧?她可是政治局委员,不是照样收别人送给她的荔枝和珍珠项链?我这样一个小官,即使收礼物能收到多么贵重的东西?不过是稍微补贴一下生活而已。好了,我不跟你说更多的,我要出去蹓蹓腿散散心了。"

尚天拿着那五百块钱走出院门,在下门口的台阶时开始思考今晚要去玩乐的地方:玫瑰园歌厅?安聚台球室?还是田园酒家?对,还是去田园酒家,那酒家的店房虽说破旧,可那里边的酒和那个姑娘倒的确好喝耐看,那个姑娘好像叫晶子,对,就叫晶子。晶子姑娘不是那种娇柔的美,也不是泼辣的美,更不是狐媚的美,而是一种健壮的健康的美,她那双坚坚挺挺的奶子和那个圆滚滚丰腴的屁股,实在让人喜欢。今晚就去田园酒家喝碗黄酒,但愿晶子她——

"天天,我忽然想起了,今晚文化宫有个演讲会,你爸特意叮嘱要你去听听!"背后又追过来妈妈的声音。

"演讲会?讲啥子?"

"记不清了,你最好去听听,要不你爸爸明天问起了咋办?"

咚,尚天恨恨地把路边的一颗石子踢飞到十米之外:管,管,你们什么都管!

100

19

尚吉利织丝厂的第一批产品——4000匹绸缎在南阳、郑州、洛阳、开封四个城市同时上市以后,昌盛坐卧不宁、茶饭不思地等待着来自市场的消息。一切都心中无底,万一市场不认账货卖不出去可如何是好?那就不仅没有了再开机生产的流动资金,也没有了再干下去的信心。到那时可怎么向爷爷交待?这可是你尚昌盛主持办的事呀,怎么对得起这份千辛万苦恢复起来的祖业?

一连几天昌盛没敢回家睡觉,晚上就睡在办公室的那张破沙发上,守着电话等待消息。每顿饭都是小瑾做好让旺旺送来,他常常是吃了一点就再无胃口,脸也无心洗胡子也无心刮,心里七上八下。夜里电话一响,便惊得疯一般跳起,待听清不是讲销售的事,又呆了一般坐在那里。这几天他真切地体验到了当一个厂长的不易。

好消息是第四天傍晚开始相继来的,先是南阳再是洛阳,后是开封和郑州相继报告:货已销完。昌盛听罢放下电话,什么也没说,只听任两行眼泪流了下来。老天爷总算保佑我过了这道难关。列祖列宗,我昌盛总算把事情开了头了。

也就在那当儿,门外响起一个甜润的声音:"厂长,有件事我想给你说说。"昌盛抬头,才见是在印染房里干活的那个姑娘曹宁贞,于是急忙抬手去抹脸上的泪珠子。

"咋了,厂长你在哭?"宁贞注意到了昌盛脸上尚未擦净的泪水,有些惊异。

"呃,不是,我是欢喜,厂里送出去的货都卖完了,我原来担心这货要是出不了手,以后就没法再干了。"昌盛笑笑,"你有啥事?"

"俺觉着咱们最近印染的那批绸缎的花色过于简单和单调,因此俺自己试着画了两样图案,你看看有没有点意思。"宁贞说着已把两张画了图案的白纸放到了昌盛面前的茶几上。

昌盛"哦"了一声,目光立刻被那两种图案吸住,这两种图案都是变形了的蝴蝶,搭配的色彩也与一种彩蝶翅膀上的颜色近似,昌盛几乎立刻可以想象出这两种图案印到绸缎上的效果:华美而高贵。"好,很好!"昌盛高兴地称赞。宁贞被这称赞羞红了脸孔。"我要马上采用它们!"昌盛再一次审视着那两种图案,"我还没来得及想到这个问题,我用的还是过去爷爷和父亲他们常用的图案,谢谢你帮我想到了这件事。你什么时候学过绘画的?"

"小时候跟妈妈学一点。"宁贞不好意思地低了头,"学得半途而废,心里想到的东西有时笔就是画不出来。好了,我要走了,我们的函授学校今天寄来了一批作业,我得回家做作业了。"

"等一等。"昌盛站起身去摸钱包,"按照厂里的管理规定,谁对厂子贡献了好主意就该获物质奖励,我要奖给你一百元钱!"

"不,不,俺不要。"宁贞红了脸转身飞跑开去。"你已经给了我工资!"门外又飞过来一句。

昌盛望着在晚霞中向厂门外飘走的宁贞的背影,心里涌上了一阵感动:多好的姑娘,该庆幸当初作了收下她的决定!

那天晚上昌盛仍然没有回家,也没把货已销出这个好消息告诉任何人,只是躺在沙发上睡了一个美美实实安安稳稳的好觉。

第二天,市里的报纸上也出现了一则消息:

……由南阳世代从事丝织的尚氏家族创办的尚吉利织丝厂,几天前首次将其生产的4000匹绸缎投放南阳、郑州、洛阳、开封四个城市的市场,人们怀着对这家老字号绸缎生产厂家的信任和怀念,纷纷购买。到昨天傍晚,这批绸缎已销售一空,购买者对这批绸缎的质量赞不绝口……

昌盛是第二天后响回家给爷爷报告好消息的。临回家前,他先去邮局交了几千块钱的电话安装费,后到百货商场买了一部电话机——他一直想为爷爷在床头装一部电话,好让爷爷与外界保持联系,今天总算有能力办了。那几千匹绸缎的货款回来,昌盛的手头就再也不像过去那样紧张,再不用一个钱掰成两半花了。

爷爷正坐在圈椅里听收音机,看见他进屋,脸上现出少有的笑纹说:"我听广播里说了,货都已出手,你头一脚踢得不赖,我这会儿想知道你下一步的打算!"

"待这一批货款回来,我想再到银行贷一点款,用这两笔钱办三桩事:一桩,购买两台电脑控制的世界上最先进的丝织机,听说这种机器在香港就可以买到;另一桩,再买点地皮把厂区扩大一点,新盖几间厂房;再一桩,把销售宣传搞好,学会做点广告。"

达志闭眼想了一阵,点点头说:"中,这几条想得都在板上,用心去做就成。记住,眼下只是站稳省内市场,要一步一个印子,甭急于求成;不过也要琢磨往北京、上海、天津、广州这些地方销货的事情,要深谋远虑。"

"我记住了,爷爷。喏,今儿个也算是一个喜日子,送你一件礼物。"

"啥?"

"电话机,我想为你在床头安一部电话,这样你随时可以和外界联系,也好随时指点厂里的事情。"

达志默默看了那个乳白色的电话机一眼,随后点头说:"放这里吧。"

昌盛前脚才走,达志就让旺旺去邻院把卓月叫了来。卓月刚一进屋,达志就指了那电话机说:"去,把这东西拿到百货商场里退了,顺便给邮局说一声,就说我不装电话。"卓月诧异了:"装了电话多方便,如今咱南阳刚兴了程控电话,这种电话一拿起来就可以拨通全国。"达志摇摇头说:"我听广播里讲了,装一部电话要花几千块钱,我一个干不了啥事的老头子,为何再去花这冤枉钱?再说装了电话,昌盛就会动不动打电话问我咋处理一些事情,我不能再扶他走路,我活不了几年了,他必须学会自己走道。"

卓月见外爷这样说,只好点头:"好吧。"

"你还在忙着安留岗上那事?"达志最看重这个外孙女,所以也很关心她做的事情。"听说学校里让你当了副教授,你总忙着安留岗上那事,人家学校里愿意?"

"我研究安留岗方形土坛的事都是在业余时间做;再说,这种研究对我给学生讲解秦汉历史也有帮助。"

"安留岗上的事眼下查究到啥地步了?"

"眼下由史料已基本可以断定,墓中的那口大棺材里的女尸,是汉安帝延光四年任城门校尉的阎耀的未婚妻王文蕊。王文蕊是时任中常侍的南阳人王康的女儿。她很可能是和阎耀一块被杀的,因为阎耀参与了一场宫廷政变,那场政变最后被另一派粉碎了。"

"嗬,这样复杂?"

"是的,历史上的事和咱们今天的事一样,都很难一句话说得清楚。"

"那事情到此也就算弄明白了?"

"还有三个疑点:第一,据史料记载,王文蕊的父亲王康,在那场宫廷政变中是站在阎耀的对立派别中的,他怎么会让自己未婚的女儿和阎耀搅到一起从而丢了性命?第二,同时出土的另一口小棺材的女尸显然是王文蕊的侍女,那位侍女为什么也被砍了头?汉代中原可是已没有了陪葬的习俗。第三,王文蕊死后为何会筑坛葬之?这不合当时的丧葬习俗——"

"好了,月儿。"达志打断了外孙女的话,"我看你别再关心这个死去一千多年的王文蕊了,还是关心关心你自己,你总不能老这样一个人过日子吧?几十岁的人,也该成个家了!"

卓月一听外爷这话,脸一红,眼前顷刻间闪过文革初期被她刺伤下体的左涛来。这些年间,左涛的影子还不时在她的脑子里晃着,左涛在她心里引起的是一种失望、气恨、愧疚、疼惜相掺的复杂感情。这次失败的爱情让她不想再去谈婚论嫁了。"外爷,这件事不说了,我觉着现在这样过日子挺好。"说完,她怕外爷再说出不便反驳的话,便急忙起身走了。

20

　　田园酒家的老板曹宁安很快就尝到了利用女人的甜头。那天晚上,当他捏着尚天给他的那三百元钱向灶间走去时,他心里多少是带了不安的:我本该为晶子雪耻,现在却拿了尚天的钱,晶子会咋样看我?出乎他意料的是,晶子见他把二百元钱递给她,只是愣了一阵,随即便低了头把钱接了。"他给的,也算是补偿。"宁安解释。晶子"嗯"了一声,没有生气也没说别的。他对晶子的这种态度没有感到意外,他觉得自己和晶子接了这三百元钱无可指责。我们两个的家里都急需要钱,别人愿给钱我们为何不要?再说晶子在这件事上其实也没损失什么,不过是奶子让别人隔着衣服摸了一下,摸一下又不会沾上印痕,有啥不得了的?"晶子,我觉得你应该想开点,这件事真算不了什么,你其实一点也没吃亏!"那天晚上晶子临走时宁安对她说道,但晶子没有开口,晶子只是咳了一声走出门去。

　　晶子那晚走后,宁安心里还是难受了一阵,尚天到底是摸了晶子的奶子,我容忍这个举动实在是有点说不过去。他担心晶子第二天不会再来,但第二天临近响午酒家开门时,晶子还是按时踏进了门槛,而且脸上没有特别难看的神色。这让宁安松了一口气,心上的重负一下子轻了许多。

　　这件事过去大约几天之后,有天晚上尚天又进了酒家,进屋就喊:"快端黄酒!"宁安当时看了一眼晶子,他想如果晶子不愿去就只好自己去送酒了。可晶子去了,晶子不声不响垂了眼端了酒碗过去。晶子那晚因为天热依然穿得很单,下身一件单裤上身一件短褂,晶子把酒碗往桌上放时,感觉到有一只手摸到了她的臀上。晶子好像有思想准备,晶子没有惊叫,晶子只是不声不响地把那只手推了开去。

晶子走进灶屋时宁安问:"他说没说啥?"晶子摇头,晶子只说了一句:"记住向他要钱!"宁安一愣,不过转瞬就明白了,宁安于是向尚天走去……

尚天这天晚上又留下了二百元钱。

当宁安把一百元钱交给晶子时,晶子比上一次显得平静多了,晶子没有低头,晶子接过钱就向衣袋里装去。

"晶子,你想不想快点发财好让你们家盖上瓦屋?"宁安那当儿压低了声音问,他想起了尚天告诉过他的那句话:利用女人。

晶子没有回答,晶子只是抬头不解地望着宁安。

"要是想的话,我明天上街也给你买一件城里女人穿的那种开口很低的衬衣,再买一条大腿露得很高的那种裙子,穿这种衣服,给我们钱的就保准不只是一个尚天了!"

晶子低了头捏弄着自己的衣角,既没有说行也没有说不。

宁安把晶子的这种沉默视作了默允,第二天上街就买了一身那种衣裙。晶子接过宁安递来的衣裙时没有吃惊,只是默默地看了一阵,随后就换上了。

换上了时髦衣裙的晶子显得光彩照人,尤其是她那高隆的胸部和丰硕的臀部,被这身衣裙凸现得格外诱人。晶子穿了这身新衣裙当晚出现在酒桌前时,几乎所有的酒客都把目光扭向了她。宁安判断得没错,几碗酒喝过后,果然有个酒客大着胆子把手伸向了晶子那丰满的大腿。晶子感觉到那只手在抚触自己的大腿之后,没吭也没动,只是直直地看了那酒客一眼,扭身走了。她走进灶屋对宁安指了指那个酒客,宁安于是走出去,一声不响地站到了

· 107 ·

那酒客面前,那酒客心里发慌,急忙掏出一张五十元的钞票放到了桌上。宁安什么也没说,只是把钱捏进了手里。

这之后类似的事情便不断发生。随着时间的延长,宁安和晶子做起这事来也日益习惯,有时为了简化手续,当哪一个酒客摸了晶子之后,晶子不再去灶屋叫宁安出来收钱,而是自己用手指蘸了酒液,在桌上写下"50"的数字,让酒客在酒钱之外再加五十元。

有的晚上,当来的酒客无人朝晶子动手时,晶子竟有些着急起来,惟恐失去赚钱的机会,于是便故意借端酒送菜的机会,用胸、臀碰触对方,极力诱惑对方动手。至此为止,宁安和晶子还都没有想到事情会向更深的方向发展开去。

使事情继续得以发展的还是尚天的出现。

那天晚上尚天来得比较晚,他来的时候宁安已准备关门,晶子已做好了回家的准备。"慌什么,再给我热两碗酒,菜可以简单点!"宁安、晶子只好重新捅开炉子忙活。酒端上来时尚天对晶子说:"我希望你能陪我喝。"晶子摇头说:"我从来没喝过酒。""那你来坐我腿上,把酒碗端起来喂我喝!"这要求使晶子红了脸孔,她还从来没有坐到过男人的怀里。"咋?我又不是白让你服务!"尚天说着从兜里掏出了三百元扔到桌上。"晶子!"宁安看到钱后叫了一句。晶子望望那钱,一步一步慢腾腾走过去坐到了尚天的腿上。

"宝贝,我非常喜欢你!"尚天拍拍晶子的肩膀,嘴凑到晶子端着的酒碗沿喝了起来。当尚天把手伸进晶子的上衣时宁安转身进了灶屋,他不敢看下去,他觉得心里有些难受,不过他在灶屋站定想到今天的收入后,心里又渐渐快活起来。再有几个月,我挣的钱就差不多可以凑一个整数了!

宁安的估计没错,仅仅四个月之后,他赚得的钱便接近了一万。一想到自己很快就会成为万元户,宁安心里的那份高兴就多得没处放了,弄得脸上和眼里到处都是。往日面孔上的那层阴沉,早已不知飞到了哪里。

　　在宁安攒钱将近一万的同时,晶子也用自己攒的钱翻修了家里那间歪得要倒塌的灶屋。宁安去看晶子家的新灶屋时低了声笑对晶子说:"咋样,跟着我干没错吧？你没有花任何本钱就翻修了房子!"晶子笑笑,晶子说我庆幸当初去跟你干了。

　　这之后田园酒家的生意仍照往日那样进行。

　　有天晚上,宁贞有事来找哥哥,进了店门看见晶子坐在一个酒客的腿上,大吃一惊,忙把哥哥宁安拉到僻静处慌慌问道:"你看见晶子在干啥了吗？你这样营业咋能行？"宁安笑道:"看你大惊小怪的,这有啥了？只要能招来客人挣来钱就行,我的目的可是挣钱!""你这样办早晚要出事的!"宁贞临走时跺了脚说。"你快回去读你的书吧,我这里的事不用你管!"宁安挥手赶走了妹妹。

　　尚天这期间不断出入田园酒家,每次来都让晶子陪他喝酒,晶子陪着陪着酒量也练了出来,到最后每回也能喝一碗黄酒了。一个雨点击打屋瓦的晚上,尚天又来了。来了就喝,一直喝到所有的酒客都走了还要晶子添酒。趁晶子去端热酒的当儿,尚天抓住宁安的手说:"我对你有个请求,不知你答不答应？"宁安就笑道:"你是老主顾,有事只管说。""那你先把这个信封收住。"尚天说着递过一个信封,宁安接过一看是厚厚一叠钱,足有几百块,忙又放到桌子上说:"酒钱不过十几元,我咋能收你这么多钱？""收下吧,你收下了,我才敢带晶子去看晚场电影。"

　　"晚场电影？"宁安一下子没听明白,不过一瞬之后就懂了,他感觉到脸一下子热起来。

　　"晶子,"尚天朝端酒过来的晶子叫道,"我想请你去看晚场电影,你去吗？要是愿去的话,就把这电影票拿住!"说着,又把一个信封放到了晶子手上。

　　晶子初一听说看晚场电影很是一怔,后一看信封里装的那一摞钱,便立刻明白了这事的含义,身子定在那儿许久没动。

"看吗?"尚天问。

晶子没吭,只是抬头极快地看了宁安一眼。

宁安的嘴唇动了动,他很想替晶子说出两个字:"不看!"但他的目光一触到桌上的那个信封,那两个字就又缩进了喉咙。

"愿去看吗?"尚天再一次追问。

晶子这次没看宁安,只是一边摆弄着手上的那个信封一边轻轻地点了一下头。

当尚天拉着晶子的手向门外走时,宁安的双唇猛然张开,那样子分明要响起一声高喊,但最终并没有喊声出来。他慢慢坐到了酒桌前的凳子上,双手抱头伏在了桌上,许久许久一动没动。半晌过后,他先是一点一点抬起头,随后伸手拿过那个信封,从里边抽出那一叠钱,吐了一口唾沫把手指弄湿,便一张一张地极仔细地数了起来……

21

　　上班一向很早的宁贞那天早上走进厂门时隐约听到了一声叫喊,但她没有在意。她一心在想着她的函授课程考试——最近的一次考试是三天前举行的,成绩还没公布。我想我不会考得很差的。她满有把握地给自己下着结论。这时她走进了印染房门,一边哼着轻快的歌儿一边解着外衣的衣扣以便换上工作服,这当儿她又听到了一声呻唤,这声呻唤虽低却是那样的清晰。这让她吃了一惊,谁?声音明显就在屋里。她两眼机警地在室内搜索,在放颜料桶的墙角,她先看到了一只脚,随后看到了一个人仆倒在地,头撞在颜料桶沿上,鲜红的血正沿着颜料桶壁向下滴着。厂长?!宁贞惊呼了一声,急步跑过去。

　　宁贞把倒地的昌盛扶坐在地上时吓得双腿都软了:天呵,昌盛厂长满脸满脖子都是血。"来人呀——"她惊慌至极地喊,但没有人来,这会儿还早,工人们都还没有上班;厂门口的年轻门卫刘家福去了厕所——她刚才进厂门时看到的。

　　"是…宁…贞…别…怕…我…刚…才…搬颜料……头…一晕…就……"昌盛倚在宁贞的怀里,断断续续地说。宁贞一听这话,立刻明白了事情的缘由:这些天昌盛既忙厂子的扩建又忙厂子的运转,还像过去一样为各道工序做工前准备,宁贞几次看见他一边吃着烧饼一边往织造间背丝,一边啃着生萝卜一边给砌新厂房的瓦工递砖。一定是身子超负荷运转,在搬颜料做工前准备的时候支持不住晕倒了。

宁贞掏出手绢"哧啦"一声撕成布条,三几下把昌盛头上的伤口包扎住,尔后猛用力把他扶起,让他伏在自己背上向外摇摇晃晃地背去。还好,从厕所出来的门卫家福看见了这一幕,急忙跑过来把昌盛接了过去。

宁贞和家富把昌盛送到医院,医生检查完伤口后说:好悬,他碰撞的位置再稍靠后点就会造成颅内出血,那可就危险了!宁贞听罢心一颤,后怕地用手摸了摸昌盛那缠满绷带的脸。这之后小瑾闻讯赶了来,看到昌盛由小瑾照顾,宁贞才回厂上班干活。

昌盛在医院住了七天。

这七天里,宁贞做活时总觉得有些心神不安,有点丢东忘西。她仔细琢磨了一下自己心神不定的原因,才发现是在挂虑厂长的康复情况。明白了这个之后她笑了:你倒真是一个称职的工人,为雇佣你的厂长操起了心!

七天后的那个傍晚,宁贞换好下班穿的衣服要出印染房门时,忽然看见头上还缠着绷带的昌盛出现在门口,她刚叫了一声"厂长",昌盛先开了口:"宁贞,我不知该怎样向你表达我心中的谢意,那天不是你,我还会流更多的血。"宁贞一听这话脸红了,忙说:"我当时吓得手忙脚乱的,只恨自己不是个男子汉。你的伤口快长好了吧?"昌盛点了头后说:"我想送你点礼物表示心意,又不知买啥好,这几本书不知对你读函授有没有用。"说着,已把手上提的一个塑料袋递了过来。宁贞见状有些慌张,她长这么大还未接受过外人的礼物,她见昌盛把提袋子的手一直那么伸着,只好打消犹豫接了过来。

那是几本工具书,一本新版的《中华大字典》、一本《英汉辞典》、一本《中外历史辞典》、一本《文秘手册》。当宁贞晚饭后坐在自己床头翻着那些散发油墨香味的书页时,心中满溢着欢喜。这些书全是我学习上用得着的,过去多少次想买,却因为没钱而把购

· 112 ·

买的欲望掐灭了,没想到厂长倒知道我的需要和喜好,谢谢你,尚厂长!

宁贞正高兴地翻着书时,哥哥宁安进了她的屋子。"嗬,这么多书!哪里买的?"

"新华书店。"宁贞流利地答。答完之后又有些吃惊:对哥哥说谎竟这样利索?

"还要不要钱买书?哥哥手上有钱了!"

"不要,我有。"宁贞摇头,之后又低了声说:"哥哥,说句话你别生气,我总觉得你挣的那些钱有点不干净!"

"胡说!"宁安攥起了拳头,在妹妹的面前晃晃。

宁贞的嘴角撇了撇:"吓谁?"

尚吉利丝织厂贷款买来的两台电脑控制的丝织机到货安装的那些天,昌盛一天到晚与从广州请来的一位工程师在车间忙碌。他把厂子发展的很大一部分希望寄托在这两台新机器的运转上。他从香港一位商人手里转口买这两台织机时,对方告诉他:很好操作,一切按说明书来就行!他以为操作这机器与操作普通织机没有太大的不同,只要按说明书撅动几个开关就成。谁知织机安装好以后才明白,没有一定的电脑知识根本不能操作。他的几个女织工包括小瑾在内,听了工程师的两天讲解与示范之后仍是糊里糊涂地不能让机器顺利转动。他虽然也用心听讲,无奈他过去那些关于织机的知识这会儿都用不上,连用语都是全新的,到最后总算懂了个大概,但一到上机工作就手忙脚乱,有两次差点弄坏了机器。请来的工程师按合同规定第二天就要走,可全厂还没有一个人能开动机器,你说这急不急人?为买这两台织机花了近百万元贷款,这笔贷款每天的利息是多少钱?安好了不动那咋能行?

昌盛在那个黄昏急得几乎要掉泪。

"我来试试,行吗?"宁贞那当儿走到了闷头蹲在织房门口的昌盛身边说。

"你?!"昌盛头抬了一瞬,又即刻垂下去:"需要有电脑知识,怨我预先没有培训工人,我真蠢呵!"

"我在读函授时学过一点。"宁贞边说边走进了空无一人的新机房,拿起说明书看起来。

昌盛没有理会宁贞,他的全部精力都集中到了那个让他焦心的问题上:去哪里找两个懂电脑的人来操纵这两台丝织机?明天就贴招聘启事?或在报纸上发个广告?会不会有人来应聘?去师专找教电脑课的教授来培训现有的女工?……

轰隆隆。一阵织机的响声将他从苦想中惊醒,他扭头看时,见一台织机已经启动,宁贞正缓慢而大胆地敲击着电脑键盘。

昌盛意外地站起来,疑疑惑惑地走进织房看着织机。他凭着对工程师操作这些织机时的声音记忆,他听出这会儿织机运行正常。

"你懂这个?"昌盛仍然有些不相信。

"学过一点,我根据说明书来做。"宁贞边说边启动了另一台织机,两台织机在昌盛面前愉快地空转着,声音清脆。

"我现在选定了一种花纹,你看行吗?"宁贞指着电脑屏幕对昌盛说。

昌盛显然仍在怀疑宁贞的能力,迟疑了许久才点点头。

"那我就让织机工作了?!"宁贞紧跟着问。

让她试试也好,浪费的丝全当是交学费了。昌盛再次把头点点。

宁贞相继敲动了操纵两台织机的电脑键盘。

织机刷刷地工作起来。昌盛瞪大两眼盯着出绸的地方。哦,绸子出来了,就是选定的那种花纹,表面光洁而无疵点,和请来的那位工程师操纵织机时织出的绸缎质量一样,不同的只是花纹,哦,老天,宁贞真的会使用这种机器!那个香港商人果然没有骗我:可以根据说明书来。原来问题是我们没有看懂充满外文和新名词的说明书的本领。

噢,难题解决了!

焦虑突然消失带来的兴奋让昌盛激动得忘乎所以,他一下子伸出两手抱住宁贞的双肩猛摇了起来:"嗬,你还真行!"

昌盛这突然的举动把正在关注织机运转的宁贞弄愣了,她慌慌喊道:"你把我摇晕了!"

是宁贞这慌张的叫声才让昌盛那极度兴奋的神经倏然清醒,才使他意识到自己有点失态,他才慌忙收回手连声地解释:"对不起,请原谅,我是喜昏了头,真抱歉……"

宁贞什么也没说,只是羞羞一笑,上前关了两台织机。

"从明天起,你离开染印房到这儿工作,你的工资每月增加一倍!我对你只有一条要求:带会一个女工,行吗?"

宁贞依旧是羞羞一笑,低声吐出了一个字:"行!"

22

　　尚天对钱的需求日见急迫。没有钱既进不了酒楼也进不了舞厅,更别说去找田园酒家的晶子玩了。指望发的那点工资够干什么?够在舞厅玩三个晚上外加做一次头发?尚天如今对做头发十分讲究,中低档的理发店是决不进的,每次都是到滨白路上的万方美发厅做,指名让技术最高的美发师动手,且要用最好的洗发香波,最高档的发油,最有名的摩丝,要做最时髦最好看的发型。这样做一次头发的费用当然不低,可尚天愿意。
　　尚天缺钱之后首先想到的当然是妈妈。于是隔三差五地,他下班到家后对妈妈或是说他要招待几个朋友,或是说他要买些业余学习的用品,或是说要买件衣服,从妈妈的手中要出些钱来。这样每月里两次、三次可以,四次、五次母亲就要不满意,就要提醒他:全家还要吃饭!就要警告他:你这样花钱让你爸知道了他肯定要训你!就要劝他:学会节约些!
　　尚天于是不得不想另外的弄钱办法。
　　这法子就是让那些有求于他的工商户进点贡。但这种收入或是由于有的工商户不理会他的暗示,或是因为找他办事的人有时很少而呈时断时续之状,这就使他仍要常常为缺钱心慌。
　　有天中午,他正为晚上想见晶子而口袋里只剩五元钱发愁,忽听妈妈在客厅里给爸爸说昌盛办的尚吉利丝织厂最近赚钱不少,原因是他用了最新式的电脑织机。尚天听了这话心里一动:何不找昌盛哥要点钱花？尚吉利丝织厂是尚家办的厂子,当然也就有我的一份,我去要点钱花也属应该。先去找爷爷可能更好,爷爷对我和穹穹很喜欢,只要我开了口想必不会空手而返。

尚天进了爷爷尚达志的睡屋时老人刚从午睡中醒来,爷爷看见他进来后果然很欢喜,忍住一个就要到来的哈欠让尚天在椅子上落座。爷孙俩一番简短的寒暄过后尚天立刻切入了正题:"爷爷,我最近想在业余参加一项函授大学的学习,需要买不少学习用品,可手上钱有点紧张,听说昌盛哥这儿的效益还行,不知能不能先借我一点用用。"

"借啥子借？这厂子虽说是你昌盛哥在管着,其实还不是你们弟兄几个的？！"达志笑道。他因为当初没能对承达尽一份为父的义务,一直对儿子怀着一份歉疚,如今这份歉疚全转到了孙子们身上,所以对尚天和尚穹就格外多了一份喜欢。"去找你昌盛哥,就说是我说的,让他给你五百块钱！"

"五百块钱？"尚天在一愣之后差点笑出声来,五百块钱够干什么？够我进几回舞厅？爷爷是不是因为常不出门不知道今天的消费行情？要不就是脑子出了毛病对数目的大小已分不清楚？五百块,哈哈,用五百块钱来打发你在工商局工作的孙子？你可真是大方呀爷爷！我这可是第一次朝你开口！

"咋,嫌多？多了你先存起来,以后慢慢花,年轻人嘛,身上应该有个零花钱。"

尚天哭笑不得地坐在那里,他现在有点后悔先来找爷爷了,应该先去找昌盛哥,昌盛哥整天在市面上跑,肯定熟知今天的消费行情,让他随便给他也不会只给五百。罢,罢,是我失算,还是直接去找昌盛哥要吧。

尚天和爷爷又说了几句敷衍的话就告辞出来,径去了尚吉利丝织厂。刚保养完动力机弄得满脸油污的昌盛看见堂弟尚天进了厂门,高兴地叫:"嗬,你可是稀客！"忙把尚天让进既是会议室又是会计室还是接待室的厂长办公室里。

尚天说话不愿转弯,几句问候过后便说明了来意,只是没说已去找了爷爷的事。他想昌盛哥如今已经赚了钱,甩手给他个几千块花花不是很容易?昌盛听罢果然没有犹豫,一边笑着一边就去兜里摸钱说:"你学习上的事我保证支持,喏,这三百块钱你先拿去花吧!"尚天看着昌盛手中的钱呆在了那里,一股惊诧和恼怒飞快地爬上了脸孔:你这是在打发讨饭的吧?!他什么也没说,只是"啪"一下将昌盛伸过来的那只手打开,当那叠钱雪花一样旋转着向地上飘去时,他转身大步向门外走去。

"天天,天天!"

尚天当然听见了昌盛的喊声,但他没有再回一下头。

尚天那天晚上没有去成田园酒家。他也没有按时下班,他就坐在办公室里生气。好你个尚昌盛,你就像打发叫花子那样来打发我?给三百块钱?你以为我尚天没见过钱么?我现在才知道你和爷爷一样抠门。三百块,我尚天一张脸就值这么点钱?我是第一次朝你张口,你又不是没钱,你起码得给我个五千吧!……

尚天后来是到街边一家小店喝了两瓶啤酒之后才向家走的。到家后他感觉到家里的气氛又有些异样——父亲一直在他的饭桌前踱步;母亲给他端出留下的饭菜之后有些心神不安地坐在不远处。他心里有点犯嘀咕:出了啥事?

"你又缺钱了?"尚天刚把饭碗推开承达就开了口,声音里的火药味很快飘到了尚天的鼻子里。尚天一听这话立刻明白了原委,"反正我这点工资,想富也富不到哪里去。"尚天笑道。

"缺钱应该找你妈和我要,怎能找到你昌盛哥那里?"

"昌盛哥?"尚天故作惊奇地瞪大了眼睛,"我啥时候找他要过钱了?"

"还在嘴硬?喏,这是你昌盛哥刚才送来的五百元钱。他的工厂开张时间不长,你怎好意思张嘴向他要钱花?你就不嫌脸——"

"哈哈哈。"尚天用一阵笑声把父亲的谴责截成两段,"我是同昌盛哥开个玩笑,没想到他竟当真了。我后晌在他们厂门口碰见他,他问我最近忙啥,我说准备摆个书摊赚钱,他又问我还缺什么,我说缺个几百块钱你能不能支援我?我是同他开心,没想到他倒当真送来了钱。退回去,立马退回去!妈,明儿个麻烦你辛苦一趟,把钱亲自交还昌盛厂长!"

"是这样?"承达的眉毛一点一点舒展开来,"这就罢了,我也估计你还不至于荒唐到这种地步,直接找你昌盛哥要钱。好了,这钱也不必送回去,送回去反倒有些见外了。"

"爸,你也有点太小看你儿子了,我不会为几百块钱向人张嘴的!"尚天傲然地说罢,起身向自己的卧室走去。走进自己的卧室之后才吁一口气:昌盛厂长,为了五百块钱,你差点让我挨一顿狗血喷头的骂……

23

　　昌盛这些天一直在忙于应付来要钱的人。
　　自从那两台电脑控制的织机织出的绸缎在市面上热销之后，外界开始纷传尚家赚了大钱，于是，各种各样要钱的人开始络绎不绝地登门。
　　最先来的是城建部门的一个单位。那个单位的年轻头儿进了昌盛的办公室就抱拳高喊恭喜发财，尔后说他们想在城市建设方面做点事情，可如今做事情没有钱怎么能行？没办法，只好来尚吉利化点缘，给个两万三万都行。昌盛一听吸了口冷气。绸缎从售出到货款回来都有一段时间，最近几批买主来拉绸缎时只是交了很少一点定金，眼下厂里的周转资金都很紧张，哪来成万的钱捐献？昌盛也不敢一口回绝对方，日后的厂子扩建少不了要找城建部门，得罪了他们咋样能行？昌盛于是带了小心说明厂子的困难，答应先给一万，日后有钱了一定再送上门去。那头儿自然有些不悦，命随行人员收下钱后悻悻然地出门。
　　接下来的是一家影视中心，来人还持了一位市里领导人的亲笔信。说他们最近想拍一部场面宏大的电视剧，务请尚吉利丝织厂赞助几万块钱，日后电视台播出时一定会打上贵厂的厂名。昌盛听罢暗暗叫苦，老天，我扩建厂房的钱都还没有凑齐，哪有几万元给你们去拍电视剧？可一点不给显然不行，万一惹火了他们，他们在电视上给你的厂子或产品造个谣那可就麻烦大了，而且也驳了那位领导人的面子。虽经再三解释,对方还是坚持至少要给两万,没办法,昌盛咬咬牙给了。数钱的时候,昌盛真是心疼得想掉眼泪。

紧接着来的是一位记者。那记者说他们想搞一次新闻评奖活动,而活动的经费还一点没有落实,因此想请尚吉利丝织厂给点赞助。他们的回报办法是为厂里写篇新闻,宣传宣传厂里的产品。昌盛再傻也知道新闻界不敢得罪,忙担了心问他们需要多少。五万。六万也成。昌盛听了差一点背过气去。后经再三恳求,对方才把数字降到两万,昌盛忍着疼把钱数给了对方。

这之后是供电、工商、治安部门的相继登门。谈的都是收费、赞助的事,到尚天登门要钱的那个后响,昌盛手里的流动资金已经所剩无几了。

这境况使昌盛想到了要请承达叔帮忙。他那天找到承达叔诉了一番苦,不想承达叔听了叹口气说:"你要是国营厂子,我立马可以让人发一个通知,制止这种乱摊派收费和索要赞助的行为;可你是私人厂子,我要出面制止,就等于向各政府机关宣告我要着意保护你的厂子,给人一种徇私的嫌疑。眼下上级反复强调要官商分开,我一出面,就给别的市领导一种印象,好像我也参与了你的厂子的经营……"

昌盛知道承达叔不愿做的事,你很难强迫他去做,便苦笑笑说:"那我再另想办法吧。"

昌盛那晚回到家后愁眉苦脸地向爷爷讲了这些天的支出情况和找承达叔的经过,问爷爷咋着办好。爷爷听罢许久都没有作声,只两眼闭了在那里呆坐。昌盛以为爷爷耳朵有了毛病,没听清他的话,正待重复时,爷爷慢腾腾地开了口:"请客吧。"

"请客?"昌盛一怔,"请谁的客?"

"所有可能向咱要钱的卡咱的部门和单位,把他们的头头都请来。"

"他们向咱们无偿地要了钱,咱还得请他们吃饭?"

"对!记得我给你说过的那个忍字吗?咱现在就要忍,咱得罪不起他们,就要低下头来求,求他们高抬贵手!人在酒桌上容易应许事情,明白?"

"这又要花一笔钱呐!"

"以小换大都不懂?"

昌盛只好点头。

三桌酒宴设在西苑饭庄。可能来要钱的和与工厂经常发生关系的单位头头都请了来。

大家都说是来喝尚家的发财酒的,彼此兴致很高地打着招呼。昌盛强装笑颜地与来客们握手。

酒宴快开始的时候,有两个年轻的来客叫道:今晚的喝酒队伍可是单色调,一律的男子汉,是不是需要点杂色呀?!昌盛一开始没听明白话意,后来明白了又有些着慌:厂里哪有会喝酒的姑娘来陪?无奈中想起了宁贞,以宁贞的漂亮,来给他们倒杯酒大概也可以让他们高兴吧?!于是急忙向厂里打电话,还好,宁贞没有下班回家,他叮嘱接电话的人叫宁贞速来西苑饭庄。

不明缘由的宁贞匆匆骑车赶到西苑饭庄,一进宴会厅看见那么多人吓得又赶忙退了出来。昌盛见状便出门给她说了今晚请客和让她来的缘由,要她今天晚上务必帮帮这个忙。宁贞这些天也听说了到处有人来厂里要赞助的事,知道昌盛心里着急,便痛快地点点头说:"行,我来给他们倒酒。"

宁贞由昌盛引领着走进宴会厅时,众来客眼睛都是一亮,有人还出了声地叫道:"嚄,尚吉利还有这么漂亮的姑娘!"

酒宴开始三杯喝罢,宁贞开始代表厂里职工给来客们挨桌倒酒。宁贞从小没经见过这场面,倒酒时慌得手都有点抖,还好,她很快稳定了自己的情绪,在心里叮嘱自己把今晚的任务完成好,也算帮厂长一个忙。她现在对尚吉利丝织厂已经有了感情，这个厂是她走进社会的第一个场所，她是在这个厂里第一次被人看重，又是这个厂给了她完成函授学业的条件，也是这个厂让她挣了一笔令同村女伴们羡慕的工钱。我应该对得起这个工厂！昌盛厂长，我理解你的苦衷，我会尽我的力量帮你。

宁贞给来客们倒酒的时候昌盛开始站起来说话，先说对诸位平日的关照表示感谢，然后就开始介绍厂里目前的经济状况，说到最后把账本掏了出来，说我眼下只剩下维持这个月生产的钱，一时很难再给诸位帮助，请诸位多多宽谅等等。说着说着就有点要哽咽的感觉，聪明的宁贞为掩饰昌盛的失态，急忙大着胆子对众人说："这杯酒是俺们工厂全体工人敬的，请诸位喝干！"在一阵碰杯声里，大厅里的气氛得以重新扭转。

酒继续喝下去，人们原先的那股文雅之状就开始改变，先是有人提出要和宁贞碰杯，宁贞听了急忙摇头说："我不会喝酒，也从来没有喝过酒。"昌盛闻声也赶忙过来解释说宁贞不会喝酒。那人就笑道："酒场上有三种人不可小看，一个是喝一口就红脸的，一个是自称有病拿药片的，再一个就是扎小辫的，你宁贞扎着小辫，这可骗不了我们！你今天要喝了这一杯，表明你们尚吉利丝织厂的工人确实看得起我们，倘若不喝，证明你们今晚的宴请心不诚，是怕酒喝多了多花钱！"宁贞被这番话说得不知如何是好，只得端起一杯酒与对方当啷一碰喝下去。酒液往喉咙里爬时，辣得她流出了眼泪。一杯酒落肚，宁贞的双颊立刻绯红一片，这种绯红使她看上去更加妩媚可人，于是又有个人站起来要与她碰杯，宁贞刚一摆手说不敢喝了，那人就叫："是看起他看不起我吗？"宁贞没法，只得又喝了。接下来又有人要碰杯，昌盛就过来要代宁贞喝，座中便有人起哄说："看看，昌盛心疼了！"弄得昌盛也红了脸，不敢再坚持要代替宁贞碰杯。如此轮番碰下来，宁贞哪受得了？渐渐就变得头重脚轻起来。勉强坚持到酒宴结束，刚把最后一个客人送走,宁贞便身子一软倒在了饭庄门口。这可把昌盛吓坏了,急忙搀她站起,可她腿软得已站立不住,昌盛没法,只得把她半搀半抱到怀里……

24

最后一个顾客走出酒铺之后,宁安开始在灯下数点一天的收入。把各种面额的票子抻展开身子在桌上摆开,尔后一沓一沓的清点。每天的这个时候,是他觉着心里最熨帖最舒坦的时候。每数完一沓,他便解开裤带,把钱塞进缝在裤头上的一个暗兜里,这样他睡觉时那些钱就还贴在他的身上。他常在第二天上午去银行存钱,在柜台外边解开裤带把钱掏出来,经过一个晚上在被窝里的捂和搓,那些钱在掏出来时便总带一点难闻的味道,弄得银行里那些收钱的小姐常常要眉头紧皱十分难受。

钱差不多要数完的时候,宁安忽然听见门外传来妈妈的声音,他一愣,本能地预感到家里出了什么事情——妈妈平日很少来他的田园酒家。他三两下把钱装好,急忙赶到门口喊:"妈,快进屋坐。"

"宁安,你快去尚吉利丝织厂去看看你妹妹,她到这会儿还没回家,也没给家里个口信,别是出了啥事吧?"

宁安心里咯噔一响,他几乎立刻把妹妹的不归与晶子的行为连在了一起,他的身子打了个哆嗦,他没有再问母亲什么,骑上自行车便向尚吉利丝织厂奔去。

丝织厂各厂房里的灯都灭了,这使宁安越加惊慌,上前就猛烈地摇晃大门。看守厂门的家福闻声出来,问清是来找宁贞的,便告诉他可能还在西苑饭庄,今晚厂里在那儿请客,厂长让她去帮忙……

宁安便急忙又往西苑饭庄赶。饭庄总服务台前这时已经无人,他进了大厅就喊:"宁贞——"惊得在大厅一角沙发上打盹的昌盛和饭庄的警卫一齐跑了过来。宁安因为见过昌盛,知道他是厂长,就上前一把抓住他的领口喝问:"我妹妹在哪?"

昌盛被这突然而至的揪扯惊住,回答得便有些吞吐:"在……房间里……睡……"

"在这儿睡?"昌盛的吞吐使宁安的心更高地悬了起来,眼也瞪得更吓人。

"今晚……她喝酒……多了点。"面对宁贞的家人,昌盛心里也确实有点慌。让一个姑娘醉成那样,的确有点太出格。

"喝酒?她咋会喝酒?你竟敢逼她喝酒?"

"不是我逼的!"昌盛总算说话流畅了。

"领我去见她!"宁安抓住了昌盛的手。

昌盛只好带着宁安去敲房门。门是那个女服务员来开的,宁安一看妹妹是和一个姑娘在一间房里,心才算放下。宁贞那刻还昏睡在床上,听见哥哥喊她,眼勉强睁了一下又很快阖上了,脸和脖子依然被酒烧得通红。

"你是想让她喝死?"宁安扭头瞪住昌盛,妹妹的醉状使他心里的火又旺了起来。

"我也是没想到,那些人总——"

"嗵!"宁安一拳砸到了昌盛的小腹上,毫无提防的昌盛"哎哟"一声捂腹蹲到了地上。

"我要让你记住,从今往后不许这样欺负我的妹妹!"

昌盛的哎哟声惊动了昏睡中的宁贞,宁贞睁开眼有气无力地说:"哥,喝酒是我愿意的,你凭啥打人?我的事不要你管,你走吧!"

宁安气哼哼地一把抓住昌盛把他扯到了门外……

曹宁安在一个细雨霏霏的上午,再一次到银行解开裤带掏出暗兜里的钱向收款员递过去时,低了声说:"你给我算算,我是不是已经存到了这个数!"他伸出一个手指晃晃,然后掏出自己记了账目的白纸等着。那姑娘飞快地数完他给的钱拨拉了一阵算盘之后点头:"够了,一万零二百一十三元。"

宁安一边卷起自己手上的白纸一边长舒了一口气:我总算真成了万元户!万元户!他极力忍住没让自己高兴得跳起来。

他一出银行就去了商场,立马给自己买了四十块钱一双的皮鞋和一身九十块钱一套的西服。老子们也该讲究讲究了。这之后,又去买了三挂鞭炮外加一个猪头。

当宁安穿戴一新地拎着鞭炮和猪头回到家时,全家人都吃了一惊。栗丽说:"咋,不年不节的,买猪头干啥?"

"妈,不用问,你只管做了吃!"宁安说罢,就出门去点燃鞭炮。三挂鞭炮响了一个不短的时辰,引来了一群看热闹的人。

冬至不明所以地望着儿子:"你这是要庆贺啥子?"

宁安掏出钢笔,拉过爹的手,在上边刷刷刷地写了一行字:10000。

"这是啥?"冬至依然不明白。

栗丽和宁贞也围了过去,母女俩只看了一眼便明白了,宁贞就叫:"烧包!"

"谁烧包?"宁安眼瞪了起来。

"存这点钱就放鞭炮弄得惊天动地?要是——"

"好了,好了,"当父亲的一听说这是钱数,就很高兴,急忙拦住女儿的话说:"既是有了钱,咱明年春天就再买点桑树苗、柞树苗,把养蚕的园子再扩大一点,再盖一间蚕房,好把——"

"那不行!"宁安坚决地把头一摇,"这钱就存在银行里,一个是有利息,一个是保险。只要银行里有了这笔钱,咱就不是穷人!"

· 127 ·

"不投到养蚕上也行,就用这钱赶紧给你把媳妇定下,你也不小了。"栗丽说。

"那事也先不慌着办,等我再赚了钱再说。"

"好吧,就依你。你也可以用这笔钱把你的酒店收拾收拾,添点东西。"

"酒店眼下还能赚钱,添东西做啥?我说了,这笔钱不能动,就存在银行里,有了它,我睡觉心里也踏实。"

栗丽笑了,说:"中,钱是你挣的,你说咋办就咋办吧。"

那天晚上,宁安让妈妈在他的裤头上再缝一个暗兜,栗丽先想摇头,后看儿子那副执拗模样,怕不缝会伤儿子的心,就只好拿起了针线。她一边缝一边偷抹着眼泪:唉,儿子也是因为穷怕了。

裤头上的第二个暗兜缝好之后,宁安拿过去,很仔细地把用塑料纸裹起来的存折放进去,这才拎着要回自己的睡屋。临走前,他郑重地说:"妈,这存折可要对外人保密,除了你和爹知道外,对谁也不要说放在哪里,对宁贞也不要说!"

"宁贞不会要你的钱,她自己每月都有工资。"

"我不是怕她要,我是怕她嘴松,姑娘家,一高兴,啥都会往外讲。"

"好了,妈不跟她说,你去睡吧。"

"你还小量我?"宁安没想到宁贞会忽然出现在自己身后,"不就是一万块钱嘛,好稀奇!"

宁安红了脸,不好意思地忙跑进了自己的房子。

他那晚是穿了装有存折的裤头睡的,他很快就沉入了睡乡,在香甜的睡梦中他看见自己走进了一个广场,广场上人山人海,每个人都正在弯腰从地上拣拾着什么,他低头一看,妈吔,满地都是拾元一张的钱票,他急忙蹲下了身子……

是妈妈的喊声把他从那个广场上拽回来的,他恋恋不舍地睁开眼睛,才发现阳光已经扑到了他的枕旁。

25

栗振中面孔阴沉地把车驶进院子,下车时"嘣"一下摔上车门,没有理会女仆的招呼,径直向卧室里走去。

艾丽雅正在卫生间里洗浴,听见他开门的声音后探出头来叫了一声:晚上好,亲爱的!他依旧没有理会,只把身子重重地摔在了床上。

今天的两场商务谈判都让他生气。上午,是和韩国的一位丝绸织造商谈;下午,是和荷兰的一位丝绸织造商谈。他想进口他们的绸缎,但两家的要价都高得有点吓人,他再三陈述自己经销时的困难,恳求对方把价压低一点,但他们看准了他急需绸缎的处境,毫不退让,弄得他真是火冒三丈。他心里非常清楚,这两家织造的绸缎所用的丝,其实都是从中国大陆进口的,他甚至能够辨出其中有些丝就是自己的祖籍所在地南阳产的,只是由于他们在丝的整理技术上高明加上丝织机的先进,才使他们织出的绸缎在国际市场上看好,反倒比中国大陆的绸缎受欢迎了。奶奶的,用中国的丝织成绸缎来压我这个华裔经销商人,太让我咽不下这口气了!唉,什么时候南阳的绸缎能在质量上压过这些外国厂家,让我的梦宛绸缎店重新变成南阳绸缎的专卖店,使我再不同这些外国织造商打交道,那该多好!

"哈啰!"艾丽雅胸前缠着一条浴巾从卫生间里出来,甜笑着向床边走着。

"晚上好,宝贝。"振中淡淡地应了一句。

"我今天在42街的一家店里买了一种三角裤,店主说是用一种保证皮肤细腻柔滑的高科技材料做的,你看怎么样?"艾丽雅边说边松开胸前的浴巾,把只穿了三角裤的身子展示在丈夫眼前。

"还行吧。"心绪不好的栗振中此刻没有心情去讨论三角裤的好坏,依旧是淡然地应了一声。

艾丽雅没再说话,转身就上床钻进了被子,"啪"一声按灭了自己一侧的床灯,用被子蒙上了头。片刻后,一阵压抑的低泣声就从被子里传了出来。

正仰躺着闭目沉思的振中听到这抽泣声一愣,急忙转身掀开被子望着艾丽雅满是泪痕的脸问:"怎么了,宝贝?"

"我明白你不爱我了……"艾丽雅哽咽着。

"你瞎说什么?"

"你不必隐瞒,我的感觉清清楚楚地告诉了我,过去,每当我临睡前洗浴完毕向你走来时,你总是迫不及待地扯掉我围在身上的浴巾,把我抱上床去,但是近一些日子,你很少这样做了。今天晚上,我主动松开浴巾向你展露身子,让你看我的三角裤,你也毫不动心了,你只冷漠地说了一句:还行吧。这不是一个充满爱情的丈夫应该对妻子说的话……"

"嗨!"振中苦笑了一下,"我真不明白你们美利坚的女人,何以对这种小事看得这样认真。"

"这不是小事,这是征兆!我咨询过专门研究婚姻进程与感情变化曲线的专家,那位专家告诉我,一对男女在结婚三到四年之后,彼此间的新鲜感和神秘感开始消失,相互间的吸引力和刺激多数开始下降,原先弥漫在双方之间的甜蜜感和亲密感开始减退,男女两方尤其是男方的感情浓度开始稀释,婚姻开始出现第一次危机。这次危机来临会有许多征兆,其中之一是:男方对女方身体的兴趣迅速下跌,而你现在就已经到了这一步!"

"你这个小傻瓜!"振中被艾丽雅这番忧心忡忡的含泪诉说逗乐了,"你们这些干什么都要有理论指导的女人,我今天非让你这些理论见鬼去不可!"边说边猛地掀开被子,"哧啦"一声扯下艾丽雅的那件用新材料做成的三角裤,虎一样地扑了过去。艾丽雅先是被振中这些粗暴的举动所吓住,瞪大了惊惶的双眼,但随即便又笑了,她感觉到了他舌头的柔软和贪婪,她看见了他眼睛中又腾起了她过去所熟悉的那种火焰,她在"格格"的笑声里开始怀疑自己刚才的判断……

当第二天早上的阳光探过窗帘爬到床头把沉入深度睡眠的振中唤醒时,如何进货的烦恼再一次钻进了他那被爱意冲洗过的心里:怎么办?进还是不进?进,零售价和进价相差太小,辛辛苦苦地忙碌却赚不了多少钱;不进,店里已无多少存货,难道这有名的"梦宛绸缎店"还要关门不成?

已了解真相的艾丽雅理解地看着丈夫,一边为他更换新的内衣一边试探地说:"我有个主意,不知是否可以?""说吧。"振中催道。

"荷兰和韩国的这两个织造商既然是用中国的蚕丝织成的绸缎,那我们是不是也可以投资办一个小型丝织厂,也从中国购进蚕丝,用一流的整理技术和丝织机把这些丝织成绸缎,咱一边织一边卖,既当织造商也当经销商?!"

"这个主意我不是没有想过,可一方面我们对织绸毫无经验,更重要的是,我们还没有能办一个小型丝织厂的钱。将来也许有一天,我们会实现这个想法的……"

接下来几天,振中仍在四处联系,但最终没能拗过绸缎制造商们,后来还是按他们提出的价格进了货。也罢,就少赚点钱,先把生意维持下来再说。振中只好这样安慰自己。

这次的挫折使振中对经营货种的单一有了看法,他开始生出把梦宛绸缎店改成梦宛纺织品店的想法。倘若我的店里既经营绸缎也经营棉布、呢绒和其他化纤织品,是不是我就可以少受制于这些绸缎织造商人,使效益更好些? 有天晚上,他把这种想法给父亲说了——这种事关经营方向的大事他不能不先征得父亲的同意。父亲听后沉思了一阵,说:"这想法不是没有道理,在千变万化的商界,一家商店根据市场情况改换一下经营货种完全可以,可具体到咱们梦宛绸缎店,我以为还是慎重些更好。咱这家绸缎店由于开业年代久也因为信誉好,不仅在唐人街有名,在纽约甚至整个美国东部都有一定名气,许多华人和美国的中上流社会的夫人、小姐们,都是我们的顾客,他们只要来到纽约,就总要来我们店里看一看,这也是我们这个不大的店在这些年的商界风雨里一直得以平安维持下来的原因。如果我们眼下因一时盈利不大而做了改变,那我们可能会失去很多固定的客户。全纽约经营纺织品的商店很多,要在那么多的竞争对手里站住脚并不容易。孩子,这些还只是事情的一个方面,还有一个方面就是对中国大陆绸缎生产前景的估计,是对中国大陆绸缎生产质量抱不抱信心的问题。"

"信心?"父亲的分析令振中有些意外。

"对,信心!我以为,既然中国大陆向世界敞开了国门,中国的企业界包括绸缎织造厂主们,早晚会从世界市场对质量的要求上明白他们自己也必须重视产品质量,否则,他们的产品就无法在世界市场上竞争,他们就会亏本。而只要中国的绸缎织造厂主们一重视质量,中国的绸缎很快就会令世人重新刮目相看,因为他们的织造经验和蚕丝质量是没有哪一个国家可与之相比的,他们现在缺乏的只是重视质量的意识。有了这个意识,他们就会改进管理方法,就会购买先进织机,就会引进先进技术。所以,我觉得我们可以耐下心来等一等。"

"等?"

"对。领兵打仗的军人们有一招叫按兵不动,咱经商的人也可以学学他们,现在就也先按兵不动,先少赚点钱,待大陆的绸缎质量一上来,咱们就抓紧进抓紧卖,钱会赚进来的!做生意的不能心浮气躁,咱又不是没有吃饭的钱了,慌啥?"

振中点点头,不得不佩服父亲的分析有道理。

大约是半月之后的一个黄昏,艾丽雅开车去费城探望一个日本裔女同学回来,高兴地对振中说:"亲爱的,我的同学真竹秀子告诉我,说下个月东京有一个国际性的大型绸缎展销会,她说她想回去看看;我们是不是也可以去逛逛?日本国我可是只在上大学时去过一次,而且只到过广岛!"

"好吧,"振中用指头轻弹了一下艾丽雅的额头,笑道:"到时候就陪我的宝贝去逛逛日本!"

26

那场客请罢,尚吉利丝织厂的门前总算安静了下来。

随着外边所欠货款一笔一笔地回来,尚吉利丝织厂的生产开始了良性循环。进丝、织造、销售,各个环节都走上了正轨,昌盛一直悬着的心才算慢慢安定下来。

有天中午,昌盛正坐在他那间小办公室里琢磨进丝的事,忽见表妹卓月拿着一张报纸走了进来。他没来得及开口问卓月有什么事,卓月已把一张报纸扔到了他面前的桌子上:"看看头版头条消息。"

昌盛不知所以地展开报纸,只见头条消息的题目是:"日本国南阳市和我们南阳市结成友好城市,日本国南阳市访问团今日抵达我市。""莫名其妙,这种政治上的事与我们丝织厂有什么关系?!"昌盛望着卓月不高兴地叫道。

"再想想!"卓月淡了声说。

"再想想也没关系,这种政治上的友好并不——"昌盛话到这儿猛地噤口:"你是说让他们看看我们的绸缎?!"

"他们住在和平饭店!"卓月说罢转身就走。

"好!"昌盛高兴地起身对着卓月的背影喊道:"谢谢你的提醒!"

昌盛当即让小瑾把每种花色的绸缎各准备几匹,尔后装上一辆三轮车便向和平饭店蹬去。卓月的提醒真有道理,昌盛刚把带去的绸缎在饭店大厅里摆开,那些日本客人便都围了过来。两个穿和服的日本妇女把昌盛带去的绸缎和她们身上和服的绸料一比,立刻看出了尚家绸缎质量的不寻常,一边伸出指头夸赞一边掏钱要买。不大的功夫,昌盛用三轮车推去的绸缎便卖了个净光。昌盛看出其中几个客人还有要买的意思,就告诉了他们厂址,说好第二天上午可直接到厂里来买。

第二天,几个日本客人果然又到了厂里,昌盛一边领他们到成品仓库里参观一边把尚吉利绸缎的织造历史和优点作了介绍,那几个人听得很有些入迷,又都是满载而归。

这件事过去之后昌盛很快便把它忘记了,厂里每天都要卖出不少成品,像这样数额不大的交易不可能一直存在他的心里。他那时根本没想到它的意义。

意义是三个月之后向他显现的。那是一个阳光很淡的上午,邮递员忽然给他送来了一封来自日本国的写满日文的信。他很有些意外:我在日本并无熟人,谁会给我来信?及至请卓月翻译之后他才知道,那是日本东京一家名叫三友绸缎经销株式会社发来的一份邀请信——

  尊敬的中国南阳尚吉利丝织厂厂长先生:
    我们是从我国南阳市赴贵市访问团的朋友那里看到贵厂的绸缎产品的,我们非常喜欢你们的绸缎,因此很想邀请你们携产品来参加我们这里举办的一个展销会。展销如果成功,我们将长期在日本经销贵厂的绸缎,不知是否可以允准。如蒙同意,请即用电话告知我们……

一阵巨大的欢喜涌进昌盛心里:哦,我正在为怎样继续扩大销路发愁,没想到机会送到了门口。谢谢你,月儿,这个机会最初是你引来的,我根本没想到那一三轮车绸缎的售出会给我打开通往日本市场的大门。看来,我的脑子还是有些迟钝……

昌盛拿着这封信去见爷爷,爷爷听罢默然良久,然后缓声说:"你妈当年就死在日本人手里,你爹和我挨过日本兵的子弹和炮弹,咱们和他们有着血仇,照我的心思,当然是不与他们有任何往来。可再一想,既然如今可以赚他们的钱咱为啥不赚?赚,赚得越多越好!让他们也看看咱中国人的能耐!这次去展销,一定要想办法成功,没有成功的把握就不动身!立马开始准备参展的东西吧,绫、罗、绸、缎、绢、纺、纱、绉各个类别都要准备一些。"

昌盛见爷爷如此决定,一边电话告知日本东京三友绸缎经销株式会社说同意去展销,一边着手准备参展产品。

全部准备工作和出国手续办好已接近日本方面规定的日期。昌盛对厂里的生产作了安排,又对小瑾作了一番叮嘱,这才于一个絮云轻飘的上午,在北京登上了飞去东京的飞机。当飞机在洁白的云层上平稳飞行时,昌盛在心里默默祷告:老天保佑我们尚家这回能够成功……

这是昌盛第一次单独和外国的商人打交道,第一次单独在外国搞产品展销。他原以为应邀展销的就他一家,展销不过是把产品在柜台上摆出来让大家看看就行。到了以后才知道,应邀展销的还有韩国和日本国内的几个丝织厂家。展销大厅里别的厂家都备有放像机、电视机和介绍自己产品的录像带,那些配了音乐和日语解说词的丝绸产品画面让他大吃一惊又大开眼界。更让他意外的是韩国的两个厂家还带有自己的模特表演队,那些漂亮的姑娘披上自己厂里生产的绸缎或穿上绸缎成衣在展台前表演。昌盛连一份自家产品的彩色照片和说明也没有准备,顾客们来看他的产品时他只能用汉语介绍,他的汉语有几个日本人能听懂?

他的展台前理所当然的十分冷清。

昌盛急得浑身是汗。

三友绸缎株式会社的一位公关部长见他这儿的冷清情况,建议为他雇一队普通模特帮忙,昌盛先有些动心,后一问每天要交钱两千美元时吓得急忙摇头。两千美元,差不多就是两万人民币呀,我一个小厂怎能花得起?

时间在一天一天过去,昌盛展台前的冷清状况也在一天一天持续。除了少量的顾客来买走十几米绸缎之外,还没有一桩大宗交易,更不用说订货了。昌盛注意到,伴随着这种冷清状况的持续,三友绸缎经销株式会社的职员对他的态度也在一天一天变冷。有天晚上关店门时昌盛清清楚楚听见有两个职员在用汉语议论:我们当初真不该做出邀请中国南阳尚吉利丝织厂来的决定……他知道他们这是专门说给他听的。

昌盛听罢真似利箭穿心。

难道就这样惨败而归?我回去该怎么向爷爷交待?不,必须想想办法!我没有卖出并不是因为我的绸缎不好,而是人们没有注意到我的绸缎,现在的关键是要引起日本人注意。怎样引起他们的注意?也拍个录像片在电视机上放?不行,哪有拍的时间?花钱请模特,哪有钱?有没有别的方法?要是有人穿上用尚吉利绸缎做的衣服在街上走——

昌盛猛地拍了一下自己的头:对,就这样办!他当即拿了一卷粉色带花和蓝色带花的绸子,到对面的一家裁缝店里,要他们尽快做出二百件日本当下市面上最流行的休闲衫,男女衫各半,每件休闲衫的背面都印上"中国南阳尚吉利绸缎"日本文字。

日本的裁缝店对顾客十分负责,二百件休闲衫于第二天早上准时送到了昌盛的手中。昌盛把自己的展台锁上,尔后把预先用日文写好的一则广告在展销大厅门口挂上:中国尚吉利丝织厂免费赠送休闲衫,谁愿要请当即来穿上!来参观展销的顾客和从大街上走过的行人见不花钱就可得一件休闲衫,自然高兴,纷纷过来索要了穿上,一时间展销厅内和大街上都是穿了休闲衫的人。休闲衫上的"中国南阳尚吉利绸缎"一行字立刻引起了人们的注意。

休闲衫发得只剩二十来件的时候,昌盛忽然听到身边一个男人用中文惊叫了一句:"尚吉利?!"昌盛有些惊奇地扭头,看见一个青年男子也正望着自己。他以为这是一个会说中文的日本人,刚要回头继续手中的工作,不防那人叫了一句:"尚先生,没想到在东京碰到了你!"

"你是?——"昌盛记不起自己曾见过这个人。

"还记得有两个美国人前些年回南阳探亲,在国营南阳尚吉利丝织厂生产科拜会你的事吗?"

"噢,你是……栗振中?!"昌盛终于从记忆的深处翻出来了这个名字,"你那年想从我们厂里买绸缎但后来没买对吧?"

"对,对,我和我夫人也是来参加这个展销会的,没想到在这儿碰上了你,你这是?——"

昌盛于是简要说了事情的原委。

"这好办!"振中笑了,"请你给我两件休闲衫,美国的一个篮球队眼下正在东京参加比赛,队中叫杰克和丹尼的两个主力队员是我的好朋友,当初他们刚打球时我赞助过他俩。刚好今天下午他俩要逛东京的街市,我让他俩穿上这两件休闲衫上街,他们是篮球明星,身后肯定跟有电视台的转播车,这样一来,也算让他俩为你做了一回广告,如何?"

"谢谢你。"昌盛将信将疑地把两件大号的休闲衫给了他。

昌盛告别了栗振中回到展厅内自己的展台前时,由于休闲衫的广告作用,已有一些顾客围到了展台前要看他的绸缎,局面因此有了改观。先是零买的人开始增多,继而有两个绸缎商人来谈订货的事情。他抑郁的心情开始好转。他没有把栗振中的话放在心上,所以当晚也没有看电视。他第二天站在自己的展台前时,想着只要把带来的这些绸缎卖完,再带回去一两张订单就行,根本没想到会出现那样的局面。

那个局面的征兆是早饭后展销大厅开门不久出现的:三三两

两的年轻小伙走进展销大厅,目光在四处张望,昌盛先上来没有注意,后来注意到了但以为他们是寻找韩国哪个厂家的绸缎,并没想到他们是在找自己。直到十几个小伙子走到他的展台前欢呼一声,他才明白这些年轻人是在寻找尚吉利绸缎。他有些高兴,开始招呼这伙年轻的顾客。这些顾客的购买数量不大,一般都是两到三米,够做一件休闲衫就行。昌盛耐心地卖给他们。渐渐地人越来越多,展台前排的队伍越来越长。三友绸缎经销株式会社的人见状高兴地跑过来对他说:祝贺你,你的绸缎引起了球迷们的喜欢!他这时才明白为什么来买绸缎的大都是小伙子,才明白栗振中昨天对他说的那番话没有假。

球迷们越聚越多,队伍已经由大厅排到了街上。球迷们的购买引发了普通市民的兴趣,市民们开始围拢到买了绸缎的球迷身边看绸缎,这一看才知道中国的尚吉利绸缎质量的确好,于是不少市民也加入到了购买队伍,使队伍更加长了。

排队争购的情况一直持续到当天傍晚,眼见带来的绸缎就要卖完,昌盛才想起展销会还未结束,每样绸缎要留下一些做样品以便绸缎商人订货,这才把货已售完的牌子放到了展台上。尚未买到绸缎的人一边打听何日再卖一边恋恋不舍地离去。这种情况三友绸缎经销株式会社的人们当然看到了,他们的经理当即便带着谦慕的笑容把二十万米的订单和订金支票递到了昌盛手上。其他的绸缎商人自然也看出了尚吉利绸缎在日本的销售前景,纷纷把订单和订金支票递到了昌盛手里。昌盛哪见过这场面?一时紧张得竟不知怎样在人家的订单上签名了。好在那些商人并没看出昌盛的失态,都把昌盛的举动视作矜持了。

昌盛后来算了一下,绸缎订货已达一百多万米,订金也已有四十万美元。哦,老天,这够我生产多长时间?一股狂喜变成大朵的笑容开在了他的脸上。

"怎么样?效果不错吧?"一声含笑的问话让昌盛抬起头来,他这才发现栗振中站在展台外边。"谢谢你!"昌盛跑过去抓住对方的手摇了起来。

"记住利用一切机会宣传你的产品,这是一个好酒也怕巷子深的时代!"振中轻拍着昌盛的肩膀,"还有,我看出你还没有在异国处理大笔金钱的经验,请你现在立刻出门坐到我的车里,马上去贵国设在东京的中国银行把钱汇往你国内的账户,不然可能会出意外!"

"兄弟,我不知该咋感激你,我没想到会在东京得到你的帮助!"

"我可能也需要你的帮助,我想让我在纽约的绸缎店长期经销你的尚吉利绸缎,不知你是否允许?"

"那还用说?!"昌盛拍了一下振中的肩膀算作决定。

"我还有一个问题想问一下:我知道你们出口到美国的纺织品是有配额的,你能保证你会获得这些配额从而不让自己的丝绸出口受到限制吗?"

"那倒不必担心,我这次来日本前,我们省上管丝绸出口的领导特意告诉我,只要能拿到订单,其他的问题都由他们去解决。他说,不论尚吉利绸缎的出口量多大,他都会保证让它们顺利出去!"

"太好了!……"

昌盛由银行回到宾馆时,看到当天的《读卖新闻》上发了一条加框的消息,服务小姐是一位华裔姑娘,她细心地把那条消息译成中文写在了旁边,消息的题目是:中国南阳尚吉利绸缎东京走红,国人争相购买盛况空前……

第 二 部

1

　　南阳因为是盆地,气候温润,故是中原的长寿地区之一,历史上曾出过不少高寿老人。但高寿的纪录也就是一百零三岁,是玄武街夏水发老人创下的。尚达志在进入一百零三岁之后一直在心里琢磨,怕是就在今年要走了,如今走也算无了牵挂,尚吉利丝织厂建了起来,祖传的丝织业又得了接续。遗憾的只是没能见到"霸王绸",不过,人生不可能事事如意,这就行了。

　　他于是把卓月叫来,自己口述让卓月记下了遗嘱,把要交待的事做了一番交待,做好了随时走的准备。

　　但这只是他的一厢情愿,阎王爷因为太忙并没打算就在这一年把他领走,人间再次向他伸出挽留之手,于是他的一百零四岁生日便姗姗来临。

　　昌盛决定好好庆贺一番爷爷的生日,提前几天就嘱小瑾上街买做寿宴的各种东西。他想到时多摆几桌,除了把承达叔们一家请来之外,再把平日在经营厂子时交往的朋友也请到,反正如今也有了钱了。不想爷爷提前一天交待:生日那天,不见任何人,只需给我煮一个鸡蛋,下一碗寿面,剥两瓣大蒜就中。昌盛刚想争辩,爷爷说:"我知道你的心意,可人活到这个时候,已经是有些怪了,别人来祝寿,也只是想看个稀罕奇怪而已,咱一个朽糟老头子,让人当怪物看着作甚?"

　　昌盛知道爷爷的脾气,不敢坚持,便把买下的那些东西退的退,送人的送人。

生日过罢的第二天,达志把昌盛叫到跟前说:"你去把天通卦师请来,我有事找他。"昌盛一向不信求签算卦这类事情,但为了让爷爷高兴,还是提着礼物去把天通请了来。

那瘦瘦削削的天通进屋就问:"尚爷爷是要卦问你的寿限吧?你如今家有丝织厂,金钱成堆,大富大贵,寿限还长着哩!"

达志摇摇头说:"寿限多长我不在意,活到今日早超出了我的希冀。我想问的是我这个家今后会不会有祸患。"

天通一边说"明白",一边就开始起卦,几卦下来,天通的脸色有些不大好看。达志问他卦象如何,他只好吞吞吐吐地答:"尚爷爷,你既是这样诚心求卦,我也不能再只说好话,从这卦象上看,你家今后祸虽没有,但倒有乱!"

"乱?"达志吃了一惊,"啥叫乱?"

"我也说不清,再说这卦也不可全信,尚爷爷不必放到心上。"

送走天通之后,达志还有些心惊地想,乱?我这个家还能乱到哪里去?全家加上承达那边,也不到十口人,能有啥乱?会出何乱?

昌盛下班回来,听了爷爷转述的天通的话后笑了:"别听他瞎扯,我们这个家还能出啥乱子?"

达志摇摇头:"也不可大意,我算了算,从七六年到如今,咱家虽有小灾小难,但从大处看,还算平安。十一年平安,时间够长了。上天不可能把平安总给咱一家人,他总是平等分配的,说不定啥样乱子就在不远处等着咱哩,凡事要小心呐。"

"我记住爷爷的话就行了。"昌盛笑笑,心里却在骂:天通,你个东西是不是嫌我给你提的礼物少了,故意吓我爷爷?

昌盛如今才知道"人越有钱才越能赚钱"这句话有道理,你有了钱之后才敢去做更大的筹划,大筹划方能带来大利润。

昌盛从日本回来之后,因为有了合人民币几百万元的订金,所以敢把厂子扩大,敢扩建厂房,敢增加织机,敢新设一个小缫丝厂以保证用丝的方便。因为有了这番新的筹划,尚吉利厂的绸缎出品质量更好数量更多,赢利也更大。

尚吉利丝织厂的绸缎在日本展销的成功,也很快在国内市场掀起了对尚吉利绸缎的欢迎之浪,来厂里订货的人和单位越来越多,到最后出现了这样一种局面:不管全厂怎样加紧生产,绸缎总是供不应求。

随着对那些日本商人订货的完成和产品在国内市场的热销,外汇和人民币开始源源不断地向昌盛汇来,他手中的钱在迅速增加。昌盛有时看着账本上那些很快变大了的数字,自己竟也发生了怀疑:这些钱是我挣的吗?

财富使昌盛和小瑾沉浸在从未有过的欢乐中。两个人连吃饭时也总是抑制不住地发出笑声,这些笑声把两人间曾经有过的嫌隙——填平。

昌盛如今才尝到了真正有钱的滋味:再不用到处求人,再不用谨小慎微,再不用一分钱一毛钱地算计。可以挺直腰板同人说话,可以随便买自己想要的东西。

昌盛决定改变一下办公条件,先是买了一辆桑塔纳轿车当自己的坐车;接着买了高级老板台、皮转椅、大哥大、空调器、皮沙发,把装修后的厂长办公室布置得气派华丽;跟着买来了劳力士手表、皮尔卡丹西装、法国皮鞋,把自己全身的装束换了一遍。

小瑾自然也买了各样自己喜欢的服装,买了金项链、金戒指、金手镯,买了高级手袋和化妆品。小瑾还特意买了一瓶八百元的法国香水往身上喷了喷。"我想看看它究竟是个啥香味!"她笑着对昌盛说。

夫妻俩自然也没忘了给爷爷和儿子买东西。给儿子旺旺买了一个高级的电吉他和一组音响——他喜欢唱歌听音乐。给爷爷买东西时他们很费了一番思量:买什么样的东西才能使老人高兴?他们最后给老人买了一件四千三百元的皮袄和一个四百八十八元的保健枕头。

夫妻俩是在一个晚饭后兴高采烈地把两样东西送到爷爷屋里的。"爷爷,知道这件皮袄多少钱吗?四千三,穿上既轻便又暖和,这毛领是从苏联进口的!"小瑾一边把皮袄抖开让爷爷看一边作着说明。爷爷"唔"了一声,慢腾腾地把目光停在皮袄上边。"这个枕头是高科技新产品,能使人很快地进入睡眠,四百八十八元,是高级干部才能用的保健枕!"爷爷照旧又"唔"了一声。"爷爷,你辛苦了一辈子,该享享福了!"昌盛最后笑着补充。

爷爷什么也没有说,爷爷只是把手挥挥让他们出去。爷爷慢腾腾地起身向他的木床走去。"我想睡了。"爷爷坐到他的床帮上说了一句。

昌盛和小瑾对视了一眼,尔后出门向自己的屋走。他们知道爷爷一向很少喜怒形之于色,爷爷即使是因为这两件礼物高兴也不会当面说什么。夫妻两个上床后还在猜测爷爷的心境。"爷爷这辈子还没穿过这么贵重的衣服,他一定在心里感叹咱家境的巨变。"小瑾的话音后来被昌盛的亲吻打断,昌盛说我们也该高兴高兴了,法国的香水到底厉害,我一闻见你身上的这股香味就忍受不住——小瑾伸手捂住了昌盛的嘴,同时制住了他的剧烈动作,小瑾在昌盛耳畔低声警告:儿子就睡在隔壁!

随着厂子的扩大也随着经济上的富裕,昌盛决定在手下设立原料、生产、销售三个科室,改变过去自己一人时时上阵处处抵挡的局面。

这三个科室一设,一般事情都由科长去处理,他一下子觉得十分轻松。每天上班以后,把想到的有关问题给科长们一说,自己去车间里再转上一圈,就可以回到自己的办公室喝茶休息。厂子的外部环境这时也开始改变,由于尚吉利丝织厂成了资金雄厚的大厂和纳税大户,市里的领导也明令加以保护。四周的人们在昌盛小富的时候心里嫉妒常给点麻烦,真当他成了巨富之后反而对他有些敬畏转而巴结起来。这种内外压力的减轻立刻在昌盛的身体上表现出来,他一个月体重就增加了四斤。

那是一个阳光明丽的春日,昌盛坐在办公室处理完几件事情之后,端了茶杯正在悠闲地品茶,忽见宁贞抱着送检的几匹绸缎从窗前经过。由于天气转暖宁贞只穿着单衣单裤,也因为阳光的透视作用,宁贞那丰盈身材的美妙之处一下子全跳进了昌盛的眼里,昌盛的心轰然一动。宁贞在窗外消失以后,那个美妙的身子还在他心里极清楚地站着,而且他吃惊地发现,一个隐秘的欲望正像蛇一样地在他心里昂起头来。他打了一个冷噤,急忙站起身在办公室踱起步来。

为了压下心里的那股欲望他急忙给自己找了几件事做,但无论做啥事宁贞的身影都一直站在他的脑子里挥之不去。当天晚上,他先是因为宁贞的身影总在眼前晃动而无法入睡;后来睡着之后又发现宁贞已走进了他的梦里,在梦中他看见自己一件一件脱着她的衣服。

小瑾喊他吃饭的声音使他从梦中惊醒过来。他动手穿衣服时在心里对自己承认:他渴望得到那个貌相和心灵让他一想起来就激动的姑娘。一旦把这种心思挑明,他立刻又感到了不安:那个姑娘曾给过你许多帮助,那次在西苑饭庄为你喝得酩酊大醉,你当时还发过誓要报答人家,难道就用这个报答?你是不是有点太卑鄙?

经过了几天的思想斗争,那种日益膨胀的欲望最终占了上风。他这样安慰自己:在今天这个情人成风的时代,这种事算不得对她的伤害,我会在金钱上给她很大补偿,她也许对我的举动会表示欢迎和高兴……

他知道这种事必须极秘密地进行,决不能让爷爷和小瑾有一点察觉,不能危及自己的家庭。

早饭吃罢的时候,他已经想好了主意:在厂里设个公关部,让宁贞来当部主任。这样就可以名正言顺地把她调到身边来。如今厂子扩大了,和外界的接触越来越广,也需要像其他工厂、公司那样设立一个公关部,专门负责各项联络和接待事宜。

主意已定,他便先和小瑾商议,商议时用的是一种随便想起的口气,问小瑾愿不愿在厂里成立一个公关部。小瑾不知这是昌盛深思熟虑的计谋,加上平时有人来厂里联系事情,都是她出面接待,亲自倒茶、拿烟的,也挺麻烦,听了昌盛这话便立刻表示同意,并说:"先有一个人就行!"

接下来便开始说由谁来公关部的事。昌盛不开口说让谁来,只定了挑人的原则:最好是年轻、漂亮一点的姑娘,这样出门联系事情在厂接待来宾都会方便一些;而且这个人最好是咱厂里的职工,对厂子的情况有了一个了解。

小瑾对这个原则并不持异议,可照这个原则一选,连小瑾自己也说:"那只有让那个曹宁贞来了,她倒是适合干这个。"

昌盛抑制住心里的高兴,神情淡漠地问:"她能干得了这个?"

"啥事有学不会的?何况这又不是做啥学问。"小瑾倒替宁贞说起了话。这几年昌盛一直规规矩矩地过日子,使得小瑾对他的那种毛病已经放松了警惕。

"好吧,既然你认为她行,就让她来试试。"昌盛大度地挥一下手,算是同意了小瑾的意见。

于是第二天上午,宁贞便来到了厂长室隔壁的公关部上班。宁贞惶然不安地来到新岗位以后,先由小瑾给她讲了工作任务和性质,之后昌盛才从他那装饰得豪华气派的厂长室踱了过来。多么漂亮的姑娘,那身个、那眉眼、那胸脯、那臀尖、那长长的黑发、那柔韧的腰肢、那纯真的笑容,让人一看就心里忍不住发颤。她的身个比刚进厂时似乎又高了一点,双乳更见丰盈,臀部的圆弧更加奇妙入眼。上天造就这个姑娘就是为了让她来诱惑人的吧？我此生有了小瑾，倘再得到这个姑娘，也算没有白活一场了！

"厂长，我怕我干不了这个，还是让我去车间织绸吧。"宁贞羞怯地说。

"会干好的，你一定能干好！"昌盛很想伸出手拍拍宁贞那圆润的肩头，拍上去一定有一种美妙的感觉，但手伸到空中之后又急忙停住作了一个挥赶蠓虫的动作。不能操之过急，这会惊吓了宁贞也会让小瑾看见提高警惕。要慢慢来，一切都有个过程，最好是水到渠成……

2

取悦女人最古老最有效的方法是送礼。尚昌盛对宁贞采用的也是这个法子。那些天,昌盛一直在琢磨送什么礼物给宁贞合适,太贵重的东西,会把她吓住;太廉价的东西,不可能引起她的惊喜。昌盛想来想去,决定送她一个微型录放机——如今宁贞又在读函授本科,这是她学习时用得着的东西。

昌盛把礼物买好之后,趁那天宁贞来给他送开水的时候,拿出来递到她手上说:"这是纺织公司一个朋友送我的,我用不着,你学函授能用上,拿去用吧。"

宁贞从未收到过这么贵重的礼物,始是一愣,继是一喜,再是脸涨红了说:"谢谢厂长。"

昌盛送的第二件礼物是一匹素花绸子。那天,一家客户来订货,昌盛让宁贞从仓库里拿来了八种花色的绸子让客户挑选。客户挑选订货走了之后,昌盛把一匹素花的绸子样品装进一个塑料袋递到宁贞手里说:"你在公关部工作,应该做两件像样的衣服,喏,把这匹绸子带回去,算是厂里对你的补助。"宁贞不好意思地推让了一阵,见昌盛坚持要放到她手里,只好收下。

这之后,昌盛利用工作上接触的机会,又巧妙地给宁贞送过几回礼,吃的、用的、穿的东西都有。虽然宁贞每次都做了推辞,但最终都收下了。昌盛猜不透这些礼物把宁贞对自己的感情拉近了多少,能看出的是,宁贞对工作更加卖力,真正把厂里的事当作自己的事去做了。

　　几个月之后的一天,省里一家大型服装厂来函,说他们要在省城开一个绸缎供货洽谈会,特邀请昌盛参加。昌盛拿到信后,觉得这是一个可以单独带宁贞出门的机会,就一本正经地找到小瑾商议让谁跟他一块去开会。小瑾说:"这种事当然该叫宁贞去。"昌盛巴不得听到这句话,于是立即点头说:"好,就让她准备绸缎样品去吧。"

　　昌盛和宁贞是坐火车抵达省城的。一路上昌盛看着宁贞一脸温顺地坐在身旁,真是心花怒放:这么漂亮的姑娘很快就属于我了,把这样娇美的身躯抱到怀里会是一种何等美妙的享受?我该采取怎样的步骤一步一步的把她引领到我的床上?一想到床,一想到宁贞胸前的纽扣就要被他一个一个解开,一想到他将要看到的万千景象,他的一颗心仿佛就要从胸腔里蹿出来,十个手指像大风拂动的树枝一样开始簌簌抖动。

　　住宿就在那家服装厂的招待所里。安排房间时昌盛吃惊地发现,厂方就把他和宁贞安排在一个套间里。那套间里边是一个双人床,外边是一个单人床。这种安排虽然很合他的心意却毕竟出乎他的意料。他于是急忙声明:"我带的是一位女公关部长,请为我们再安排一间房。"不想厂方负责安排住宿的那个男人闻言竟然笑了,说:"尚厂长,咱们这次聚会没有官方的人,大家不必拘谨,谁都知道厂长们大都有个小蜜,所以咱们这次安排就一律是这种套间,外间住女的,里间住男的,也算为你们提供一个方便。"昌盛虽然心上暗暗高兴,嘴上却说:"这怎么能行?"同时拿眼睛去看身后的宁贞,他注意到宁贞脸有些苍白,她显然也听懂了那男人的那番话。既然她没有公开提出反对,大概就是默许吧。她只要默许了,这事就好办。昌盛为自己的这种猜测感到了高兴。

　　吃晚饭的时候,昌盛注意到宁贞神不守舍心不在焉吃得很少,昌盛估计她是在为今晚要面临的局面而紧张。不要紧张,宁贞,每个姑娘都要经历这样的晚上,过了今晚你就会明白,人生还有另外一种诱人的享受……

晚饭后他嘱宁贞回房休息,自己一个人在厂门口的大街上散步。他不想在睡觉前的这段时间里去面对宁贞那充满紧张的眼睛,他害怕自己会被那双眼睛里的紧张弄得没有了去捕获她的勇气;也害怕宁贞再提出调整房间的要求。他打算在厂门口散步一直散到天黑就寝时间,尔后进屋径直把宁贞搂到怀里。

他把一切都计划好之后,胜券在握地在厂门前的大街上缓缓踱步,静等着夜色把这个想望已久的美好机会老老实实送来。

就在他踱步踱到第三趟的时候,忽然听到一声喊叫:"尚厂长——"他扭头一看才见是自己厂里的门卫兼打字员刘家福,他惊奇道:"你咋来了?"神情也同时阴沉下来:混蛋,这个美好的夜晚要被你搅黄了!——"你家嫂子让来的,说有一封急信要我赶来交给你!"说着从兜里摸出一个信封递过来。昌盛接过一看,原来是栗振中从美国纽约来的信,信上说他可能在夏天利用到香港的机会回南阳看看,顺便就在美国销售尚吉利丝织厂出的绸缎之事同昌盛商量。昌盛看罢很生气:这明明不是急信,为何要让家福这么老远的追来?难道小瑾连事情的轻重缓急也分不清楚了?难道——理智突然把昌盛的怒气闸住:这很可能是因为小瑾怀疑他让宁贞同来的用心而采取的侦察行动!对,极有可能是!想到这里他出了一身冷汗:老天,要不是自己在这里散步恰好碰到家福,倘让家福径直找到招待所里看见自己和宁贞住一个套间,那可不糟糕透顶?想到这儿他急忙先把家福领到食堂吃饭,趁家福吃饭的当儿他找到服装厂负责安排会议来宾住房的那个男人,让他立刻再为他安排一个套间。那男子见昌盛态度坚决,只笑笑说:"你胆量还是小些。"就又为他安排了一个套间。他拿到房间钥匙之后,快步到原先的房间里去拿自己的东西。为了向呆坐在房间里的宁贞解释自己另找住房的原因,他说了一句:"他们怎么好把我俩安排在一起?!"

昌盛在新房间里安排好自己的东西之后才去食堂把家福领回来。那晚上他就和家福住在那个套间里。第二天早上,家福说他要回厂里,昌盛也没有挽留,领他到街上的早点铺里吃点东西就让他走了。送走了家福,昌盛才迫不及待地来敲宁贞的门。宁贞刚起床,正在梳妆,看见宁贞经过一夜歇息变得更加红润娇美的脸庞,昌盛真在心里后悔把昨晚这个宝贵的机会丢失了。还好,今晚还有时间来弥补,他正在琢磨今晚走进宁贞房间的借口时,宁贞红了脸走过来轻声说:"厂长,我要向你道歉!"

昌盛一怔:"向我道啥子歉?"

"我过去一直认为你是我遇见的心地最好最有事业心的正派男子,我心里对你充满了敬意,可我妈妈和哥哥却总是劝我要对你存一份戒心,认为有了钱的男人都会想办法玩女人。特别是你送了我几次礼物之后,妈妈和哥哥都认为你对我存有不良之心,劝我离开厂子离开你,可我不相信,我反驳了他们,我坚信在你身边是最安全最舒心的。但昨天进了招待所之后,我开始对你误解,我以为你真要像安排我们住宿的那个男人说的那样,存心和我住在一个屋里,那一刻,我把你看成了一个肮脏的男人,一个依仗钱财欺负女人的恶棍,我后悔当初没有听妈妈和哥哥的话对你存有戒心并离开你。我甚至已把一个水果刀放到了衣兜里,以防你对我不轨时反抗你。但后来你用行动消除了我的误解,你正正派派住进了别的房间,我这才知道我对你的误解是多么不应该!你是一个心地高尚的人,而我却把你想象成一个那么委琐卑鄙的男人,我恨死了我自己,我用自己的猜测来玷污你的形象,我真是太对不起你,我就是因此要向你道歉……"

宁贞下边的话昌盛没有再听,他只是呆若木鸡地站在那里。他看见一个巨大的巴掌带着呼呼的风声向他掴来:"啪!"响声清脆。他伸手扶住了桌子,他知道他要不扶桌子很可能就会被那个巴掌掴倒在地……

　　会议开了两天半。在这两天半时间里,昌盛再也没有去过宁贞的房间,两个人因为工作在一起的时候,他也几乎不敢去看宁贞的眼睛。宁贞那天早上的道歉是那样地令他无地自容。宁贞的纯洁像一面巨大的镜子,让他一下子窥见了自己灵魂的形状。你原来竟是这样一个丑陋的东西!你一心想满足的只是你对女人的欲望,你从来没有站在他人的立场上去想你行为的后果。倘若真像你计划的那样,占有了宁贞的身体,那你就把一个姑娘的平静生活彻底打碎了,你破坏的不仅是一个姑娘的童贞,你还毁坏了她对他人、对社会的信任,毁坏了她对生活的希望。用一个姑娘的终身幸福来换你肉体上一时的快感,你不觉得你太残忍了?现在,你所以敢对宁贞动邪念,无非是你手里有了几个钱,而这些钱来自尚吉利丝织厂,这个厂是爷爷督促你办起来的,办它的目的是为了让世界知道尚家人的存在和才智,而你,却把它作为你玩弄一个姑娘的武器,你不觉得离爷爷和尚家先祖们的愿望太远了点?……

　　那两天多的时间里昌盛一直陷入深深的自责。在这种自责中他带着宁贞坐车回返。回程中他再没有坐立不宁,他平静地看着宁贞坐在身边,原先折磨他的那股欲望已被自责吓得了无踪影。他知道这番经历将使他从此变成另外一个男人——一个决不会做欲望俘虏的男人。

　　到家以后小瑾告诉他,这几天爷爷每天都把卓月叫来,低声地给卓月说着什么,而一逢小瑾过去,爷爷就不再开口,莫非爷爷有什么心事在瞒着我们?昌盛听罢笑笑:"月儿是他的外孙女,他跟她说话还不是很正常?别疑神疑鬼!"

　　昌盛到家的第二天早上,爷爷像往日那样按时起床,起床后就走到灶屋对小瑾说:"给我找一把剪子来!""要剪啥东西么?"小瑾望着爷爷问。达志挥挥手说:"你把剪子给我拿来就行,记住中午

· 154 ·

你和昌盛和旺旺都回来,我有样东西要给你们看!"小瑾当时没想别的,只把头点点。

那天中午昌盛和小瑾回家推门时依然笑容满面,——司机用桑塔纳轿车直把他俩送到门口,坐轿车上下班的确能使人的心情变好。但把门推开后两人脸上的笑容却一齐倏然飞走,原来迎着大门刻有卍形符号的石头上摊放着一件全被剪成了条条的皮衣,那些皮条条在正午不大的风里正上下翻飞。在烂皮衣的旁边摆着一个被剪碎的枕头。不用辨认,昌盛和小瑾立刻看出那是他俩前些天为爷爷买的两样礼物。"咋着回事?"小瑾惊问。

"这不是我这样的人穿用的东西!"坐在院门后一张椅子上的达志这时缓缓开口,"我这穿布衣长大变老的身子用不着穿四千多块钱一件的皮衣,四千块够买不少的蚕茧够织出不少的绸缎。月儿,给他们念念!"

昌盛和小瑾这才注意到卓月也站在院中,手中正拿着一叠发黄的纸。

"宋常轮,汴京人,自幼从父学做纸,手艺渐精,所经营之纸作坊生意兴隆,家产日增。后染奢风,吃必飞禽,穿必锦裘,行必车马,家中仆从无数,遂不思进取,致生意每况愈下,终至于倒闭……"卓月慢腾腾地念着。

"梁生燕,洛南人,幼时家贫,靠上山采药为生,后开药铺,成中州有名药商。中年后渐生奢习,食不厌精,一顿饭上菜二十四道,家产渐被挥霍一空——"

"月儿,别念了!"昌盛垂了头说。

"我要想穿四千多块钱一件的皮衣还要你们现在来买?"达志顿了顿手中的拐杖,"我早可以把那些金条拿一根去换成纸钞把皮衣买了来。我要的是霸王绸!是尚家能织出霸王绸的名声!可现在倒好,离织出霸王绸还有十万八千里,生意刚刚有了个转机,你们可就抖开了,就穿起上千元一件的衣裳,下一步是不是还要买上

· 155 ·

万元一件的家具,吃上万元一桌的酒席?就你们这个样子能把咱尚吉利办成一个世上闻名的工厂,能织出举世皆知的绸缎?"

"爷爷,我也是想让别人看得起咱们——"

"靠穿好衣裳去让人看得起?历朝历代的皇亲国戚,衣裳穿得都是最好,可百姓们哪个从心眼里看得起了他们?人靠的是本领,你有本领织出了称霸世界的绸缎,你就是破衣烂衫别人也照样看得起!"

"那也没必要把已经买来的好衣裳剪烂,这不是把几千块钱浪费了吗?"不知啥时候放学回来的旺旺接口叫道。

"我愿意浪费这几千块钱?"达志转向重孙子,"我正想找你说话哩,你每天从师专里放学回来,不是弹吉他,就是哼歌子,这像什么样子?为啥就不能到厂里帮你爹你妈做点事情?"

"我愿意弹吉他唱歌,这是我的兴趣和爱好,懂——"

"旺旺!"昌盛朝儿子瞪了一眼,制止他说下去。

"月儿,去拿截绳子来,把这件烂皮衣就挂在这院中的树上,好让它随时给全家提个醒。"达志朝外孙女挥了挥拐杖。卓月只好去外爷屋里找了截绳子,把那件被剪成条条的新皮衣绑在了院中的一棵桑树枝上。顿时,那烂皮衣在正午的阳光下像旗帜一样开始飘扬……

3

卓月看到表哥、表嫂把厂子办得那样红火,当然高兴;后见他们染了奢侈之风,心里也不免有些担忧。外爷采取的那些举动,从道理上讲自然都对,但分明地显得有些过火了,她又有点害怕这会刺伤了表哥、表嫂的积极性。不过这些想法一当她在书桌前坐下,便呼啦啦一齐飞走,她脑子里剩下的惟一一件事,仍是关于方形土坛的发掘结论。

虽然仍有不少疑点存在,可因为找不到更多的史料,卓月便和市文物科的人商定,由她来动笔写出关于安留岗方形土坛的发掘结论。对其中不好解释的地方,只能让想象去填充了——几乎每一个考古工作者,在工作时都离不开想象的帮助。

台灯把柔和的光线投到稿纸上,卓月的目光渐渐穿透稿纸,看见了汉安帝延光四年,看见了阎耀正在和他所爱的女人王文蕊约会——那应该是一个晚上,也许没有月亮,只有星光在照着洛阳都城那巍峨的城墙和城门校尉那不大的府邸。他们的门外,守着文蕊带来的一位侍女,那侍女正侧耳倾听着院外的动静。

马蹄声是突然响起的,马蹄声接近阎耀的府门时那侍女急忙转身隔了门缝朝里喊:小姐,有骑马的人来!随后她听到了有衣服的窸窣声。但这警告发得有些晚了,一队手执刀剑的兵丁此时已轰然冲进了院中并迅速向侍女守护的房子扑来。侍女只来得及"哎哟"了一声,头便被兵丁砍断。接下来兵丁们冲进屋去,阎耀还没来得及拿起自己的环首刀便被砍倒在地;几乎在这同时,王文蕊也做了刀下鬼……

　　这一场维护刘氏正宗皇权的镇压结束之后,王文蕊的父亲王康收敛了自己女儿和侍女的尸体,也许作为阎耀兄弟的反对派成员,他早就反对女儿和阎耀来往,他此刻看见女儿的遗体更是满腹后悔,后悔当初没有坚决地拦阻女儿与阎耀交往。他只有满怀哀痛地来埋葬女儿。他在安留岗上选择了一块墓地,把女儿和侍女葬在一起,以便女儿在阴间仍有人服侍。他知道女儿深爱着阎耀,就偷偷地将阎耀的那把环首刀也埋进了墓中,算是对女儿的一个安慰。文蕊一定是王康的掌上明珠,王康为了表达对女儿的深切爱意,为了不让女儿的遗体遭受潮气侵袭,他专门让人夯出了一个土坛,把女儿的棺材放置在土坛之上。女儿是在美好的年华里冤死在刀下的,她的心里一定满是悲愤,为了宽慰女儿,王康让匠人们在土坛上用颜料画出了▆形的图案。他想用这个图案告诉女儿:我们都活在上天的掌握之中——那个图案就是老天爷的那张巨掌的掌纹,我们的生死都由上天决定,早死几年不必抱怨……

　　也许应该这样来描述延光四年王文蕊被害被葬的过程?
　　也许应该这样来解释安留岗上方形土坛的由来?
　　只是倘若这样来理解那个▆形图案,把它看作是上天的掌纹,那么达志外爷院中石头上刻的那个▆形图案就也应这样理解——它是尚家先辈人对后辈人的提醒:我们都活在上天的掌握之中,一切皆由天定。这岂不是告诉尚家后人凡事不必争取不必奋斗了?不争取不奋斗怎会有"霸王绸"?"霸王绸"会是等来的?

　　这有点说不通!
　　卓月面对稿纸再次有些发愣。
　　她隔窗仰望繁星密布的夜空,忽然记起一本科幻书上关于"时间隧道"的幻想,说是人只要进了时间隧道,随时可以倒退到过去的某一个年代某一个时刻。唉,要真有那种隧道多好,我坐进去回到延光四年也就是公元 125 年不就一切都清楚了？……

对▓形图案含义的怀疑使卓月决定再听听其他人的意见。她第二天到校上班时，把那个图案画到一张白纸上带到了教研室里，在说明这图案的发现经过之后，让几位历史教师发表自己的看法。

几位老师的看法各异。有三位老师认为这图案只是一种装饰性的几何图形，东汉人对几何图形已开始关注并已学会用其来作雕刻物的装饰，一些织物上也印有类似的图形。有两位老师认为这是卜卦时用的一种卦图，和《易经》上的"乾""坤"卦图的性质相似。另有一位姓孙的老师认为，这图形可能是在表达那个时代的人对世界的一种看法。卓月对这种认识很感兴趣，急忙追问："何以见得？"

"古代人把世界看作一个有机联系的整体，所以很重视'一'，'一'这个字，在东汉之前已有很多论述，比如《老子》中说：'道生一，一生二，二生三，三生万物'；'昔之得一者：天得一以清，地得一以宁，神得一以灵，谷得一以盈，万物得一以生，侯王得一以为天下贞'；'是以圣抱一为天下式'；'视之不见，名曰夷，听之不闻，名曰希，搏之不得，名曰微。此三者，不可致诘，故混而为一'；又如《庄子》中说：'泰初有无，无有无名，一之所起，有一而未形'；'凡物无成与毁，变通为一'；'天地与我并生，而万物与我为一'；'通天下一气耳'；再如《易传》中说：'天下之动，贞夫一者也'。这个▓形图案，拆开来看，无非都是些'一'，横'一'和竖'1'。它的绘制者很可能是想形象地告诉人们，世界无论横看还是竖看，都是个'一'，也就是一个有机联系的整体。我个人认为，这个图案把古代哲学中本体论的涵义表达了出来……"

卓月当时满脸新奇地望着那位姓孙的老师。这倒是一种崭新的看法，而且听上去也确有几分道理，那个▓形图案中的线条拆开来，的确都是些"一"。如果这样来理解，外爷家院中石碑上刻这个图案,便可以理解为:世界是一个有机联系的整体,家庭也是一个有机联系的整体,尚家的后世子孙在办任何事时,都要想到整个家庭,想到他人。可要依此来解释安留岗那个土坛上的事情,确又有些牵强,难道王康在女儿冤死的情况下,还要用此图案来告诉女儿:世界是一个有机联系的整体?他还有这份闲心?

怀疑依然梗在卓月的心里。

当天晚饭后,她一边沿着街边散步,一边仍在苦思着这个问题,也就在那当儿,她听到了一阵啜泣,抬眼看时,见是宁贞正抹着眼泪从街上走过。她一怔,喊了一声:"宁贞!"不想宁贞听了这呼唤反而快步跑开了。

这姑娘出了什么事情?

4

曹宁安在每天捏摸几遍藏在短裤里的万元存折的同时,立下了再挣一万元的宏愿。可由于他舍不得增加投资,店里的一切都还是老样子;加上晶子有病不能上班,他又为了节省开支赶走了唱河南坠子的董瞎子,到店里的吃客就有些减少,每天的营业额便开始见小。

宁安开始着急。

有天晚上,宁安看着店里稀稀落落的几个顾客,正站在收款台那儿发愁,尚天进来了。宁安以为尚天是来找晶子的,就说:"晶子去医院了,没来。"尚天笑了,尚天说我今晚不找晶子,找的是你!说着就把宁安拉到了没有别人的储藏屋里。

宁安因为正发着愁,就说:"有事你就快讲,我还要卖酒哩。"尚天笑了,低了声问:"你想不想赚一笔钱?"宁安的眼睛立时亮了:"钱?"尚天声音压得很低,说:"我们局里昨天查禁了一卡车假黄酒,说是假黄酒,就是用水、酒精和一点黄酒兑出来的,有点黄酒味,但和正宗酿制的黄酒不同。局里让我负责把这一卡车黄酒销毁,我有点心疼,就想起了你。"

"我?"宁安有点不明所以。

"我想把这车黄酒悄悄给你,你出手一卖,至少是这个数!"尚天伸出了两个指头。

"两千?"

"不,两万!"

宁安的眼瞪大了:"真的?"

"你干不干? 不干,我另外找人;干,咱们预先说明,赚的钱咱俩对半分!"

宁安的呼吸粗了起来,他的手下意识地隔着裤子去摸了摸那个存折,难道说我又可以增加一个万元折子了? 两万元,我如果有了两万元的存折那心里会是什么滋味?"干!"他咬了牙说。

"好,我也是愿意让你干的!"尚天拍了拍宁安的肩膀,"这样,你准备一辆地板车,后半夜到白河桥东的槐树底下拉酒,估计要往返几趟……"

那天的后半夜,宁安一个人用地板车把五吨用大塑料桶装的假黄酒全拉到了自家店里。

第二天上午,田园酒店的门前出现了一个纸牌,上边写着:黄酒大减价,每斤减价五毛。

这个广告引起了喜喝黄酒的人们的注意,一些人开始端了盆来买。头一天过去,就卖了八百多块。

宁安兴高采烈:这真是一笔天降的钱财。

店里也开始改卖这种黄酒,一些顾客喝了这种酒后只说:"这黄酒味道一般,太上头。"并没有别的反应,这让宁安宽下心来。

八天过去,宁安就卖得了五千多块钱。尚天有天晚上过来,宁安给了他两千。

宁安估算了一下,照这种零售带批发的速度卖下去,再有二十来天,差不多就可以卖完。他根本没想到,事情还会朝另一个方向发展。

大约在他把假酒卖出三分之二的时候,有些顾客开始来向他抱怨,说喝了他的黄酒后总要拉肚子。他听了心里当然明白原因,用水兑的酒时间长了还会不变质? 但他不能承认这是酒的原因,承认了剩下的那些酒怎能卖出去?

灾难就在这种情况下发生了。

那是秋天的最后一个正午,那个已有冷风在飘的正午从此刻进了宁安的脑子里。

那天正午,十五个在他店里喝黄酒的人全都又吐又泻呈食物中毒症状被送进了医院抢救。

他就在这个正午被公安局带走了。

宁贞在哥哥被公安局带走的那天傍晚,因为厂里发了三百元奖金而满面笑容地蹬车回家,在经过镇平烧鸡店时还破例地买了一只烧鸡。今晚上全家人好好地吃一顿,让爹和妈也高兴高兴。她刚骑进村时就觉到了有点异样,村里的人们都把目光投向了她却无人同她打招呼;待看见家门前站着不少大人孩子时才有些发慌:出了啥事引来了这些围观的人?她紧蹬几下赶到了门前,这时候她听见了妈妈的哭声。她虽然还不知道出了啥事,但双腿已经发软,她估计是可怕的事情,因为长这样大她这是第一次听见妈妈放声大哭。

二十分钟后她又骑车匆匆进城。她要去看看哥哥并问问工商局和公安局的人他们将怎样处理这桩事情。她一边骑一边在纷乱的心里抱怨哥哥:你真是鬼迷了心窍,咋能卖假酒?酒是入口的东西,人喝了假东西进肚里那还得了?幸亏那十五个顾客还只是拉稀呕吐,要是死了人可咋办?你就没有想想后果?……

宁贞是在公安局的一间临时拘留室里找到哥哥的。宁安那阵子抱头坐在拘留室的一角,听见宁贞喊他,起身走过来时身子都在抖。他显然被这件从未经过的事吓坏了。宁贞见哥哥的样子,不忍心再抱怨,只交待了一句:"人家要问啥子,你都实实在在地给人家说。"宁贞要走时想起自行车前边筐里还放着那只烧鸡,于是就把烧鸡隔窗朝哥递过去。宁安见是烧鸡,有些心疼地说:"买这东西得多花多少钱?给我买俩蒸馍就行了。"宁贞哭笑不得地说:"快

· 163 ·

吃吧你,这会儿还在琢磨着钱哩?!"

宁贞后来找到了一个工商局和一个公安局的人,问哥哥这事会咋样处理?两个人异口同声地说:"罚,要重罚十万,交了罚金才能放人!罚得他倾家荡产!"宁贞当时被吓呆在那里。十万?老天,倾家荡产也不够呀!把家里的所有东西全卖光也凑不够十万呐!她当时软软地靠在了背后的墙上,眼泪刷一下就跑出来了。十万,天爷爷呀!她平日看报纸知道,人们早就主张,对那些造假、售假的人要重罚,要罚他个倾家荡产,没想到这惩罚竟落在了自己家里。

她不知道自己是怎样回到家里的。到家也没敢给爹、妈说罚款十万的事,她知道那会把一毛钱也反复掂量的爹、妈吓坏。只有自己来想办法了,来想法子借了。

她第二天是红肿着双眼上班的。她一边看守着织机一边在心里想着我找谁能借到钱。这些年,她自己除了开支学费和给家里支援,身边只积有三四千块钱;哥哥卖假酒所得的钱已被没收,他自己攒的也才一万,去找谁借剩下的那部分钱呢?

一连七八天,宁贞都在利用下班后的时间到处找亲戚朋友借钱,可要借的数字太庞大,亲戚朋友们一听原委都有些吓住,怕这钱借出去是肉包子打狗,再也要不回来了,原本可以借给的人家,这时也找借口不给了。宁贞一向害羞,接连碰钉子使得她常常以泪洗面。卓月那天晚上看见她在街边一边走一边抹着眼泪,也是因为她又遭了一家亲戚的拒绝。

有天将近中午的时候,昌盛厂长来车间察看。宁贞一瞥见昌盛进了车间门,就赶紧低了头在织机上忙碌。她知道自己的双眼通红,她不想让厂长看出她的异样,更不想让厂长知道她家里出的这桩丑事情。没想到昌盛恰恰在她的织机前停住步子,说:"宁贞,后晌北京瑞蚨祥绸缎公司来进货,你去成品仓库帮帮忙!"宁贞听了这话,只得抬头答:"行。"她刚答完,昌盛就注意到了她的眼睛,便问:"宁贞,你哭过?""没。"宁贞急忙摇头,可眼泪却止不住地又流了出来。昌盛还没见过宁贞这样,这姑娘一直给他个内心刚强的印象,便猜她一定是遇见了什么大事,就说:"前几天我听卓月告诉我,说你在街上边哭边走,当时我没有在意,现在看你一定是遇见了啥难事,你要是信任我,就给我说明白,我兴许也能帮点忙哩。"宁贞听了这话越发哭得厉害,半晌之后,才算哽哽咽咽地把事情说个明白。

昌盛听完,自然有些意外,沉吟了一阵后问:"你手上现在已经筹了多少钱?""连我哥和我平日的积蓄加上借来的钱,总共才有两万四。"昌盛心里一沉:还需要七万六,这可不是个小数字。他这样想的时候,很久之前宁贞为他的厂子在西苑饭庄喝醉的情景又在他眼前一闪。人家当初敢豁上命帮你,你就舍不得帮人家一把?罢!全当是做生意赔了一笔。"宁贞,你别急,我来想想办法,你明天等我的消息……"

从爷爷剪碎皮衣的第二天起,昌盛又穿上了他原来的衣服,上下班又骑起了自行车,轿车只在去远处办事时才坐一次。小瑾上班也不再佩戴那些金光耀眼的饰物,更不敢再抹那种昂贵的法国香水。

昌盛穿上原来的衣服后才重又恢复了进车间亲自检修织机、动力机的习惯。这一检修才发现,有几台织机因为保养马虎,机件磨损、松动得几乎要酿成事故。他一边修着一边冒着冷汗:幸亏爷爷发了警告,自己从忘乎所以的状态中醒了过来,要不然厂里肯定要出大问题。你已经是一个成年男人,应该成熟了!可你竟被这一点点顺利和钱财弄得昏头昏脑,把全副精力用到了女人身上!要是像美国的洛克菲勒家族,像泰国的正大集团,像香港的李嘉诚他们那样有钱,你不是要腾云驾雾飞到了天上?如此的心胸和眼光,能干成什么?这次所幸有爷爷提醒,倘是爷爷下世没人再来给

165

你警告,你岂不要就此止步?你对得起爷爷的一片苦心?对得起为尚吉利丝织业把命都献出去的父母和尤芽婶子?……

昌盛陷入了深深的自责。

他在自责中开始对厂子的管理做了一次全面检查,撤换了一些车间的负责人,健全了车间管理制度,制定了新的奖惩办法,他还根据在日本展销时得出的经验,计划筹建一个丝绸时装厂。

对于宁贞,当那种占有的欲望消失之后,他才意识到把她这样一个技术熟练头脑灵活有知识有见解的织工调到身边接待来客是一种人才浪费,于是又让她回了车间,任命她为车间副主任。他在内心里对她仍怀了深深的歉疚,总觉得在人家为你的厂子出了那么多的力之后,你竟然卑鄙地想要加辱于人,实在是有悖良心。所以那天他一听宁贞说了她哥哥出的事情,当即就在心上决定:尽力帮助她。

昌盛当晚把钱准备好,第二天上午宁贞来上班时,他把装在一个布兜里的钱交给她说:这是七万六千块,你拿上,我和你一起去公安局。宁贞当时心里的那份感动无可形容,她原以为昌盛会借一些钱给她,未料他竟这样慷慨,她哽咽着说:"厂长,我会永远记住你的帮助,这钱算俺借你的,我和我哥以后即使当牛做马也要报答……"昌盛笑笑说:"当年你为救我的厂子,喝酒差点喝死过去,我当时就说要回报你,这次就算是践诺了。……"

两个人来到公安局,宁贞去交上罚款,就有人把宁安从拘留室里放了出来。头发胡子好长又黑又瘦的宁安出了拘留室,在一张悔过保证书上签了字后,低着头向妹妹走来。宁贞说:"赎你的钱是俺们尚厂长借给咱的。"被吓破了胆的宁安"噗咚"一声就朝昌盛跪下去,昌盛急忙拉住他说:"你甭这样,你要真心感激我你就答应我一个条件!"宁安低了声问:"啥?"昌盛说:"出来后别再去开酒家了,看来你不是干这个的料。你过去不是种过桑养过蚕吗?你今后还去种桑树柞树养蚕吧,地和树苗我来准备,你只需栽、管、养就成,我想成立个蚕茧基地,你就替我把这个基地干起来,我日后给你开工资,行吧?"宁安还没来得及开口,宁贞早在一边替哥哥应下了:"行呀,厂长,他一定能干好,他过去在家里养蚕就是一把好手;哥,这个事你要干不好你可对不起尚厂长!"

一直垂首站在那儿的宁安这时先点了一下头,随后低声喃喃说:"是尚天坑了我……"

"你说什么?"昌盛没听清。

"没说啥,"宁安急忙摇头,"我一定干好。"

5

尚天一听说田园酒家卖假酒出事宁安被抓,就吓得赶紧跑了。三十六计,走为上。他知道他在这件事上的责任是如何重大,只要宁安一说到他的名字,他就也可能被拘留起来,他估计最轻的也会是撤销职务开除公职。栽了,他妈的!别的人都能想个办法捞钱,只有我背时,干一次就栽下马了……

他跑到桐柏县城边一个同学家里住了下来,惶惶然地过日子,一直住到昨天看见报纸上公布曹宁安因卖假黄酒被罚款十万的消息之后,才敢给家里拨了个电话。电话是妈妈接的。妈妈一听是他的口音,话声立即低了:"你个东西还不赶紧回来上班?!"他有些紧张地说:"我害怕回去让他们……""没事了,回来吧。"妈妈说罢挂了电话。他有点将信将疑:怎么可能没事了? 不过还是决定回家看一看。决定走的那天上午他去了一趟水濂寺,在寺院门口,他第一次虔诚地买了香和纸,到大雄宝殿前的香炉里焚烧了。他焚香时两手一直在抖,站在旁边的一个中年男子见状走过来说:"看施主的样子好像心里有事?"尚天一听他的口气,知他是出家人,他那刻忽然有了想请对方为他猜猜前途的心思,就说:"是有点心思,你能猜出是啥么?"那男子笑笑:"俗世上的事无非是四个字,名、权、利、色,以眼下世上人人说钱的局面,你的心事可能与利沾边。"尚天吃了一惊,说:"与利沾边又能怎样?""利,既指金钱,也指利刃,迷上了这东西有时也会惹来麻烦。何况人做的好事、坏事佛祖都在看着,一旦他觉着该施惩罚,那惩罚立马就到了……"

尚天听得打了个哆嗦。

他当天后响坐汽车返回南阳,于天黑之后惊惊怯怯地进了家门。

父亲不在家,妈妈给他做了饭菜,一边看着他吃一边告诉他:"曹宁安说出你的名字后,那些办案的叔叔们压下来没有再追究……"

尚天有点意外地瞪住母亲。

"不过你也得小心,那个曹宁安被关了这么些天又被罚得这样惨,他早晚会找你算账!"

尚天的心一下子又悬了起来。

他第二天开始上班,还好,同事们都以为他是请假外出有事,没有人对他态度异样,只有他的直接领导,在他上班时意味深长地朝他扔过来一个笑容。

他开始如往常那样上班,但心却再也无法平静下来,夜里常常做噩梦。在那些梦中,宁安要么是挥动着一把菜刀向他砍来,要么是抡着一把铁锹在田野里紧追着他。被噩梦折磨的他最后决定去见一见宁安,向他表示歉意。

他是在初春时节的一个正午见到宁安的,其时,宁安正在安留岗的岗尾上栽种柞树和桑树树苗。他走近时宁安回过头来看了他一眼,随即又把头扭了过去,继续向树苗的根部培土。他以为宁安没有认出他,轻叫了一声:"宁安,是我。"宁安没有回头,宁安说:"走吧,这里没啥看头。"尚天说:"宁安,我有点对不起你。"宁安依旧没有扭头,只说:"都过去了,照我被关被罚后最初那些日子的想法,我是想用刀或者这铁锹劈了你的,但如今不想了,是那个人劝我宽恕你的。"他说着指了一下十几米外也在给树苗培土的一个中年男人。那男人闻声向这边看了一眼,这使得尚天一怔:这不是我在水濂寺大雄宝殿前见到过的那位出家人?

"他怎么会在这里？"尚天有些惊奇。

"他叫左居士，是尚吉利丝织厂的尚厂长雇来和我一起干活的，这活谁愿来干都行。就是他告诉我，人做了坏事他人不必去惩罚，佛祖在看着，佛祖会在恰当的时候把惩罚放到他的头上，他跑不了，只是时间早晚而已……"

尚天在宁安平静的声音里打了个寒噤。

像大多数做父亲的人一样，尚承达也把管教孩子的事全交给了妻子文琳，平日很少过问儿子的事，所以他对尚天的所作所为了解不多。尚天参与卖假酒的事，文琳由于担心丈夫知道后发火而着意隐瞒了起来。文琳心里明白这样的隐瞒会带来后果，但她没想到后果会是那样严重。

承达最后是在一个小型会议上知道这件事的。那天他召集一些局长汇报工作，轮到工商局长汇报时，那局长因为头一晚上喝酒太多宿醉尚未全醒而汇报得驴头不对马嘴，承达早就对这个到处吃请极度贪杯的局长不甚满意，这时就勃然变色道："你瞧瞧你像什么样子？打个嗝来酒气熏天，说起工作来颠三倒四，还像不像一个局长？！"那局长也是台面上人物，从未当面受过这种训斥，而且想到自己当初为让尚天进局里工作出了大力，反遭尚承达的批评，心里就更下不去，便有些着恼地回口道："我虽然多喝了几杯自己的酒不像样子，可总比那些卖假酒的强吧？"

"你这话什么意思？"承达因为不知这话的含意而暴怒地站了起来，"你难道还要与卖假酒的去比个高低？那你为何不也去卖假酒？"

"我哪敢呐？我又不是副市长的儿子！"

"什么副市长的儿子？你给我说清楚！"承达听出了这话带着双刃，就吼了一声。

"我恐怕说不清楚，你回去问问你的大儿子，他兴许能说清楚！……"

那天的会后来没有再开下去，一向极看重自己清正名声的尚承达容不得这种不明不白的嘲讽，当即坐车回家要把事情搞清楚，进屋就叫已退休在家的妻子文琳给尚天打电话，要他立刻回来。文琳不知出了什么事，就慌慌地拨电话。尚天接了电话就往家跑，进了家门一看父亲的脸铁青着心里先就虚起来，讷讷地问："有事？"

"你老老实实告诉我，你最近有没有与卖假酒的事牵扯上？"

尚天一听这声喝问，以为母亲已对父亲说了经过，父亲已知悉详情，就白了两颊坦白："我只想到弄两个钱，没想到——"

"你——个混蛋！"事情被证实的痛心和气怒使承达感到满身的血都在向头上涌。已不需要再听过程了，耻辱已经落到了身上，他边骂边挥拳向面前的桌上砸去，他想用这个动作表达他对长子的全部失望和愤怒。但他的力量用得太大了，桌面在发出轰然一响的同时，把桌上的水杯和其他什物都弹到了空中。站在一旁的文琳心疼地望着那些落地摔碎的杯子，同时弯腰去捡从桌上掉下去的其他东西，待她直起腰时她才发现，丈夫此时已软软地歪倒在了地上。她急忙伸手去扶，她原以为扶一下丈夫就会站起，可待她一摸丈夫那软软的胳膊时她才真正慌了，她这时看见了丈夫的双眼紧闭且嘴角有血溢出，她骇然地叫了一声："他爸！"但丈夫的眼睛仍然没有睁开。三个鲜红的字在她脑海一闪而过：脑溢血！她抱住丈夫转向儿子流着眼泪喊："天天，快打电话叫救护车！"……

文琳的判断没错，承达果然是脑部溢血，他那早已变硬变脆的脑部血管没能经受住那一拳砸下后引起的强烈震动，鲜血从禁闭已久的血管里畅奔出来，企图占领他脑颅的每一个角落。

南阳最好的医院里最棒的医生做了最大的努力，保住了承达的性命，但没能让他回复到原来的状态。结论是二十多天之后做出的：他的右侧手和腿将不会再有知觉，左侧手和腿有知觉但不能

· 171 ·

活动,他此后将永远躺在床上,而且说话会含混不清!

文琳和尚天被这结论惊得目瞪口呆。

尚天那些天一直守护在父亲的病床旁,人累得整整瘦了一圈。给父亲擦身、洗脸、喂饭、端屎端尿,医院里几乎所有的医护人员都说他们很少见过这样孝顺的儿子,同科的病人们都羡慕尚承达副市长有这样一个孝子。只有文琳知道,长子尚天这是在向父亲表示他的歉疚。

逢到父亲在病床上睡着的时候,尚天就抱头坐在墙角,双眼发呆地看着地面。除了和医护人员进行必要的交涉之外,他几乎不再说任何话,往日那种吊儿郎当爱说爱闹的做派和脾性,像被什么人一下子没收走了一样,再也不见任何迹象。

有一天文琳回家拿东西,返回医院走到丈夫的病房门口时听见屋里响着"啪啪"的手掌击肉的响声,她吃了一惊,隔了门上透视窗一看才明白,原来儿子尚天正站在父亲的床前,在父亲的惊讶注视下自己用手打自己的耳光,"啪""啪""啪",一下连一下。她看见丈夫的双眼闭上且流出了眼泪,她慌忙推开门上前抱住了尚天的胳膊。尚天用衣袖抹去嘴角的血丝之后退回到墙角抱头坐下,什么话也没有再说。

自责和歉疚使尚天第一次开始回头凝视自己做过的事,他这才发现他几乎从未给极要面子极爱名声的父亲带来过自豪。爸爸,我一天一天长大,也一步一步走近了毁灭你的日子。你养育儿子原本是想让他为你挣来什么的吧?可他带给你的竟是毁灭,他把你的荣誉、名声、工作,连同说话和走路的能力全部毁灭了!你心里一定充满了后悔,后悔不该生了我,爸爸,你应该后悔!现在我有点明白那位左居士的话了,他说惩罚会来的,是的,惩罚已经来了!他只是不该把惩罚这样给我,应该直接点,应该不经过你,直接给我!……

尚天如今一见到那些年轻父亲拉着自己的孩子在街边散步,就回想起了自己的童年。他还依稀记得,在夏季的一些傍晚,父亲有时会牵了他的手到白河边的草地上玩,父亲常常把他举到肩上说:我的宝贝儿子,快点长成一个男子汉吧!爸爸,我现在长成了一个男子汉,却不是你想望的那种男子汉,他成了一个只知吃喝玩乐的浪荡汉。他从来没有想到家庭、想到别人、想到你,他每天想的都是怎样让自己的身体需要得到满足。他变成了你希望的对立物,成了另外一种于世无益于人无益甚至于你有害的东西!这是怎么回事?为什么我在童年时那样让你喜爱而成年时却让你那样气愤厌恶?一个人由让人喜欢的孩子长成一个于人有害的大人,肯定有原因!这其中有文革的耽误、有母亲的溺爱这些缘由,也有我个人的原因。这些年,我在内心里不知不觉把你这个副市长看成了坚固的靠山,人们对权力的敬畏让我懂得了利用你的庇护,是权力所带来的那些利益让我一点一点放弃了进取的意识和努力,而这种放弃把我童年时身上有的那点好东西一片一片磨掉了,让我最终现出了一个动物的原形……

承达出院不久,有人来家给尚天介绍对象。文琳一见介绍人领来的那个姑娘的模样,就估计尚天不会同意,因为她知道尚天在这事上极挑剔,过去别人为他介绍的几个对象,都比这个姑娘漂亮,可他全拒绝了,她估计这次也不会成。未料尚天这回一见,就立刻说:"我没意见,但我有一个条件,就是和我结婚的人,必须同意我与爸妈永不分家,并愿意照顾我有病的爸爸。"那姑娘回家后托介绍人来回话:她愿意。尚天便立刻同对方开始来往,并做起了结婚的准备。

文琳自然看懂了尚天的心思,便在一个晚上把尚天叫到身边说:"天天,婚姻是一辈子的事,不能因为你爸有病你心里不好受就在这事上勉强自己,那你日后又会后悔。"尚天低了声说:"妈,我过的荒唐日子太多了,我想早点开始实实在在的生活,这姑娘像个过日子的实在人,我努力和她过吧。"文琳见他执意如此,就也开始为他们的结婚做准备。

　　大学毕业后分到北京国家经济部工作的尚穹,前段日子在国外,回国后也赶回来看望爸爸。他在知道了父亲的得病经过后很生气,当面批评哥哥说:"你怎么能想起来去卖假酒?你是在仕途上走的人,在仕途上的人没有了名声还能往上走得动?你要实在想钱了就该去经商,在仕途上就该全心去想职务和权力!……"

　　尚天面对弟弟的批评未回一句口,那模样好像他才是弟弟。

6

　　承达患病期间,昌盛多次来探望过,每次来都带了不少礼物,期间也送过几次钱。他不知道叔叔患病的真正原因,他只是在心里为叔叔惋惜。对这个叔叔,昌盛内心是充满感激的,尽管他没有直接出面支持自己办厂,但昌盛明白,由于他是副市长,外人知道他们的叔侄关系,自己还是获得了许多别人没有获得的方便。

　　那天,他又要去看望承达叔时,爷爷知道了,爷爷说:"你去弄个地板车来,把我也拉上,我也该去看看你叔叔。"昌盛先想劝爷爷别去,后见老人态度坚决,就只好去找了辆地板车,拉上爷爷向叔叔家走去。

　　躺在床上的承达见高龄的父亲被昌盛搀着来到床前,急得直想有所表示,无奈身手都不能动,只能在口中含混地说着一些话。文琳见状,就急忙对达志翻译说:"他这是说你这样大年纪,不该来看他,要保重自己的身体。"如今,能听懂承达说话的,就只有文琳了。

　　尚达志极慢极慢地在床边坐下,先握了儿子的没了知觉的手摇了摇;后把长满老人斑的手抚到儿子脸上,哆哆嗦嗦地摩挲。一双昏花的老眼长久地停在儿子脸上。这是云纬留给我的儿子,这是我的骨血,他的眉眼上还带着一点云纬的模样,这双耳朵和这张嘴有点像我。云纬,你先走了,我也快要走了,我们的儿子也躺倒了,我们的时代快要结束了,也许再过些年,除了咱们的孙子知道咱们活过，外人就不知道咱们来过世上，活过些日子了……半晌之后，达志才慢腾腾地开口："承达，既是老天爷让咱得了这个病，咱就要安心受住，慢慢熬着等，有些事就得等……"

一层水雾从承达的双眼里飘了起来，并慢慢地凝聚成两个水珠，从一对有扇形纹路的眼角爬了出来。他嚅动着嘴唇，分明是哽噎着说了很长一阵的话。文琳知道老人听不懂，就又急忙翻译道："他说，他知道你这辈子想把丝织厂办好，想织出霸王绸，可他没有帮你的忙。这是因为他对世事有他的一套看法，他总觉着鼓励私人办厂于社会发展不好。他说这可能是他的局限，但已没法改变了。他说他今后是帮不上你和昌盛的忙了，但尚穹这孩子倒是挺有出息，又在经济部工作，日后兴许能给你们帮助……"达志听罢点点头，一边缓缓伸手抹掉儿子眼角上的水珠一边说："织绸缎的事咱俩都不用操心了，让昌盛和尚天、尚穹他们这一代去办吧，一代人只能办一代人的事……"

达志那天走时，是尚穹把他背到地板车上放好并将他推送回家的。昌盛见堂弟执意要送爷爷，就跟在车子后边走。达志坐在车上，望着长得虎虎实实有模有样的两个孙子，刚才因看儿子而在心里引起的那阵伤感才慢慢褪去，他朗了声说："时光已经要把我们这一代抛开了，该你们显身手了。尚穹在京城里做事，以后记住要多帮帮你昌盛哥，我估摸着，咱尚家的丝织业能不能在世上挂个头牌，能不能织出霸王绸，要看尚穹的帮助有多大了！"尚穹听罢笑了，说："我刚进经济部不久，还没站稳脚跟，待脚跟站稳了，昌盛哥有啥事要我帮忙，打个电话就行！"

昌盛听了这话也笑了，说："冲你这句话，哥我今晚请你的客！"

昌盛那晚把尚穹留下吃饭，嘱咐小瑾和雇来的保姆做了一桌子的菜。为了热闹也为了以后的工作，昌盛把丝织厂和缫丝厂里车间的主任、副主任都叫了来作陪。昌盛经过这些年的历练，早知道结交各种关系的重要,堂弟尚穹在北京的经济部工作,自己早晚有用得着他的地方,应该把关系弄得亲密些。他所以把两个厂里的车间主任、副主任都叫来,用心是两个:其一,是让这些车间主任、副主任知道,我在北京有人、有靠山,你们跟着我干有前途;其二,是为了让尚穹认识这些人,对这些人留下个印象,日后万一有事派他们中的哪个人去找尚穹时,尚穹好接待。

宁贞自然也在被邀之列。

宁贞和另外一个女车间副主任一同走进屋时,正在同先来的男车间主任说话的尚穹,双眸立时一定,嗓子也像拧上开关一样的不再出声。他显然是惊讶堂哥昌盛的手下还有这样漂亮标致的姑娘,双眸里全是意外。昌盛这时急忙为他们彼此做着介绍。听到曹宁贞这个名字,尚穹才恍然记起,当初上大学那阵,有次回南阳来堂哥的厂里闲逛时见过这个姑娘一眼,不过那时她各处都还没有长开,完全是个黄毛丫头而已,没想到就这么几年,她已经变得这样美艳惊人了。那眉眼、那脸蛋、那红唇、那乌发、那胸、那臀、那腿,已是无处不诱人了。以尚穹心里的那股愿望,他是真想把目光就停在宁贞身上的,但当着这么多人的面,他有点不敢。

酒宴开始以后,借着敬酒热闹的当儿,他不时把目光放过去,在宁贞的脸上、胸上碰一下,又急忙移开。昌盛和车间主任们轮着给他敬酒,轮到宁贞给他敬时,他端酒杯的手竟有点哆嗦了,而且痛痛快快地连喝了三杯。他的这种失态当然没能逃过昌盛的眼睛,昌盛知道宁贞对男人的吸引力,所以当即在心上断定:尚穹喜欢宁贞。做了这个判断之后他借拿酒的机会进厨房对正在炒菜的小瑾说:"我看你可以牵一回红线,把尚穹和宁贞往一起捏捏。"小瑾有点不相信:"尚穹是大学毕业,又在京城工作,会看上宁贞?""试试吧。"昌盛笑着说。

那晚上的酒宴持续到十一点,待把车间主任们都送走之后,小瑾叫住尚穹说:"嫂子有句话问你,你觉着宁贞那姑娘咋样?"尚穹一愣,原本因为喝酒就红的脸变得更红了:"不错呀!""不错给你说说咋样?"小瑾笑着。"说啥?""当然是说媒了,你要真是和宁贞结了婚,日后回南阳的次数会更多,帮你昌盛哥的机会也会更多了。"

"不行,不行!"尚穹急忙摆手,堂嫂说的"结婚"两个字让他吓了一跳。大学毕业不久正踌躇满志地在仕途上奋斗的尚穹,现在可不想谈论结婚让一个女人拴住自己的身子。他在北京接受的可是一种全新的两性交往观念:两个人彼此喜欢之后可以来往交际快快活活玩玩,结婚的圈套可不能立刻就钻,钻进去就不是自由身了。他这才意识到这是在故乡南阳,这里男人与女人交往的观念还是:要么订婚、结婚使女人成为未婚妻、妻子;要么彼此不相往来。罢,罢,还是不惹这个叫宁贞的姑娘好些,免得带来麻烦。

尚穹那晚往回走时宁贞那秀美的身影还在他眼前晃动。他的心里涌上了一阵遗憾,可惜你不在北京,要不然我们之间一定还会有故事产生出来……

7

这个夏天初来时并没显出与往年太大的异样，但没过多久就把一副吓人的暴烈面孔露了出来，每日都把大股的热气倾倒在南阳的街上，致使沥青路面开始变软溶化，行道树叶发烫变蔫，蝉也被热得叫声连连。白天，人们被酷热全逼在屋里；只有到了傍晚，才放风似的全涌向了白河堤。

昌盛怕爷爷热坏，让儿子旺旺用一个三轮车把老人推到了白河堤上。只穿着裤头背心的尚达志，在这些乘凉的傍晚，总是半闭了眼，一边摇着手中的蒲扇一边倾听着四周人们的交谈。

他那双倾听过一百多年世上动静的耳朵，就从人们闲散的交谈中听出了一种信息。

有天晚上，旺旺把他推回家之后，他告诉旺旺："你去把你爹和你月儿表姑叫来。"昌盛和卓月相继来后，他开口就问："你们有没有要出点啥事的感觉？"

出事？两个人相互看了一眼，都茫然地把头摇摇。"哪方面出事？"昌盛问。

"市场！"

"市场？"承达惊奇了，"市场能出啥事？"

"如今的市场还太嫩，容易得病。而现在得病的症候已经有了！"

"外爷，你是说人们对市场物价升高的担心？"卓月开了口。

"这种担心到一定程度,就会发生事情!"

"爷爷,你放心吧,市场在政府手里掌握着,不会发生什么事情。"昌盛笑了。

"我叫你们来就是为了说这几句话,你们可以走了。"达志阖上了眼睛。

昌盛是最后一个离开爷爷的,临出门前他凝眸想了一霎,俯在爷爷的耳边说:"爷爷,你是不是说市场上会出现抢购?"

达志叹了口气,说:"行,你还能听明白,记住,在这种事没有出现之前不能说明,你现在可以去做准备了。"

尚达志的感觉没错,仅仅一个半月之后,当酷热刚刚有些褪去时,中国自实行独特的市场经济后的第一场市场动荡来到了:一场抢购风潮几乎刮遍了整个国家。南阳街头到处是抢购东西的人,从电器到衣物,从食品到家具,什么都迫不及待地买到手里,连商场里几台不合格的洗衣机也被争着抬走了。

卓月面对这场风暴惊得目瞪口呆。

昌盛却因为爷爷的提醒而发了一场大财:他那些天令织造厂日夜开工并及时把织出的成品运往各个城市,当抢购风来临时,尚吉利丝织厂出的绸缎满足了人们的抢购要求,而且价格比往日高出许多。

当大批的金钱开始向昌盛的保险柜拥来时,昌盛高兴地对爷爷说:"你看得真准!"

"这个市场还远没有长成一个小伙,以后还有胡闹的时候。你下一步打算咋办?"

"我想利用这次销售高峰和过去积下的钱,投资把时装厂和蚕茧基地建起来。建时装厂是为了扩大销售,让尚吉利丝织厂的绸缎更广泛地占领市场;建蚕茧基地则是为了保证原料的供应,使我们什么时候都有米下锅。这一个厂一个基地建起来后,我想连同咱的缫丝厂和织造厂一起称作尚吉利丝织集团,从现有的雇员中找几个能干的分别担任这几个厂的厂长,我可以仿照深圳那边的做法,任集团总裁或叫总经理,你看咋样?"

爷爷直盯住昌盛没有做声,昌盛以为自己说的不合爷爷的心意,不料爷爷忽然扬起手中的拐杖,在他肩头上敲敲说:"行,你娃子真正行了!……"

在那个温暖的冬天到来之前,尚昌盛把时装厂和蚕茧基地建了起来。时装厂在丝织厂附近,买了十几间别人的旧屋,粉刷修整后安上了缝纫机、熨衣台。设计师是从南方请来的,工人则是新招的。蚕茧基地就建在安留岗的岗尾,昌盛在这儿买了地,建了二十来间平房做蚕房,又承租了整条安留岗和其余几条荒岗预备全栽上桑树和柞树。工人除了宁安和他父亲以及一个姓左的男人之外,又雇了一些人。

这些事办完之后,昌盛就开始物色几个厂和蚕茧基地的负责人,决定把尚吉利丝织集团的牌子打出来。在琢磨丝织厂的人选时,他想到了宁贞。

宁贞在丝整理、织造、印染三个生产环节上都干过,而且在每个环节上都干得很好;何况她还聪明好学,由她来指挥生产应该不成问题。再说,女的控制起来也较容易。惟一担心的是她的管理经验,不过这个可以在实践中积累。那么就是她了?

他把几个厂长和基地经理人选的想法给爷爷说了一遍,爷爷听后只说了一句:一切由你自己决定。

他于是在一个阳光和暖的上午把宁贞叫到办公室谈话。宁贞自哥哥的事后,对昌盛怀了深深的感激,整天闷着头在车间里干活,恨不得把身上所有的劲都用出来,以回报昌盛所给予的同情和帮助。宁贞对这场谈话的内容毫无思想准备,以为是昌盛关于车间的事有什么话要交待,进了屋站在那儿静等着昌盛开口。

"宁贞,你想没想过去指挥一批人干一桩事情?"

·181·

"指挥一批人?"宁贞惶惑地把头摇摇,"我能指挥得了谁?爹和妈还有哥哥,他们都想指挥我,我指挥不了他们!"

昌盛忍不住笑了,他想,自己当初所以被宁贞吸引,除了她的秀美之外,大概就是因为她身上有这股让人爽心的单纯。

"如果我现在让你去指挥一批人做事,你敢吗?"

宁贞好看的眉梢扬了起来:"去做啥事?"

"先说你敢不敢?"

"只要不是打架,我就敢!"

"好。我想让你去指挥丝织厂的工人生产!"

"咋了,你要出门?"

"不,我是要你当丝织厂的厂长!"

"啥?"宁贞惊得后退了一步,"厂长,你不该同我开玩笑,你知道我一向也不喜欢开——"

"我不是开玩笑,我是在说我的决定。我需要一个人来当丝织厂的厂长,我觉得你在厂里各个生产环节上都干过,有指导工人们生产的技术,所以我想到了你!"

"可这厂是你们家的工厂,怎么可能让我——"

"你当厂长只是替我管理这个厂子,厂子的所有权仍是我的,但我可以给你酬金,我将把厂子盈利的一部分作为奖金,拿来作为给你的报酬,你把厂子管理得越好赢利越多,你得到的奖金也就越多!"

宁贞许久没有说话,她只是把两只秀眸直直地瞪住昌盛,既像是在分辨这番话的真假,又像是被这番话惊住。

"这消息对你可能有点过于突然,你不必马上回答,我给你三天的——"

"我干!"宁贞突然截断了昌盛的话。她觉得既是昌盛希望她干,自己就该应下,不能让他失望!

昌盛在一怔之后笑道:"那我们就算说定了,我过几天就向厂里的工人们宣布!"

8

　　一吃过早饭,宁安就背上背笼提上竹筐向安留岗上走去。今天,他要开始为尚吉利丝织集团的蚕茧基地,从春天栽下的那些小柞树上收第一批秋茧。

　　他收得很仔细,摘茧的动作也很灵巧,这些柞树是他亲手栽的,这些蚕种是他亲手放的,如今收起茧来,就好像在收割自家的麦子,心里透着一股实在的欢喜。

　　自从卖假酒遭重罚从拘留所里出来之后,他就怀着对尚昌盛的感激在安留岗安心地为尚家植树养蚕了。自家原先承包的那个桑园已交回村上由别人承包,他把全部精力和心思都用在了尚吉利蚕茧基地上。看来我不是经商开酒店的料,咱就还干咱的老本行吧。他的手无意中碰到了自己的裤子口袋,忽然想起早先这口袋是装过一万元的存折的,可后来这存折没有了,被罚走了。他现在还记得那次把存折掏给工商局的人时的情景,他是多么不愿掏呵,这一万块钱是我多长时间辛苦积攒起来的,上边沾了我多少汗水呀。可谁叫你卖假酒害人呢?!他在这句斥责中掏了整整五分钟才把那张存折掏出来,那算是他交上的第一笔罚款……

　　村子里传来了一阵嘹亮的唢呐声,他闻声猛地停住手向村里望去,这才记起今天是晶子出嫁的日子。尽管他早就从心里抛弃了晶子,但此刻听到这唢呐声心中还是感到像被枣刺刺破了样的疼痛。几个月前,晶子红着双眼在一个傍晚约他到村边告诉他,村

· 183 ·

东头的陈家儿子给她家送来了聘礼要娶她。他知道她说这话的意思,也知道她在等他一句话,但他自始至终没说那句话,那天临别时他只说了六个字:"好好跟他过吧。"

他现在想回忆清楚自己是从什么时候决定抛弃晶子的。可能就在那天晚上,就在尚天第一次摸了晶子的奶子而他收了尚天钱的那天晚上。决定是在一瞬间做出的,当他看见尚天掏出的钱时那个决定做出了:不要人,要钱!那个时候我太穷了,我实在不想再过穷困的生活!他听见有一个声音在心底为自己辩解,但他却并没有感到轻松起来,仍然好像有一块挺大的石头坠在他的心上,而且那石头在左右摇摆。

唢呐声响出村外了,他知道按照迎娶的惯例,迎亲的队伍出了晶子的家门后要沿村南边的大路往村东头的陈家走。他扭了一下头,看见有人群拥到了村南的大路上,是的,他们是走的那条路。要不了多久,晶子就可以抵达陈家,就成了陈家媳妇。以后我再见了晶子该怎么称呼,叫:"陈家的?"或者叫"陈弟妹?"他摇了摇头,再一次感到有一股疼痛漫过胸口。

一声汽车喇叭传过来,他又一次扭头向村子看去,这才发现是一辆蒙有红布的北京吉普开上了村南的大路。这么说陈家是用北京吉普迎娶的。行呵,晶子,坐上北京吉普真不错了,要是跟我,我这会儿还无钱雇吉普迎娶你哩。他的目光只在远处那辆吉普上停了一下就急忙缩了回来,他好像看见坐在车内的晶子在瞪着自己。你瞪我干啥?其实你也有责任,那天尚天把钱给我,我拿进厨间递给你时你为啥不声不响地收下了?你当时应该抗议,应该哭闹,你要是一抗议一哭闹我不就把钱给他退了?!你不是也怕穷?……

他发现他把尚未结好的茧也摘下了,他叹了口气,住下手,坐到了地上。他慢慢地摸出一根纸烟,点上,深深地吸了一口。事情已经这样了,晶子,就跟陈家儿子过吧,人咋过不是过完一辈子?……

尽管白天摘了一天茧,身子乏得厉害,可宁安当晚却反常地失眠了,在床上翻来覆去地睡不着。他总觉得耳边有唢呐声在响,那唢呐声时隐时现隐隐约约若有若无,弄得他哈欠连天却睡意全无。他先以为是附近哪个村里的响器班子在练习吹奏,后来用被子把头蒙住那唢呐声还在耳边响着,他才知道那响声来自心里,来自心中对白天晶子出嫁时那唢呐声的记忆。

接近头遍鸡叫时他才勉强睡着,刚入梦中却又被一阵哭声缠住。那断断续续抽抽噎噎的哭声最终又把他从梦中扯出,他这才听出那哭声是一个女人,那女人好像就在村中的什么地方哭,哭声不时被哽咽打断,但很快又恢复如常。他侧耳倾听了一阵,可距离太远,也许还有夜风,使他辨别不清那哭声是村中哪个女人的。这时他听见隔壁的妈妈在叹息,听见睡在厢屋里的妹妹宁贞在开厢屋的门,她们显然也被那哭声惊醒了。

"宁贞,谁在哭?"他隔了窗户朝外问。

"我出去看看。"宁贞应了一声。随后院门响了,宁贞走了出去。

谁家的女人会在这时哭呢?是得了什么难受的病吗?是两口子半夜吵起了架?是发现贵重东西被人偷了?

宁安正躺在那里胡乱猜着,宁贞的脚步声又响进了院里。

"谁在哭?"他问。

"晶子姐。"宁贞的声音。

"哦?"宁安呼一声坐了起来,晶子在哭?"她为啥?"

"不晓得。她婆婆在她身边劝。"宁贞答罢走进了她的厢屋里。

"新婚头一晚就哭可不吉利。"妈妈在隔壁叹了一声。

宁安再无了睡意,他穿衣轻步下床走了出去。天还很黑,后半夜的风带着很浓的凉气,他一边打着哆嗦一边侧耳去听晶子的哭声。但哭声此时却已熄了,四周除了黑暗和夜风,再无别的。晶子,你在新婚之夜哭啥子?即使有啥不顺心的事也不能在这个夜晚哭呵!他高一脚低一脚地向村东头陈家走去。陈家的院子也笼在一片黑暗中,他听见院门上有纸片在夜风的吹拂下索索作响,他估计那是昨天贴的喜联被风吹起了边角。四周很静,院子里并无什么声息传出。他默然站了一阵,才又慢慢转身向回走。会不会是宁贞刚才听错了,晶子根本就没有哭,她为啥要哭呢?这是她的喜日子呀?!……

他的这些疑问天亮后在井台上得到了解答。天亮后他挑着一对水桶去井上挑水,村里的两个小伙正站在井沿上嬉皮笑脸地对话:

——听见了吗,夜里那哭声?

——那还能听不见?

——这第一夜她原本该笑哩,哭啥呢?

——我没听全,只是一点点。

——啥?一点点啥?

——男的嫌她那个东西被人用过,动了拳头。

——哪个东西?

——日你个祖宗,你装啥迷糊?

——你说他咋能看明白那个——

咚!宁安的水桶重重地放到了地上。两个小伙的话音和嬉笑也被这响声整整齐齐切断了。

他阴沉着脸走上井台,用钩担上的铁钩挂住桶梁向井里伸去晃动提水。他吊桶打水的技术一向很高,但这天早上他失手了,吊在钩担铁钩上的水桶第一次脱钩下沉,他慌忙探身想用钩担去挂住水桶,但木桶已经飞快地向井底沉去。

他那天早上是一手拿钩担一手拎一桶水向家中走去的……

9

小瑾觉得日子从来没有像如今这样过得轻松有味。繁杂沉重的家务再不用自己去插手——家里雇了一个保姆,一切由保姆来操持;具体、琐碎的财务账目也不用自己去动手记录、计算——尚吉利丝织集团成立后,昌盛专门招聘了一个省财经学院毕业的学生和一个退休的会计师,把他们配到了她的手下,她只需掌握着现金进出和与银行的来往就行。上班时的任务不多,下班后无事要做。在晚饭过后这段漫长的时间里,她除了看看电视和找邻居聊天之外,就是根据买来的一本美容指南来美化自己的脸孔。

小瑾现在惟一操心的就是自己的容貌。每当她面对镜子的时候,她都痛心地感到,往昔的岁月已把她身上的美夺走了不少,她正在成为一个不折不扣的中年妇女。唉,过去那些穷困的日子,有时候连照镜子的工夫和心绪也没有,根本不知道时光在怎样作践自己。

她晚饭后开始去滨河酒店跳舞是在丝织集团成立一段日子之后。当跳舞的热潮由省城南下初到南阳时,小瑾还是一个标准的舞盲。看到别人在公园露天舞场跳三步、四步舞时,她只能满眼新奇地看着。由于好奇心的驱使也由于几个邻居妇女的撺掇,她开始在夏、秋两季的晚饭后去街心公园的露天舞场上学跳舞。她学得认真也学得很快,慢三步、快三步、慢四步、快四步不久就都能跳得有模有样。可惜后来因为家里办起了尚吉利丝织厂,事情太多,

· 187 ·

她没有再去公园跳舞的时间,渐渐也就淡了兴趣。重新想起了跳舞后,这时由于谁都知道她是尚吉利丝织集团的女主人,再到街心公园的露天舞场去跳舞显然有些不宜,她于是隔三差五地去一些正规室内舞场买票跳。昌盛因为整天忙于集团里的事务没法陪妻子,心里早对她生了一点歉意,因此听说她出去跳舞便很支持,总是说:出去跳跳吧,权当是锻炼身体!一个极其偶然的机会,她听人说全市开办的舞场中只有滨河酒店的舞厅里有乐队。小瑾跳舞从来一直是跟着录音机放的舞曲跳,真正在乐队演奏的乐曲声里跳还没有过,她很想去尝尝那滋味,于是就在一个月明风清的晚饭后,骑车去了滨河酒店。

　　滨河酒店的舞厅给人的感觉果然不错,四个人的乐队外加一个歌手让小瑾很开眼界。她是一个人去的,买了票走进舞厅之后,才发现这里女多男少,有七八个姑娘是酒店里的专职舞伴,坐在那里静候着男人们的邀请。买票进来的女的,大都有自己固定的舞伴。小瑾坐在那里许久也没有人来请她上场,她有点后悔不该贸然只身前来。她又喝了几口饮料之后决定回家,就在她有些尴尬地站起身时有一个中年男人向她走来,那男人微笑着对她说:"可以请你跳一曲吗?"

　　小瑾颔首,随对方走进舞池。那男人跳得很好,使得小瑾很快地去掉了拘谨,两个人配合默契地跳着。一曲跳完的时候,那男人夸奖小瑾:"你跳得真好!"小瑾高兴地笑笑。两个人坐在一张桌前休息,男的点了两份饮料,并把饮料杯双手递到小瑾的手上,小瑾心里对对方生了点感激。

　　舞曲重又响了的时候,那男人又起身邀小瑾下场。如此几曲跳下来,小瑾对那男人好感加强。舞会结束临分别时,那男人笑着说道:"明晚,还在这里,我请你跳,我会买好了票在门口等你。"小瑾迟疑了一下,点点头说:"谢谢。"

　　第二天吃过晚饭,小瑾在昌盛拿着几张绸缎印染花样向厂区走去、儿子旺旺回到自己的屋里之后,急忙对镜换上了一身新衣服,还把那瓶锁在化妆柜里的法国香水拿出来朝身上喷了几下,这才慌慌骑上自行车向滨河酒店奔去。

那男子果然拿着两张舞票站在舞厅门口等她。她上前刚要开口招呼,方想起昨晚还没问对方的姓名,于是只好省略了称呼,只说:"让你等了。"那男人笑笑,很自然地拉着她的胳膊进了舞厅。

接连几个晚上跳下来,小瑾对那男人的好感就更见增加。这时她已经知道他姓霍,是铁路上的一个干部,她开始亲切地称呼他"老霍"。事情发展到此,小瑾和他还都是正常的舞伴关系,小瑾内心里并没想别的什么,她只是想有一个舞伴跳舞以快乐地度过这些空闲的夜晚。要不是接下来滨河酒店的舞厅里兴起了"自由五分钟"的规矩,她和他后来的那些剧目很可能就不会上演。

还在前一天晚上舞会结束的时候,就有人宣布说:从明天晚上起,舞会将引进南方自由五分钟的规矩,欢迎各位来尽兴。小瑾当时听了并没往心里去。自由?我现在就够自由了,因为有了钱,我想买啥就买啥,想穿啥就穿啥,想干啥就干啥,用得着别人再给我五分钟的自由?第二天晚上,她和老霍正在舞场上跳着慢步,舞厅的灯突然间全灭了,她吃了一惊,以为是电路出了毛病,一时不知该怎么办好。但其他人似乎都未在意灯灭,并没有慌乱的声音响起,乐队也仍在奏着舒缓的舞曲。就在她停下舞步的那一瞬,她听见耳畔响起了老霍的低音:"别紧张,这是自由五分钟。"她这才恍然大悟,急忙又跟上老霍缓缓的舞步。这期间,她借着乐队那边的一点烛光看到,身边有几对跳舞的已紧紧地抱在了一起,而且有接吻的声音响着。她的心咚咚地跳了起来,她从来没想到还有这样的事情发生。就在她心跳的当儿,她明显地感到老霍抚在她背上的那只手在慢慢下滑,并最终落到了她的臀上,跟着感到了他的一捏。她听见自己的心脏咔的一响,身子骤然一僵,双脚随之停了下来。她知道她此时应该做的动作是生气地推开对方,尔后走出舞

· 189 ·

厅,但这个冲动刚刚升起便被她很快掐灭了:那不是让对方太尴尬了?她的脚又不由自主地开始了按舞曲的移动。她的这种反应显然鼓励了对方,对方忽然双臂用力,一下子把她抱到了怀里。她本能地进行了挣脱,就在她挣脱的时候,她的耳边响起了对方急切的低音:你丰满得真是诱人!这句话带着一股魔力,一下子夺走了她大部分的挣脱力气,她虽然依旧在挣脱,但力度已经变小。就在这时,灯一下子亮了,对方急忙松开了她。她红了脸向座位上走去,走到座位上以后她才又意识到,她该走出舞厅。于是又向舞厅门口走。她在拉开舞厅大门的那一刻,听见背后传来老霍的一声叮嘱:"我明晚等你!"

那天晚上回家之后,她的心噗噗噗跳了好久。睡下后,她第一次胆怯地看了看昌盛,她担心昌盛看出了什么。她当晚下定决心:明天坚决不去跳舞。

第二天上午,她一边在保险柜前给买丝的业务员数一笔钱一边还在心里坚定决心:今晚决不再去滨河酒店跳舞。但过了中午之后,她感觉到自己原来的决心在动摇,一种想再进滨河酒店舞厅的愿望用它的尖喙一点一点把原先下定的决心啄了个破洞。到了晚饭前,那决心已经被完全啄光。去,就再去一次,看他能怎么样?我只跳我的舞,他还敢怎么着?咱堂堂正正的跳舞,怕什么?

她匆匆地吃着晚饭,晚饭后一待昌盛出门旺旺回了自己的房间,她便急忙开始收拾自己:化上淡妆,穿上新衣,梳好头发,喷上香水。喷香水的时候,她一反惯例地向双乳上各喷了一下。

她临出门时慌慌地看了爷爷的住屋一眼:还好,爷爷没有站在门口。

小瑾那晚在向滨河酒店走时就意识到这个晚上对于她将不是一个平静的夜晚,但她却不让自己去想可能会发生什么事。她一再在心里对自己宽慰说:只是跳舞,别的什么事情都不会发生。

那个姓霍的男人仍如往常那样站在舞厅门口,看见小瑾来一点也没有显出意外,仿佛早就断定她一定会来似的。他拉上她的胳膊就往舞厅里走。这使小瑾有点不高兴:在你昨晚对我有了那样的非礼举动之后,你怎敢断定我一定会来?我今晚上真该不来让你失望才好!直到她和他跳了两曲之后,这种不高兴才又慢慢消失。她注意到他今晚也刻意做了打扮,一身西装很板正;有些稀疏的头发梳得很光;脸上似乎也抹了什么护肤用品,有股很浓的香味;皮鞋擦得很亮。

大约跳到第四曲的时候,老霍忽然笑望着她说:"快开始了。"

小瑾一愣,问:"啥快开始了?"

"自由五分钟。"老霍笑得很有深意。

小瑾的脸一下子红了个透。她没说什么,也不能再说什么。你明明知道有个自由五分钟,你要是对它不满你就不应该来,你来了你还能说什么?她更没有用行动表示什么,你要是反感你为什么还来?

她于是只有一如原来那样地跳。

自由五分钟果然来了。老霍分明是早有准备,在灯灭的一刹那就一下子把她整个人搂到了怀里,她当然要挣扎,不过她刚挣了一下老霍就在她耳边低叫了一句:"别浪费时间!"这句话仿佛一下子把她吓住,她一动不动了。她听任那两只手在她的身上忙着,感到有一只手从她的上衣下摆伸进去各捏了一下两个乳房。她听到他在她耳边低语了一句:"还很饱满!"随之感觉到他的舌头舔到了她的脸上。

她觉得腿有些软,差不多要瘫在了他的怀里,当他的舌头找到她的嘴唇时,她犹豫了一下张开了双唇。直到这一刻,她才在内心里对自己承认,她今晚所以坚持要来跳舞,其实就是为了盼来这一刻。

她紧紧地吸住了他的舌头,直到灯亮的时候。

当他们重新在座位上坐下之后,她听见他说:"这真是一个令人愉快的夜晚!"

她低下了头。

"你的身上真香!"他探过头来说,"我摸过后手指头上到现在还有香味。"他边说边把指头凑到鼻子前闻。

她抬头瞪了他一眼,但目光中不是恼,而是嗔。

他满足地笑笑。

散场的时候,他笑望着她问:"明晚等你?"

她点了点头。

接下来的几个晚上,情景大同小异,两个人充分地利用那五分钟来达到欢娱的目的。当然,每天晚上舞会散场小瑾往家走时,心里也在谴责自己,也觉得自己这样荒唐对不起昌盛对不住家庭,可一到第二天吃罢晚饭,却又总要不由自主地向滨河酒店走去。

五分钟的时间是太短了。

在十来个这样的晚上过去之后,两个人都开始感到了不满足。终于,在一个晚上的自由五分钟结束时,老霍说:"我在二楼订了个房间。"

"订房间干啥?"小瑾心如明镜却又假装了不懂。

"我们去歇歇,喝点茶水。"老霍一本正经地说。

小瑾于是就随他走。进了房间后哪还需要茶水?两个人立刻抱到了一起。小瑾没想到对方在这方面还极有本领,没多久便把她送到了快乐的巅峰。她在将要到达峰巅时抓过一条毛巾盖住了自己的脸孔,她想只要有了这一次她将再无脸去见昌盛。

那晚回家后她用温水把身子洗了许久,她内心里认为自己的身子很脏。上床后她小心不让自己碰着昌盛,惟恐昌盛会感觉出什么。前半夜她一直没有睡着,只在心里反复祈求:昌盛,原谅我,我也不知我这是咋了……

第二天晚上,她决心不再去滨河酒家。一吃过晚饭就把自己关在屋里看电视,可电视机屏幕上总出现那个姓霍的脸孔,她只好关掉电视出门去沿街散步,可走着走着又走到了滨河酒家门口。你真是没救了,你这个犯贱的女人!她一边骂着自己一边快步向站在门口的老霍走去……

10

宁贞这几个月来把全部身心都扑到了丝织厂里。她从来没想到自己能当厂长。从小到大,她一直是在爹、妈和哥哥的呵护下长大的,不论干什么都要接受他们的指挥,可现在忽然要由她来指挥人了,而且是指挥一个赫赫有名的工厂里的工人,她当然感到自豪、感到高兴,感到必须要把这件事做好,以对得起尚昌盛的信任。

她原本在内心里就对昌盛充满了感激,如今因了这份信任和看重又多了一层感动。厂里有那么多男工、女工,可他竟选择了我,一个农民的女儿来当厂长,这份知遇之恩我当永记。

她虽然没有管理厂子的经验,但她知道厂子管理的终极目的,就是让出的产品又多又好,所以她就一个车间一个车间地摸底、观察、分析、琢磨,看怎样能使每个车间的产品数量和质量都能升上去。心里有底之后,她把每个车间的产品数量定额和质量标准都略微向高提了一些,并把它分解到每个岗位,达到的,就奖;达不到的,就罚。上班时间,她几乎不停地在各个车间各个工作岗位上巡视——她因为几个车间都干过,对各个车间的操作技术都熟悉,所以能随时发现问题及时给予纠正。加上她平日脾性温和,对任何人说话都慢声细语不发脾气,所以她纠正什么的时候,工人们也都服气并乐意改正。机织车间是她注意的重点,为了保证绸缎质量在这个关口上不出问题,她还利用休班时间,开了机上技术讲习课,让技术一般的女工参加听讲,一共三课,谁听一次,就奖给她拾元钱。为了在全厂形成一个在操作技术上精益求精的风气,她还在各个车间搞了技术比赛。由于采取了这些措施,厂里的生产呈稳步上升趋势。昌盛那段时间一直默默注视着宁贞的治厂举动,宁贞接任后第三个月的生产统计表送到昌盛手里后,昌盛松一口气,高兴地找到宁贞说:"干得不错,看来我没有选错人!"这句夸奖让宁贞高兴了许久:我总算没有辜负他的信任。

半年过去,几个厂的效益作了一番核算,昌盛在一个下午快下班时把宁贞叫到了办公室里。宁贞以为昌盛要问他厂里的管理和生产情况,不想昌盛拉开抽屉把一个厚厚的红纸包朝她递了过来。

"啥?"

"你打开看看!"

"钱?这——"

"按照我当初的许诺,根据你为集团创下的利润情况,这是给你的奖金!"

"哦?"

"你接任后为我创造了二百五十万元的纯利润,我只给你了八千块钱的奖金,说实话,这有点小气了,我以后会——"

"俺不要。"

"咋,嫌少?"

"不,不是的,你这样信任我,我应该把厂子里的事做好;再说,你当初为赎我哥哥,给了我那么多钱,你实在要给,这钱就算我还你的。"说着,把红纸包又放到了昌盛的桌上。

昌盛笑笑说:"那笔钱是过去的事,咱以后再说,这点奖金是我的一点谢意,谢谢你的辛勤工作。你在厂里的辛苦我都看到了,我庆幸我当初选择了你当厂长。你不是还没成家么?你就是单单为自己准备嫁妆,也该收下,快走吧。"昌盛笑着把她推出了门……

宁贞那晚回家时是推着自行车走的。她所以坚持步行是因为心里的那份激动让她不能专心骑车。她知道这份激动起因于那笔奖金却并不是因为那些钱。我碰上了一个好人,是的,好人!是他,当初收留我当了工人,让我学会了丝织技术并使我有钱去完成函授学业;是他,让我当了厂里的公关部长,从而使我和外界有了接触,了解了商品销售的一些经验;是他,让我当了车间副主任和厂长,懂了些企业管理知识从而也享有了一种成就感。倘若我当初遇不上他,我的人生恐怕要以另一种面目展开了。也许,仍是落霞村里一个愚钝的乡下姑娘?也许,已经成了哪个农民的妻子正在田里忙活?也许,像那些早婚的女伴一样,怀里已抱着一个吃奶的孩子?想到这里,她的双颊倏然间红了……

宁贞向滨河酒店走去是三天之后的一个满月之夜。她一向没有晚上外出的习惯,平日总是在傍晚下班后就直接回家,吃罢晚饭或是帮妈妈做点家务或是倚在床头看书。她今晚所以向滨河酒店走是因为后响接到了初中三年级时同班一个女同学的电话,那位女同学上了大学在外地工作,今天回到老家说要请几位老同学到滨河酒店坐坐。在学校时她因为家里贫穷与别人来往不多,同这位女同学并无多少交谊,不过既是人家相邀就说明人家看得起自己,所以一下班她就骑车往滨河酒店赶去。

月亮早早地升了起来,在街灯黯淡的地方,月光还能在街面铺上稀薄的一层,自行车在月光上碾过,轮胎上仿佛也沾了一层银白的月色。宁贞盯着转动的车子前轮,心情越加地好起来。

宁贞这是第一次进滨河酒店,酒店大堂里那种富丽堂皇的装饰让她有一种莫名的慌张。还好,她顺利找到了聚会的房间,久别的女同学们相见时那种欢快的叫声和笑声很快消除了她在这种豪华地方的拘束之感。她愉快地和同学们交谈着,吃饭时还在同学们的劝说下喝了一杯酒。这是她自那次在西苑饭庄酒醉之后第一次喝酒,酒一入口她立刻想起了那个醉酒之夜。那一年我多大?十七岁还是十八岁?那一次完全是为尚吉利丝织厂喝酒,我不想让厂子垮下去,我那时根本没想到几年后我会当了这个厂子的厂长……

这天晚上的聚会持续时间很长,中间宁贞由一个女服务员领着去盥洗室时,突然发现尚昌盛的夫人宋小瑾由一个陌生的男人搂着腰在前边走廊上匆匆走着,那亲密的样儿就像夫妻,而且随后推开一个房间门走了进去。宁贞吃了一惊,眼瞪着他们走进去的那个房间停下了脚步。她、她在这里干啥?宁贞忽然觉得心里有些着慌。身旁的那个女服务显然看出了她的诧异,低了声说:"你认识尚吉利丝织集团总经理的夫人?""不,不认识。"宁贞急忙摇头。"她和那男人在我们这里开房间可是不止一天了,不过他们通常都是不到半夜就走。"

宁贞再回到聚会房间时变得心神不定,心里一阵阵发慌。你慌什么?她对自己的心理反应也觉惊奇。聚会刚一结束,她便快步向楼下跑去。

她一口气跑出酒店,跑到月光如水的街边,双手抱住了一棵树。噢,尚总经理,尚昌盛,你的夫人背叛了你,背叛了你!你一定还什么都不知道,这种事还是不知道了好!但愿你永远不知道。可是老天,她为啥要背叛你?为啥?小瑾夫人,你为何要把事情做到这一步?你想没想到这对你的丈夫将是一个多么可怕的打击?!将给他带来无尽的痛苦?他整天都在忙着尚吉利丝织集团发展的事,你就是仅仅从心疼他的角度考虑也不该这样做,不该呵,夫人!……

她摇摇晃晃地骑着自行车向家走,那满脸的苦痛和难受仿佛她就是那个受欺骗、遭背叛的丈夫。她那晚睡得很不好,噩梦一个连着一个,黎明时分醒来时她才意识到,她是在心疼昌盛!她把昌盛的事当成了自己的事,她早在感情上同昌盛站在了一起。

我这是因为对他怀了感激。她在心里对自己解释。

决不能让昌盛知道小瑾背叛的事!

11

昌盛那些天一直沉浸在兴奋中,起先是因为时装厂的建立和建立后的时装销量不断上升;后来是振中从美国来电话说尚吉利集团的绸缎在纽约销量很好,他准备在美国的一些大城市再设新的经销点,希望昌盛每月保证给他一万匹的货。产品的销量是企业活力的标志,有了销售途径有了销量你说昌盛能不高兴?

也许正是因为高兴再加上忙碌,他才没有发现小瑾变心的蛛丝马迹。人高兴时目光落到物体上是颤动不定的,所以它这时就很难做精细的辨别。小瑾有天晚上回来时当着昌盛的面掏出衣兜中的手绢擦汗,擦完才发现那手绢是那个姓霍的男人的,一定是刚才在床上穿衣服收拾东西那阵忙乱中弄错的。小瑾吓出了一身冷汗,因为她擦汗时昌盛正面对着她,而她平日用的两块手绢都是淡绿色的,和姓霍的这块灰颜色手绢差别太大,昌盛一定看出了问题。但谢天谢地,她只是虚惊了一场,昌盛一点也没有发生什么怀疑。他当然看见了那个手绢,但他目光的颤动根本没让他看出那手绢的颜色。

一个人因为高兴还很少去细想问题。有天晚上小瑾从滨河酒店回来时有点晚了,见昌盛已经睡下就没有再去擦洗自己的身子,怕弄出声响把昌盛惊醒,脱掉衣服就径直钻进了被窝。谁知昌盛根本没睡,她一进被窝便被昌盛搂到了怀里。小瑾的体味昌盛是太熟悉了,但这晚他亲吻时却忽然发现了异味,那味道很像是男人的汗味、烟味和唾液味,他于是惊讶地说道:"你身上怎么会有了怪味?"小瑾一听这话吓得身子都僵了,老天,那姓霍的男人刚才在床上搂抱她时出了一身大汗,而且还不时用舌头去舔她的胸脯,肯定弄得她浑身都是他的气味。小瑾慌急中忙编着理由:"我昨天洗澡时用了一种新买的浴皂,那浴皂的味道的确不怎么好闻,下次再不用它了。"昌盛听罢根本没去细想别的,只嗯了一声说:"以后再买浴皂时要先闻味道……"

　　昌盛就这样在高兴和忙碌的帮助下没有发现事情的真相,直到那个星光灿烂的晚上。

　　那天后晌,河南省丝绸总公司一行六人来尚吉利丝织集团视察,想了解这个私营丝织企业生机勃勃的原因,以便对一些亏损企业的扭亏为盈给以指导。因为是省上来的客人,晚饭时昌盛破例地在饭店设宴招待了他们,并让宁贞和缫丝、时装厂的两个厂长一起作陪。饭后,几个客人提出想去舞厅跳舞,心情很好的昌盛立刻应允说:"好,咱们去滨河酒店跳!"

　　昌盛其实不会跳舞,平时也从没有去过滨河酒店的舞厅,他所以提出要去滨河酒店,实在是因为平日常听小瑾说滨河酒店舞厅好的缘故。他一提去滨河酒店,一旁宁贞的心先呼隆一下提了起来。

　　宁贞这些天一直在暗暗为昌盛难受。她知道昌盛一旦知道小瑾的不忠后必会痛苦,她希望看见昌盛那副高高兴兴的样子,不愿看到他遭受痛苦的折磨,所以就期望昌盛永远蒙在鼓里。在这个星光灿烂的晚上,她一听到昌盛说去滨河酒店舞厅,就立刻想到了他会不会窥破了小瑾的秘密。但事情已经不可挽回,她没有拦阻的充足理由,一行人已经散着步向滨河酒店走去了。她只有在心中暗暗祷告:但愿小瑾今晚没去滨河酒店,或者去了却并未和那男人约会。

　　可是小瑾今晚偏偏也就在酒店,而且和那男人在一起。

所幸的是,当昌盛领着这一行人走进滨河酒店的舞厅时,小瑾已和那个姓霍的男人上了楼上的房间。

看着郑州来的客人都已经下了舞池之后,昌盛开始用目光在舞厅里寻找小瑾。站在他身后的宁贞其实早已用目光把舞厅搜查了一遍,谢天谢地,小瑾今晚刚好没来。她松了一口气。

"先生,你是找人吗?"门口负责收门票的小姐见昌盛站在那里左顾右盼,走过来问。

"噢,对,我找一个姓宋的中年妇女,不知她今晚来没来?"

"你是说尚吉利集团的宋小瑾夫人?"

"噢,对,怎么,你认识?"昌盛有些意外。

"她是我们这儿的常客。她这会儿可能在三楼上的房间里。"

"房间里?她在这儿还有房间?"昌盛惊异了。

那多嘴的姑娘见昌盛的惊异样儿,意识到自己失口了,急忙回到门口,不再说话。

现在是昌盛主动走过去问那收门票的小姐:"她在哪个房间?"

"不知道。"姑娘摇头,她的双眸里为自己的失口泅出了一点慌乱。

昌盛一定是意识到了什么,转身就向舞厅外走。

"总经理,我们两个也学着跳一支吧!"一直站在近处暗暗观察昌盛的宁贞这时走过来说。她想缠住昌盛不让他上楼,她从刚才那个收票小姐的话音里已经听明白,小瑾就在楼上。

"我不会跳。"昌盛说罢就匆匆向外走。他的步子迈得很快。一个巨大的问号在他面前跳来跳去:来跳舞怎么还要在楼上有一个房间?

三楼的楼道里也有一个服务小姐,他估计她也一定认识常来的客人,就上前简捷地问:"知道宋小瑾夫人在哪个房间里?"

那姑娘抬手一指。

他立刻过去敲门。

像所有的情人们一样,小瑾和那姓霍的男人因为久未暴露而警惕性开始降低,他们以为敲门的是给他们送开水的小姐,姓霍的就穿着内衣来拉开了门。

昌盛和那男人面对面站立。震惊、愤怒和尴尬、惊慌几乎同时涌上了两个男人的脸孔。不过接下来昌盛的脸是纸一样的白,那男人的脸则是血一样的红。

"你怎么不关门呐?"床上的小瑾还在抱怨。

昌盛一步一步地走了进去,只走到小瑾能看到他的位置,直到小瑾一边掩着胸口一边呀地叫了一声,这才猛地转身,踉踉跄跄跌跌撞撞地向外奔……

昌盛沿着楼梯向下走时几次险些蹬空阶梯摔下去,他紧紧地抓住扶手,完全依靠脚的探触向下移动。他觉出双眼和双耳都已停止了工作,既看不见什么也听不见什么了。他走出酒店门口后在那里站了许久,似乎不知道自己该向哪里去,不过随后他开始向不远处的一片小树林里挪步。

没有月亮,星光经树叶遮挡后,投到地上的光线极其稀少,这使得小树林里显得很暗。昌盛就在这黑暗里定定站着。他现在才看见了过去家庭生活中的那些微小的变化,才看清了那些变化的含义。当你辛辛苦苦地弯腰为这个家庭忙碌时,小瑾却拿着勺子把耻辱一点一点浇到你的身上。噢,你这个蠢货,你这个笨蛋,你竟然从来就没有一点察觉,就没有发生一点怀疑! 他噗嗵一声跪到了地上,双手抱住一棵不粗的树干,拿头猛撞起那个树干来。尚细的杨树被他撞得左右摇晃,一些晶亮的血珠顺着光滑的树干急速滑到了根部的土里。

"总经理!"随着这声低颤的呼唤,一双温热的手抱住了他的头,随即他便感到自己的前额撞上的不再是树干,而是一个女人柔软的胸脯。

他听出这是宁贞,他不知道宁贞怎么会找到了这里,但当对方抱住自己的头后,他开始哽噎,干涸了许多年的泪水一下子涌了出来。

宁贞什么也没说,只是用双手轻抚着他的头发。她刚才一看见昌盛脸色煞白地向楼上走,她就知道他看见了什么,她急忙跟在他的身后。她不想看见这个她所敬重的男人受苦,她心里对他充满了疼怜,却不知道该怎么安慰他。这一刻,她心里对小瑾生起了真正的气恼:你怎么可以这样?尚昌盛哪一点对你不好?尚吉利集团既是他的,也是你的,在他如此辛苦地为集团操劳时,你却做出这样的事,这不等于从背后给他一刀?……

她感觉到他的泪水已把她的胸衣弄湿,而哽咽使他的身子仍在剧烈地颤动。这是她第一次看见男人伤心后的模样,她能感觉出他在抑制自己的哽噎,原本很低的哽咽声渐渐没有,而他的后背却可怕地一鼓一鼓。她急忙用手去抚他的脊背,她希望他干脆哭出声来,她真担心这样一鼓一鼓的会把他的背部鼓破。"总经理,你想开点,想开点,你不能弄坏了身子,昌盛,不能!"巨大的同情和心疼使她在不知不觉间改变了称呼,她尽可能地抱紧他的身子,她像妈妈当年在她伤心时宽慰她那样轻拍着昌盛的后背。"昌盛,昌盛。"她把脸俯下去,轻轻地在他的头上摩挲,心中涌上来的大团柔情使她眼中也含了泪水。她突然间意识到,她内心里对这个中年男人充满了疼爱。

昌盛的哽噎终于完全停止。

他从宁贞的怀抱中先是抬起头,随后站起了身。

"谢谢你,宁贞。"昌盛以尽量平静的声音开口说。

"我送你回去。"宁贞的声音倒在发颤。

"不用,我很好。"昌盛摇着头,"只是麻烦你去照顾省上来的那些客人。"

"我会的,我想你该冷静——"

"谢谢!"昌盛没给她说下去的时间,转身就向树林外走。
　　宁贞没动,直到看见他走上灯光明亮的大街,她才长长地吁一口气,抬脚向酒店的方向走去。

12

　　卓月按照自己的理解写完了安留岗方形土坛的发掘结论之后,迟迟没有将结论送交文化局更没有交《考古新发现》杂志发表。她心里总觉得有点拿不准,总感到其中填充的想象多了点。

　　那天上午她给学生们讲完历史课后,又不由自主地出了校门向安留岗走去。这是一次没有事先计划的行动,她只是想再去看看那个方形土坛,再看看历史留下的那个难猜的令她苦恼的谜。

　　用石棉瓦搭起的棚子遮盖着的方形土坛,在这些年间未受风雨的剥蚀,用奇怪颜料划出的▉形图案依然清晰可辨。卓月站在坛前默然凝视着这个前朝遗迹,忽然想到,史书上说到祭祀的坛时说:"土基三尺,阶三等曰坛",这会不会是一座用于祭祀的祭坛?不太可能!她很快又摇头否定了这个想法。——倘是祭坛,坛上怎可摆棺材和死人的尸骨?东汉时可是早就废止了杀人祭祀的习俗!

　　也许还是自己当初的判断正确,这只是一座坟墓,是王康为爱女王文蕊设计的一座有些奇特的坟墓。土坛上的▉形图案也许什么用心也没有,而是像汉代出土的砖上有绳纹一样,只起一种装饰作用。王康想让工匠们把这个安放爱女棺木的土坛弄得好看漂亮些,匠人们就弄成了这个模样,结果害得我们这些后人百思不得其解……

　　"嗨,你是来打工摘茧的吗?"一声问话把卓月的沉思打断,她扭头才发现身后站着一个手提盛茧竹筐的小伙。

"你要是来摘茧挣钱的,请到岗尾的蚕茧基地去登记一下,领一个竹筐,然后就可以满岗上找柞树枝子摘了,基地按你摘茧的重量付钱!"

"不,"卓月摇摇头,"我不打工,我是来看这个的!"她指了一下那个土坛。

"这个土场子有啥看头?它最早还是我妹妹发现的!"

"你妹妹?"卓月惊异了,"你是宁贞的哥哥?"

"对呀,我是她哥哥曹宁安,你认识她?"

卓月点点头,一边打量着宁安一边想起宁贞当初为哥哥卖假酒事急得抹泪的样子。

"你说这土场子上用颜料画出的方格子是啥意思?"

"你说呢?"卓月笑了。

"左大哥说它是在暗示一种东西。"

"左大哥?你左大哥是干什么的?叫什么名字?"卓月惊奇了。

"他叫左居士。他懂的事情可多了。"

"他在哪儿?"卓月来了兴趣。一个人能指出这土坛上的图案是在暗示一种东西,表明他起码是一个有思想的人。

"他就在这蚕茧基地打工,你等一下,我喊一声看他能不能听见。"宁安说罢,放开嗓子朝岗上喊了一腔:"左大哥——"

没有回音。

"不晓得他今儿个到哪条岗上摘茧了。"宁安摊摊手。

"你那位左大哥没有说这土场子上的方格子是在暗示什么吗?"

"说了,我不大懂,也记不清。"

卓月那天下岗时想到,以后应该找机会来见见这位姓左的,民间也常常隐藏着一些能人和智者,说不定他对这▦形图案有另一番解释,可以帮助自己打开思路。暗示?我过去一直在琢磨它是什么含义,它代表一种什么东西,还很少想到它在暗示,暗示是一

205

种带有动感的东西。这种解释倒有点意思。

它在暗示什么？它在暗暗地给后人提示什么东西？

左大哥？左居士，倒是和左涛同姓。世上还有名字就叫居士的？居士不是佛家对一种信徒的称谓吗？……

经过几天的琢磨，卓月意识到，如果把方形土坛只看做一座有些奇特的坟墓，那土坛上用颜料画出的▓形图案，就可以说成是起一种对死者宽慰、安慰的作用；但如果把▓形图案说成是一种暗示的手段，则土坛上的棺材和尸骨就会具有另外的意义。意识到这个问题之后，她决定对蚕茧基地的左居士作一次拜访，听听民间对方形土坛和土坛上那个图案的看法。她那天下午专门去了一趟尚吉利丝织厂，让宁贞转告她哥哥宁安，要宁安告诉那位左居士，说她第二天上午要去拜会左居士，让他第二天上午在蚕茧基地的茧库门口等她一会儿，她九点钟准时到。宁贞当时脆脆地应了一声："没问题。"第二天早上来上班时，她还专门骑车过来告诉卓月，说她已经给她哥哥说了。

卓月骑自行车于上午九点准时赶到蚕茧基地的茧库门口，但门口却只有宁安一个人站在那里。宁安看见卓月急忙过来解释："我给左居士说了你要来见他，并要他等在这儿，这会儿却不知他跑到了哪里，他这人脾气古怪，平日不愿见人绝少说话，兴许听说你是师大的副教授，更有些害怕了。你先在这儿等，我去找他！"

卓月点头笑笑说："麻烦你了。"

但宁安找了半天也没找到。卓月直等到中午，还不见对方的影子，只好对宁安说："算了，我以后再来吧。"

她悻悻地骑上自行车往回走。她的涵养一向很好，可此时也忍不住在心上抱怨：左居士，我既是提前约了你，你不该让我扑空的！……

第二天早上，卓月正做早饭，宁贞来了。宁贞进屋就说："我听说左居士昨天没见你,昨晚我专门找到他抱怨他了一顿,他说他一个打工的百姓,不想和外人打交道,所以昨儿个就躲开了。"

卓月笑笑:"我一个教书的见他,还能把他吃了?"

"也是,"宁贞也笑道,"他这人脾气有些古怪,昨晚我临离开他时,他让我转告你,说请你不要去找他了,说关于方形土坛上那个用颜料画出的图案,他可以把他的理解告诉你。他说他认为那个图案是在暗示:人不仅仅要看到在场的东西,还要看到不在场的东西,不在场的东西并不等于'无'。他说的话非常难懂,我不知道我转述得是否正确。"

"哦?"卓月的眼瞪大了,宁贞转述的这几句话让她一愣,这些话带有一种明显的哲学思考的意味,莫非那个姓左的真是个民间智者?

"他说,那个图案中的线条,是在提醒观察者注意在场的东西;那个图案中的空白格子,是在提醒观察者注意不在场的东西。"

"他还说了什么?"卓月的语气有些迫不及待了。

"他说,那个图案是古人精心设计的,不是一种随意行为,不能看成一种装饰图案。"宁贞皱了眉努力回忆着。

"还说了什么?"

"没有了,好像就这些。"宁贞摇摇头,吁一口气。

"好,谢谢你!"卓月高兴地拍着宁贞的肩膀。送走宁贞之后,卓月坐在书桌前,长久地望着自己当初在纸上画成的那个方形土坛和土坛上的▦形图案,在心里叫道:有意思!这个姓左的说得有意思!那些线条是在提醒后人注意在场的东西,也就是棺材、尸体、陶器、环首刀、牛和羊的尸骨?那些空白的格子是在提醒后人注意不在场的东西,也就是导致这些尸体存在的人物、事件、缘由?如果照这样理解,那整个▦形图案就是在进行一种暗示。

这倒是一种新见解!

在场的东西和不在场的东西以及"无",构成了这个世界?

13

尚达志起床后做的第一个动作就是倾听,倾听孙子、孙媳卧房那儿的动静。没有,看来昌盛昨晚又没有回来。昌盛一连六七天没有露面令他十分意外,过去差不多每天早上起床后昌盛都要过来问问他的饮食起居情况,可这几天一次也没来。他昨天问了小瑾,小瑾说没事,小瑾说集团办公室里这一段事情多,他一直住在办公室里忙。什么事还能忙成这样,忙得连回来给我说一声的时间也没有?再者小瑾的神色也令他怀疑,双眼一直红肿着,目光有些呆滞,走路脚步很轻,晚上也不再外出,吃过晚饭就早早拉灯睡觉。往日她可不是这个样子!

一定是出了什么事,是的,出了事!

这使他想起了昨晚上做的那个梦,梦中的他坐在一只小船上,正在一大片陌生的水面上划行,突然间,船头不远处"哗"地一响,一个黑色的似人似鱼的巨大怪物跃出水面径直朝小船上一撞,小船立刻滴溜溜在水上转起了圈,就在船要倾翻的一刹那他醒了。

这不是一个好兆头。

早饭后,他让保姆去把卓月喊了来,他原想从月儿这里了解发生了什么事情,可月儿摇头说她什么也不知道——"我去了一趟伏牛山,我昨天后晌刚刚从伏牛山里回来,我这些天一直没有和表哥、表嫂见面。"

"去伏牛山干啥?"达志随口问。

"我听说伏牛山里有一个叫谭家坳的小村子,至今还保留着一种奇怪的风俗,就是每过十年,村民在村头的一个小山包上用石灰画出一个▦形图案,尔后在上边焚香烧纸。"

"那是干啥?"

"村民们也说不清楚,只说这是老辈子传下的规矩,啥子用意已经不明白了。"

"还有这样的事?"老人来了兴趣。

"这种风俗让我感兴趣的是两个地方:一个,是他们在小山包上画的那种图案,与在安留岗方形土坛上发现的图案和咱们家前院石头上刻的那种图案一样,这种图案表示的可能是同一种意思。另一个,这种焚香烧纸举动的间隔是十年,为何会在时间上有这样一个要求,也是令人费解的。我在想,谭家坳这种风俗,是不是先民们对时间崇拜习俗的一种延续?先民们曾对无形无状的时间表示过很大的惊奇,也许他们这种焚香烧纸的举动是在感激时间又让他们过了十年?"

"好了,先别想这些了,你去把你昌盛表哥找来,不管他在干啥,都让他给我回来!"

"咋,表哥他——?"

"他有一星期没有回家了,我不晓得出了啥事,但肯定是出了事!"

"不会吧?"月儿急忙安慰外爷。

"会的,咱们家从你曾祖外爷起,一直没有像昌盛这样一气过了这么多年的平安顺利日子,咱们这个家经历过各种不顺和穷困,可还没经过这样长时间的顺利和富裕,我总觉得,这个家该出点事了,该出事了。我那年叫天通卜过一卦,他也说会出点'乱子',我害怕是不是这'乱子'来了?"

"你甭急,我这就去找表哥,我表嫂她在没在家——"卓月说到这里突然噤了口。面色苍白得没有一点血色的小瑾那刻已经站在了他们身边。

"表嫂!"

小瑾没有理会卓月的呼唤,只是用双眼直直地看着爷爷。

达志显然意识到了什么,挥手让卓月出去,卓月的脚步声刚在门外消失,小瑾就噗咚一声朝爷爷跪了下去……

夜风不知什么缘由忽然着恼,一改轻移慢走的样儿,开始大声吼叫,先是狠狠地揪扯后院那棵老桑树的枝条,后来开始来摇尚家的窗户,把尚达志睡屋里的那只灯泡的吊绳也弄得前后左右地晃。

晃动的灯光映在达志和昌盛爷孙两个的脸上。

昌盛是天黑之后才由卓月从办公室硬拉回来的。不过几天时间,他的容貌发生了极大的变化:两颊塌陷,胡子很长,头发干枯而纷乱,眼神恍惚。他这些天显然既没好好吃饭也没好好睡觉。

"我都知道了。"达志极慢极慢地说,眼睛没看孙子,只望着墙角。

昌盛的身子轻微一抖,飘忽的目光仍望向被黑暗包裹的窗外。

"怨我!"达志咳了一阵,接着说,"忘了提醒你们过饱暖日子该小心啥子……"

昌盛扭头看了爷爷一眼。

"我对不起列祖列宗,枉活过了百岁!"

"爷爷。"昌盛低低地叫了一句。

"你先看看这个。"达志说罢,把一个白色的手绢递到了昌盛手上。

昌盛认出那是小瑾的手绢,慢慢地展开,看见上边有三个暗红色的字:我错了。

"是她咬破指头用血写的。"达志一字一句地说。

昌盛的手颤了一下,不过很快抬起了头,把手绢扔到了爷爷的床头桌上。

"你想咋办？"

"我想……离了。"昌盛的头低了下去。

"你想没想过离婚的后果？"达志过了半响才慢慢开口，"一离婚，小瑾的事势必张扬出去，弄得满城风雨，你和她的名誉都会受到伤害。一个名誉不好的总经理与人打交道时，人家无形中就会低看了你。再者，一离婚，家中的财产按法律上说就该分开，尚吉利集团刚有一个好势头，这一折腾很可能就要走下坡路，干啥子事都讲一鼓作气，气一断，事就完了。还有，一离婚，旺旺的精神当然会受打击，学业不会不受影响，让他跟着他妈过，你不会放心；让他跟着咱们过，你也不会有时间照应他。"

"可——"

"你们离婚的事我不是没想过，可我想来想去，还是：过！她既是认了错，下了决心改，你就把这事咽下去，照旧在一起过日子。"

"我咽不下——"

"啥叫咽不下？男人活到世上，要咬牙咽下去的事多了！再说，你当初在南方嫖了妓女染了病，人家小瑾不就咽下了？要说错，是你先犯下了！"

昌盛的脸红了，嘴张了张，但没有声音。

达志这当儿蹒跚着拄杖走到靠墙的条案前，伸手揭过蒙在祖先牌位上的黑布，转对昌盛说："你心里咋着想的，可以给祖宗们说说，你要是一定离婚，也行，就给祖宗们讲：我想把这个家拆了，想把尚家的声誉毁了，想把尚吉利集团——"

"爷爷！"

"说吧。"

昌盛直直地望着祖先的牌位，许久许久之后才叹了口气说："不离了。"

达志顿了顿拐杖，爆发了一阵长长的咳嗽。

昌盛慢慢地挪步到条案前，将那块黑布又盖到了祖先们的牌

211

位上。

"那今晚就在家住。从明天起,不管你心里咋不乐意,在外边同小瑾说话时,都要和过去一样,要让人们相信:尚家什么事也没有发生!"

昌盛木然地站在那里,许久无声。

"我们的祖业发展到今天不容易,一切全在你了。"达志抬起几乎全是青筋和骨节的手,在昌盛的肩上拍了拍。

"爷爷,你睡吧。"

"你听清了?"

"听清了。"

"那就回你们屋吧。"

昌盛慢慢走到门口。藏在门外偷听这场谈话的夜风,待昌盛刚一拉开门,便呼一下跑得无影无踪……

14

小瑾不知道这些天自己是怎么过来的。

自从昌盛在滨河酒店那间房里朝床上裸身躺着的她看上一眼尔后什么也没说便扭身出门之后,巨大的羞耻感就像铁杵一样每隔一霎就向她的心上捣一下。她从来没有想到这件事还有被昌盛撞见的一天。她一直以为最多是有风言风语渐渐飘到昌盛的耳里,她甚至已经早为自己准备好了辩护词,她根本未料到事情会以这样的结果出现,这个结果让她惊恐万状目瞪口呆。

直到这时她才意识到,她内心里仍然爱着昌盛,她从来没有想到自己有朝一日会离开昌盛,她和姓霍的男人幽会只是逢场作戏,只是为了满足自己追求新鲜刺激的心理和肉体的那种欲望。自己要的只是他的身体。而意识到了这点使她越加觉得羞耻:你已经是一个四十多岁的主妇,是一个上了大专的孩子的母亲,是一个在社会上受人尊重的尚吉利集团总经理的夫人,可你竟然和一个至今连姓名都还不甚清楚的男人混在一起,甘愿把耻辱带给丈夫、儿子和家庭,你和街上那些妓女还差多大距离?

这种羞耻感使她生了深深的愧疚和后悔。也正是因此,她才向爷爷坦白了一切,才用血写下了那三个字:我错了。她永远不会忘记她向爷爷坦白后所看到的那幕情景:爷爷上牙紧咬下唇,直咬得鲜血顺着雪白的胡须不停地下滴。那天她坦白后爷爷什么话也没说,就一直用上牙咬着下唇,到最后也只是挥挥手让她出门。

她已经做好了准备:一旦昌盛提出离婚或爷爷让她离婚回娘家,自己立刻就死。她已经准备好了足够的安眠药,她不想把羞辱再带回娘家。

她这些天除了去财会室上班再不去任何地方,除了工作上必须说的话以外再不说话,到了晚上躺到床上时,她常常是哭着哭着就用手去掐自己的大腿来惩罚自己。她默默地等待着爷爷和昌盛的决定。她像一只惊恐万状的被猎人追逐的小兔,随时准备倾听就要响起的枪声。

她没想到昌盛在这个风吼树摇的晚上还会走进卧室。

昌盛推门走进来时她正坐在床沿发呆,手中正转动着那瓶安眠药片。她慌慌地站起身望着昌盛,这是自出事以来他们第一次相对而立,她估计他会怒骂几句,也许还会动手。骂吧,打吧,这是我该受的。但是没有,昌盛既没有开口更没有动手,甚至目光也没有正对向她。昌盛只是慢腾腾地走向了床。

她有些紧张地注视着他的举动:他要干什么?像往日那样躺下睡觉吗?她看着他伸手拉过被子,她以为他要抻开,但是没有,他把被子卷起,又拿一个枕头,转身走到墙角那张单人床前。

她明白了他要干什么,便快步走过去说:"你去睡大床,我睡这里。"说罢,一下子在单人床上坐了。

昌盛在她面前默立了一霎,随后转身走向大床,拉熄了电灯。伴随着骤然扑入的黑暗,风声也撞了进来,就在这呜呜咽咽的风声里,小瑾听到他脱衣上床的响动。她没有动,她就坐在单人床的床沿,默默地注视着窗外的黑暗,在那团浓稠的黑暗里,有两个白色的人形慢慢显露出来并越来越大,她看清了那是那个姓霍的男人和自己,两个赤裸的男女紧紧抱在一起。她厌恶地看着两个人的举动,慢慢抬手捂住了眼睛并干呕了一声……

昌盛的归家睡觉让小瑾心里多少觉到了一点宽慰。她告诫自

· 214 ·

己要振作起来,争取使这个家庭的一切都回复到过去的状态。当她把心彻底收回家庭之后她才发现,这个家已经不像有主妇存在,一切都显得零乱肮脏,尤其是儿子旺旺的房间,书本、衣物和玩的东西扔得满地都是,乱得几乎都没法下脚。她不敢抱怨小保姆偷懒,急忙开始动手收拾。一边收拾一边在心里责骂自己:你看你把这个家弄成了什么样子?!

有天晚上她去给儿子送洗净的衣服时,忽然发现旺旺在吸烟,她吃了一惊,叫道:"你咋能吸烟?""我怎么不能吸烟?"儿子白了她一眼。她怔怔地看着已经和自己一般高的儿子,忽然觉得儿子有些陌生起来。"吸烟对身体不好,尤其是你这样的年纪。"她低低地劝道。"我看没有什么不好。"旺旺的声音依旧坚硬。"你怎么这样跟妈妈说话?""你要我怎么说?"小瑾被顶愣在那里,一时不知该怎么开口。"我要准备毕业论文了,你走吧。"

一股怒气从心里涌出,她很想骂儿子几句,不过后来还是忍住了。旺旺咋会变成了这样? 他脾性有些倔,可过去同我说话从来没有这样,像扔砖头,这是咋着了?

那天晚上昌盛回来时,她冲动地说道:"旺旺在吸烟!"

昌盛没有理会她的这个报告,依旧默默地上床,拉了灯躺下。她这才记起丈夫这些天一回到家就再不说话,两人之间还没有把对话恢复起来。

她便又坐在床沿,默默去想儿子的过去。该和儿子好好谈谈。一想到和儿子谈话,她才想到,自从和那个姓霍的男人有了来往之后,她基本上没有再去过问儿子的饮食起居和学习,她把一切都交给了保姆。

第二天晚上,她做好了和儿子长谈的准备,估摸儿子快该上床睡觉时她推开了儿子的房间门,她原来准备好的一席话被看到的那副情景惊飞到了九霄云外。

旺旺正在对着一个酒瓶喝着白酒。

"你、你敢喝酒?"

"睡前喝口酒解乏。"旺旺淡了声说,同时把嘴响亮地咂咂。

"胡说!你一个学生怎敢喝酒?"小瑾的眼瞪圆了。

"那就只许你喝?"旺旺的眸子斜了过来。

"我啥时候喝酒了?"小瑾惊住。

"你以为我没有看见?在滨河酒店,你和一个头顶有点秃的男人坐在一起喝,我那天和我的同学在酒店门口玩……"

小瑾双颊上的血色刷一下褪得干干净净,一股冷气呼一下涌进心里。这么说儿子看见了自己和那个男人在一起?老天呵!旺旺下边的话她没有听清,她只是有气无力地说一句:"不许再喝。"便返身向自己的睡屋走去。她觉得双腿在抖,抖得她只有手扶住屋墙才能移动脚步。她现在才知道儿子对她说话时为啥会是那个样子。也许孩子的吸烟和喝酒与自己也有关系?孩子毕竟长大了,他已经能够看懂。噢——她抬手猛捶着自己的脑袋。

她那天晚上一直睁眼躺在床上,她现在才感觉到了后果的重量。原来任何行为都有后果,你没看见它时并不是它不存在,它有时暂时隐起身子只是为了给你一点宽慰,以鼓励你把事情做下去,但它早晚会让你看到它的,会让你知道它的重量,会的!……

15

当夜色像蝙蝠一样由纽约摩天大楼的顶部盘旋着向唐人街栖落时,先前的梦宛绸缎店如今的梦宛绸缎公司零售厅里,仍是人声喧嚷热闹非凡——几十个金发碧眼的顾客还在柜台前挑选着自己喜欢的绸缎,几个售货小姐忙得满头是汗。

公司总裁栗振中站在零售厅的店门口,默望着这个场面,一个舒心的笑纹便在脸上一圈一圈荡漾开来。梦宛绸缎公司自从代理销售中国南阳尚吉利绸缎后,零售厅里每天都是这番繁忙景象。看来尚吉利绸缎是真有魅力,当初奶奶和父亲生活过的那块土地能出产如此惹人喜欢的绸缎的确神奇。尚昌盛,我真该谢谢你让我做了尚吉利绸缎的在美代销商,是你,让我成了众人注目的绸缎商人……

"亲爱的,父亲让你去见他。"艾丽雅这时过来拍了拍振中的肩膀。

振中向父亲的卧室走去。父亲近些日子一直卧病在床,他以为父亲叫他是因为身体又有不适,不料刚进屋就见父亲指着电视机说:"看见了吗?"

"什么?"

"中国北京的天安门广场。"

振中定睛向屏幕看去,他看到了那个举世闻名的广场,看到了成群的学生,看到了一些红旗。他有些惊异:"出了什么事?"

"不清楚。但有一点可以肯定,那儿发生的事和政治有关系。"

"哦?"

"我有一点担心,担心我们的绸缎生意——"

"那倒不会,"振中急忙宽慰父亲,"我们是在和河南南阳的尚吉利集团做生意,那儿与北京远隔千里!"

"你呀!"父亲扫他一眼,"凡事要想得复杂一点,做生意和打仗一样,有时要从最坏处着想……"

振中那天从父亲卧室出来时零售厅已经关上了大门,唐人街夜间的热闹被隔在了门外,栗家的整个院子显得十分静谧。他一边在院子里踱步一边默想着父亲的提醒。难道北京天安门广场上发生的事情真会影响到我和尚吉利丝织集团的商业往来?中国大陆会因而改变她的外贸政策从而限制绸缎出口?不太可能,这不仅和他们的开放政策相抵触而且会减少外汇收入,这是傻瓜才会办的事情。那么说父亲的担心是多余?可他又是那样忧心忡忡,他经商多年,他的担忧不会毫无道理。也许应该做点准备。怎么准备?我如今是代理销售尚吉利的绸缎,我只要有尚吉利绸缎销售就行。我所做的准备应该是多进尚吉利绸缎,以保证我的各个销售点上不脱销尚吉利绸缎。对,应该给尚昌盛打个电话,请他立刻再给我发来三十万匹绸缎!

振中快步走进自己的办公室,拨通了中国南阳尚吉利丝织集团总经理尚昌盛的电话,遗憾的是没有人接。一个总裁的电话即使在夜间也应该有人值班负责守听的,要不就装个全球漫游的移动电话——否则是会误事的,尚昌盛!

电话是第二天接通的,接电话的是一个女性,对方不报自己的姓名,他也不便问。那女的只在电话上告诉他:尚总经理近日身体不太好,没有上班。

也许我该亲自去一趟,当面找尚昌盛谈谈。昌盛先生,我们的合作不应该因意外事件的发生而中断,我相信你也希望拿到这份新的订单,我们的生意应该做下去!

"艾丽雅,亲爱的,准备一下,我们后天飞中国大陆!"

到车站接栗振中和艾丽雅的是宁贞。宁贞握住振中和艾丽雅的手笑问:"还认得我吗?"振中和艾丽雅想了许久,最后是艾丽雅最先想起,她高兴地拍了一下手说:"你是曹表妹?"

"她如今是我们尚吉利集团下属的丝织厂的厂长!"同去迎接客人的一位司机急忙介绍宁贞的身份。

"嗬,行呀,当厂长了!"振中打量着已长成美女的表妹笑道,"在美国,你这算是白领阶级了!"

三个人说笑着来到宾馆,刚一坐下,振中就提出要见尚昌盛总经理。宁贞听了脸色有些不自然,说尚总经理今天有事,明天再说罢。到了第二天,栗振中和艾丽雅一直在宾馆等,可直到下午尚昌盛也没出现。最后还是宁贞来表示歉意说:总经理今天还有事,请再等等。

栗振中心里充满了疑惑:商务谈判怎能够一拖再拖,何况这是送上门的生意?但他不便多问,心里揣摸昌盛是不是因为政治上的原因——北京天安门广场上的事件——而拖延着不愿见他。

第三天上午,还没有尚昌盛要来的消息,振中就提出先去看看姑姑。宁贞说:也行。就领他们去了自己的家。振中夫妇见过姑姑栗丽和姑夫冬至,送过了礼物闲话了家常之后,宁贞又领他们到安留岗上的蚕茧基地去见哥哥。宁贞有几分骄傲地告诉振中,哥哥现在已当上了尚吉利集团的蚕茧基地主任。

宁安那刻正在基地门前的蚕簸箕前给蚕撒着新鲜桑叶。上千个蚕簸箕连成一片,十几个男女工人挎着盛满新鲜桑叶的篮子来来回回地给各个蚕簸箕里投放着新叶,那场面很有些气势。艾丽雅看见这新奇的劳动场面,急忙拿出相机拍起了照。振中望着走近来的表弟,在心中惊讶表弟的变化,当年那个神情萎靡目光游移

· 219 ·

的小伙竟变成了这样一个充满自信生气勃勃的领导者?

"欢迎你,表哥!"宁安大方地伸出手来与振中的手相握,"你上次来告诉我要多种树养蚕,如今我们的基地已经有几十万棵桑树和柞树了。"

"好。"振中望着安留岗满岗郁郁葱葱的桑树和柞树,望着近处上千个连绵相接的蚕簸箕,听着小雨落地一样的蚕吃桑叶声,脸上溢满了欢喜,"这才像一个大农业的气势,这才像要干一番事业的样子。"

"你往远处的那几条岗上看,"宁安指着附近的几条土岗,"那上边的桑树和柞树也全是我们栽的,我已经给我们的尚总经理说了,我要争取让我们基地拥有一百万棵桑树和柞树,让我们基地出的蚕茧不仅满足本集团的需要,还要向其他省份销售!"

"就该有这样的大企业家的气派,哎,顺便问一句,"振中转向宁贞,"你们的尚总经理为何迟迟不见我?"

"我已经给你说了,他有事。"宁贞一听表哥又问起了这个,神色立刻不自然起来。

"我们是亲戚,我希望能得到一点真实情况,是不是因为北京天安门广场上发生的事情,他对见我有顾虑?"

"不是。"宁贞急忙摇头。

"那么是他对我的商业信誉有怀疑,对继续同我做生意兴趣不大了?"

"更不是。"

"是为了故意冷落我以便在价格谈判上好占上风?"

"你想到哪里去了?!"宁贞摇着头,"尚总确实有点急事不能立刻见你,他让我向你转达歉意,我一定尽快催促他与你见面。"

"你应该知道,商人的时间有时和军人的时间一样,极其珍贵!"

"我知道。"

振中注意到宁贞的脸上满是忧郁。

栗振中是在第四天那个阳光温煦的正午，同尚昌盛签了三十万匹绸缎的供货合同的。时间虽然拖延了，但事情最终得以办成，这使振中和艾丽雅在郑州登上飞往香港的飞机时仍然满怀喜悦和轻松。飞机在云层上平稳地飞行，振中畅舒了一口气，一边呷着空姐送来的咖啡一边抚弄着艾丽雅伸过来的那只小手。现在可以放心了，我有了这三十万匹绸缎的储备，即使因为北京天安门广场的事件尚吉利丝织集团的生产出现一点小的意外，也不会影响到我的公司运转了。

"亲爱的，你在同尚昌盛谈判时发现没发现一点异样？"艾丽雅这时碰了碰他的肩膀。

"异样？"

"你注意到没有，谈判时同你说话最多讨价还价最执拗的是你那个表妹和另外一个名叫刘家福的男子，而尚昌盛则说话很少。"

"这倒是。"振中回想着供货合同签字前的谈判情景，"也许是尚昌盛授意宁贞和刘家福说话的。"

"我看不像，"艾丽雅摇着头，"我注意到在整个谈判过程中尚昌盛一直显得有些神情恍惚心不在焉。"

"是吗？"振中皱紧了眉头努力把已经流走的那些场面又拉回到眼前审视：是有一点奇怪，谈判时尚昌盛仿佛一直在反复审视手上的那只钢笔，他真像有点精神恍惚的样子。但如果真是这样，那原因是什么？是身体不适还是因为正在北京天安门广场发生的事情？

"你的表妹曹宁贞对尚吉利丝织集团倒是忠心耿耿。"

"好的助手应该是这样。"振中点头，"我们的公司里就缺少这样的职员。"

"我可不喜欢我们的公司里有这样的女职员。"艾丽雅摇着头。

· 221 ·

"为什么,亲爱的?"

"因为她望向老板的眼睛里有一种东西!"

"东西?"振中吃惊了,"什么东西?"

"爱意,她的眼神里有一种爱意。"

"别胡乱猜疑,亲爱的,见了一对男女就怀疑他们之间的关系,这不是美利坚合众国人的传统。"

"我不是胡乱猜疑,"艾丽雅有些急了,"我是女人,我看得懂女人的眼神,我敢肯定那姑娘在内心里爱着尚昌盛!你敢同我打赌吗?"

"怎么赌?如果我输了,"振中凑近艾丽雅的耳朵,"你今晚在床上就必须为我再做几个——"

"你?!"艾丽雅伸手捏住了振中的耳朵。

"好了,宝贝,飞机开始降落了……"

夫妻俩走出机场后满脸欢笑地搭上了一辆的士去维多利亚饭店,他们预备晚餐后去跑马场看看,但的士司机扭开的收音机将他们的快乐心情和美好计划轰然炸飞了——香港的华语电台正在一遍又一遍地播着:

……鉴于中国北京发生的事情,美利坚合众国政府决定,暂停进口中国的产品。已发往和即将发往美国的中国产品,美国海关将奉命停止入关……

振中和艾丽雅震惊地对视了一眼。

"糟糕!"振中重重捶了一下自己的膝盖。我的三十万匹绸缎眼睁睁不能进到美国了,我可是已经交了定金呐!这笔损失不是个小数,看来父亲的担忧还真有道理,我什么变故都想到了,就是没想到美国不让绸缎入关,老天,你栗振中还是太嫩还是眼光有限还是谋事不全呐!

"怎么办?"艾丽雅焦急地问。

"香港,眼下只能看从香港转口行不行,这当然会使绸缎的价格升高,但只要能成功转口就是万幸。艾丽雅,亲爱的,待会儿到饭店你一个人先下去,我马上去皇冠绸缎公司同他们商议转口的事,如果他们同意,再同尚昌盛他们联系。"

"但愿这个方案能够顺利实现。"艾丽雅拍了拍振中的手。

"但愿!"振中双手合十,做了一个祷告之状……

16

　　艾丽雅的观察没错，尚昌盛那些天的精神的确处于恍惚状态。他几乎每天傍晚都到小酒馆里喝酒，直喝得酩酊大醉再往家走，目的是看见小瑾时不再能去想她给自己带来的耻辱。他常常是晚上喝醉回家睡觉，天亮时怕爷爷看见他宿醉未醒的样子生气，早早就摇摇晃晃地跑到自己办公室里插上门接着睡。他不接电话不见来人——他总觉着满城的人都已知道小瑾给他戴了绿帽子。

　　栗振中夫妇来了几天他还不见他们，不是因为别的，只是因为那几天晚上他都喝得太过量，白天躺在办公室的沙发上还迷迷糊糊不能见客。后来那一天他勉强坚持见了，可昏沉的脑子使他几乎不能说话，谈判都是陪同的宁贞和已作了集团办公室秘书的刘家福代他进行的。

　　他现在最怕听见别人的笑声，他以为那些笑声是针对他的：哈哈，尚昌盛，你虽然家财万贯，可你的老婆却叫人睡了！

　　他也怕看见别人三五成群聚在一起说话，他总以为人家是在议论：甭看尚昌盛有个尚吉利集团，可他的老婆却让人睡了！

　　他甚至看报看书碰到偷、情、通奸这些字眼时也慌忙把眼睛挪开，那些字词像一个精明的向导一样，能很快把他带到滨河酒店的那间房里，带进他当初看见的小瑾和那男人幽会的那个场面。

　　有一天他在一家商店买刮胡子刀的电池，忽然看见那个姓霍的男人也站在身边挑电池，他吓了一跳，急忙扔下电池要走，不想

· 224 ·

那男人这时刚好扭过头来看见了他。两个人尴尬无比,他清楚地看见他朝自己笑了一下。这个笑容在对方可能是打招呼的意思,却让昌盛难受了许久,他把那笑容理解为占了便宜后的一种得意:我可是睡了你的老婆,使用了你家最贵重的东西!……

他有时候下定决心想找那个男人算账,好好地给他一回惩罚,他甚至想好了将那个男人打倒后怎样朝他的裆部狠踢一脚,把他那个东西踢得再也不能作坏。可一想到那会弄得满城风雨,把自己的名声也彻底毁掉,又只得把那决定取消。

有时候他又想反抗爷爷的安排,坚决和小瑾离婚,从此井水不犯河水。可一想到爷爷那衰老的身体可能经不起这场家庭变故的折腾,就又急忙压下了这个冲动。

他于是只有喝酒,他觉得只有喝酒才会让自己暂时忘却这桩不快和耻辱。每天下午下班之后,他都迫不及待地向酒馆里走。

这天晚上,他又在一家酒馆坐下喝得半醉时,忽然看见宁贞朝他走来,想躲有点来不及,他只好尴尬地望着宁贞说:"你也来一杯?!"

宁贞摇摇头,说:"我来是告诉你一件事。"

"说吧。"

"栗振中从香港来电话,说美国因为北京天安门广场上发生的事情,已开始限制从中国进口产品,原来谈好的那三十万匹绸缎,需要从香港转口,他说他想尽快同你在电话上商谈此事。他给你打电话打不通,才给我打电话的。"

"呃,这件事麻烦你帮我办办吧。"昌盛摆了摆手,显然不想再听下去。

"我帮你办当然可以,可这样重要的事,你应该——"

"我这些天总是头疼。"

宁贞叹了口气,她当然知道他为什么头疼,可她不知道该怎样劝解。

225

"你要喝的话,就请坐下;不想喝的话,就请回吧。"

宁贞忧虑地看了一眼昌盛面前的酒杯,转身慢慢地向外走去。

宁贞往家走了一段,又折身往回返了。她有点不放心尚昌盛,他会不会醉得糊里糊涂回不了家了?

初放的街灯把夜暗挤出了街面,临街的铺子都还没有关门,街上的行人依然是熙来攘往笑语喧哗。宁贞无心去看这夜晚的热闹,只忧心忡忡地又走回到了那个酒馆。

宁贞的担心看来有道理,她在酒馆门口隔窗往里看时,只见昌盛已喝得醉眼朦胧了,一只手去摸酒瓶自己给自己斟酒时,酒瓶都没能握稳,只听"砰"的一声,酒瓶落地摔得粉碎。他显然想站起来去把地上的玻璃碎片用脚踢开,但刚一站起,身子就摇摇晃晃地向地上倒去。

宁贞急忙推门跑进去由地上扶他,她没想到扶一个醉汉是这样艰难,扶起他时她已累得满身大汗。她为他结了账,扶他向门外走,可走到门口又站住了。送他去哪里?回他的家吗?小瑾要看见自己这样扶着他会不会生出怀疑?送他去办公室吗?他醉得这样厉害,一人睡在办公室怎能自己照顾自己?得找一个安顿他的地方,忽然间她想到了卓月,对,找卓老师,让她来送他回家,她是他的表妹。

宁贞用附近的一个公用电话给卓月说了情况,卓月听后说:我马上就来!

宁贞守在尚昌盛的身边,一边听着他含混的莫名其妙的自语一边去观察他的面孔。她透过酒精在他脸上燃起的红晕,注意到他颊上已有了一种病态的苍白,两只眼上都套着一个黑圈。昌盛,你该从那件事中挣出身来了,小瑾做得是不对,可你也不能就因此毁了自己和你千辛万苦创建成的尚吉利集团呀!尚吉利集团眼下是凭惯性运转,这种运转是经不起风浪冲击的呀!……

卓月来后昌盛正在哇哇地呕吐。卓月见状皱起了眉头,她已听人说昌盛表哥这些日子常常喝得酩酊大醉,现在亲眼见他醉得这样,心里不免生气。她挥手叫来一辆机动三轮车,和宁贞一起把浑身酒气的昌盛抬到了车上。上了车后对宁贞说:"你也上来吧,我还需要你的帮助。"宁贞以为卓月是怕到家后扶不动昌盛,就听话地上了车。却不料卓月对那蹬三轮车的人说:"去东郊!"宁贞一愣:昌盛的家和尚吉利集团的办公处都不在东郊呀!她见卓月面色不好,也就没有再问。

三轮车到了东郊,前边已是旷野,一片漆黑,蹬三轮车的人心里也有些发毛,说:"不能再往前走了。"说着就停下了车。卓月下车付了车钱,就让宁贞和她一起扶住昌盛往一块庄稼地里走去。宁贞也有些怕起来,低了声问:"卓老师,咱们这是去哪?"

"尚家墓地!"卓月的声音沉沉的。宁贞听罢先是一惊,随即心里就有些明白了,便不再吱声,壮了胆子扶住昌盛往前走。

卓月后来指挥着宁贞,把昌盛放到了几个坟包面前。昌盛还沉在浓重的醉意里,在坟前伸开手脚打起了呼噜说起了醉话。卓月也不理他,只伸手把宁贞搂到怀里说:"别怕,我们得让他清醒清醒!"

又过了一阵,野外的寒冷终于使昌盛渐渐从醉乡里返了回来,他慢慢坐起,一边惊望着四周的黑暗一边自语:"我这是在哪里?"及至看清是在一片坟地中,才惊叫了一声站起了身子。卓月这时方开腔说:"怕啥?那是我舅舅、舅妈还有尤芽姊子的坟墓,你好好让他们看看你的醉态!让他们看看他们的儿子已经多有出息!"

"月儿,我——"

"甭跟我说话,跟你的爹妈说,就说你因为心里烦就整天喝酒,对尚吉利集团里的事不管不问,想把自己一手创办的企业再毁掉!"

"月儿,你不知道——"

"我不需要知道你有什么烦恼！我只知道一个大企业比一个人心里的烦恼重要！"卓月的声音在漆黑的夜里显得异常冷厉。

昌盛没再说话，四周只有夜风拂动坟草的响动，远处的什么地方有宿鸟的惊叫。又过了一阵，宁贞拉了一下卓月的衣角，卓月才开口对昌盛说："走吧，回家。"昌盛叹了口气，慢慢在坟前蹲下了身子……

17

尚昌盛坐在自己的办公桌前时天已近黎明,即将消逝的这个夜晚使他受到了强烈的刺激和震动。卓月和宁贞对尚家的丝织事业尚如此看重,而你,作为这个集团的创始者,作为尚氏家族祖业的继承人,却让自己沉在一种浑浑噩噩的生活中,沉在一种情感的泥淖里,你对得起谁?该醒醒了,你!

他用双拳捶了一下自己的头。

他扭亮桌上的台灯,开始聚精会神地去处理这些日子积压的各类函电。当拆开法国一家绸缎公司的一封来信后他才知道:该公司原来预定的八万匹绸缎,因为政治上的原因已决定不要了。他倒吸了一口冷气:如此重要的商业信函,我竟然让它已在我的办公桌上躺了七天没有拆封,这是怎样的失误呵!

他接下来开始审查集团所属各个单位近日的生产报表,仔细审查后他才发现,除了织造厂和蚕茧基地的生产保持原有水平外,缫丝厂和时装厂的生产都在下滑。哦,老天,再这样下去,离亏损已经不远了。

他出了一身冷汗。

卓月,宁贞,谢谢你们给我敲了警钟,要不然,尚吉利丝织集团真要被我毁掉了!

一连几天,昌盛都沉在几个厂的车间里了解情况,检查机器,帮助解决技术难点。每天,都是带着一身的油污和满脸的疲惫走出厂门。

　　和宁贞再次见面是第四天的黄昏,当时两个人都下班走到了大门口。昌盛先开了口说:"宁贞,我会永远感激你和卓月那晚的提醒!"宁贞垂下头,低了声说:"看见你又像过去那样,我很高兴。"

　　"美国你那个表哥栗振中在同我通电话时,直夸你是一个谈判的好手。"昌盛又笑道。

　　"那天谈判时我见你心不在焉,只好同他和他夫人瞎说呗。嗳,他提出的绸缎转口的事说好了?"

　　"好了。考虑到眼下一些外国公司不同我们大陆做生意的情况,我有了一个新的设想。"

　　"啥?"

　　"我想在香港设立一个尚吉利绸缎分公司,我正在同有关部门协商。"

　　"嘀?!"

　　"这样,喜爱我们产品的外国公司,可以从我们的香港分公司购买尚吉利绸缎。"

　　"这倒是。"宁贞看着昌盛脸上又浮起往日那副踌躇满志的神色,自己的笑容也渐渐变得灿烂了。

　　"你猜猜我想把这个香港分公司交给谁去主持?"

　　"谁?"

　　"曹宁贞!"

　　"我咋能干了这个?"宁贞惊得后退了一步。

　　"咱这里只有你还懂点英语,你当然能够干得了,只是我想了想又觉着不该让你走。一个是织造厂需要你,另一个是你本人的婚姻大事还没有解决,到一个人生地不熟的地方更不好办。哎,我顺便问一句,你觉得家福这个小伙咋样?"

　　宁贞听了这话,脸红了,低了头没有吭声。

· 230 ·

"宁贞,你想想这件事,我觉着家福这个人不错,日后也能担大事,你要是不反对的话,我很想做一回月老。"

宁贞只说了一句:"我得赶紧回家了。"便羞红着脸快步出了大门……

18

夏季是蚕茧基地比较空闲的时候,除了为秋季柞蚕的放养做点准备之外,剩下就是修缮库房,修补茧篓、簸箕一类的小活了。不过宁安仍在一天到晚地忙着:忙着办理承租另外两条土岗的手续;忙着安排来年春初要用的桑树苗和柞树苗的养育;忙着去农校找老师请教提高蚕茧产量的办法。如今,宁安是真把心全放在了蚕茧基地里,一心想干出点名堂。

宁安因为从小跟父母在桑园里忙活,对植树、养蚕、收茧各项活路十分熟悉,所以到基地没干多久,就受到了工人们的敬重,有事常常找他商量。加上当初尚昌盛为他出赎金让他出了拘留所,他心里对尚昌盛怀着一份感激,平时干活也就格外卖力。一来二去,他在基地的工人中便成了一个很重要的人物。后来,老主任被调到缫丝厂当厂长之后,尚昌盛就委任宁安当了基地主任。

像宁贞一样,宁安过去也从未管过别人,母亲复杂的社会关系使他在村里连村民小组长也未当过。如今忽然成了大名鼎鼎的尚吉利丝织集团蚕茧基地的主任,他当然惊喜,当然自豪,也更对尚昌盛充满了感激。也就是因此,他想拼出全身力气把蚕茧基地办得更像模样。

一天下午,他骑自行车到十里之外刚承租的一条岗上去设计植桑的方案,返回时已是傍晚了。走到村口时,忽然听见一个女人在村头的小树林里哭,侧耳细听,觉得那声音很像晶子的,就急忙赶过去。果然是晶子！只见晶子正边用布条缠着自己额上一道流血的伤口边伤心地抽泣,他急忙问:"咋着了?"晶子扭头一见是他,哭得越发伤心了。"是不小心碰破的?"他走过去帮她缠包着伤口。晶子这才哽咽着说:"是打的。""谁打的?"宁安吃惊了。"俺男人。""为啥?""他说俺婚前跟男人睡过,结婚的头一晚上他就开始打了,不知道谁在闹房时说我在田园酒家时和男人有过……让他听见了,闹房的人们一走他就查我的下身……"宁安的身子一震,嘴唇张了张没有声音,封存在他心里的陈年旧事顷刻间涌到了他的眼前:晶子进田园酒店后第一次告诉他尚天对她的无礼……他收下尚天的那三百元钱……过了半晌,他才又低了声问:"那你想咋办?""我还能咋办?不能离婚,离了婚更没人要我了;也不能回娘家,娘家不会让我回去。只有让他打了,哪一天打死了拉倒。"宁安在暮色中望着晶子满脸的泪水和额头上那依然在渗血的伤口,觉得心中隐隐有些疼了。

"你走吧,我现在谁也不恨,就恨我自己,我当初真不该去田园酒店……"晶子放声哭了。

宁安那天是一步一步挪回家的,到家就躺在了床上,晚饭也没吃。妈喊他吃饭时,他说肚子不舒服,不想吃了。他那一晚上时醒时睡,耳边总响着晶子的哭声。

第三天傍晚,他由基地下班回家吃饭时,刚进村,忽又看见晶子的男人拎着一只鞋在村里追打晶子。晶子一边哭一边抹着脖子里的血一边跑着,可她到底没能跑过男人,最后又被男人按倒在了地上,只听见鞋底在晶子的脸上"啪啪"地响着。宁安几步赶上前劈手夺过那男人手中的鞋叫道:"你想把她打死?"

"嗬,我打卖×的女人,你心疼了?"那男人恶狠狠地瞪住宁安,"咋着,你要真心疼了你就把她领回家去,我立马便跟她离婚!我可是愿意成全你们!"

"你?!"宁安被他的话噎在了那里。

"你要是不想把她领走的话,你就别他娘的多管闲事!我还要打,我要打得她自动开口要求离婚!"那男人边说边又朝晶子抡起了鞋底。

闷重的鞋底砸在晶子的身上也砸在宁安的心上,宁安后来上牙把下唇一咬,猛抓住那男人的手腕说:"好,我依你说的,我把她领走!"

"你说的可是当真?"那男人喘着粗气。

宁安点头。

"好!"那男人竟有些兴高采烈,尔后猛转向围观的人群喊:"曹宁安可是说他要这个贱货了!从今往后,这女人与我家没有了任何关系!曹宁安,明天一大早你要领上她和我一起去乡上办理离婚手续!"

宁安什么也没说,只是弯腰把被打得昏昏沉沉的晶子抱起来,一步一步向家里走去。

这对曹家来说是一个不平常的夜晚,晶子的出现使家里的气氛为之一变。宁贞和父母看见宁安抱着晶子进来后都有些惊愕,差不多同时放下手中的活路望着宁安。宁安把晶子放到宁贞的床上后过来,在母亲对面的一张椅子上重重坐下,哆嗦着手摸出了一根纸烟点燃。

晶子的抽泣和哽噎还在继续,全家人就在这抽泣和哽噎声里默然呆坐。宁贞对晶子在田园酒店的行为早就知道,冬至和栗丽老两口对晶子的坏名声也有耳闻,三个人的目光渐渐都停在了宁安身上,分明是在等待他说出什么话来。

"他们明天去离婚。"宁安在这种沉默里终于开口说了一句。

宁贞和父母都没有说话,被打破的沉默又迅速弥合成一个整块。

宁安自然知道全家人还在等待,等待他说出事情的全部。他把烟头在地上拧熄,用脚搓了一阵,这才又说出一句:"他们离婚后我要和晶子结婚!"

父亲的旱烟袋掉在了地上,宁贞看了那烟袋一眼,随后把目光扭向了母亲。沉默重又开始,一种等待的意味在这沉默里又一点一点朝四周弥漫,不过,这回等待的已不是宁安的说明,而是母亲的表态了。

"唉。"母亲发出了一声深长的叹息。

宁安在这声叹息里抬起头,有些紧张地盯住母亲。

"贞儿,端盆水去给你晶子姐擦洗擦洗;他爹,点把柴把锅里的饭热热,咱们吃饭吧。"

"妈……"宁安垂下头叫了一声,音调里带了点哽咽的味儿。

"去吧,先给晶子盛碗饭端过去。"栗丽朝儿子说罢,颤颤地站起身向灶屋里走去……

晶子和她男人是第二天办完离婚手续的。这种双方都同意的离婚办得比较顺利,只是在签字时晶子有些慌了,手中的钢笔两次掉到了桌上,两次都是陪在她身边的宁安把笔拣起递给了她,她是在宁安的目光鼓励下才最终拿稳笔在离婚证上签了名的。

离了婚的晶子就仍然住在宁安家里。她的娘家因为嫌女儿刚结婚就离婚丢人,传话来说不准她再进家门。

三天后的那个早晨,宁安爹上街买菜、灌酒、割肉;中午,妈妈栗丽做了一桌酒席,为宁安和晶子举办婚礼。晶子的娘家人拒绝出席,婚礼是无声无息举行的。请来的宁安家的几个亲戚知道这场婚事非比寻常,不敢多说话,惟恐犯了什么忌讳。酒宴上说话最多的是宁贞,她当初在给晶子擦洗时看过她身上的伤痕,那些重重叠叠的伤痕彻底消除了她内心里早先对晶子的那点反感,她那颗原本就善良的心从此对晶子充满了同情,她真心地希望晶子和哥哥在一起能生活得幸福。她用她的欢声笑语给这个简单的婚礼带来了一点喜庆的气氛。

酒席散罢客人走完该进新房前,晶子又"噗嗵"一声朝婆婆跪下了双膝,额头着地哽咽着说:"妈妈,从今往后,我既是你的儿媳也是你的女儿,你该咋使唤就咋使唤……"栗丽带了笑说:"快起来,妈信你们会好好过日子。这个家早晚还要靠你来操持。贞儿,快扶你嫂子进新房去!"

　　那是一个无月的夜晚,阴云带来了一丝爽人的凉气,宁安和晶子静静地并躺在床上,谁也没有阖上眼睛,但谁也没朝谁伸手。直到半夜过后,晶子的身子才一点一点向宁安靠去,但她最终没敢挨住宁安的身子,只是细了声说:"我已经用肥皂水把身子洗了三遍,你要还嫌脏我明儿个就再洗——"宁安的一只手就在那当儿伸了过来,准确地捏拢了晶子的双唇……

19

　　从第二天起,晶子就把几乎所有的家务活都揽了过去,扫地、做饭、刷碗、洗衣、挑水、濯菜,把家里的一切都料理得妥妥帖帖。她的勤快很快赢得了全家人的喜欢。

　　栗丽有时看着忙碌的晶子,就忽然想起自己的女儿宁贞也该出嫁做媳妇了,于是就在一个晚饭后来到女儿的房间,含了笑问:"贞儿,你的事你是咋想的?"

　　"啥事?"正在读《企业管理学》的宁贞一下子没能听明白妈的话,瞪了眼反问。

　　"成家呀,你总不能一直跟着我和你爹过日子吧?"

　　宁贞的长睫毛一下子垂挂了下来,目光也从书页里滑到了地上。

　　这些年到宁贞家来求娶宁贞的人家可是不少,宁贞的那份美貌令四周村里的多少小伙为之倾倒。栗丽由于自己当年在爱情上的惨痛经历,决心不包办女儿的婚姻,一切交由女儿自己作主。宁贞前几年一心想把学业完成,所以拒绝了所有媒人的说合;这几年在尚吉利干出了名堂,四周村里的一般人家又觉得无法高攀也就不敢再登门求婚。宁贞这两年当然也想过自己的婚姻问题,其间厂里也有两个小伙给她写过求爱信,但她无形中总要拿他们来和尚昌盛比,一比就觉得他们太不成熟太没本领太无上进心,加上昌盛的身影总在她脑子里朦朦胧胧地晃,所以事情就拖了下来。

"妈,这事不急,等等吧。"

"还等呀?要等到啥时候?你的年龄——"

"妈!"宁贞瞪了一眼妈妈。

"好,好,我不多嘴。"栗丽退了出去。

宁贞却再也看不进书去。妈妈的话像飓风一样在她的心里掀起了波涛。是的,是到了成家的时候。其实早在很久以前,她就在许多个令她激动不已的梦里和一个面孔模糊的男子热烈相拥了,只是在清醒之后,她找不到那个令她激动不已的男人。

此刻,她想起了昌盛向她提起过的刘家福——那个也是从农村来到尚吉利集团做事的健壮的小伙。难道我等了这么久等的就是他?

她开始仔细回忆自己对家福这个人的印象。她对家福的看法不好也不坏。她知道他会写公文、会画广告、会使用电脑,如今实际上已成了尚昌盛的专职秘书;人长得也周正;身个也在中上等。但人平时少话,显得木讷;而且脾气好像有些倔;衣服穿着上也显得不甚利索;做事也不像尚昌盛那样有魄力有韧性……想到这里,宁贞意识到这又是在和昌盛比,就暗中笑了,两个人的经历不同,年龄悬殊,怎好放在一起比?

她知道昌盛向她介绍家福是对她的关心,这种关心当然令她感动,不过也有一点隐隐的遗憾在心里旋转。也罢,就和这位家福交往一段试试,不合意,就罢;合意了,也算了结了人生的一件大事。

试试吧!……

她于是在昌盛又一次提起这事时答应和家福在昌盛的办公室里见一面。那是一个平常的上午,两人在昌盛的安排下都拿着一份生产报表来到了昌盛的办公室。其实两人平时也经常见面,不过这次见面带有一种承诺交往的意思。

两个人交往一段时间后宁贞觉得还算满意,家福虽然没有给她一种激动、幸福的感觉,但也没有让她感到特别失望。一种淡淡的愉快弥散在他们的交往之间。两人在一起虽没有书上那种忘情的大笑和透不过气来的热烈,可也有真诚的微笑和有度的亲昵。这样,在一个休班的上午,宁贞就决定把他领家来给父母和哥哥看了。

家福这些年因为一直在尚吉利工作,举手投足和宁贞一样,已完全是城里青年人的模样了,所以到了宁贞家,冬至和栗丽这对作父母的还有宁安对他还都算满意。吃过午饭,栗丽把宁贞拉进里屋说:"中,我和你爹都同意,你啥时候想要过门,我和你爹给你准备。"宁贞听罢嗔怪地瞪了妈妈一眼:"现在可就说到了过门?还差十万八千里哩!"

午饭后宁安提着篮子要去岗上收茧,勤快的家福见状说:"我也去帮帮忙吧。"拎了一个竹篮就跟宁安走,宁贞见状,便也跟了去。

尚吉利丝织集团的蚕茧基地,如今采取的也是承包制,几个工人承包一道岗上的桑树和柞树的栽种、养育和蚕的放养,尔后按上交的茧的数量来给报酬。宁安和那位水濂寺的左居士承包的是安留岗的中段,宁安带着宁贞和家福登上岗时,那位左居士已在岗上干着了。

微风在满岗的桑树和柞树的枝叶间悠然闲荡,撞得细枝和叶片飒然作响;白色的蚕茧像葡萄似的挂在柞树枝叶间,随着风的舞弄左右摇摆。宁贞呼吸着岗上那股浓浓的青鲜之气,高兴地说:"其实在这儿干活比在工厂里要舒服得多!"

"那个棚子遮盖的,就是你当初发现的那个方形土坛吧?"家福这时指了指岗脊上那个用石棉瓦搭成的棚子问。

"嗯。"宁贞点了点头,多年前那个上午挥锹挖到棺材的情景又倏然出现在眼前,她不由得打了个冷颤。

"听俺家老辈人说,过去这安留岗上也曾住过人家,不知道他

239

们住在这荒岗上做啥,总不会是在看护那两个女尸和那些坛坛罐罐吧?"家福又开口道,"听卓月教授告诉我,说其中两个女尸的头都是被砍掉的,真有点可怕!"

宁贞斜瞪了一眼一边摘茧一边说话的家福,她有点讨厌他在这个话题上的纠缠。

"那女的说不定就是被他男人杀的。"宁安接了一句。

"不会,男人咋能杀自己的女人?"

"人世上啥事都可能发生!"一直默然干活的那位左居士这时突然开口。

家福和宁贞闻言有些意外地向他看去。那左居士不再言语,只是聚精会神地摘着蚕茧,好像刚才那话也不是他说的。

一股风狗一样吠叫着窜过午后的岗脊……

20

　　最初的一线曙色刚踱进卧室,远处的洒水车才响起铃声,尚天就醒了。他轻轻地穿衣下床,急步向父亲的卧室走去。每天的这个时候,他要抱着父亲到卫生间里小解。

　　父亲已经醒了,两只眼在渐亮的晨光里睁着,看见儿子准时来到自己床边,不知是高兴还是感动地"唔"了一声。

　　侍候父亲小解出来,尚天又给父亲按摩失去知觉和活动能力的肢体,尔后帮他洗漱。在这一切做完之后,他已是浑身大汗了。这时,妻子和母亲已相继起床,妻子开始做早饭,母亲出去锻炼身体,尚天则打扫院子整理屋子,新的一天就算正式开始了。

　　平日,他喂父亲吃过早饭,再匆匆吞咽下自己的那份饭菜,便需要踏上自行车飞快地向单位里赶,这样才能保证按时上班。但今天,他吃自己那份饭菜时显得从容多了——他今日要在家里等市医院的医生来给父亲进行一次检查,昨天已预先请过假了。

　　饭后,他坐在沙发上等医生来。妻子已去上班,母亲去菜市场上买菜,父亲仰躺在那里歇息,院子里一片静谧。他在这种静谧的等待中拿过一本书慢慢地翻着。

　　九点半钟的时候,医生还没来,他有些诧异——他前天专门去同医院领导定好了时间,说是一上班就来的呀?他有心想给市医院打个电话问问,又怕人家已经动身,自己这样催着不好,于是重又坐下身来等。

· 241 ·

眼见十点半了医生还没来,他才拿起电话,对方的回话令他一愣:"对不起,我们忘了这件事,今天上午看来来不及了,改成明天吧。"

他握住话筒呆了一阵:忘了?过去父亲在位的时候,即使没病,他们也要经常打电话来问问身体要不要进行检查,现在,在父亲真正需要检查的时候,他们倒忘了?他放下电话便紧忙去找三轮车,用三轮车把父亲拉去检查,时间还来得及。父亲的病情这两天似乎有点变化,不能耽搁了。他抱着父亲往铺了被子的三轮车上放时,忽然想起那次在水濂寺听那位居士讲"利"字的事,既然"利"可以看作"利益"的利也可以看作"利刃"的利,那么权也可以看作"权力"的权或"权且"的权,父亲过去有权,但这种权只是权且交给你,并不归你终身所有,一旦权被收走,伴随在权后边的东西也就没有了。爸爸,心平气和吧,咱们就坐三轮车去医院里检查,平民百姓有病不是都得去医院里看?

他蹬车去了医院,还好,赶在医生下班之前给父亲做完了检查。父亲的病果然有些变化,需要加服一种药。他把父亲在三轮车上放好,赶到药房窗口排队取药时,忽然觉得排在前边的一个年轻女人背影很眼熟,细一审视,竟是晶子,他不由得低叫了一声:"晶子,是你?!"那晶子闻声回过头来,一见是他,脸霎地变白了,她显然想起了过去的事,药也不再取了,扭身就向旁边的走廊上跑去。

尚天有些尴尬,正后悔刚才不该喊那一声时,忽然又看见宁安向药房走来,他急忙把头一低,想佯装没有看见。糟糕,今天怎么净撞见旧日的熟人?不想宁安偏径直向他的身边走来,他没法,只好抬头招呼道:"宁安,你好!"

宁安在他身边站住,点了点头。

"拿药?"尚天又问,心里忽然有些慌起来。

宁安没有回答,而是沉了声说:"有件事我想告诉你!"

尚天惶惑地看了一眼宁安。

"晶子已是我的妻子!"

尚天的脸刷地红了,他这才明白为什么在这里会同时看到晶子和宁安,他急忙说:"祝贺你们,我刚才喊她不是想——"话到这里他又急忙噤声,他意识到越解释会越糟糕。他低下了头,他估计他会听到宁安的一声因误解而起的责骂,但是没有,除了买药的人们嘈杂的对话,没有宁安的声音。他再抬起头时,发现宁安已经走了。

他呆呆地望着药房的窗口,他在那白色的窗口上慢慢看见了一道刀划的痕迹。痕迹,人的行为是会留下痕迹的!我的过去并没有消失,那些时光已经留下了痕迹。

时光是有痕迹的!……

晚饭后尚天虽然仍像往日那样拿一本书在沙发上坐下,但他却并没有读下去。和晶子、宁安在医院里的相遇,尤其是晶子看见他后吓得慌慌跑走的场景,是那样深地刺激了他。我在晶子眼里是一个什么样的形象?仍然是一个流氓吧?这城里对我有这样看法的有多少人?……

"天天,外边有人找你。"母亲站在院里喊。尚天闻唤走到院里,母亲朝院门口指了指,果然,那里站着一个男人。

"进来吧,有事到屋里说。"尚天让道。

那人没动,只咳了一声,这使尚天有些意外,就抬脚走过去,走近了才身子一颤:"宁安?! 你来了?"

"唔。"宁安应了一声,双脚移动了一下,身子退进了大门的阴影里。

"有事?"

"嗯。"

"那进屋说吧。"

"不用。"

"啥事？"

"我想求你——"

"宁安,别说求,只要我能办的。"

"你以后别与晶子见——"

尚天身子一震,急忙解释:"我今天在医院见她确很偶然,我喊她只是想打个招呼,绝无别——"

"这我知道。"宁安截断了尚天的话,"我是说以后你能不能别与她见——"

"好,我答应!"尚天慌忙应道。

"也别与我见面!"

"与你?!"尚天的眼瞪大了。

"是的。"

"为啥?"

"我一看见你就忍不住要想起过去,想起你和晶子那些事……这心里就揪扯得……"宁安说着蹲下身子,双手抱住了头。

尚天的嘴倏然张开,又慢慢阖上,分明是把一团惊愕吞咽了下去。

"我和晶子结婚后一直在让自己忘记过去,我也以为我差不多忘记了,可今天一与你见面,过去的那些事就又一下子全记起了,我这心里——"

"宁安!"尚天拦住了对方的话,"我按你说的做!"

"我知道我这要求有点过分,可我实在是没有别的办法,一想起自己曾把老婆推到你的怀里我就——"

"宁安!"

"其实你也好办,就是你看见俺们在什么地方时,先别过去,待俺们走后你再过去。俺们要是看见你在啥地方,也不会过去,这样,咱们就会避免见面了。"

"我会尽全力做到的!"尚天宣誓似的说。

"那我走了。"宁安说着起身,逃也似的快步走开了。

直到宁安的身影消失很久之后,尚天还站在原地。宁安抱头蹲在那儿的情景使他的心受到了那样强烈的震撼,他第一次意识到,自己的行为原来还在给宁安今天的生活造成伤害。我过去从没去想自己的行为会给别人带来什么,我只想到我的行为会给自己带来什么样的享受和利益!

21

　　曹宁安对自己的生活真正生了满意之感是在自己担任尚吉利蚕茧基地主任并在妻子晶子也进了基地工作之后。这个时候，夫妻双方骑着自行车上下班，都穿着崭新板正的衣服，每个月都能定期领到数额相当可观的工资，一种安全稳定的感觉自然就生出了；加上晶子有了钱后也很会打扮自己，她的不错的容貌加上衣妆的效果，使她不仅在乡村的少妇中，就是与城里的那些少妇相比也成了很惹人注目的女人。这不能不使宁安在心里有了一点自豪。还有一条，晶子这女人心细手勤，把一个家料理得井井有条，把宁安侍候得无微不至；尤其是在夜晚的床上，对宁安真真是百依百顺，任其百般尽兴。如此这样，宁安对自己的生活焉有不满意之理？

　　那天早上起床时，晶子附到他的耳朵上悄声说道："我这个月的月信推迟了半个月还没来。"他先是心不在焉地应了一句："那就再等等。"可话刚说完他的心就又倏然一亮，急忙抓住晶子的手压低了声音笑问："会不会是怀上了——？"晶子脸红红地说："我也在怀疑——""那咱们就去市医院做个检查！"宁安当即做了决定。

　　检查的结果虽然证明不是怀孕，但给晶子检查的医生的话仍然令宁安十分高兴。医生说："我给你夫人开点药一吃，保准要不了多久你们就会如愿！"

　　他于是满心欢喜地让晶子拿了医生开的药方向药房走去，晶子也就在那刻在排队买药的队伍里看见了尚天。

在看见尚天的第一霎晶子就感觉到恐惧轰然压来,她害怕他会像过去对她做的那样,来破坏现在她十分珍惜的家庭生活,她几乎连想也没想,便慌慌地向站在走廊另一头的丈夫跑去。

接下来便有了宁安与尚天相见的场面。

宁安最初看见晶子慌慌向她跑来时以为药方上有什么问题,还朝晶子抱怨了一句:"看把你慌的!"及至听晶子说看见了尚天,神色也为之一变。他愣怔了一瞬,随即才向药房那边走去。他知道他不能也像晶子那样慌慌跑开,那成什么话?难道我们今天还怕他不成?!可一看见尚天,他以为他已经忘记了的过去的那段生活,又倏然展现在了他的眼前:他重又看见晶子的奶子被尚天攥着,看见晶子坐在尚天的腿上,看见晶子喂尚天喝酒,看见晶子让尚天搂着去看"晚场电影"……也重又看见了自己捏着尚天递给的三百块钱,看见自己小心翼翼地把钱递到晶子手上……

他对晶子和自己都产生了恶心之感。一股难以言说的烦躁塞满了胸间。他当晚去见了尚天之后,尚天的态度虽然令他心安,但对晶子和自己所起的那股恶心与厌恶却并没有消去。他的心绪一下子坏了下去。又变得不爱说不爱笑满脸阴郁,使得基地的工人们和父亲、母亲以及宁贞都觉得惊疑。

到了夜里,他也失去了再动晶子的兴趣,许多天里,他甚至连用手碰都没碰晶子的身体。细心的晶子当然感觉到了丈夫的变化,但她对丈夫心情变化的原因却作了另外的理解:以为他怀疑自己在医院与尚天相见时说过什么他不知道的话。于是在一个晚上熄灯之后,她鼓足勇气小心翼翼地说:"我那天和尚天见面时没说一句话。"

宁安无语,默然躺在那里。

"我一看见他就吓得赶紧跑了。"

宁安仍旧没有吭声。

"我连第二眼都没看他——"

"还要罗唆?!"宁安猛地捶了一下床板。

宁安在这种恶劣的心境中过着日子,弄得晶子也提心吊胆,惟恐在哪一点上惹恼了宁安。有天晚上晶子拿过一套干净的内衣让宁安换,宁安没好气地说:"我身上这套才穿几天,又换?衣服没穿烂都叫你洗烂了!"晶子没生气,晶子笑着说:"你当初开田园酒店时,大约是内衣不常换的缘故,有时身上的汗味直冲人的鼻子——"

"啪!"晶子的话音尚未落地,宁安竟"啪"地一声朝晶子抡了一巴掌,边打边气恨恨地叫:"我叫你提田园酒店!?"

这是晶子与宁安结婚后第一次挨打,她惊怔了一瞬,随即便扑到床上哭了。晶子那伤心至极的哭声把宁安的恼怒慢慢浇灭了。平静下来的他看着晶子哀哀低泣的样子,忽然想起,当初,我就是因为不想让晶子挨打才娶她的,怎么现在我又打起了她?!当初她和尚天那样,还不是你帮助促成的?你现在倒也有理了?歉疚就在这自责中渐渐生了出来,他后来将手慢慢伸过去,把晶子揽到了怀里。"别哭,"他在她的耳边叹口气说,"对不住,我也不知道我怎么就动起了手……"

晶子伤心地抽噎着从他胸前抬起脸问:"你心里是不是也嫌弃俺——"

宁安没让她说下去,让自己的双唇堵住了她的嘴……

这个晚上过去之后,宁安的心境才算稳定下来。这样过了有两三个月,有天早上晶子起床后,忽然干呕起来,宁安以为她病了,要领她去看医生。晶子摇摇头说:"不用。""为啥?有病就得治嘛!""这不是病!""是啥?""这回是真的怀上了。""你咋知道?"宁安惊奇道。"我已经去做了检查。""为啥不让我陪你去?""我怕这回又害你空喜欢一场。""嗨!"宁安笑着把晶子抱到了怀里。

晶子的怀孕改变了宁安思考的方向,他现在开始想晶子怀的是男孩还是女孩,想胎儿的发育是不是正常,想晶子日后的分娩会不会顺利。对这些问题的思考使他又渐渐淡忘了过去的那段日子,他的心情不觉间好了起来。

晶子后来是在一个午夜开始产前阵痛的。那是一次可怕的难产,晶子因为骨盆狭窄遭受了长时间的折磨。当晶子那凄厉的喊叫在妇产科的走廊上来回飘荡时,宁安的心高高地悬了起来。他在那一刻才意识到,晶子为他做的远比他为她做的多,她所承受的苦痛的重量远比他承受的大。

那是一个八斤重的男孩。

当护士抱起孩子向他走来时他没有先看孩子,而是踉跄着扑到晶子的床前,一边替昏沉中的晶子擦拭脸上的汗水一边连声心疼地呼唤:"晶子,晶子……"

晶子在月子里得到了宁安最精心的照顾,饭常常是宁安喂晶子吃的。在孩子睡着的那些晚上,他会像抱孩子一样地把晶子抱起来在屋里转圈。我不会再让过去的那些日子来干扰我们今后的生活。我们吃的苦头已经够多,为什么还要自己给自己找苦头吃?……

22

　　尚昌盛从小瑾失贞的痛苦中挣出身子,看清了面临的险恶局面之后,又开始像过去那样全身心地扑到集团的经营上。面对一些国家因北京天安门事件而拒绝进口大陆尚吉利绸缎的局面,他连续跑了两次香港,在那里很快租房办起了一个尚吉利集团香港分公司,把生产出的绸缎迅速运往这里向世界市场销售。世界各国的绸缎商们内心里并不是不愿同尚吉利集团做生意,所以一见香港有了卖尚吉利绸缎的公司,便纷纷前来买货订货。把生产出的绸缎运到香港出售,钱自然要少赚一些,但渠道总算又已畅通。伴随着销售额的增大,利润仍然像水一样地流向尚吉利集团的南阳本部。

　　有天晚上,昌盛很高兴地去向爷爷报告这些日子集团的经营情况,爷爷听罢,停了一霎,说:"该办点事了。"

　　"办点事?"昌盛眨着眼睛,不明白爷爷这话的含意。

　　"是呀。"

　　"办啥事?"

　　"想想吧,你现在手上不是有了钱吗?"

　　"你是说再扩大工厂?我们现在重要的是提高绸缎质量——"

　　"我不是说的那个。"爷爷摇着头。

　　"那是——"

　　"人赚钱赚到一定程度,就要做点于周围人有益的事,不然的话就要遭人嫉妒。"

"哦?"

"人聚财聚到一定数量,就要散些财,要不,便很难再聚下去。聚散,聚散,有聚无散,会惹祸端!"

"嘀?!"

"你翻翻书就能看见,过去的那些富人家,很少不散财做慈善事的。前几天的收音机里还说,香港的一个富豪,给内地他的老家捐几百万元盖个博物馆。"

"那你的意思是想——?"昌盛看定爷爷。

"办个学校!"

"办学校?"

"咱南阳一千多万人口,每年考大学的高中生很多,可大学录取的人数有限,要是能办一所大学——"

"大学?"昌盛吃惊了。

"对,咱南阳咱尚吉利集团眼下缺的不是中学生,而是大学生。要是能办一所大学,既能让那些希望上学的高中生有学上,让他们和他们的家长高兴;又能满足咱尚吉利集团对人才的需要,不是挺好?"

昌盛默默地望着爷爷,目光里露出了一点惊讶。爷爷那已经衰老的头脑里,居然还在琢磨问题,还能想出如此重要的新点子。尚吉利集团下一步要继续发展,要使产品质量成为世界第一,最需要的就是人才。过去想到这个问题时,总在琢磨怎样花钱去四下里寻找,从没想到自己来办学培养。倘若真办起一所大学,我需要什么人才,就设置什么专业来培养,那该多么方便。同时有了大学,可以使本市一些高考落榜的学生有学上,这也会改善自己在本城的人际关系,消除一些人对自己的妒忌心理。前些天的几个晚上,都有人隔了丝织厂的院墙往院里扔西瓜皮,那会不会就是妒忌心的表现?还有,办学是政府提倡的事情,自己这样一干,也会引

· 251 ·

起政府的好感,今后集团里若有事求政府解决,也会方便些。承达叔卧病在床,我在市政府里已没有什么靠山,如今办企业,尤其是办尚吉利集团这样的大企业,政府若对你没好感不给你支持,恐怕会有麻烦。还是爷爷想得远呵,昌盛,你和爷爷相比,还是差着一截……

"咋样?想通了没?"爷爷慢了声问,"是不是有点心疼钱?"

"通了,爷爷。现在的问题是咋样才能办起一所大学——"

"这我就管不了了,你自己去想办法,我要上床睡了……"

办一所民间大学对昌盛来说可是一桩十分陌生的事情。我连大学的门都没有进过,怎么会懂办大学?我可以去上边跑来办学的批文,可以拿出钱来盖校舍,可要让一所大学的教学正常运转起来,我哪有那份本事?

他想起了表妹卓月。

卓月上过大学且如今又在大学里教学,这件事应该让她来做。

他第二天下午来到卓月的房里,进门就叫:"卓月,你愿不愿当一所大学的校长?"

"嚇,啥时候当了官,敢随便委任大学校长了?"

"这可不是随便委任,你只说你愿不愿当吧?"

"不愿,我不是当官的材料,我喜欢的是干这个!"她推了推面前桌上的一摞清样,"这就是我写的关于安留岗方形土坛的研究文章,《考古新发现》杂志已决定发表,我正在校对清样。"

"不愿当也得当!"昌盛在椅子上坐了,详细说了事情的经过。末了反问:"这件事你要不出面,我找谁帮忙?"

卓月一听是这样,沉默了一阵说:"这事既然是外爷要办的,我们当然该全力办好。南阳眼下的确大学太少,多一所大学就会多培养出一些有用人才。当年卓远外爷办中学,也是这份心意。这样,你负责筹建学校,我负责筹组教学上的事情,我先考虑一下,几天后我给你说说我的设想。"

昌盛高兴地说:"好!"

接下来昌盛开始一边组织尚吉利集团的生产、销售,一边到上边跑关于办学的批文。上边果然支持这样的事情,不久就把批文拿到了手。接下来开始买适宜建校的地皮。校址最后选在白河岸边,约有三十亩地,地皮钱市里虽然有优惠,但还需要九十万块。临掏钱的时候,昌盛有点心疼了,九十万呵,都是自己一点一点积攒起来的,不过最后还是痛快地在支票上签了字,该花的就得花嘛!这些钱将来我会通过人才收回来的。

卓月是在半个月之后来找他谈关于教学方面的设想的。卓月说,根据眼下尚吉利集团生产发展的需要和南阳目前各种专业人才的现状,我想咱们办的大学可先设四个专业:蚕丝加工、计算机应用、现代企业管理和英语。每个专业先只收一个班,每个班四十名学生。试办一年之后再决定是否增设专业和扩大招生名额。至于师资的解决办法,一是招聘退休的优秀大学教师,二是外聘其他大学的知名教授为客座教授,三是请尚吉利集团有实践经验的管理人员和技术人员来兼职讲课。将来再逐渐想法让上边分给我们几个新从大学毕业的本科生、硕士生来从事教学。

昌盛听罢连连点头说:"行,这个设想很对我的心思,咱不能一口吃个胖子,设的专业和招的学生太多,我的流动资金就很难支持。照这个设想,我先盖两座楼就行,一座五层楼用于教学和办公,一座四层楼用于师生住宿和吃饭,外加一个院墙和一个操场。其他的设施咱以后逐年再建。"

之后昌盛和卓月便分头开始忙碌。紧赶慢赶,一切都赶到了来年秋天到来之前准备完毕。省、市教委派人来视察后,正式批准这所小型民办大学开始在秋季招生。学校的名字定为:"尚吉利综合大学"。

那是一个秋阳高照的上午,第一批来校报到的新生挟带着欢声笑语拥进簇新的校园。站在教学楼前的昌盛对身边的卓月笑着说:"卓校长,快去迎接你的学生!"

"我可告诉你,我只干三年,这期间你必须尽快物色新校长!我喜欢的是历史和考古研究而不是学校管理!"她说完开始含笑迎向她的第一批学生。

爷爷,学校开学了,任务完成了,南阳竟然有了一座以尚吉利命名的大学,这是尚家历代前辈们没有想到的吧?这是我在你的指导下办成的又一件事,爷爷,我们以后还会办成更多的事!总有一天,我们会让全中国和全世界的人都记住"尚吉利"这三个字!

昌盛长长地舒了一口气。

23

宁贞走进尚吉利综合大学蚕丝加工专业的教室时,来自韩国的金泰中教授的讲授已经开始了。宁贞在教室后排角落里找到一个座位,临坐下前打量了一下听众席上的人,她发现在学生们后边坐着旁听的人很多,尚吉利集团所属各厂的中层以上的管理和技术人员差不多全都到了,内中有哥哥宁安,也有家福,她还看到了嫂嫂晶子的背影。

……蚕丝加工研究的目的不仅在于改进蚕业的最终产物——丝织物的纺织技术,还在于从学术上阐明其基本原理……

金教授的汉语说得很流利。宁贞这是第一次听外国教授讲课,她好奇地打量着那个头发斑白的韩国教授。她听说他一生都从事蚕丝加工学的研究。一个人一生只做一件事,这大概需要很强的耐力;他那颗脑袋里装的可能都是蚕丝加工方面的学问,那些知识要都给我多好,那我就成了南阳地面上蚕丝加工学的权威。

……即使在当今人造纤维的时代,从时髦、安全、舒适和卫生的观点看,蚕丝仍然是衣物的最理想的材料。由于蚕丝优良的质地和具有所有其他天然和人造纤维的基本原型而被赞誉为"纺织纤维皇后"……

应该感谢尚吉利综合大学,如果没有这所大学,我此生可能就听不到这位亚洲有名的蚕丝加工学权威的课了。宁贞听说,金教授在来郑州开国际学术讨论会期间,几家丝织工厂和公司都想请他去讲课,但他全谢绝了,他说他只习惯于在大学讲坛讲课,不习惯在工厂和公司的会议室里讲。卓月听到这个消息后,急忙拿上南阳尚吉利综合大学的介绍信,以校长的身份去邀请。对方一看她胸前的校徽,一听说该校专设有蚕丝加工专业,便欣然应允了。

……早在五千年蚕业史的初期,就已有把精美生丝织成有价值的织物的大量研究。然而,即使在当今时代,要把蚕丝加工到完美的程度仍然是很难的。我们这些蚕丝加工领域里的学生、工程师、研究者和教授,应该把蚕丝科学和技术提高、升华到一个新的水平,以造福于人类……

我现在是坐在一所大学的教室里听课,要是早有这样一所大学多好!我过去读函授学校时哪有亲耳听教授讲课的机会?每天面对的都是函授讲义和函授作业,那样的学习效果根本不能和这样亲耳听讲相比。这当然应该感谢尚昌盛,没有他,就没有尚吉利丝织集团,自然也就没有尚吉利综合大学。昌盛,你知道你为南阳、为南阳的年轻人做了多么大的一件好事!宁贞用目光在听众席上寻找,终于在前几排的一个座位上找到了也来旁听的尚昌盛,她把目光固定在昌盛的后颈上,那是一个多么坚强而好看的脖颈!

……生丝所含的丝胶应该通过精练和漂白加工全部或者部分地除去。丝胶中的氨基酸由共价键连接而组成多肽单位。这种相互连接的多肽成为具有高度结构的和高分子量的分子。由于这种高分子具有大量的聚合能,因此它具有如像膨化这类特性……

正听得聚精会神的宁贞忽然感到左肋部被碰了一下,她扭头一看,是家福半弯腰站在她的身边。"下课后到白河边等我一下,我给你带了件礼物。"他几乎是俯着她的耳朵说。

宁贞的面孔露了点愠色。她不高兴他当着这么多人的面和她来这种亲密的耳语；更不高兴他在这宝贵的听课时间里用这种事来分她的心。你也应该好好听讲,这样的学习机会平日能遇到几回？啥样的事不能等到课后去说？她只略微点了一下头表示她已经听明白,便又扭脸去听讲了。唉,啥时候家福要也能像尚昌盛那样,干出一番惊天动地的事业来那该多好！

宁贞还未走出校门,就看见家福站在白河边的一棵柳树下等她。她有意放慢脚步,让身边其他来旁听的人先出校门,自己这才向家福身边走去。

"你快看我给你带来了什么！"宁贞离家福身边还有十几步远时,家福已经迫不及待地从衣袋里掏出了一个物件向宁贞递过来。宁贞上前接过时,注意到那个用绿绒做成的方形盒子很轻。她打开后发现,那是一条珍珠项链。

"这是前些天广西北海一个来进尚吉利绸缎的商人带来的,他说这是他们北海出的天然珍珠,质量在中国是第一流的；他还说这种珍珠项链戴到女人身上,除了美观好看之外,还能起到平静心境、降低血压和滋润皮肤的作用。"

宁贞小心地摸着项链上的珠子,一个笑意和一丝满足从她那纤长的眉梢升起。家福这种爱的表示抹掉了她在教室里对他的那点不快。"这东西很贵吧？"她抬了头问。

"再贵我也买得起！"

"不该乱花钱的。"宁贞话虽这么说,心里还是暖烘烘的。她知道自己此刻也应该说点什么表示爱意的话,可一时又想不起,于是就开口问道:"你今天听了韩国这位教授的课有啥感受？"

"讲得挺好,有些知识我还是第一次听说。"

"我也是,听了今天的课我才明白,蚕丝加工这门学问好深好深,我们尚吉利集团要织出世界上质量最好的绸缎,也就是尚总平日说的'霸王绸',并不是轻易就能做到的,我们还要花很大的功夫,使出很大的劲才有可能。"

"我俩见面,咋尽说些尚吉利集团的事?"家福笑问,他显然想转移话题。

宁贞不好意思地笑了:"我是觉着,尚吉利集团是咱俩的立脚之地,正是有了尚吉利集团,我们两个乡下人,才能在这城里站住脚,才能掌握指挥他人生产的权力,才能成为受社会尊敬的人,才能有时间在大学课堂上听课,才能有钱买珍珠项链。我想,这大概就是书上说的大工业的作用,是大工业改变了我俩的命运。所以平日说话,总是不知不觉就要说到尚吉利集团上来。"

"那我们现在就有意识地不说它了,说说我们自己。"

"说啥呢?"红晕开始驻足在宁贞的颊上,并且在一点一点地变深。

"我天天夜里都想你,你想我吗?"家福的声音压得很低。

宁贞心里知道该说:我也想你。但她终于没说出口,她觉得说出了就带有一点欺骗的味道。自己的确没有天天夜里想他,她此刻回忆起来,她平日想到他的时候实在不多。作为自己的未婚夫,我应该经常想到他的,可我为什么没有想到他呢?

"来,让我把项链帮你戴上。"家福伸手把项链盒拿过去,小心地取出、展开,"戴上这个项链,你夜里说不定就会想到我了。"

宁贞笑笑,顺从地把脖颈向他伸过去。这是她长这么大以来第一次戴项链。这几年手上有钱之后,她也曾有过想买金项链的念头,但因怕村里的女伴们说她显摆,终于没买。项链戴到脖子上的感觉原来是这样,凉凉的,有点沉,颈后像是有个东西在爬动。她听见家福在颈后把卡口旋好的时候,想挺起前倾的上身,不防这时家福忽然把她搂到了胸前,而且搂得很紧,接着又把嘴唇压到了她的脸上。她没有挣动,顺从地让他亲。她听见了他急促的喘息,却惊奇自己心里怎么如此平静。她感觉到他的双唇由她的双颊移向了她的嘴,她仍然没动。

"把舌头给我!"她听到了他急切地要求。可她假装没有听见,直到他又说了一遍后,她才伸出了一点舌尖。

当宁贞终于被家福松开之后,她望了一眼已经漫到身边的暮色说:"咱们回吧。"

"我还有一句话想给你说。"家福这时又开口道,胸脯还在因为刚才的激动而急剧起伏。

宁贞重新扭身望定他。

"以后你别再穿这种领口开得低的上衣!"他指了一下她的颈下,那儿,开着的领口里露着一小片雪白的胸脯。

宁贞的双眸旋了一下,茫然地望着他,显然在等待解释。

"你没发现好多男人的眼睛总往你露着的那个地方看?!"

"看呗,那有啥要紧?"

"我不愿意!"家福的声音带了气。

"哦?"

"我不想让任何别人看见你的身子,哪怕只是一小片肌肤!"

宁贞先是一愣,随即又有些感动地笑了,呵,你这个小心眼的动了爱心的男人!……

24

　　同所有的老人一样,尚达志虽然知道自己的日子像重孙子即将用光的作业本一样,已经没剩几页,并且做好了随时走的准备,但一当有些事情真的到来时,还是觉到了意外。那天,《宛城生活报》的一个女记者摸到尚家大院,缠着在院中晒暖的达志,要他讲述他的长寿秘诀,说要为他写一篇报道。达志说:我哪有啥子秘诀?我是该吃就吃该睡就睡该愁就愁该忧就忧,我从来也没有想望能活这样大的岁数,我估摸阎王爷是把别人的阳寿胡乱地加到了我的身上。达志说着说着猛停住问那女记者:"这天咋就忽然阴了?"女记者抬头看看头顶,很诧异地说:"没有哇,阳光很好。"达志就笑道:"你骗我做啥?明明是黑云彩遮住了日头,天已经暗成了这样,还说阳光很好?"那女记者听了越加惊异,又抬头看了看湛蓝的天空和明晃晃的日头,正不知该怎样开口,却又听达志说:"要下暴雨了,天黑成了这样。"达志说着,就起身拄杖向屋里走去。女记者一时怔在那里,不知达志何故忽然如此颠倒黑白,几分钟之后,她才倏然意识到是老人的眼睛出了问题。她紧走几步到倚在门上的老人面前,拿手在他眼前晃了晃,见他眼球未动,才道:"尚老先生,你的眼睛——"她听见他叹了口气,说:"我也刚刚想到是我的眼睛不中了。"接下来她看见他用拐杖捣着地,慢慢摸索到了床沿,在床上坐下后颤了声自语:"说瞎就瞎了?"

　　昌盛知道这变故赶回家时达志已经平静了下来,昌盛刚要开口安慰爷爷,没想老人倒先说道:"瞎就瞎了呗,我已经想开了,一百多岁的人,眼还不瞎倒是日怪了,就要看到有些不该看的东西了。"昌盛见爷爷这样说,便紧紧抓住爷爷的手道:"我下午就领你到眼科医院看看。"达志听了喑哑一笑:"还到医院干啥?明摆着这是眼睛老了,到了该坏的时候,还修它干么?又不疼不痒的,这不是病!"

那天后晌昌盛没再去办公室,留在家里陪伴爷爷。老人一下子不能适应视力的丧失,大小便都要靠昌盛搀扶。昌盛利用这时间把尚吉利综合大学的运转情况给爷爷说了,老人听罢点头:"这件事办得不赖,我如今不放心的就剩一件事了。"

昌盛闻言忙问:"啥事?"

"继承人。"

"继承人?"

"对呀,我八成是真的要走了,你也已经五十多了,该想想继承人的事了。旺旺师专毕业这么长时间了,为啥还不让他进丝织厂里干活?他到如今对织丝绸的事还一窍不通,日后咋能接住你管理这一份祖业?你是五岁开始读丝织方面的书,你爹是四岁开始读的,旺旺拖到今日还没好好读过一本有关织绸织缎的书,这咋能行?你能保证你的身子就不出毛病?出了毛病谁来顶替你去做事?"

昌盛笑了一下:"这桩事我倒是想过,只是旺旺这孩子压根儿就不喜欢丝织,他一心想去唱歌,眼下天天想着要上音乐学院进修,想着要当歌唱家,我几次要他到尚吉利综合大学学习蚕丝加工专业,他都不干,真是拿他没办法。"

"他说不干丝织就不干了?当初你也没说你想干呐,我不是把你训练出来了?哪能啥事都依了孩子?"

昌盛见爷爷生了气,急忙说:"爷爷你放心,这件事我立马着手去办,我和旺旺再谈谈,一定争取让他尽快到丝织厂去干。"

达志不再说话,只慢慢摸起床头柜上的马蹄表在手里摩挲,半

· 261 ·

响之后才又开口:"给我换个能一个钟头响一次的钟表来,我已经看不见表盘,得凭耳朵听了。人活的就是个时间,我得知道它走到哪儿了。"

昌盛心里一酸,一边接过那只表一边说:"行。"

昌盛走进儿子旺旺的睡屋时旺旺正面墙而立看着一张歌星的照片。他默默地打量着儿子的房间,房间的墙壁上到处挂着各种各样男女歌星们的照片;地上散扔着大小不一的歌谱;床头上堆满了各种版本的歌曲总集和歌曲录音带;一个小收录机像螃蟹一样地趴在床上,几条长长的耳机线像是虾的触须。他轻轻摇了摇头,预感到和儿子的这场谈话将不会轻松。

"旺旺。"他喊了一声。旺旺从凝神状态中醒过来,"噢,爸爸,我正想找你,你能不能为我买一套音响?这样我练唱时就方便了。"

"这个我们以后再谈,旺旺,你坐下,爸爸今晚找你有事。"

"说呗。"

"你知道你太爷爷眼瞎的事吗?"

"知道,咋了?我觉得可能是太爷爷太老的缘故。"

"知道爸爸已经五十多岁了吗?"

旺旺的眼有点瞪大:"爸爸,你有什么话就直说!"

"我是想提醒你,在咱们尚家,我和你太爷爷很快就不中用了,咱们家需要有一个主事人,有一个能继承咱家祖业的人。"

"是想让我去学丝织?"旺旺的眼斜了起来,"我过去就说过我不想干那个,凭啥子非要逼我不可?我的兴趣在唱歌,不在丝织,懂么?"

"爸爸知道你的爱好,可你想过没有,如果你不干丝织,咱们家辛辛苦苦干起来的这份丝织业日后交给谁去管呢?爸爸这一辈子看来很难织出在世上称王称霸的绸缎了,你要不干,咱尚家世代人盼着的'霸王绸'谁去织出来呢?"

"为啥非要抱住那份幻想不丢？织不织出霸王绸对咱们这家人究竟有啥不同？"

"胡说！"昌盛到底没压住心底涌上来的那股火气,朝儿子吼了一句。妈的,多少代人的希望被你说成了幻想,你个小东西知道啥叫幻想?!

"听着,从明天上午开始,你到缫丝厂上班,你先弄懂丝是咋着从茧上抽出来的,我会派人跟着你给你随时讲解。在缫丝厂干上三个月,再到丝织厂干;丝织厂干完三个月,再到时装厂干;到春天时,再到蚕茧基地学学养蚕。总之,每道工序都要熟悉上几个月,这之后,再到我身边,我给你讲管理方面的诀窍！有了这些感性知识,再到咱们的综合大学里学些日子！"

"我要不去呢？"

"你敢！"

"敢啥子呢？"达志这时由保姆搀扶着走进了重孙子的房间。

"爷爷,你该歇着。"昌盛急忙上前扶爷爷坐下。

"旺旺,你爹给你说了么？"

"让我学织绸缎的事？说了,可我不愿学这个,我讨厌干这个行当,我愿唱歌！"

"唱歌主要靠嗓子,你嗓子咋样？"达志问得平心静气。

"我嗓子很好！"太爷爷的态度让旺旺高兴,"听过我唱歌的人都说我是金嗓子！喏,这是我前不久自唱自录的一首歌,你听听！"旺旺说着上前"啪"地一声打开了床上的小录音机,一个稍显稚嫩但异常纯美的声音便立刻在屋里回响了起来：

  还是春天的花最艳,
  还是夏天的叶最鲜,
  还是秋天的月最圆,
  冬天的雪片旋呀旋,
  青春少年的梦最甜……

"好,是不赖!"达志慢腾腾地说罢,站起身来,"那你就去唱歌吧。"

"太爷爷同意我去唱歌了?"旺旺满脸兴奋地问,同时得意地瞥了一眼爸爸。

"同意了。"达志叹了口气,用拐杖探着路向门口走去。

昌盛惊诧地望着爷爷,不知爷爷怎么又突然改变了态度。

"太爷爷,后天晚上,我和我的一帮朋友将在白河剧院举行演唱会,欢迎你去参加!"旺旺快活地朝太爷爷的背影喊道。

昌盛那晚当即追到爷爷的屋里抱怨:"我已经命令他明天就去缫丝厂干活,你咋能又——"

"命令?!"达志扬起他那没有视力的眼睛,"你以为你的命令他就老老实实听了?你没听广播上总讲个性自由?他要是一恼之下离家追求自由了你咋办?唱歌可不是只有在南阳才能唱!"

"是么?"昌盛被爷爷的话吓得后退了一步。

"得另想办法。"

"有啥办法?这孩子脾气倔得厉害。"昌盛愁得双眉聚拢在了一起。

"你想过没有,人唱歌需要些啥条件?"

"得会识歌谱!"

"还需要啥?"

"得有一副好嗓子。"昌盛答,"实话说,旺旺这孩子的嗓子不错!"

"要是旺旺的嗓子坏了,他不是就不能唱歌了?"

昌盛的双眼一下子瞪大:"他的嗓子咋能坏了?他年轻轻的——"

"可我知道一个能让嗓子变坏的办法!"达志的声音突然低了。

"啥?"昌盛惊得呼一下站起来。

"这是老辈子人传下来的一个秘方,在过去的戏班子里,一些嗓音好的人,常被他们的嫉妒者偷偷在开水碗里放上人耳朵里的耳屎,这种泡有耳屎的开水一喝,人的嗓子就变哑了。"

昌盛骇然地瞪住爷爷:"这咋能行?"

"咋叫不行?你要想让咱尚吉利丝织祖业无人承继了,这法子就不行;你要想让这份祖业有人承继,这法子就行!"

昌盛像不认识似的直望着爷爷,半晌没有出声。

"旺旺刚才不是说他后天晚上有一个演唱会吗?就在那天晚上办吧,这也是没有办法的事。"

"可是爷爷——"

"心疼了?"

"我是说这有点——"

"你的儿子你心疼,我的重孙子我就不心疼了?可你想想事情的哪头重吧,想想,想不通就罢了……"

昌盛当晚就失眠了。旺旺,我的孩子!你喜欢唱歌是不是起因于我和你妈妈当初教你的那些儿歌?真后悔那时培养了你唱歌的兴趣,要不然也不会有今天这个难题……

一连两天昌盛一直在试图劝说旺旺改学丝织,企望不用爷爷的主意而使难题得到解决;但旺旺一点也不妥协,坚决表示要当歌唱家。没有办法,昌盛只得在第三天傍晚走进爷爷的房间,忍痛说道:"爷爷,就照你说的法子办吧,只是别让孩子的嗓音哑得太厉害。"达志听了,说:"你这会儿先催旺旺练唱几遍,尔后去倒一杯水来,听说这水在嗓子唱过之后喝下去最见效果。"其实哪用昌盛去催旺旺练唱,旺旺那刻为迎接晚上的演唱会已在自己的房间唱了起来。

昌盛把一杯开水端到爷爷面前,问:"咋着放那东西?"达志就从衣袋里掏出一个小纸包来,说:"全放进去。"昌盛接过,抖着手倒进杯里,用一根筷子搅了搅:"就这样行了?""行了,端去让他喝吧。"

昌盛端着水杯走了几步,又转回身来说:"爷爷,我下不去手。"达志听罢,默然半晌说:"去叫小瑾来,我让她端去。"

小瑾听说让送一杯水给旺旺喝,甚觉诧异,不过自和姓霍的事发后,她在家里只默默干活,从不过问别的,这时也不问什么,端到儿子屋里说:"旺旺,渴了吧?喝杯水。"旺旺哪知这水异常,正有些渴,接过水杯就"咕咚咕咚"喝了。

喝罢水不久,就吃晚饭。晚饭桌上,昌盛不敢看儿子的眼睛,一双拿筷子的手哆嗦个不住。旺旺吃得狼吞虎咽,显然是急着要往剧场赶。吃过饭放碗时,旺旺开口说:"爸、妈,我走了。"说这话声音已有些哑了,旺旺以为是自己嗓子有痰,用力咳了几下就拿上吉他出门走了。昌盛的心一下子悬得很高。他无心再吃饭,放下碗也向白河剧院走去。

昌盛买了票坐在观众席上,目不转睛地看着舞台,心里七上八下。终于轮到儿子出场了,他瞪大眼去看儿子的笑脸,侧了耳朵去听儿子的声音,儿子一开口全场人包括儿子自己也吃了一惊:沙哑得可怕。儿子只勉强唱了两句,就双手捂脸跑回了后台。剧场里起了一片骚动,昌盛就在这片骚动声里来到了后台,他看见儿子双手抱头正蹲在后台一角啜泣。他的心一下子被一只手抓住,狠狠地被抛向远处。

那天晚上旺旺是被昌盛扶着走回家的。旺旺边走还边在哽咽着说:"爸……我的嗓子不知咋就忽然坏了……我今晚太丢人了……"望着儿子因痛苦哽咽而搐动的单薄身子,昌盛胸中涌上了一股巨大的悲凉,他真想一把将儿子抱到怀中也痛哭几声。

旺旺那夜是在不停的抽泣中慢慢入睡的,昌盛一直坐在儿子的床边轻声宽慰他说以后会慢慢好的。旺旺入睡以后,昌盛又在儿子的床前坐了许久,一边望着儿子满是泪痕的脸一边在心中叹道:孩子,原谅我吧,爸爸这也是没有办法……

昌盛回到卧室时已近半夜,小瑾还没睡,小瑾直直地盯着他问:"旺旺的嗓子是不是那杯水——?"昌盛叹了口气,微弱地说:"为了让他学丝织……"小瑾的眼泪刷一下流了出来:"这么说是我废了儿子的嗓子,水是我递给他的,老天爷会惩罚我的……"

"怨我,不怨你。"昌盛慢慢伸手揽过妻子那索索抖动的身体——这是自小瑾出事以来他们第一次相拥在一起……

旺旺是一个月之后去缫丝厂上班的。这一个月间,他去了几家医院,希望能把嗓子的沙哑治好,但在医生们接连的摇头之后,他不得不死心了。他是在一个晚上最后绝了当歌星的念头的,他把吉他砸碎,把歌谱和音带扔得满院都是,嘶声哭了一阵。第二天早上,他红肿了眼走到昌盛的跟前说:"爸,我不能唱歌了,我同意跟你学丝织。"昌盛那刻什么也没说,只把头点点。

旺旺到缫丝厂上班的最初几天,昌盛陪了去。他担心孩子精神波动太大,不能理智地处理事情,想跟着随时给点解劝。还好,旺旺一旦死了当歌星的心,学习缫丝倒也认真。只是一旦听到有人哼唱歌曲,他便立刻停下手中的活侧耳倾听,尔后便双手抱了头发一阵呆。每当这时,昌盛的心就像碰上了鲜红的火钳,"哧"一声冒股淡蓝色的烟。孩子,是爸不好,可你既是生在尚家,就只能这样了,这是命……

昌盛把旺旺在缫丝厂跟班学习的情况给爷爷说了一遍,爷爷听罢,吁口气说:"好了,现在给我准备棺材吧。"昌盛听了,苦苦一笑:"爷爷,你又来了,咋总是想着这事?"达志说:"我的事我知道,你给我准备吧,要两口一模一样的,棺板薄一点,甭太厚!"

"两口?"昌盛诧异了,"棺材咋能要两口?"

"去准备吧,照我说的做。只是别让外人知道,如今不是提倡买骨灰盒不许弄棺材了嘛,做的时候隐秘点。"

昌盛只得说:"好吧。"

两口一样尺寸的棺材抬到尚家大院抬进达志睡屋的隔壁是在一个晚上。达志摸着那两口棺材对昌盛交待:"我死了之后,照时下城里人的做法,烧掉;烧完之后把骨灰分成两半,两口棺材里各装一半;一口棺材埋到你顺儿奶奶墓旁,一口棺材埋到你云纬奶奶墓旁。"昌盛这才明白做两口棺材的用意,点点头说:"行。"

第二天,达志又让昌盛把卦师天通叫了来。天通一进门,达志就问他:"人死后魂灵能不能分成两个?"天通一愣,摇头说:"不行,魂灵还是一个,不过可以到处跑,啥东西也阻挡不了。"达志默然一阵,说:"你能不能想个办法,让我死后的魂灵在两个地方轮流住,一个地方住半月?"天通笑了,爽快地应道:"行。"说着从兜里掏出两枚旧时的铜钱,用手指在两个铜钱上各暗写了个"半月",递到达志手上说:"尚爷爷,你只要叮嘱你的儿孙,在你死后将这两个铜钱分别放在你想让魂灵住的地方就行。"达志接过,用瞎眼对视良久,尔后说:"多谢你了。"

接下来几天,一逢卓月从学校讲课回家,达志便让保姆去把她叫了来。昌盛估计爷爷是要对表妹交待什么,便笑笑,没再过问。

有天晚上,旺旺从缫丝厂下班回来,太爷爷达志喊他过去,先问了几句他在缫丝厂的情况,随后指指自己胸前的衬衣口袋说:"旺旺,我要是死了,你只记住一件事,提醒你爸掏掏我这个口袋。"旺旺听了这话有些害怕,问:"太爷爷,掏口袋干啥?""我这口袋里装着几张纸,你来摸摸!"旺旺就走上前摸摸,手指在触着几张纸的同时,也触到了太爷爷那凸现的骨头,慌得他急忙缩回手来。"太爷爷,你为何不现在就把这几张纸让我爸拿去?"达志笑了,说:"傻孩子,别多嘴,你只记住提醒你爸掏就行。我是担心你爸到那时肯定忙乱,忘了这件事!"

旺旺那晚临离开太爷爷的睡屋时注意地看了太爷爷一眼,他发现太爷爷瘦得更厉害了,不知是灯光晃动的缘故还是别的,他总觉得太爷爷的身后好像有个黑影在动。

25

  第二天早晨,昌盛去给爷爷倒尿罐,刚进屋,忽听爷爷说:"要想办法开个菜园,菜园里要种三亩韭菜、三亩菠菜、三畦茄子、外加一畦葱、一畦姜、一畦芫荽。菜园要门朝东开,用竹子扎成篱笆,在每根篱笆上要绑一个红布条。菜园门前再修个鸡笼,里边养五十只红公鸡,五十只黑母鸡……"

  昌盛听得丈二和尚摸不着头脑:咱一个养蚕织丝的人家咋会忽然想起要开菜园要养鸡了?不过他看爷爷说得一本正经,也不敢反驳,怕惹爷爷不高兴,只诺诺应道:"行,行。"

  答应罢爷爷,他上午到办公室坐下后却又为落实爷爷那话发起了愁:咋办?真要按爷爷的要求去办,就要至少买七亩地,如今在市郊买七亩地可不是个容易事,而且自己对开菜园、养鸡都一窍不通,还要雇专门懂这两个行当的人来办。再说,种三亩韭菜,一茬韭菜下来就是好多斤哩,市里的市场上能销完这么多的韭菜?爷爷咋会突然想到了这个?他这话里是不是另有深意?是要借开菜园达到别的目的?是担心时局变化丝织业衰退为尚家人另留一条生路?是想借此讨得市民欢心从而减轻尚吉利的外部压力?……

  昌盛正这样左思右想时,家里的保姆匆匆推开了他的办公室门,说:"老爷爷叫你回去见他。"昌盛以为老人是要问对开菜园一事的安排,就急忙骑了自行车往家赶。

"爷爷,开菜园的事我正在考虑,我想第一步先把地买来——"

"开菜园?"尚达志的两只老眼瞪大了,"开菜园干啥?咱们织绸缎的人家去开菜园干啥子?"

"可这事是你亲口给我说的呀?!"昌盛惊呆了。

"我亲口给你说的?啥时候?"老人显然也吃惊了。

"早上,就是今早上。"

"老天爷!"老人用手中的拐杖捣了一下地,"我模模糊糊记得我早上跟你说过话,可说的什么这会儿却一点也记不清了,我让保姆去叫你回来,就是想弄清我早上给你说了些啥话,原来是开菜园,你说稀奇不稀奇,我咋会忽然想到了开菜园?这是从哪里想起的事?"

昌盛怔怔地看着爷爷。

"昌盛,我这脑子是不行了,我只觉得里边装的东西太杂了,乱糟糟地理不出个头绪——有时刚能理出个头绪,转眼间就又乱了。就像一堆绿豆里混了一粒黄豆,我手指头刚把那粒黄豆捏住,可眨眼间它就又掉在了绿豆堆里了。"

"爷爷——"

"趁我这会儿脑子清楚,我给你说明白,从今往后再不要照我的话去办事了,我的有些话很可能是胡话,再要照办就要出乱子了。开菜园的事再不要去想,咱尚家开哪门子菜园?咱们开菜园干啥?"

"那养鸡的事——?"

"养鸡?养啥子鸡?"

"你早上告诉我,要养五十只红公鸡,五十只黑母鸡。"

"嗨,天爷爷呐,养鸡干啥?咱尚家养鸡干啥?那纯是糊涂话,再别去想了,赶快忘掉它!"

原来是这样!昌盛看着爷爷那秃得几乎不剩一根头发的脑袋,在心里叹了一声。原来人的脑子也有因为衰老而停止正常工作的时候。衰老是要把上天原先给人的东西,一样一样地再全都索回……

半月后的那个上午,昌盛骑自行车向安留岗蚕茧基地走时,略略有些心神不定,为何心神不定却又说不清楚。不过一等他登上安留岗脊,心绪就又有些好起来。远近几条岗上的柞树和桑树尽收眼底,近午的风摇动着万千枝叶,响声如海涛一样在耳边轰鸣。嗬,我的蚕茧基地真的已有些规模了!这几月他总忙其他的事情,蚕茧基地还一直没有来过,所以今天跑来看看。

宁安正和几个工人一起向幼树的根部围肥,看见昌盛,一边拍着手上的粪土一边迎过来招呼:"尚总来了。"

"来看看你们,咋样,忙么?"

"还行。刚好有一桩事向你报告,我们前些天在商议着,待下季蚕茧收下来,基地经费多了,准备在岗脊上挖一个大蓄水池,用来抬高水位,好给满岗的树浇水。这几天,我们正做些设计。"

"行,这主意不错,其他活路呢?忙得过来吗?"

"眼下蚕种都已经收好,剩下的就是为小树施肥、浇水和为明年栽种树苗挖坑了。我给工人们说了,咱们既是为尚吉利集团干也是为自己干,树栽多长好了,蚕就能养多养好,蚕养多养好了,茧就能产量高质量棒了,这样尚吉利集团得的是茧,咱们得的是钱。眼下大伙也都已尝到了甜头,在基地干一年,得的钱顶住在家种三年庄稼……"

昌盛边向蚕房那边走边听宁安说着,他几次注意地看了看宁安那张被阳光晒得黢黑的脸,他感觉到自己当初让宁安干这个基地主任是对的,他会把这个主任干好的,他和宁贞一样,身上都有一种要干什么就把那件事干好的责任心。一阵风的呼啸和羊叫突然把宁安的话音和昌盛的思绪一齐截断,昌盛定睛看时,只见一股旋风抓起正在蚕房门前玩耍的一只小山羊向空中飞去,小羊在空中像一个玩具一样飞速旋转。昌盛、宁安和附近的工人们都被这情景惊得有些发呆。那小羊在空中旋了一阵后,突然箭也似的向地上扑来,仿佛是抓它的那只手一下子松了。昌盛听到一声小羊的惨叫后和宁安一齐向小羊的落地点跑去。现场令跑近的人都吸了一口冷气,小羊躯体已经碎了一地。众人扭头看那旋风时,却已不见踪影。"这不是一个好兆头,旋风抓羊,小心阎王,八成是有人要没命了。"身后响起一个声音,昌盛扭头看时,见是一个身材瘦削的中年工人。"他是左居士,信佛。"宁安这时向昌盛介绍。昌盛觉得这人有些面熟,却又一时想不起在哪里见过。"左大哥,不要瞎说死呀活的。"宁安又开口道。"我这不是瞎说,不信你今天去四乡里打听打听,说不定就有一个属羊的人完了。"昌盛听到这话心里一悸:爷爷不是属羊吗?他的心被这话弄得乱起来,草草地看了一遍蚕房里的蚕种就往回走。刚下得岗骑上自行车走上进城的路,忽见旺旺骑着自行车飞奔而来,他有些惊奇:旺旺骑车来这儿干啥?他还没来得及开口招呼,旺旺已看见了他,旺旺一边骑过来一边叫:"爸,快回家,太爷爷他不行了——"

昌盛的腿一软,连人带车歪倒在了路边……

同尚达志自己估计的一样,死神是不事声张悄无声息地来到他身边的。吃过午饭,他像往日那样躺到床上进入习惯性的小睡,刚刚进入迷迷糊糊的状态,一阵很深的凉意漫过周身,他倏然醒来,以为是盖的被子薄了,就探起身想把放在床边的一件棉袄也盖在身上。就在他探身去摸棉衣的时候,他听见体内啪的轻响了一声,他立刻觉得不好,他刚想张口喊一声什么,不料那阵可怕的凉意又像水一样涌了过来,他仅仅来得及哼了一声,就看见云纬和顺儿站在一只船头上朝他招手……

他所做的最后一个动作,是把一只手抬起捂住了胸前的内衣口袋。

昌盛和旺旺赶到家时,婶子文琳和尚天已站到了爷爷的床前;中风了的承达无法走路,仰躺在一张竹躺椅上倚在父亲床边。他无法说话,只能让泪水顺脸而下。小瑾和卓月都在伏床低泣。尚家人除了在京的尚穹外,都来齐了。

旺旺是第一次见识死亡,他虽然早就听太爷爷说他要死,心上也做好了太爷爷死的准备,但当死亡真的来临,看见往日拄了拐杖在院中踱步的太爷爷脸色蜡白地躺在那里一动不动,他还是感到了惊恐。他两眼怯怯地望着太爷爷,想他说不定待一会儿还会再动,直到听到父亲、母亲和文琳奶奶商议着要给太爷爷换衣裳时,他才记起当初太爷爷叮嘱他的话:提醒你爸爸掏我胸口的口袋。在记起这句话的同时他方留意到,太爷爷的一只手捂在胸口上的内衣口袋处。

"爸爸,你掏一掏太爷爷手捂住的那个口袋!"他扯了扯爸爸的胳膊说。昌盛有些意外地看了一眼儿子。"太爷爷当初叮嘱我提醒你的。"昌盛这才上前去挪爷爷的手,爷爷僵硬了的手捂得很紧,昌盛费了很大的劲才从爷爷手下的口袋里掏出了一沓折叠着的纸。

"那是前些日子外爷口述让我改写的他的遗嘱。"卓月这时看着那沓纸说。

昌盛默默地展开,果然看见上边写着:

　　承达、昌盛、天天、穹穹、旺旺:
　　我死了以后有这样几件事你们要记住:
　　第一件,只要你们中间有一个人在,就不能使尚吉利丝织祖业中断;一旦遇到打仗或灾荒,要先保护机器,可把机器涂上油埋入地下。
　　第二件,靠祖业积攒的钱财,要用到扩大祖业上;尚家人的生活以吃饱、穿暖为限;每年要留出一部分钱用于应付意外,这部分钱不存银行,可兑换成金子或悄悄买成金货,埋入地下。

第三件,我的老衣不必再买新的,就用我身上穿的这套;葬仪上不准动用一匹绸缎;送葬时只请一班唢呐;酒席只摆三桌,四个冷盘八个热碗行了。

第四件,早为旺旺说一房媳妇,媳妇要是贤淑女子;若不能生育,要想法离掉再娶。旺旺日后一旦得子,当及早培养他对丝织的兴趣。

第五件,凡是和做官的人打交道时,要记住"忍";对一些眼下官职不高的人,待之也绝不可轻慢,以防他日后握了大权报复。官场沉浮不定,今天是小官,明天说不定就握了生杀大权,就可能决定咱厂子的兴衰。

第六件,日后摆在我坟上的最好祭品,是"霸王绸",除这之外我不要别的东西,我会一直等着你们给我送来。

第七件,我再也不会为尚吉利集团出力了,这个集团留给了你们,你们只能让它兴旺发达,不能让它破产毁掉。我和尚家的历代先祖会在地下看着你们……

昌盛看罢,把它默默地递到文琳婶子手上。

一阵风飘落到院里,在屋檐下弄出很大的响动,从后院老桑树上落下的第一批黄叶,在风声中滚落到了尚达志的卧室门前。

"通知穹穹了吗,婶子?"昌盛问。

"通知了,"尚天接口,"他明早由北京坐车回来……"

第三部

1

　　北京城最能使一个外省人感到惊讶的是两个地方：一是它的官人之多。在这个都城的任何一个聚会场所，你都可以碰到当官的，而且动不动就是司级、局级和师级官衔。尚穹如今完全相信那个在市民们嘴上流传的笑话不是假的：一根由窗台上掉下来的竹竿打在楼下五个人的头上，这五个人中两个司级、两个处级外加一个相当于司级的经理，全是当官的。不过如今那竹竿要是打在我的头上，统计起来我也是处级了。自从半年前尚穹被提升为副处长后，他常常望着京城大街上的人流想，我也是这都城里庞大干部队伍中的一员了。再就是京城所能提供的奢华生活。这里的五星级饭店和精品购物中心以及高级娱乐场所到处都是，你手上有多少钱都可以在这里花费出去。只要你有钱，你想要什么东西差不多在这里都可以得到。一夜消费掉一万元毫不费力。也因此，生活在北京的尚穹便在心理上感受到了两重压迫：官位的低微和金钱的缺乏。

　　他下决心改变这种境况。经过几年的努力，地位问题如今总算有了改变：副处。官虽不大，但总算可以管几个人了。若在下边，就是一个副县长了。年纪轻轻的，就有了这样一个位置，已经是够可以了。父亲解放前出生入死地打仗，解放后又干了这么多年，不也才混个副地级？现在让他最焦心的，是钱。一个月就那点工资，太不经花了，如果放开胆子，一晚上就花出去了，五六百块钱,也就够请女孩子出去吃顿饭嘛!他痛切地感到,中国的官俸太低。他有时真想给上边写封意见书,提醒他们注意:低薪容易造成腐败。

经济来源就这么一个,可要支出的地方实在太多。个人的生活费用倒是所需不多,重要的是女人那边,如今尚穹和两个姑娘保持来往,两个姑娘那边都需要打发。尚穹有时回想起来,他到京城读书、工作这么多年,最大的收获是在男女关系问题上获得了彻底的观念解放,以往爷爷、奶奶、父亲、母亲在这个问题上灌输给他的所有东西,包括珍视爱情、建立家庭、生儿育女、夫妻互敬、履行责任、慎交女友等等,统统被游荡在京城青年人中的那股风吹得粉碎变得无影无踪。如今只有一个原则他在奉行,这就是"快乐",只要能给他带来快乐,他任何事情都可以做。也就是因此,他同时和两个姑娘保持着关系,一个叫烯,是个身子异常丰满性格异常开朗出身于高干家庭的姑娘,和她在一起,他常常能感受到一种征服的快乐。每次见面,他总是使足了劲把她丰满的裸体抱起来抡上几圈,尔后把她扔到床上,在她格格格的笑声里扑上去。另一个叫韫韫,是个身材异常苗条性格十分文静出身于教授家庭的女孩,和她在一起,他常常能获得一种交流的快乐,他们总是一边相拥在一起一边海阔天空的交谈,他有时在机关里受了气有了不顺心的事,就总是把她招到身边,向她倾诉,听她静静地解劝,在她那里同时获得心灵的宁静和身体的满足。

和这两个姑娘的交往令他绝大部分时间都沉浸在快乐里。他从来没想到要和她们中的哪一个结婚,他从来不想建立家庭,更不愿生儿育女去吃那番辛苦。他想一辈子就这样快快乐乐过去,不向任何人负责任。人为什么一定要为妻子、儿女忙活?那样苦熬一辈子有何意义?他现在坚信社会上流传的那几句话有道理:"结婚是失误,离婚是醒悟,再婚是错误,单身是两不耽误。"

但和两个姑娘交往是需要钱的。不说给她们送高档礼品,不说请她们进高级饭店,不说陪她们进高级舞厅,可总要送点小礼品,吃点普通饭,进到中低档舞厅里玩玩吧?这样一个消费水平也不是他的工资所能维持住的。好在烯能看出他的窘境,有时会给他带点生活用品来。他自己也想过另外的挣钱的办法,不过一个机关干部正当挣钱的路子实在不多。有一段时间他想靠写论文挣稿费,可稿费不高不说,写一篇论文耗费的那份精力实在让他吃不消,他明显地感到,和女人们的频繁交往已使他的体力大不如前了。后来,他又想搞点翻译,把有用的外文资料翻译过来挣稿费,他的英文水平曾经是很不错的,无奈搞翻译也需要精力、时间和耐性,而这些他大都已经用在了女人身上,况且译文的稿费也不高,他最后也就罢了。有一段日子,一些企业家朝他暗示过,如果他利用手上的权力给他们一些方便,他们会给他一些报酬。他毫不犹豫地拒绝了。如果说他从父亲身上继承了什么的话,那就是继承了父亲不受贿赂的传统。他到机关工作之初,就为自己立下了决不受贿的规矩,他知道历朝历代的人都痛恨贪官,何必去做千夫所指的人?而且那样做也很危险,弄不好就会被开除、撤职甚至坐牢。有点犯不着,我辛辛苦苦地读书考进北京又辛辛苦苦地干到了这么一个职位,为一点钱丢了这一切有点太不划算。我如果平平安安地干下去,将来也许会有更好地发展,当官的虽然工资不高,但只要到达一定职位,它带来的东西还是很可观的,比如房子、专车、出国考察和荣耀、尊敬,还会给你配上司机、秘书,这的确值得人为之奋斗。

　　他于是决定仍过清苦的生活。他对工资的使用做着精细的安排,给女友送礼物尽量买那种花钱不多但很新奇能惹她们开心的东西。他常托到外地或出国的同事捎回一些小纪念品送给两个姑娘。他这样做心里当然有些难受,但也没有别的办法,总不能再向父母要钱花吧?

　　哥哥尚天拍发的"爷爷因病去世"的电报抵达北京时,尚穹正在一家名叫"燕尔"的中档饭店里和烯一起吃饭。饭吃得十分愉快,烯边吃边给他讲上流社会里的一些趣闻轶事和秘闻。从烯那丰满的双唇里出来的那些话语令他十分感兴趣,他渴望了解上流社会里的一切,好为自己日后的发展作准备。烯的父亲是尚穹父亲的老上级的上级,如今是国家一个部的头头,当初尚穹由父母领着在京城找工作时,七拐八拐找到了烯的父亲,烯的父亲说了话,尚穹才得以在京城留下。也是因此,尚穹和烯得以相识,并最后发展成了现在的关系。两个人那晚喝的是贝克啤酒,大半杯酒下肚后两人开始兴奋,都用些只有两人才懂的情话撩拨对方,到后来两人的腿在饭桌下紧紧夹在了一起,是尚穹最先忍耐不住,一口气喝干了杯中的酒说:"咱们回宿舍快乐吧!"

两个人刚到宿舍院大门口,老传达就摇晃着电报朝尚穹走了过来。尚穹多少有些意外:这个时候来电报有什么急事?待拆开一看才一愣。爷爷去世了!他没有感到多少悲伤,那样高龄的人死是正常的;何况自小没和爷爷住在一起,他和爷爷也没多少感情。回不回去一趟?不回好像有点说不过去,毕竟是自己的亲爷爷。那么就回吧。他拿着电报走到烯身边,迎着她疑问的目光把电报递给了她。"噢,真不幸。"烯看完后说。两个人沉默着向宿舍里走去。进了屋,烯偎到他的怀里问:"你回去吗?"他点点头,手忍不住在她身上忙了起来,有一刻,他很想把她抱放到床上尽尽兴,但一想到这个时候做这事有点太不应该,就抑下了那股冲动,推开烯说:"我出去给家里拨个电话,告诉他们我回去的车次。"

尚穹坐上南下的火车时,从报贩们卖的一张小报上发现了一则消息:"中原古城南阳一百零八岁的老人尚达志昨天去世。据说,他是该城活得年龄最高的一个人。该老人平日生活简朴,喜食红、白萝卜,常在饭前、饭后蹓步,除丝织之外并不关心别的……"

尚穹当时无声地笑笑,爷爷因为年龄大也成了名人。但愿他的长寿基因也能传给哥哥和我,让我们也能活成一个百岁老人,嘀,那可就要活到二十一世纪末二十二世纪初了……

尚穹到家时爷爷已经火化完毕,昌盛和尚天正把黑灰色的骨灰分装在两口棺材里。他注意到那两口棺材的棺内都放有一枚旧时的铜钱,他有些诧异,一问方知是爷爷生前就放好的。

接下来开始把两口棺材分别向顺儿奶奶和云纬奶奶的墓地抬。这样的举动有点不合时俗,不过因为尚达志是一个活到一百零八岁的特别的老人,所以别人也就没有再说什么。

因为昌盛的有意限制,来参加葬礼的人并不多,大都是熟悉的街邻。尚穹在其中发现了宁贞,宁贞的美艳令他吃了一惊,这姑娘似乎吃了什么变美的药品,和上次见面相比又有惊人的变化,身上的一切好像都更趋匀称和标准,尤其是身上的那份庄重和自信,给人一种成熟美的感觉。尚穹突然间觉得,和宁贞相比,他在京城结识的那两个姑娘简直不算什么。他在心里第一次对故乡有些惊奇,这样一个四面环山的小盆地,竟还能造化出如此美丽的女人?

他的眼睛不愿再离开她,只是出于礼貌和防止别人注意,他才不时地把目光从她身上移开。他知道她如今当了尚吉利丝织厂的厂长,今天是以昌盛的同事的身份参加这个葬礼的,但他心上断定,这姑娘一定是做了昌盛的情人,要不然昌盛哥决不会给她一个厂长的位置。再说,这样一个漂亮的姑娘在身边,昌盛哥也不可能不对她动手的。如今的私人企业主,有几个不玩女人?昌盛哥,你的艳福不浅呐!他感觉到他内心里对昌盛生了一丝嫉妒。

他几次过去同她搭话,她都报以淡淡的一笑和得体的回答。她的那种笑容让人看了心里实在舒服;还有那高高隆起的胸和丰盈的臀,让人看了双手直想抬起来伸过去。他想,凭他在京城练就的那份同女人打交道的经验,用不了几天就可以让她成为自己的怀中之物。只是因为你是昌盛哥的情人,我才饶了你……

葬礼结束后尚穹没有立刻回京,他想既是回来了就干脆在家住几天。这几年他因为一心想把工作做好以便在京城站稳脚,也因为恋着京城里的那两位姑娘,一直没有回来,他也很想借此机会在这个生养自己的小城里走走看看。开头几天,他多是在朋友们为他举行的酒宴上度过,后来才想起应该到堂哥昌盛的尚吉利集团看看。

昌盛见尚穹来看自己的企业很高兴,领着他看了一遍。尚吉利集团的发展速度和已达到的规模令尚穹大吃一惊。在他的心里,尚吉利集团仍是那个有十几台织机的小厂,小打小闹的没啥意思。其间他也听母亲和哥哥说过尚吉利集团发展的事,他都没有放在心上,没想到如今已真正发展成了一个实力雄厚的企业集团。"看来我还真成了一个官僚,对我们家族里发生的变化也不清楚。"弟兄俩看完一遍企业回到昌盛的办公室里后,尚穹笑道:"我有点低估了你的能力,昌盛哥,你是一个大企业家的材料!"

"我哪有啥本领,这都是在爷爷的指点下干的。"昌盛叹口气,他还没有从失去爷爷的伤感里走出来。"爷爷这一走,我好像一下子失去了靠山,心里有些慌起来。"

"如今你的固定资产早过五千万了吧?"尚穹笑问。

"也没有去计算。"昌盛答道,他一向不想向人夸耀也不想暴露企业的实底。两个人正说着,宁贞拿一个材料进来让昌盛签字,望着宁贞含笑让昌盛签字的模样,尚穹突然间感觉到原来心里对堂哥的那份妒忌变强变大了:昌盛哥,没想到你这个没有上过大学的人竟然是金钱、美女都有了!而且是这样多的金钱,是这样一个从身高到体形,从五官到肤色,从举止到神态都无可挑剔的美女呵!……

2

  尚达志的去世在宁贞的心上并没造成什么影响,她只是见过那老人几次,除了对他活到一百多岁有些惊奇之外,其他并无什么印象。她那天所以参加他的葬礼,只是因为他是尚昌盛的爷爷。昌盛给过她那样大的帮助和信任,他的亲人去世她当然应该前去表示哀悼之意。她在葬礼上注意到昌盛十分伤心,于是便在心上决定,这段日子自己一定要精心把丝织厂的事情做好,不留下任何纰漏,以免给昌盛再添负担。

  丝织厂这些天正在织造一批彩锦缎,是应美国纽约梦宛绸缎公司的要求而织的。梦宛绸缎公司的栗振中新近通过尚吉利集团在香港的分公司订下了这批货,而且要得很急。宁贞于是组织织工们马不停蹄地赶织着。

  这天正要下班的时候,在厂部负责文秘事务的一个姑娘喊她去接电话。她跑过去拿起话筒,电话里的男子声音很陌生,开口便称她曹女士,而且要她猜一猜他是谁。话音里带一点开玩笑的味道。宁贞略有些意外,因为她一向庄重娴静,从不同人开玩笑,所以周围的男人包括女人们同她说话,都是要么叫宁贞要么叫小曹要么叫厂长,语气都是一本正经,还没有人这样嘻嘻哈哈的给她打过电话。她猜想了一阵,确实辨不出这个带有点普通话口音的人是谁,对方于是笑着说明:"我是尚穹。"

  "噢,你好!"宁贞在短暂的惊愕之后急忙礼貌地开口。她想不起这个尚穹给自己打电话的理由,她和他只是见过几次面,除了那次在昌盛家的酒桌上和他说过应酬话之外,另几次见面也只是点点头而已。给她留下点印象的见面也就是这次在昌盛爷爷的葬礼上,她看到他黑色的西装十分笔挺,黑皮鞋擦得锃亮,给抬棺材的人们散烟时散的是555烟,她当时只是在心里觉得尚达志的这个在北京工作的孙子还真是有点派头。仅此而已,并没有更进一步的交谈,他这会儿打电话干什么呢?

"我想今晚上请你吃饭,顺便同你商量点事情,不知你肯不肯赏光?"

宁贞嘴张了张,但没有声音。她一时不知该怎样回答。她还从来没遇见过这样的情况:一个男人主动请吃饭。咋着办?去?有点不成体统,一个未婚的姑娘单独和一个男人在一起吃饭,让别人看见会怎样想?而且也确实不习惯,和一个陌生的一点也不了解的男人相对而坐吃饭,怎能吃得下去?那么回绝?他是昌盛的亲堂弟,伤了他的脸面似也不好,再说他讲有事商量,万一有重要的事商量自己这样回绝岂不是要耽误事情?自己毕竟是个厂长,负有责任呐!"请问尚穹先生,有什么样的事要商量?"

"呃,是关于绸缎方面的一点事。"

宁贞一听这话立刻回答:"我去。"既是关于绸缎方面的事,自己当然责无旁贷,即使别人看见了有些误解和议论,也必须去。这是工作,是对尚吉利丝织厂负责,也是为昌盛分挑担子。她问清了饭店的名称和位置之后,便放下了电话。

她临离厂前去找了一趟昌盛和家福,想把今晚吃饭的事情给他们说一声,不料两个人都不在办公室,她只好作罢。

她到达"伉俪饭店"的门口时,心里又生了一层别扭:为何要挑这样一个饭店?这店名明明标着是为夫妇们开的,进出的都是成双成对的人,自己这样来和尚穹吃饭,让熟人看见可真要糟糕。不过这时已经没有别的办法,她只好硬着头皮走了进去。

尚穹坐在角落里的一个桌子前等着她。

这是宁贞第一次单独坐在一个陌生的男子对面吃饭,她努力不让自己显出慌乱。尚穹要的菜挺丰盛,话语更加丰盛,一个劲地夸宁贞年轻能干,是南阳出类拔萃的姑娘,是昌盛的得力助手,为尚吉利集团立下了汗马功劳。宁贞不习惯这种当面奉承,脸颊通红神情越发不自然。她只是应付性地吃几口东西,一心静等着他提出要商量的事情;可尚穹似乎忘了,迟迟不说,只管劝宁贞吃东西,并向宁贞介绍自己在北京的见闻。随着时间的延续,宁贞渐渐感到尚穹望向自己的目光里添了一种东西,一种侵犯性的很不礼貌的东西,那目光分明是要钻进自己胸衣缝隙的样子,她下意识地摸摸胸前的衣扣,有点不高兴了。而且她也有点看不惯对方那副自视高人一等夸夸其谈的样子。她出身农家,自小对城里那些富家子弟就有一种不服气,尤其不愿看他们做作炫耀的那个姿态。于是脸上有了点隐约的冷色,就干脆提醒他:"尚先生说要找我商量事情,是什么事情?"

"商量事情?"尚穹明显一愣,不过随后"嗬嗬"笑了,"噢,是有点小事情,我只是想问问你愿不愿到北京去玩玩,如果愿的话,我可以建议我昌盛哥让你带一批绸缎到京城里去销售。"

宁贞立刻明白了对方今晚请自己吃饭的用意,她有一种上当的气恼,不过她尽量没让自己的气恼显露出来。她只是平淡地说:"谢谢你的好意,眼下厂里太忙,没有去北京玩的闲心,以后得空,再麻烦你。"说罢,她就以家里还有急事为由起身告辞了。

宁贞第二天上班时没有再对昌盛、家福和任何人提起昨晚上和尚穹的见面,她想把这场无聊的约会尽快忘记。她一上班就把全部心思投到了彩锦缎的织造上去。几个繁忙的日子过去之后,她差不多已经把同尚穹的见面忘了个干净。

星期六的后晌,宁贞按惯例去给昌盛汇报这一周的生产进度和存在的问题,汇报结束后,昌盛说:"宁贞,我有一个想法,想同你和其他几个厂长商议。"正要走的宁贞停住步,静等他说下去。

"我们的产品如今在北京还没有完全站稳市场,而北京是首都,那里不仅是有钱人聚集的地方,而且有大量的有购买力的流动人口,还有各个国家的驻华使馆的工作人员,倘是咱们在北京打开了局面,一方面会使我们的产品在国内的销售额大大增加,另一方面也会使咱们的产品在国际上知名度更高,各国的使馆工作人员会替我们做义务宣传。"

"那你的意思是——?"宁贞瞪大了好看的眼睛。

"想在北京搞一个大型的展销活动。"

"哦?"

"你觉着咋样?"

"倒是值得,这几个月由于日本、法国、美国几个公司退货,我们绸缎的外销量有所下降,如果有这样一个活动,兴许会打开通往其他国家的销售渠道。"宁贞答道。由于在厂长位置上的锻炼,她分析起问题来也总是头头是道。

"好,既然你也这样看,我这心里就又多了一分把握,如果最后定下来干,我想派你和家福先去京筹备。"

"那咋能行?"宁贞急了,"我和家福都没去过北京哩,连北京是个啥样子都还不知道,哪能去筹办这样大的事?!"

"看把你吓的,"昌盛笑了,"你懂绸缎,家福懂广告宣传,北京还有我堂弟尚穹在那儿工作,他大学毕业,聪明能干,如今年轻轻已在经济部当了副处长,有他的帮助,我相信你们会把事情办好!"

一提到尚穹,宁贞突然想起那晚和尚穹在伉俪饭店的见面,心里立时升上了一股别扭:还要和他打交道? 不过转念一想,人家那晚也没有什么太失礼的行为,不过是想和你在一起坐坐,也许那是在大城市生活过的人的正常举动,你不要太小家子气。

"你先做点思想准备,事情定下之后我再给你说。"

宁贞这下子脑子里再不能平静。去北京,这是她自小就有的愿望,可是一个农村穷人家的女儿,哪有去北京的可能?她进尚吉利丝织厂之前,对这事连想也不敢想;当了厂长后,有了点钱,可惯于节省的她也从没有动过去北京旅游的念头,那要花多少钱呐?!没想到忽然间机会要来了,要来了!北京,我真的能见到你吗?

她那天傍晚下班回家时,高兴地抱住妈妈的脖子转了几圈,妈妈嗔怪地用手指捏住她的耳朵叫:"傻丫头,看把妈转晕了!"

晚上吃饭时,在蚕茧基地当主任的哥哥和在蚕茧基地当工人的嫂嫂晶子也回来了。望着一家人围坐在饭桌前吃着比前些年丰盛得多的晚餐,宁贞又一次在心里感叹,幸亏有了尚昌盛办的尚吉利集团,要不然,我家还要多少年才能过上今天的日子?

尚吉利集团,愿你还有更快更大的发展。尚昌盛,愿你的丝织业更加昌盛,我愿意为你去干一切!……

3

　　爷爷下葬几天后,昌盛下班回来,还总要习惯性地先去推开爷爷睡屋的门,直到看到那张空床,才记起爷爷是永远地走了,再不会拄着拐杖一边咳嗽一边向他询问尚吉利集团的事情。从今往后,尚家的丝织祖业真要靠你一人来操持了。

　　他感到心里有些空,觉着原先依靠的那根柱子没有了。过去,虽然集团里的事都是他拿主意,但他内心里总有一种仗恃,背后有爷爷在看着,倘是出了什么事爷爷会为他补救的,可现在这种仗恃没有了。

　　也就是因此,去北京搞展销活动的决策,他犹豫着不敢很快作出,如今做每件事必须更加慎重,一旦失误没有人来帮你收拾败局。经过再三的考虑和同下属们商量,他最后决定了搞。作了决定之后的那个晚上,他提了一包营养品向承达叔家走去,一来是看看承达叔叔,二来是想把这个决定告诉就要返京的堂弟尚穹,请他在京帮助预作一些准备。

　　承达还躺在床上,昌盛走到他床边的时候,他只能咿咿呀呀地发一些谁也听不懂的声音。昌盛握住叔叔的手,望着他那因无法表达而充满痛苦的眼神,看着他那因长久卧床而显虚肿苍白的面容,心里涌上了一阵难受,人生为何总要与磨难苦痛做伴?上帝为何不允许人痛痛快快地过完他其实不长的一生?

　　他说了些安慰叔叔的话后,就出来到客厅与文琳婶子和尚天、尚穹聊家常。然后才转入正题,同尚穹说起想在北京搞展销活动的事。尚穹听罢沉思了一阵,说:"可以,这件事值得做,弄好了会扩大尚古利绸缎的影响和销路;那儿是国家的中心,什么事在中心造成了影响,才能引起全国和世界的注目。只是如今在京城办事,样样需要钱,租场地、搞布置、请记者、做广告,什么事都离不了钱,你要想把这事办成,得舍得花钱才行。"

"花钱就花钱,这我有准备。"昌盛说着,就从衣袋里摸出了一个纸包放到了尚穹面前的茶几上,"这是两万块,你这次回京带上,到那里先替我做点准备,主要是把展销会的场地商定下来,把租金谈妥,然后我派人把展销的产品和场地的租金带去,等一切都布置好了,我再去。这期间啥时候需要钱,你可随时来电话,我会立马寄上。"

尚穹望着那两万块钱,心上倏然一动。说实话,他虽然出生在副市长家,如今又在京城里当副处长,可由于父亲从不接受他人礼物也由于尚穹给自己定下了不受贿赂的原则,还很少有两万块钱一下子放到他面前的情景,而且接受这钱不带任何危险性,既不会影响到他在仕途上的发展更不会犯罪。在这一刻,他猛然意识到他其实有一条解决自己经济拮据的道路,这就是从昌盛哥这儿取。他是私人企业家,和自己又是亲属,花他的钱不会遭任何人议论,可算是天经地义。两万块钱,他一次拿出两万块钱轻轻松松,可这却够我花好长时间了。像他这种已成气候的私人企业家,每年拿出十万二十万也只等于从身上拔下一根汗毛。嗨,我过去怎么就没想到这一条路?直到昨天,我还在为回京给烯和韫韫买什么礼物发愁:太贵的东西,买不起;太贱的东西,拿不出手。现在不是已经解决了问题?两万块钱就摆在面前,是堂哥自动自愿送来的,仅仅是替他把展销会的场地商定下来,定个场地还不容易?眼下只要你能出租金,在北京啥样的场地都能定下。嗬,这次回来的收获还是有的!"行,昌盛哥,你放心,我回去就跑这事,保准管你满

· 289 ·

意！"

　　昌盛见尚穹痛快地应允下来，轻吁一口气。好，这件事算是开了一个好头了。这是爷爷不在后自己办的第一件大事，看来会办好的。爷爷，你可安心在九泉下歇息，昌盛不会负了你的嘱咐……

　　昌盛在接下来的一段日子里，就是忙着组织去北京展销的产品的生产。在面料上，他要求宁贞负责的丝织厂要把"绫、罗、绸、缎、绢、纺、纱、绉"八大类都生产出一部分来；在服装上，他要求时装厂要保证衬衫、夹克衫、连衣裙、休闲衫等品种都有；此外，他还在时装厂新设了一个车间，制作真丝领带、丝巾、真丝被面、真丝空调被、真丝工艺品座垫、真丝台毯、真丝床罩等日用品。他计划展销一千个品种，把尚吉利集团的实力向世人作一次全面展示。

　　整个尚吉利集团的职工那些天都在忙碌之中。昌盛就在这忙碌之中接到了尚穹由北京打来的第一个电话。尚穹在电话上说，展销场地已基本商定，就在北京西城的一个大型会议厅里；里边可以容纳两千人；每天的租金还没有最后谈妥，但会往最低处努力；他已同时和新闻界接触，为届时的新闻宣传做准备。昌盛听了很高兴，连说"老哥谢谢你！"不过接下来的交谈有点令他意外，尚穹在电话上说：请他再寄两万元活动经费去。他当时惊得双唇张开许久没有阖上，老天，仅仅找到一家会议厅同人家谈谈愿意租用的意向就把两万元花完了？依昌盛的想法，他当初拿给尚穹的那两万元作为展前的活动费用差不多已经够了，没想到转眼间可就光了。也许北京如今办起事来花销太大，也罢，就再寄两万去。他沉吟了一霎之后说："行，立马汇两万过去，你注意查收。"

　　自从爷爷去世之后，昌盛意识到从此再不会有人来监督他的财务支出，他必须自我约束，把每一笔钱都用到该用的地方，这样才能保证集团的积累和发展。那天旺旺在缫丝厂擅自从厂会计那里拿钱请几个同学到餐馆吃饭，回来遭了他一顿痛骂。也因此，在给尚穹寄走两万元之后,他暗自心疼了两天。不过后来又自我解劝:这也是为了发展需要,展销会办好了,赚得的钱不是更多?

他实在没有想到,仅仅过了一个月,尚穹在电话报告展销场地的租金已经谈妥之后,会开口再要两万元活动经费。昌盛对着话筒瞪大了眼睛,似乎在审视电话那头的尚穹是不是在同他开玩笑。事情八字还没一撇,只是有了一个可租的场地,四万元可就没有了?这钱是怎么花的?可尚穹在电话里的声音一本正经:"我正在同中国丝绸总公司的有关人员联系,希望届时他们会有人出席开幕式,这会提高展销会的规格。不过如今要想请人参加这类展销会并不容易,需要疏通……"

昌盛咬了咬牙,朝肚里咽了口唾沫之后开口说:"好吧,两万元马上寄去,你注意查收。"事情已经到了这种地步,只有寄了,倘是不寄,尚穹一气之下不管这事了,花的钱就会更多,事情总不能半途而废吧?说完寄钱的话后,昌盛真想再叮嘱几句:老弟,节约点花,我手头上的流动资金也很紧张,我刚刚进了一大批原料,又动手建造工人宿舍和几栋厂房,手上的钱有限呐!但他最后还是忍住了,怕这话出口后会伤尚穹的心,人家毕竟是为你办事,干嘛那样小量人家?再说,北京的情况你又一点不了解,也许那边办事花钱原本就厉害。

昌盛现在就盼望计划中的展销产品早点生产出来,这样就可以早点进京展销,以免再次加大活动经费。

他的心有些焦躁起来。

4

卓月给学生讲完第二节课赶到外爷尚达志的坟上时,田野里其他清明节上坟的人都已经开始往家返了。她匆匆点上火纸摆好祭品后,用随身带来的铁锨给外爷的坟上培了几锨土。她知道自己的行动若让学生们看见,会令他们目瞪口呆,她这个综合大学的校长在课堂上讲的可是不信人死后会有一个阴界的。不过讲是一回事,做起来又是另一回事,这是外爷去世后的第一个清明节,我怎能不来?我是真愿人死后魂灵还在,还能感受到人间的一切,还知道子孙们对他们的思念与挚爱的。

尚达志的去世,使卓月觉得自己再也没有可诉说心里话的亲人了。卓月有时想想,自己这大半生真正可以倾心交谈真诚挚爱过的人也就五个:妈妈、卓远外爷、雅娴外婆、达志外爷,再就是彼此伤害过的那个左涛了。前四个人都已去世,最后一个也不知到了哪里,人世上的来来去去真是快呀。

她拎起竹篮,拿了铁锨,又向不远处的卓远外爷、雅娴外婆和妈妈的坟上走。但愿真有一个阴间而且那里允许彼此接触,那样,达志外爷就可以再见到我的妈妈,也可以和卓远外爷再次成为朋友……

她那天上完坟回到家时,见穿戴一新的宁贞站在门口等她,很有些诧异,一边让着进屋一边就笑着问:"你这年轻的大厂长怎么有空闲到我这儿?"宁贞羞羞地一笑说:"尚总经理要我和另外几个人明天启程去北京筹备展销会,我来问问你在北京有没有要买的东西要办的事情。"卓月一听这个急忙摆手:"谢谢,谢谢,我在北京没有啥事要办,我听昌盛表哥说过你们要在京办展销的事,祝愿你们一切顺利。""还有一件事,左居士想让我问问,你是不是还在研究安留岗上那个出土文物现场的事情?""当然,"卓月一听这话来了兴趣,"我的研究文章在《考古新发现》杂志发表后,引来了一批读者来信,有人同意我的看法,也有人反对我的结论,我眼下很想再就一些问题写篇文章,同一些读者商榷,只是这段时间里学校里事情太多,没有得空去做。那个左居士问这事是什么意思?"

"左居士最近在蚕茧基地给树苗浇水时,发现了一个石片。"

"石片?"卓月的眼睛里涌满了急迫,"啥样的石片?"

宁贞把手上一个报纸包着的东西递给了卓月,卓月急急地打开,见是一块近乎三棱形的石片,石片上有阴刻的三个隶书汉字:"此岗乃。"

卓月直直地盯着这三个字。

"左居士说,从这石片的质地和上边的字以及它不规则的两个斜面上判断,它是从一座石碑上碎裂下来的,曾经是一座石碑的组成部分。从字的刻法和写法上看,它出现的年代是在东汉。从发现它的位置上看,石片上边残留的三个字中的'此岗'两字,指的应该是安留岗。因此,左居士认为这石片可能与岗上的方形土坛有些联系,所以特让我捎来给你看看。"

"有道理,"卓月一边翻转着那块石片审视一边说道,"看来那位左居士还真有头脑,而且对汉字和篆刻有些研究,请代我向他转达谢意……"

送走宁贞后卓月仍长久地盯着那块石片出神,但愿那个左居士的分析与历史事实有些接近,倘若这石片真是一座石碑的残片,而这座石碑又和那个出土的方形土坛有联系,则碑上就应该记载了那个方形土坛上当年发生的事情。这样一来,只要找到了那通石碑,安留岗上留下的历史之谜就可以解开了。

应该去看看那个不愿见人的左居士?说不定他能给你更多的帮助!……

卓月再次登上安留岗是在一个春风暖人的上午,满岗的桑树、柞树刚刚绽出新芽,让人心神为之一振的勃勃生机充满着这个十分年轻的树林。卓月在树林里穿行时脚步轻快,她今天是特意来见那个叫左居士的工人的,他对那个石片的分析更令她觉得他肚里很有点东西。

她在林中的蚕房门口被一个工人告知:左居士正在岗的东南坡上给小树浇水。她于是向东南坡走去,透过林隙,她看见有一个白发满头的老头正在一片刚栽下的小树中扯着黑色的胶皮水管忙碌,根据他的背影她猜着他的年龄:也就六十多岁。

离他十来步时她喊了一句:"左大叔。"那老头慢腾腾地转过身子,那是一张皱纹满布的面孔,她的双唇在她目光审视那张面容的同时已经张开:"左大叔,你好,谢谢你让宁贞——"话到这儿她突然噤声,一个寒战猛然摇撼了一下她的身子,使得她急忙扶住了近处的一根小树。天爷呵,这不是左涛?左涛!是他!尽管他的头发已经全白,面容老相得厉害,腰也显出了伛偻,但他面孔的轮廓还在,还有那双眼睛,那双眼睛虽有些混浊,可看人的样子一如当年。哦,原来你在这儿?!在这儿!

"我只让宁贞把石头交给你,没有让她告诉谁拣到的石头。"左涛极慢极慢地开口。

"她没有说你是谁,她也不知道你是谁,我是自己找来的。"她望定他喃喃说,他的外貌变化之大让她惊惧:他这样的年纪怎会变成了这个样子?她感觉到了一直压在她心底的那股愧疚像一个冬眠初醒的虫儿一样向上拱动。许多年前她用锥子向他下体刺去的那个场景也倏然回到了她的眼前。

"走吧,你!我只是干活时拣到了一块石头,又从报纸上看到了你在研究这个,就托宁贞捎去了,我没有别的事,快忙去吧。"左涛挥了挥手,弯腰重又抓起了浇树的黑色水管。

"你这些年都在哪里?我一直在打听你。"卓月没动,哑了声问。

"走吧,我得干活了。我今儿个得把这二百多棵树都浇一遍,你看这些小树长得多精神,要不了二年,就都可以养蚕了。"

"告诉我,"卓月向前跨了一步,声音颤抖而饱含委屈,"我一直在找你,我当初——"

"眼下正是给树浇水的时候,"左涛打断了她的话,"它们只要喝饱了,一天都能长高一寸。"

卓月没有再说话,只是定定地站在原地,直直地盯住他。

左涛也不再言语,只是低了头,不时拉动黑色橡皮水管,把水注入一棵又一棵小树的根部。四周很静,只有水流注树坑发出的响动。一只黑色的长尾鸟在空中盘旋一圈,似乎怕惊动这幼林中的两个人,又不动声色地向远处飞走。

两个人的沉默在继续,这种沉默因为卓月目光的搅动而带有了一种挤压人的力,左涛最终没能忍受住这种挤压,扔下水管叹口气说:"你都想知道些啥?"

卓月依旧没吭也没动,只是盯着他。

"文革一结束我就因为文革中的焚书行为被开除了公职,我无脸回老家,跑到桐柏山里一家大理石厂给人家采打石头,我在那里结了一次婚,是上门女婿,可后来因为我那方面……女的提出离婚了……我被赶出女方家门后,去了水濂寺……我想就在寺里剃度了……可主持听说我家里还有老母要养活,就劝我当居士。后来,为了挣钱养老母,我来到了尚家办的这个蚕茧基地,我已是信佛的人了……你还想知道什么?"他的目光忽然冷冷地放了过来。

卓月仍然什么也没说,只是让两行泪水,顺着双颊滚了下来,那些泪水经由她的下巴落向地面时,被灿烂的春阳耀成了五彩的颜色……

5

宁贞和家福是带着一卡车展销绸缎进京的。这两年尚吉利集团为着原料运入和产品运出的方便,自己买了八台东风牌卡车组成了一个车队。这次进京展销,昌盛决定所有的展销品都由自己的车队拉去,不再经过火车托运以免延误时间。

宁贞和家福带的这辆车是首车,按昌盛的计划,一待他们和尚穹接上头整理好了展销场地开始布置时,后边的车队便即刻启程。

车是早上五点钟离开南阳的,他们计划第二天中午赶到。年轻的司机技术很好,除了路上吃饭和偶尔停车打盹以驱赶疲劳之外,车几乎一直在跑。宁贞坐在驾驶室里默望着路边那些一闪而过的里程碑,知道京城正在被车轮一点一点向她身边拉近。我就要见到你了吗,古老的北京?!但愿你给尚吉利集团带来好运,让我们的展销成功!

车到石家庄已是晚上十点,经过十五个小时的奔驰司机已经疲劳到极点,司机说我们得停下睡它几个小时。宁贞担心司机太累出事立刻答应。不巧的是他们在郊区停下的那个带有停车场的旅馆只剩了一个床位。眼见着下了车的司机眼都不想再睁,宁贞决定不再启动车去找别的旅馆,让司机去旅馆里睡,她和家福就在驾驶室里对付着睡几个小时,顺便也好看护那些展销的绸缎。

这是宁贞和家福第一次在夜晚同睡一处,尽管两人都不脱衣服,宁贞还是觉到了一点别扭。但也没有别的法子,两个人轮流去

· 297 ·

了一趟厕所,回来又把车上的篷布捆紧,之后就一前一后地进了驾驶室,"嘭"一声把两个车门关紧隔绝了远处的市声。

"贞。"

"嗯?"她听出他的喘息有些变急。

"就睡?"

"睡吧,明天还要赶路。"她听出了他的话意,但她假装没有听懂。

一只手在黑暗中伸了过来,怯怯地放到了她的一只肩膀上。她没动。两个人的来往持续到今天,她心里是早已把他看成自己的丈夫了,只是因为她对这件终身大事的看重,她才想再仔细观察了解一下自己要与其相守一生的男人;也是因此,她在平日两人的相处中没有允许他做太出格的举动。

旅馆里的灯相继熄灭了,躲在车场近处的黑暗见状立即拥了过来,将车场上那盏不大的灯泡也撞得一摇一动。就在这突然浓起来的黑暗中,她感觉到他放在她肩上的那只手在用劲拉她,有一刻,她想伸手把他的那只手拿开,但又觉得那样会令他难堪,就在这犹豫的一瞬间,身子被他拉到了他的怀里。她没再挣动,她估计他是想亲亲她,他过去曾在她耳边说过,亲她的脸蛋会让他感到整个身子在飞起来。他果然是要亲吻,灼热的双唇和舌头几乎亲遍和舔遍了她脸上的每一个部位,但他并没有满足于亲吻,他的手已经在她不注意时伸进了她的胸衣,她再一次想要制止他,但他的手指对一双乳头的按压是那样令她舒服,是这股舒服令她压下了要制止他的心愿。时间在安宁的夜暗里延续,宁贞渐渐感到心里原有的那股抗拒被他的亲吻和抚摸抽走了,一种想要抱紧对方让对方挤压的渴望生了出来。不知不觉中,她将舌尖伸进了对方的口中,一双手开始在对方的脊梁上急切地抓挠,她知道他的双手开始在解她的裤带,但在体内汹涌奔流的欲望一点也没让她感到害怕,相反她还为他久解不开感到了着急。终于解开了,她的下体猛然感到凉凉的夜气,她被平放在了驾驶室的长座位上,她已经做好了献出一切的准备,没想到就在这时他说了一句:"这鬼地方真小!"这句话在一直持续的沉寂中显得那样突兀,像石块一样给宁贞那滚烫的脑子和身体以訇然一击,让她一下子意识到了她是在一个多么可笑的地方做这件郑重的事情。当家福脱完衣服压过来时,她的身体已完全冷却下来,她一下子推开了家福,三几下穿好衣服,"嘭"一下打开车门跳了下去。聚集在四周的夜气围拢过来,让她打了个寒噤,她望着远处石家庄市区里那些粲然的灯光,缓慢地把头摇摇。

"你咋了?快上来!"家福在驾驶室里焦急地轻唤。

"你睡驾驶室,我到大厢里睡!"她向驾驶室扔进这句话后,便毅然向后车厢板走去……

——你心里现在在后悔!

——是的,我刚才不该在他面前显得那样顺从,竟然没有一点抗拒。

——你让他看出了你心中的欲望,你心中原来也有这种欲望。你在为自己的举动羞愧!

——我没想到这种欲望会被他引发出来,而且一旦引发出来就会失去理智,我差一点失去理智,在这样可笑的地方去做那样的事!

——你仔细想一下你刚才拒绝他的原因,那不全是因为这个地方可笑,人们其实可以在更可笑的地方做这种事。

——也许,我可能是意识到我不能和他在这种可笑的地方——

——和他?归根结底,是因为你在内心里对他不很满意,所以你才不愿随随便便地在一个地方向他交出自己。你希望他郑重地把你迎娶过去,希望他履行所有该履行的仪式,你想要用那些繁复的仪式来对付心里的那份委屈,你想让他有一种得到你不易的感觉,来对付你心中的那份不满意!

——我只是想这种事不能草率,不能这样轻易地就开始,就过去。

——这恰恰证明你不是百分之百地全心全意地毫无保留地爱他,一个女人真要爱一个男人,是愿意为他去做任何事情的,甚至去死。

——我承认我和他没有达到这一步。

——也就是因此,你可以挑拣做这种事的地方,你可以很干脆地拒绝他,而不在乎他是否痛苦。试想,你要真爱他,他要提出这种要求你敢你会你愿拒绝?你恐怕早就酥倒在了他的怀里,你会听任他在任何地方做任何事情。

——可我已经从心里接受了他、我已经真的做好了和他结婚的心理准备。

——你接受了他、你做好了和他结婚的心理准备,这都是在理智层面上完成的事情,你并没有在感情上完全接受他,只有感情上的接受才能消除男女之间的一切隔膜和障碍。

——自从和他交往以后,我从来没有去想再和他分开,再和别的男人……

——但你今晚的举动就证明:你心里依然有不甘,遗憾之感还存在于你的心中,你其实还在企待!

——我没有!

——先别否认,这种企待是一种隐藏很深的东西,只有对自己的内心进行反复翻查才能发现。其实每个女人,包括已有了如意郎君的女人,只要潜入她的内心,也还会发现那其中藏有一种企待,企待更有魅力的男人出现。人的欲望从来没有尽头。

——我该怎么办?

——什么也不要做,把一切交给时间,时间会根除你心中的不甘和遗憾的。

——我会最终变成一个妻子、母亲和奶奶？……

宁贞在汽车大厢里似睡非睡地躺着。她看见有两个人在她面前激烈地争辩，她饶有兴味地听着，评判着，努力不让自己偏袒任何一方，直到司机用力敲着车厢板叫：厂长，咱们上路吧！她才一下子睁开眼睛。

石家庄市已在晨曦里显露出了它阔大的身躯……

6

　　尚穹这段日子过得可真是爽心快活,再也没有感受到金钱的压力。昌盛先后给的那六万块钱,他只用其中的几千块钱就把展销场地联系好了,剩下的钱他做了三件事:一是给烯和韫韫分别买了点首饰。这是他过去一直想送而送不起的。看到两位心爱的姑娘戴上珍珠项链和金手链时的那股欢喜,他感到很舒服。他愿意看到她们的笑容,他认为她们的笑容是除去他在官场拼搏所带来的疲累的最好药物。第二件事是给司长送了点礼物。司长平日很赏识他的能力,在提他当副处长时起了决定性作用,对此他一直心存感激。他很早就想送点贵重礼品以表示心意,可苦于没钱,这次总算把这件事办了。下一步的提升还要靠他,在他身上花点钱是应该的。第三件事是到银行存了点钱。这是他第一次见存折,尽管他是副市长的儿子且又在京城工作,由于工资低也由于和两个女人来往支出的地方太多,他还从来没有存过钱。这一下好了,有了这个存折,心里头就踏实多了。他现在有点理解为什么外国那些政治家都和企业家有联系,你背后有了企业家的支持,你才能在政界站稳脚跟。不错,我刚好有一个堂哥昌盛,这是我得天独厚的地方,我过去怎么就没想到这一点呢?这段爽心快活的日子已经使尚穹有了一个更大的计划——争取在京郊买一套房子,一劳永逸地解决"藏娇"的"金屋"问题。如今让烯和韫韫都来宿舍里与他幽会,有两个问题令他担心:一是两个姑娘频繁地轮流来找他,难免不引起同楼的住户的注意,而这栋楼上住的基本都是经济部的人,时间长了,难保不会有风声传到领导的耳朵里;二是两个姑娘通常是按他规定的日子来的,到目前为止两人还从没有碰到一起过,彼此谁也不知道对方的存在,但万一有一天哪位姑娘心血来潮临时决定来找他,与另一位他召唤来的姑娘见了面那多尴尬?即使两人没有碰见,一位姑娘离开他的宿舍后,他都必须对房间做一次严格的检查,在确信没有留下任何痕迹之后他才能迎接另一位的到来。这也让他十分烦恼。一个女人一旦来和你肌肤亲热,通常总有许多痕迹留下,包括她的拖鞋、内衣、发卡、牙刷、手帕,甚至头发和香水味道,有一点没有收拾干净都会引起另一位的怀疑,所以每一次检查都让他烦躁无比,都让他想到什么时候自己能再有一套房子才好。现在这个想法有实现的可能了,我手上已存有几万元,下一步再从昌盛哥那儿弄一点,在京郊买一套房子的可能是真的有了。他这些天已开始留意报纸上的售房广告,他注意到亚运村北边一些乡村盖的公寓楼售价较低,两室一厅带双气的单元房售价只要十三万元,这使他很兴奋,应该找时间去看看。

尚穹在那个星期天的正午听到敲门声拉开门后,看到站在门前的是宁贞时,多少有些意外。昌盛在给他打电话说首辆车将在今天到京那刻,匆忙中并没说来人的名字,尚穹没想到会是这个漂亮的宁贞来了。"这是刘家福,尚吉利集团的秘书。"宁贞含笑向他介绍。他点点头,忙把他们让进屋,他手上沏着茶,目光已经忙着欣赏宁贞的身段了。

他再一次在心上承认,故乡来的这个姑娘是一个天生的尤物,上天把该给一个女人的东西都给她了,倘是把京城姑娘们的那身行头再给她配上,烯和韫韫是没法和她比的。他再次感受到了她发散出的那种吸引力,他摇摇头,强使自己对她这种美丽保持一种淡漠和平静,——上次请吃饭的失败让他知道她不是那种轻易可以俘获的女人。

简短的寒暄过后便开始谈到了展销场地的问题,他介绍了一下情况,尔后领他们去了展销的地方。

那是一个多用展览厅,面积的大小和所处的位置都很合他的心意也很合昌盛当初给他说的标准,他从内心里也期望这次展销能够办好。

他看见宁贞和家福也很满意,两个人在大厅里边看边比划着怎样摆放产品。他点燃一支烟悠然吸着,目光一直跟随着宁贞的背影移动,有一霎,他的目光就停在她那丰盈颤动的两瓣臀上,他想象着手抚上去会是一种何等美妙的感觉,心脏便随着那想象渐渐跳得激烈起来。他担心自己固定的注视会被他人发现,急忙强制自己扭过了头。

那天的事情办得都很顺利。顺利地和展览厅的管理人员接上了头;商定好了第二天开始整理展厅布置展销产品;给宁贞、家福和司机就近安排好了住处;给昌盛哥打去电话让其余运送展销产品的车辆明晨出发。该做的都做了,他离开展览厅时心情很好,但到家后却又变得心神不定做不成什么事情,到吃晚饭时他不得不承认,是宁贞的身影扰乱了他的心绪和心境。她的身影总在他眼前和脑子里晃动,这让人怎样安宁?糟糕,你竟被一个乡下来的姑娘弄成这样,多少有点不成体统!

他那天晚上是在对自己的谴责中上床躺下的。临闭上眼睛还看见了宁贞那清纯明丽的笑容……

尚穹第二天第三天都在机关里忙一份公文。他对起草公文有一股浓厚的兴趣,写起来总是全神贯注。他知道在国家部委这一级机关,公文撰写能力的高低成为衡量一个人水平的重要方面,是一个人晋升、提拔的重要依据,所以他对交他撰写的每一份公文,都是极其认真地对待,力争做到尽善尽美让上司满意。

第三天半下午的时候,正在给公文结尾的他听到了电话铃声,坐在对面的另一位副处长拿起话筒后递给了他。他听出话筒里传出一个女声后多少一怔：他平时不准烯和韫韫向他办公室打电话。他在机关里一向是以不喜和女人拉扯来往的正派小伙面目出现的,他知道在政界男女来往仍是一个敏感的问题,弄不好就会给自己的前途带来影响。他不高兴地嗯了一声,待对方说出第二句话后他才辨出是宁贞,她的南阳口音把他从公文里完全拉了出来。

"对不起,打扰了你的工作,我有一件急事想找你帮忙。"

"我再有一会就下班,你可以到我的宿舍楼下等我。"他不带任何感情地说罢就挂了电话,挂了后又对坐在对面的那位副处长解释了一句："老家来的人。"

但放下电话后他的心却忽然有些乱起来：既是让她在宿舍楼下等自己下班,那今晚要不要两个人在一起吃饭？饭后要不要邀请她上楼？怎样留住她在宿舍聊天？聊天时应该聊点什么她才感兴趣？……

他发现他无法再把心思全都集中在公文上,他草草地完成了公文的结尾,尔后有些心神不安地等待下班铃响。他一向坚持不早退一分钟,每天都是踩着下班铃声走向门口。

宁贞果然等在楼下,她显然有急事,看见他如同看见救星似的跑了过来,她这副着急的模样反而更添了一种妩媚,让他看了以后心中忽然感到了一股燥热。

"五辆拉展销品的汽车都到了,但其中有一辆被警察拦到了公主坟的一个路口,警察说司机严重违章,车这会儿还扣在那里,麻烦你快想个办法。"宁贞一连声地说。

尚穹笑了,尚穹一边笑一边递过一个手帕去,柔了声说："先把脸上的汗擦擦。"

宁贞也害羞地笑了,她没接尚穹的手帕,从衣兜里掏出自己的手绢擦了擦。

尚穹向附近的一个公用电话亭走去,他打了几个电话,二十多分钟后,他对站在一旁的宁贞说:"问题解决了,司机这会儿已开车向展览厅驶去。"

"谢谢你!"宁贞高兴地握住了尚穹的手。尚穹立刻意识到这是一个机会,没有马上松开那只绵软的小手,而是含了笑问:"就这样谢我?"

"那你说咋样谢?"高兴中的宁贞也少有的露出了一点调皮。

"一起吃饭。"

"好,请你吃饭!"宁贞爽快地答应了。

那是一顿气氛很好的晚餐,宁贞向尚穹说着他们这两天的整理、布置情况;尚穹则向宁贞介绍着北京市的一些见闻。两个人说着吃着,不时还伴一阵有节制的笑声。最后账当然是尚穹抢着结的,这使得宁贞有些不好意思:"说好是我请的。"

两个人出了小饭馆后,尚穹好像忽然想起似的说道:"哦,对了,昌盛哥在电话上交待,说在展销会开幕前想先搞一个新闻发布会,我在电脑上准备了一份新闻单位名单,你是不是去看看?"

宁贞迟疑了一下,显然是在担心时间是不是晚了,但转念一想这个名单自己应该心中有数,而尚穹就住在近处,便点了点头说:"行。"

"这是我自己组装的一台电脑,花钱不多质量还行。"进了屋里,尚穹在电脑前坐下时说。

宁贞满眼钦佩,她对电脑只是会用,而尚穹已经可以组装了。她又一次痛感到自己要学的东西太多了。

尚穹敲了几下键盘,屏幕上出现了一长串报社的名单、地址和记者的名字,宁贞一个一个地看着,想要把它们记到心里,就在她用心读着的时候,屏幕上字迹突然一晃,随之消失,代之而出的是一幅两个赤裸的男女紧抱在一起的画面。

宁贞惊呆在了那里。

"这是怎么搞的?谁往我的电脑里送了这样的东西?"身旁响

起了尚穹有些吃惊的低语,他急忙敲击键盘,但随之出现的画面更是宁贞连想也没想过的东西。

血嗡一声涌上宁贞的脸颊,在短暂的惊愕之后,她慌忙扭身向门口走去,但这时手已被尚穹抓住:"小贞,真是抱歉,我也没想到……"说着,手已在用力把宁贞往怀里拉,宁贞一感受到这种拉力,便猛地把尚穹推开,飞跑过去拉开了门。

她在沿着楼梯向下飞奔时才明白:这一切都是预先设计好的……

7

　　原本立在宁贞心中的尚穹形象，像突遭了狂风袭击一样，一下子倾斜欲倒了。宁贞那晚回到展览厅没再对任何人包括家福说什么，只是问了一下新来的几个司机的住宿安排情况，就早早地上床睡了。但她预先就知道，今晚的睡眠不可能安稳，果然，由意外、震惊、气愤、伤心所造成的思绪翻滚，使她在床上辗转反侧直到黎明还没有阖上眼睛。这么说，我第一次赴他的吃饭之约时对他的感觉是对的？但电脑上的图像会不会真是出了什么故障而导致的？他当时要拉住我会不会不是另有存心而只是想表示歉意？

　　她的这些疑问被第二天上午的那桩发现最后澄清了。

　　第二天上午在布置展销品时，她去找展览厅的工作人员想再借一张展台。那工作人员初时不想借，说摆在厅里的展台已经够用了，宁贞就笑了说："我们一天给你们四万元的租金，你们应该满足我们的要求。"不想那工作人员听了很不高兴地回道："我们何时收你们四万的日租金了？我们不论对谁收的日租金都是三万五千！"宁贞听了不由一怔：她来时昌盛让她带了一张支票，上边写的是六十万元，昌盛亲口告诉她，说尚穹已同人家谈好，日租金四万，共租十五天。她一来就把支票交给了尚穹，难道这中间——？

　　她打了个冷颤。

　　展台后来借到了，但宁贞的心却像塞了石头一样坠得难受。为了证实自己的猜测，她下午去了展览厅的财务室，找到会计说：

"我们总经理来电话催问租金给你们交了没有,刚好我们承办这事的尚穹同志这阵子不在,只好来问你了,麻烦查一下。"那女会计一边回忆说:"好像是交了。"一边去翻账本,宁贞看得清清楚楚,账本上边写着尚吉利集团每天交的租金是三万五千元,展览厅收款总额是五十二万五千整。

宁贞霎时感到浑身的汗毛都竖了起来。

她从财务室出来,站在阳光下久久没动,只是目无所视地望着大街上往来穿梭的车流。呵,尚穹,你和尚昌盛可是亲亲的堂兄弟呀!

也就是在这一刻,原本存在宁贞心中的疑问呼啦飞走,尚穹立在宁贞心中那尊摇摇欲倒的形象,轰然倒塌了。

噢,你原来是这样一个人!

宁贞立时决定,再不与他打交道。自此,凡要与尚穹联系的事情,宁贞都让家福去。展销厅全部布置好的前一天上午,宁贞让家福去找尚穹商量第二天新闻发布会的开法,家福回来后说:"尚穹要我们先交给他两万元的公务活动费!"宁贞一听钱便提高了警惕,她临来时昌盛让她带有现金,但她没有立刻答应给尚穹,只让家福告诉他:昌盛傍晚就到京,钱由昌盛当面交他,他可以按两万元的计划准备。

昌盛终于到了。

他先看了一遍展销大厅,对宁贞、家福他们的布置表示满意;尔后询问第二天的新闻发布会的准备情况,宁贞告诉他此事由尚穹帮忙安排,并说了尚穹要两万元的事情。昌盛一听眼就瞪大了:"怎么又要钱?为新闻宣传的事我当初不是已经给过他钱了?"

宁贞犹豫了一阵,觉得还是应该把展厅租金的事给昌盛说一声,以让他心中有数。作为尚吉利集团的一个厂长和这次展销会的具体组织者,她实在不愿看到尚吉利集团利益受损。她挥手让家福出去,轻声把展厅租金的事说了一遍。她根本没想到昌盛的反应是那样激烈,听罢"啪"一声捶了桌子一拳就向门外走去:"我去找尚穹!"她急忙让家福去拦,但家福哪里拦得住总经理?只见昌盛钻进一辆出租车便向尚穹住的方向驶去。

宁贞本能地知道事情坏了,急得在展厅门口团团转。她本想赶去劝阻昌盛别说开这事,又怕碰见尚穹,她实在不愿再看见他。她有心让家福跟去劝阻,可又不愿把尚穹借租金捞钱的事说给他,担心扩散出去影响所有参加展销人员的情绪,况且尚穹是昌盛的亲堂弟,事情传出去等于在挑拨人家家族内部的关系。

宁贞只能站在展销大厅门口着急。

她那时只是预感到事情坏了,根本没料到会坏到那样可怕的程度——

宁贞在展销会开幕的第四天晚上流下了悔恨的眼泪。

新闻发布会没有开成。

一定是因为尚穹遭了昌盛的斥责,一怒之下给各家报社打了什么招呼,第二天上午,昌盛、宁贞在大厅里准备好了桌椅和水果、饮料静候记者们的到来,但直等到中午,也未见一名记者来到。原计划是新闻发布会和开幕式一起开的,昌盛见是这样,就铁青着脸让宁贞和家福他们把桌椅、水果、饮料收起,宣布展销会开始。

但这个无声的开始能引起谁的注意?

全国到北京展销产品的企业太多了,而北京又是那样的大,没有新闻媒介的宣传介绍,谁知道西城区的这个展览厅里在展出尚吉利集团的产品?谁知道这种产品就值得买?只靠展销厅门前家福写的横幅和几个临时广告牌,能招来多少观众和顾客?

整整一天,只有不到二百个从展厅门前经过的人走进来看看,零售出的绸缎不到十米,时装没有卖出五件。

宁贞被这种没有料到的局面砸懵了。在她的想象中,展销会开幕以后,应该是人声鼎沸人如潮涌,人们争相购买,要求批发、订货的络绎不绝。她怎么也没想到会是这样一个开始。她现在才意识到她不该对昌盛说出租金的事,尚穹捞的不就是七万五千块钱嘛,可现在一天下来损失的是多少？你呀,咋这样不会办事？你这是在怎样帮助昌盛？!

当夹着几丝寒意的晚风开始摇动展厅门前的花篮时,宁贞走到一直冷着脸站在一个展柜前的昌盛身边说:"我们明天是不是到各大报社去一趟,请他们来人看看给做点宣传？""可以,我们离了他也能办事！"昌盛用指头恨恨地敲了敲展柜。

宁贞哪里想得到,在这个巨大的京城,记者并不是好请的。没有关系没有交情没有背景没有巧妙的礼物馈赠,很少有记者愿来采访这种每天都有的展销会。第二天她和家福跑了一天,每到一家报社都是先在大门口登记,后找主管这类新闻的部门恳求,可人家不是说人手太紧就是说版面太紧,根本不应允。后来到了一家报社,着急中的宁贞干脆先上来就把一千元钱掏出来往桌上一放说:"请去帮帮我们尚吉利集团的忙吧。"记者见状吓了一跳,说:"你是不是想把我们送到纪委会去？我们这里可从来不搞有偿新闻！"宁贞从来没跟新闻界打过交道,哪知道给新闻记者送钱的秘诀？她这样瞎闯瞎找了一天,最后总算找来了一位小报记者,那位记者来展销厅看了一阵,对尚吉利集团的产品赞叹不已,遂于展销的第三天发了一条挺长的消息。可惜那张报纸小发行量少读者不多,并未造成多大的影响,也没有给展销厅里带来多少观众和顾客。

展销会的第四天也在冷清中过去。就在这天的晚饭后,宁贞流下了悔恨的泪水:你个多嘴的东西,事情毁到你的手里了！

尚吉利集团租用这个展览厅的总时间是十五天,扣除掉整理和布置展厅的四天,只剩下七天正式展销时间了。

看着尚昌盛因为焦躁上火嘴唇上起满了燎泡,宁贞真是心急如焚。还好,家福想出了一个主意:花钱到晚报社做整版广告。晚报是京城绝大多数人都看的报纸,整版广告能够引起人们的注意。昌盛和宁贞听了都觉得可以一试,昌盛遂决定第二天带宁贞和家福一起去晚报社商谈做广告的事。

广告谈判也不轻松。对方不仅坚持一版二十万元钱,而且要在四天以后见报。展销再有七天就要结束,四天后广告出来还有什么意义?那一刻,焦急中的宁贞一把抓住那个面色冷峻的男子的手,含了眼泪恳求:"权当是帮助我们,请把广告安排在明天行吗?"那个男子可能从来没遇见过这样的谈判场面和对手,内心显然受了震动,默然片刻之后点头说:"小姐,请擦去眼泪,我答应了。"

第二天也就是展销会开幕的第六天,晚报上出现了一个整版的由家福拟定的广告:

买"软黄金"——真丝绸缎去!
千年丝绸老厂——南阳尚吉利进京展销。
　　公元五世纪,横跨中西亚大陆的"丝绸之路",其东端的起点在中原西南部的南阳尚吉利大机房。
　　自北宋以来的历代皇帝,都穿过用尚吉利的绸缎做成的服装。
　　展销品种:真丝面料,丝绸时装,被面,领带,丝巾等1000多个品种。
　　展销方式:零售、批发、订货、贸易洽谈。
　　展销期间价格优惠……

8

尚穹,我将永不原谅你!

爷爷曾对你怀过怎样的期望呵,爷爷直到临死还在嘱咐我,要依靠尚穹,他在京城做事,见多识广,是咱们尚家最有能耐的人,他会给你帮助。可你就这样帮助你的亲堂哥?!

我对你怀着多大的信任呀,我把这次展销会的全部筹备事宜都委托给了你,你啥时候要钱我啥时候寄,可你咋能变着法子来坑我?你需要钱为啥不明着向我要?要耍这种骗人的手腕?你知道你伤我的心伤得有多深?

也罢,从此我们各走各的路,你在京城当你的官,我在小地方织我的绸,咱们井水不犯河水,堂哥这回算是花钱认识了一个人……

昌盛这些天一直在气恼中度过。当初尚穹一而再,再而三地向他要钱时,他的心里就犯了一点嘀咕,但他从不许自己往别的地方想。尚穹是你的亲堂弟,又是上过大学知书识礼的人,你怎么可以对他也生怀疑?正是这种真诚的信任才使他获知真相后格外气恼和伤心。那天晚上宁贞说出展厅租金的事后,他心里起了怎样的震惊和气愤?!他在气愤和伤心中奔向了尚穹的宿舍敲响了他的房门,他在开口责问的最初一刻,其实是希望尚穹辩驳的,希望他为隐匿的那七万五千元说一个可以信得过的花销处,但是没有。尚穹显然没有料到他会知道真实情况,会来当面责问,所以也就没有准备用来辩驳的理由,尚穹只是满脸尴尬张口结舌地面对着他,到最后也只能嗫嚅着说:"……我分这两室一厅的房子太小,想积点钱再买间房子……"

房子?为了房子你就来骗你的亲堂哥?!你对得起谁?这可是在办尚家祖传的丝织业呀,你对得起列祖列宗?你不怕爷爷在阴间怪罪?!

我永远不再登你的门!就是这次展销全砸锅,我也决不会再去求你!

在晚报上发的那版广告总算起了作用,到展销会开幕的第八天,展览厅的冷清局面开始改变,来参观和购货的人多了起来。到第九天,顾客开始川流不息摩肩接踵了,所有的工作人员都忙得不可开交,一直愁眉紧锁的宁贞第一次笑了。到第十天,有路过的记者主动报道了展销会的盛况,称赞了尚吉利集团的产品,这下子吸引了更多的顾客,到第十天下午,展销厅几乎挤得水泄不通了。但这时离展销结束只有一天,不可能完成计划中的交易额了。

昌盛决定延长展销的时间,但同展览厅交涉时对方拒绝了,说另有一个音像制品展销会紧接着在这里举行,你们必须于明天晚上结束展销,后天腾出展厅。

"咱们再换个地方?"宁贞着急了。

昌盛缓缓地把头摇摇:"再找一个合适的展销地点需要时间;布置起来也需要几天;也需要再做广告;再说,这么多人和车留在这里,家里的生产也受影响。罢了,我们按原定时间结束吧。"

最后一天的展销开始了,宁贞给尚吉利集团来的每个人都发了一袋面包几罐饮料,要求大家一刻也不离开展销台,力争接待更多的顾客。这是繁忙的、紧张的、交易额最多的一天,尚吉利集团来的每个人都知道时间宝贵,人人都拼了命干,但黄昏按时来临了。

根本用不着统计,昌盛凭估计就知道,展销以来的全部交易额不会超过七十万元,而对这次交易会的所有投入加起来已近百万,还不算人员的忙碌和心力的耗费。

失败了。

那一刻,他望着在黄昏里亮起来的街灯,望着在街灯里往来穿梭的车流,深深地叹了口气。爷爷,这是你去世后我办的第一件大事,没有成功,孙子愧对你,你不会生气吧?……

车是天黑前装好的。尚未卖出的绸缎和时装差不多装满了四辆卡车,这些都将再运回南阳。这是一场多么无意义的长途搬运呵。

昌盛让宁贞和家福领着所有的工作人员去一家小饭店里吃饭,自己留下来看车。他已经宣布,饭一吃过就启程南返。他想连夜离京,不想让京城里更多的人看见他兵败撤退。

这是一个阴沉的傍晚,几大团乌云悬在头顶的天空,一副要掉下来的样子;裹有沙粒和尘土的风撞到蒙了帆布的卡车上,发出沙沙的响声。昌盛这会儿忽然想到,如果自己那晚没有跑去斥责尚穹一顿,而是把气先咽到肚里,让他帮忙请来记者请来名人开好新闻发布会和开幕式,那会是一个什么结果?带来的展销产品会全部卖完?订货的人会来很多?尚吉利集团的产品会在京城造成很大影响?他感到有一丝后悔在心里慢慢膨大。哪样做对尚吉利集团有利?昌盛,你办起事来还是没有三思而行,你处世分明是操之过急,你没有吞咽气恼的肚量,你没有学会忍!爷爷的遗嘱上是咋给你说的?和当官的打交道时要学会忍。可你是怎么忍的?尚穹骗占的不就是七万五千块钱嘛,你就忍不住了?你忘记了他是京城里一个当官的,他对你一个外地人翻脸还能有你的好果子吃?……

"尚总,你去吃一点吧,我来看车。"宁贞这时走了过来。

昌盛摇摇头:"我不饿,你吃好了?"

315

"尚总,这次全怨我!"宁贞低下头说。

"什么怨你?"昌盛没听明白。

"要是我当初没有给你说租金——"

"我们不谈这个,"昌盛截住宁贞的话,他知道宁贞全心想把展销会办好,他看见了她这些天的辛劳,他内心里充满了对她的感激。他再一次庆幸自己选准了这么一个厂长和助手。"这次忙得你连天安门也没去看吧?天安门其实离这儿不远!"

"我是说——"

"将来会有机会的,"昌盛努力让自己笑着,"日后你和家福就来北京旅行结婚!也许要不了多久,我们尚吉利集团会在北京设立一个分公司,分公司里吃住都方便。分公司的任务除了做生意之外,就是疏通同新闻界、中国丝绸进出口公司和轻工业部等部门的关系,我们再不能受制于人,我们想啥时候开展销会就啥时候开……"

车队启程时已近八点。

昌盛坐在最后一辆车上,车行至岳各庄转盘要驶入京石高速公路时,他让司机停车,他下车向一个电话亭走去。应该给尚穹打一个电话,告诉他我们走了。毕竟是堂兄弟,他无义,我不能无情。再说,他做官,虽然不大,但是一个京官,京官无大小,他一个电话朝下边的机关打下去,下边的人就可能要当成事来办。爷爷历来主张不能和当官的硬顶、斗气,何况这还是一个京官?罢,就低下头,忍下气,给他打个电话告个别,把关系缓和下来。

他知道尚穹宿舍里没电话,就呼了他BP机的号码。昌盛怕他不好意思回电话,对传呼台没报自己的真名字,还好,没过多久,电话来了。昌盛拿起话筒,以尽释前嫌的语气说:"尚穹,是我,你昌盛哥——"

线路那头的电话"啪"的一声挂了。

昌盛提着话筒呆了一阵,眼神倏地阴沉下来。嗬,给你脸你还不要脸了！明明是你有负于我,骗了我的钱,现在倒还在我面前摆起了架子。罢,罢,既是如此,我倒不低头了。你在北京城不就是个副处长嘛,你还能把我吃了?! 从此以后我们彻底断绝来往,我不忍这口气了,爷爷,我不忍了! 不忍了! 他猛朝电话亭上踹了一脚,电话亭发出"嘭"的一声闷响,惊得路边几个骑自行车的人都向他扔过来惊诧的目光。

他跑向自己的卡车,一边拉开车门一边对司机大声说:"开车,回家!"……

9

尚穹一直以为,只要把与展览厅签定的租用合同放到自己身上不让昌盛他们看,他们就不可能知道真相。谁会想到要再去查验合同?谁能够对他表示不信任呢?也就是因此,他一点也没做事情败露的准备,那天晚上当昌盛进屋气冲冲地责问为何把日租金由三万五说成四万时,他一下子呆了,以至于竟没想出辩解的词来。他当时的第一个感觉是太丢脸了,这件事要是传回到南阳,他将如何有脸再回南阳去?那可真真是无颜见江东父老了。一个在北京工作的副处长,竟然坑到了他亲堂哥的头上。他仿佛已经看见南阳的市民在交头接耳传送这个惊人的消息。他被这个想象中的场面吓得真想钻到墙缝里去。真是财迷心窍,傻到了这样的程度,做出了这样的事?!那一刻,后悔像一颗豆子一样,是从他心里滚过一回的。紧接着,他开始害怕。尚昌盛要是把这件事捅到我的机关里去,那后果将是什么?单位里的人将投给我什么样的目光?将会把我当成什么样的人?骗子?无情无义的小人?谁还会再看重我提升我?那我的前途不算完了?我辛辛苦苦干了这几年,竟让此事把我毁了?不,不能!几乎在昌盛责斥罢刚走出房门,尚穹就想出了挽救办法:明天一上班先把那七万五千元从银行取出来,尚昌盛一旦对我的单位和在南阳公布此事,我即刻把这些钱拿出来示之众人:我从未想多占他一分钱,只是为展销会的其他花钱项目预作准备;完全由于尚昌盛以小人之心度君子之腹,才造成了这个误解,弄得兄弟反目。之后,再扔还给他!在想出了这个处理危机的办法之后,他心里的慌张才算过去,才开始对尚昌盛生气:好哇,我辛辛苦苦地在北京为你奔波,你一来就查我的账目。七万五千块钱对于你算得了什么?我给别人办事,他也总得给我劳务费吧?我倒要看看你在北京离了我能不能把事情办成!

他当晚就给各报社的朋友打了电话,告诉他们新闻发布会不开了。同时通知预先约好为展销会开幕式剪彩的名人和领导:开幕式取消了。

第二天,他去银行取出了钱后径去上班。

我要看看你尚昌盛有多大能耐!

那天下班后他给南阳家里拨了个电话,电话是妈妈文琳接的。他在电话上要妈妈留意尚昌盛回南阳后对外界说的话。妈妈问为什么,他答是因为一桩误会,他想把昌盛给的一笔钱放在手中以用于展销会的其他开支项目,不料昌盛以为他是想悄悄贪占。妈妈听了冷笑一声说:"啥叫贪占?你也是尚达志的孙子,尚家的钱也应该有你一份!你帮了他反倒落下不是了?……"妈妈的话像一道闪电,一下子照亮了尚穹脑子里一个昏暗的角落:对呀,我也是尚达志的孙子,尚吉利集团的财产按照法律规定应该也有我的一份,我拿这七万五千元不仅不应该害怕,而且要理直气壮!我过去怎么没想到这一层?爷爷当初在遗嘱里怎么说的?——这个集团留给你们了。这"你们"中当然也包括我尚穹!还有,我过去听妈妈说,尚吉利集团所以能办起来,得力于爷爷埋藏在地下的几十根金条,这些金条是祖产,祖产当然也应该有我一份;在祖产基础上滚动发展起来的资产,还应该有我一份。哈哈,我现在还怕什么?我这是在花爷爷给我留下的遗产,任何外人无权干涉!遗产?爷爷留下的遗产总数是多少?尚吉利集团的整个财产都应该算是爷爷留下的遗产,应该算!呵,那总有几千万吧?这笔遗产按照法律规定,应该有尚昌盛、旺旺、父亲、哥哥尚天和我共享,如果把这笔财产分成五等份,每一份都是几百万元吧？嘀,我会拥有几百万元吗？要是那样,我在仕途上干可是有坚强后盾了！得先向律师请教,不要盲目高兴,要从律师处弄清三个问题:第一,我有没有继承尚达志遗产的权利;第二,尚吉利集团的财产算不算尚达志的遗产;第三,如果尚吉利集团的财产属于尚达志的遗产而我又有继承的权利,现在可不可以就讨要这笔遗产。

第三天的傍晚,也就是当尚昌盛为展销会第三天的冷清局面急得团团转时,尚穹走进了前门附近的一家律师事务所。

我要弄个清楚！

律师的回复是在一个下午抵达尚穹的办公桌上的,他有些迫不及待地撕开那个信封——

尊敬的尚穹先生:

我们对你提供的情况做了仔细研究,现就你的咨询答复如下:

1、尚吉利集团既是在你爷爷生前建立起来的,是用你爷爷存下的金条为基础发展起来的,而他又是实际上的一家之主,他去世前留下的遗嘱中又明确表示尚吉利集团是他留给你们诸位儿孙的,那么尚吉利集团的全部财产可视为他的遗产。

2、你作为他的嫡孙之一,虽未具体从事尚吉利集团的建设,但同样具有继承这份遗产的权利。

3、你可以把这笔遗产交目前尚吉利集团的经营者继续经营以获取利润,也可以一次性地收回到自己手上。

4、如果你索要遗产的事情遇到了什么麻烦,我们愿意随时为你提供法律服务……

倘不是在办公室里,尚穹真要高兴得跳起来:我就要有很多很多钱了！

看来,前人说的"坏事可以变成好事"是至理名言！我原来为拿七万五千块钱遭人斥责心中惶惶不安,没想到它倒促使我去追回了几百万元财产。从今往后,我可以安心工作,再不会为钱发愁了。

他跑到楼下,用公共电话要通了韫韫,告诉她今晚见面。他要和她共享这份欢乐。他原来计划要买的那套房子,是准备交韫韫来管理的。就在昌盛来京的前一天,他领韫韫去亚运村北边的一栋公寓楼上看了一套两室一厅的房子。韫韫,现在我不买两室一厅的房子了,我要买四室两厅的!我知道你是个勤快而又有艺术眼光的姑娘,一旦那四室两厅的房子到了手,我相信你会把它收拾得十分雅致舒适,到那时我每星期去住两三个晚上,那将是我的又一个宿舍,我会在那里得到彻底的放松和休息,尔后再精神饱满地去官场奋斗……

那是一个欢乐的黄昏,韫韫一进屋尚穹就把她抱放到了床上,韫韫像往常那样害羞地把胳膊放到脸上遮住眼睛,任凭尚穹在身上忙碌尽兴。当事情告一段落之后,兴犹未尽的尚穹又要接着玩游戏:他拿来一根长长的黄瓜,让韫韫和他分别从两头吃起,直吃到两双嘴唇挨到一处。就在尚穹吞咽最后一口带着韫韫唾液香味的黄瓜时,放在床头柜上的BP机响了,他伸手拿过一看,见上边显示着一句:有急事速回电话。号码和人名都很陌生。他担心是机关里的什么人找他有事,那个庞大的机关里有许多人他还叫不上名字,便急忙穿衣下楼去回电话。他给自己制定了一项原则:什么时候都不能误了工作。

电话拨通后他听到了昌盛的声音,他先上来非常恼火,你竟敢化名把我从床上叫到楼下?!但随后他浮了一个冰冷的笑容——他下午下班时专门坐了一辆出租车,他让司机把车开到展览厅附近把车停下,他隔着车窗玻璃看着昌盛他们向车上装尚未销出的产品,他清楚地知道展销会没有办成功。他此刻很想对着话筒挖苦他几句,同时告诉他已做出了索要遗产的决定。但随后他又改变了念头,犯不着打草惊蛇,待一切计划好了再说。他只是"啪"一声挂了电话。再见,尚昌盛,这次展销会的失败让你知道离了我不行吧?我以后还会让你知道新的东西,让你知道我不是一个平凡平常的可以受你斥责的人,我是北京大学的本科优秀生,我是中华人民共和国经济部里的一个副处长!我会让你为对我的斥责而后悔终生!你会后悔的,会的!……

10

　　与左涛的相见使卓月的心境失去了原有的宁静。过去,她平平静静地备课教书,平平静静地搞文物研究,平平静静地处理尚吉利综合大学的各项教务;而现在,不论干什么,左涛那张苍老憔悴的脸总在她眼前晃动,那瘦削伛偻的身影总是跟着她走进她去到的每一个地方。而且她分明觉着耳边总响着他的声音:你把我毁了,毁了,毁了!……

　　我是把他毁了。他结过一次婚,但女人把他赶走了,赶走的原因还用问吗?那么这场婚姻其实也是我毁的,是我毁的!

　　他毁坏的,是卓远外爷的书,那些书当然宝贵;可我毁坏的,却是一个人!人不宝贵?!我们都毁坏了东西,但我的罪似乎更大,更重,更不可饶恕?!

　　一天晚上,无法安心在家里备课的她,缓步走到了白河岸上。前些年干涸无水的白河,因为新近在下游建了橡胶坝而重新变得水面宽阔波光粼粼,几艘小游船在水面上划动,夜风送过来船上年轻男女们的清脆笑声。又是一代人了。他们不会知道我们当年经历的那些事情,那时候为什么不让人们这样泛舟笑闹,而偏要让我们去互相仇视争斗?假若当年没有焚书,没有我对左涛的伤害,那如今的生活会是一个什么样子?我们会有一个家庭?一个孩子?那孩子是男是女?……

　　一阵从河面上漫过来的饱含水气的风,令她打了个寒噤。别瞎想了,没有假若了。对于过去,上帝只给了我们回忆的权利,没有给我们改变的权力,回家睡觉吧。

她转过身时,看见一对熟悉的身影踏着月光迎面走来。是昌盛哥和小瑾嫂子。"月儿,是你!"小瑾最先招呼。

"昌盛哥,听说你回来了,正想去找你。"卓月朝表嫂笑笑,向昌盛转过头。

"是学校里有事?"

"三件事,一件是计算机系想再买十台微机,以保证每个学生上课时都有机器操作;另一件是想再盖四间平房,给刚请来的两位老师住;再一件是,我想聘请一位老师。"

"前两桩事先缓缓。"昌盛叹口气。

"为啥?"

"我手上的流动资金没了,因为前一段几个国家暂停了进口咱们的绸缎,产品积压;加上这一回在北京的展销会办砸了,钱扔了不少。"

"哦?北京的展销会不是有尚穹帮助吗?"

"唉。"昌盛又长叹一口气,"他也尽了力,可事情很复杂。"他摇了摇头,接着说:"聘老师的事你可以办,这是你当校长的就可以决定的事,只是不知你想从哪里聘?"

"蚕茧基地。"

"嗬,蚕茧基地还有可当大学老师的人?"昌盛惊奇了。

"他姓左,人们喊他居士。"卓月的声音低了下去,她不想让昌盛知道真实情况。

"噢,左居士,我想起来了,是有这么一个人,腰有些驼,只是他教学行吗?他懂哪一门?"

"蚕。"

"蚕?这倒也是,他在基地干了这么些年,对蚕应该是懂得的,行,你下聘书吧,我没意见。"

卓月望着又重新沿河岸向远处踱步的昌盛哥和小瑾嫂子,忽然发现他们的步态中已有些老人的样子了。唉,岁月真是要把我们这一代也推入老境了!左涛,我们也真的要老了……

　　卓月重新走上安留岗是在一个正午。这又是蚕茧基地忙碌的时候,几千个荆条笸箩摆放在桑树下和空地上,工人们按照各自的分工,不停地摘下桑叶放进笸箩。无数条蚕欢快地扭动着白胖的身子,放开肚子吞吃着鲜嫩的叶片。岗尾和远处另外几条岗上的柞树林里,健壮的柞蚕们根本不用笸箩,直接爬在树上,在树叶上翻上翻下地吃着。

　　因为忙碌,卓月的到来没有引起人们的注意,她也没有向谁询问,一个人在树林里寻找,最后终于在岗尾的一丛柞树棵子前找到了左涛。左涛那会儿正踮着脚尖,把掉落在地的一条蚕放到树叶上去。"忙呐?"她说。

　　他扭过脸来,看清了是谁之后,浑黄的眸子惊跳了一下。

　　"我找你有事!"她凝望着他。

　　"是为那块石头片子?"

　　"不,"她摇了摇头,"我想请你去尚吉利综合大学。"

　　"干啥?"他害怕似的后退了一步。

　　"教学,当老师。"

　　"要笑我?"

　　"不,是真的。学校里需要老师。"

　　"但不需要我,你只是觉得我可怜——"

　　"我希望你去!"

　　"我已经是无意世事了,咋个会再——"

　　"那也可以带徒弟,你去可以给丝绸专业的学生们讲讲'蚕'。"

　　"我不会讲蚕,我也不去!"

　　"要我跪下求你?!"卓月的眼瞪了起来。

左涛的目光倏然间惊起,栖落到了头顶的一个柞树枝上。
"你有功劳了是吧?要让我像三请诸葛亮那样来请你?!"
左涛无语,四周只有蚕在树叶上的爬动声。
"那你就死在这里吧!"卓月恨恨说罢这句,猛然转身走了。直到下了岗走进城区,她再没有把头扭回去一次。左涛,你个东西,你还要在我面前摆谱?还想让我再三求你?!卓月,你根本就不该再去理他!

整个下午,一股莫名的气恨一直在她心里盘旋,气左涛?气自己?晚饭她不想吃,刚要插门上床歇息,门口忽然出现了一个挑担子的人。
"谁?"
"我。"
卓月没有说话,双眼直望着那个黑暗里的身影,慢慢舒一口气:左涛,你到底来了!
左涛放下担子,取下担子一头的铺盖卷,哑了声问:"我去学校找谁能寻到住处?"
"传达室的老黄,就说是我说的,让他先给你开一间学生宿舍。"
左涛转身向院门外走去。卓月咳了一声,问:"你这些东西——?"她指着他放下的担子的另一头。那是一个挺大的纸箱子。
"那是给你的。"左涛说罢,拉开院门出去了。
卓月狐疑地看着那个纸箱:什么东西给我了?她上前提了提,没提动,好重。她用力把它顺地拉到屋里,用剪子剪断纸箱上的麻绳,打开——书?!
满满一纸箱书。
有线装的《资治通鉴》,有纸页发黄的《史记》,有新版的《西域史》,有簇新的《四书集注》……
在最上边的一本书里夹着一张纸:

· 326 ·

这是这些年我尽我所能搜购得的,它们远不能抵偿我毁掉的卓远老人的那些珍贵藏书,可我会继续努力。

　　一股热热的东西忽然在胸腹间流散开来,卓月颤声朝夜色弥漫的院子喊了一句:"左涛……"

11

端午节再一次姗姗来到了南阳城区。节日一大早,昌盛就让旺旺端了满满一竹筛小瑾包的粽子、炸的油饼、煮的鸡蛋,还有大蒜,父子俩一前一后地向承达家走去。小城的规矩,逢了节日,晚辈人总要端上点好吃的东西送给长辈以示敬意,如今尚家的长辈就是承达了,昌盛自然要照规矩行事。再说,叔叔一直卧病在床,这段日子因为忙去京展销的事,一直没有去探望,他也想借这个机会去看看。

叔叔承达仍躺在床上,身不能动弹,话不能说清,只有眼睛尚好,看见昌盛、旺旺父子进来,眼中现出一丝深深的感动,右手在哆嗦着左右摆晃。文琳婶子在昌盛身旁解释:"他这是在表示高兴,他脑子清醒,对什么事都能看明白,就是无法表达。"昌盛俯下身握住叔叔的那只右手,希望通过自己的手,把心里的那份问候和祝福送给叔叔。叔叔年纪不是很高就遭受这种折磨,让人心里确实难受。昌盛对这位叔叔因为从小不在一起生活,谈不上有多深的感情,但那份血缘相连的亲密关系,还是让他此刻在心中充满了对叔叔的同情和心疼。

"婶子,承达叔在治疗上和生活上遇到了啥困难,你只管找我说,啥样的好药品,啥样的好吃食,咱都可以买。"昌盛扭头对文琳婶子交待,"有啥需要跑腿的事儿,天天弟弟要是忙的话,就叫旺旺去!"

文琳笑笑,说:"有啥事办不了的,自会找你们;你们爷俩经办那个集团,也忙得够呛了;这回去北京办展销,办得咋样?"问话出口后,一双眼里就露了些审视的意味。

昌盛的眉头像受了蚊子叮咬似的轻微一搐,不过这只是一瞬间的事,随后他就笑了,说:"办得挺好,有穹穹弟弟帮忙,一切都还顺利。"他不想把和尚穹的冲突暴露出来,尤其不想让承达叔和婶子知道,那只会加重他们的思想负担。兄弟之间的争执,还是慢慢把它忘了吧。

承达叔的右手再次抬起哆嗦着摇动,双眼里带着一股询问的神色,口中发出一些含混不清的声音。昌盛有些茫然地望着叔叔,不知他这是什么意思。文琳婶子见状急忙解释:"他这是在嘱咐你把企业办好,说企业办好了可以扩大就业维护社会稳定。"昌盛听罢心里一阵感动,当初承达叔是反对办这个丝织企业的,现在他总算理解了自己,看出了办企业的好处。如今,单我吸纳的劳动力已有几千了,少了这几千个就业岗位,社会当然就多了一份动荡力量。叔叔,你这会儿总算明白了,可惜你已没有了支持我的力量。你不可能知道如今办企业的难处,到处都有掣肘的力量,稍不留心就会招致损失……

昌盛那天往家走时心情有些沉重,叔叔被疾病折磨的景况让他再一次意识到病魔的可怕。这使他不由得想到了自己,自己也已是快六十的人了,疾病随时可能找到自己的身上,万一有一天自己也像承达叔这样躺到了床上,那个庞大的尚吉利集团能不能正常运转?

"旺旺,如果我现在突然像你承达爷爷那样,一下子躺到了床上不能动,你怎么办?"他转身去问身边的儿子。

"那咋会可能?你身体这样好!"旺旺沙哑的声音里带着惊奇的笑意。

"我是问假若我真的像你承达爷了你咋办?"

"那我就每天到你的床前问一遍需要干啥。"

昌盛的心咯噔一响:我的祖奶奶!随即便觉得,有一层细细的虚汗从背上渗了出来。

昌盛抓紧了对儿子旺旺的训练进度,他现在对培养儿子的紧迫性有了新的认识。过去爷爷达志提醒他要抓紧培养旺旺时,他只是觉得有道理,却并不认为就是逼到眼前的事,总感到来日方长。在端午节又一次看了承达叔的那副模样之后,他才真正有些慌了:你敢保证自己就不得那样的病?!一旦你突然间得了那种病而旺旺又没有指挥整个集团运转的本领,那你和爷爷多年辛苦努力建设起来的一切岂不要很快毁了?

端午节过后的第三天,他把儿子叫到办公室里,神色肃穆地说:"你已经在蚕茧基地、缫丝厂、丝织厂、时装厂都干了些日子,熟悉了基本的生产过程和技艺,今天你给我讲讲你对咱们家从事的丝绸业的看法,讲讲对蚕茧基地和几个分厂的认识和感觉。"

旺旺想了一下,说:"咱们家干的这个行当,说到底是为人们提供一种美丽的用品,是用一种五彩缤纷的天然的东西去装饰人们的生活。随着人类文明程度的提高,人们对美的用品的追求会越来越迫切,而且要求这种美的用品和天然的东西相连,这就为我们家所从事的丝织业提供了发展的大环境,它前景广阔,值得努力去做。"

"嗯。"昌盛点一下头,"说下去。"

"我说说咱们的蚕茧基地,这个基地的功能是两个:一个是提供最好的茧;一个是提供足量的茧。从眼下来看,第一个目标实现了,第二个目标还远没有达到,现在茧的产量只能满足我们生产能力的百分之三十。我们下一步应该继续扩大桑林和柞林的种植面积,要向山区发展,工人要有上万人的规模。"

"说下去。"

"缫丝厂的任务就是要提供高质量的丝,要保证好茧出好丝。可现在我们缫丝厂的 A 级丝只占全厂产量的百分之八十二,要争取达到百分之百。要向日本和韩国学习他们的缫丝技术,应该派些工人出去学学。"

"嗯。"

"丝织厂是我们办得最早也是办得最好的厂,眼下织出的绸缎的确不错,但染印工序有待加强,花样的设计和颜色的品种有待改进,不能总是传统的那几种,要有新的创造,要借助计算机来设计和分色。"

"说下去。"

"我们的时装厂办得比较差,生产出来的服装积压太多,原因是式样不时髦、品种不是太多。丝绸服装的主要销售对象是中、上流社会的人,这些人追逐时髦,因此设计师必须有预见性,而现在聘用的设计师年龄有些偏大。"

"还行。"昌盛点点头,"说得还都能照板,但会说这些并不等于你会管理,从今天起,你去咱办的尚吉利综合大学找企业管理系的阎教授,我已经给他说好,让他单独给你一个人讲课,就讲企业的制度建立、财务管理、人才录用等实用知识,你必须好好听讲!"

"我明白。"

整整半个月,那位阎教授一天到晚和学生旺旺坐在一起,把别人要学一年多的东西,不停顿地灌进了旺旺的脑子里。

接下来昌盛又让旺旺到集团本部的劳资人事部、生产调度部和财务部各干几天,具体了解这几个主要部门的工作程序。

这是一种强化训练。

在进行了这样的强化训练之后,昌盛在一个早上召集所有的高级管理人员宣布:从今天起,他要休息一段日子,集团的所有事务均由旺旺全权处理。旺旺当时满目慌张地看定父亲,昌盛没有理会儿子的目光,只是挥手让人们散去。

接下来昌盛让人在他的办公室中间挂了一道厚厚的布帘,并在布帘后摆了一张桌子。每天上了班昌盛都坐在布帘后的桌子前读书,而让旺旺坐到他原先的那张办公桌前处理集团的全部事务。这样,他可以清清楚楚地听到人们的各种请示,也可以清清楚楚地听到儿子对各种请示所作的答复。常常在一天结束之后,他会把旺旺叫到身边,对他一天的处置表现进行一番讲评,指出哪些处置正确,哪些处置失误,并告诉他怎样进行纠正。旺旺一开始以总经理的身份处事自然慌张,但一想到身后有父亲坐镇,便也渐渐胆大起来,按自己的思考根据自己学到的知识做出各种决断。

这种独特的实习告一段落之后,昌盛才稍稍松一口气,转而去应付另一个紧迫的问题:如何扩大出口和国内销售量,把积压的东西销出去,从而打开眼下的被动局面。

也就在这期间的一个晚上,他做了一个奇怪的梦:他和儿子旺旺一起坐一辆马车正向前行驶,一阵狂风突然把他吹翻到了车下,马惊得飞奔起来,他看见旺旺惊恐地扭头喊他,看见惊马拉着马车沿着一个悬崖的边沿奔跑,一边的车轮眼看就要掉下悬崖,他吓得高呼而醒,小瑾急忙拉开了电灯。

什么也没有,没有车没有马没有悬崖没有风,只有一屋子的宁静。

他抹了一把脸上的汗水,嘟囔了一句:奇怪的梦!

12

一听到婴儿的哭声,振中就推开键盘向卧室跑去。如今,新出生的儿子的哭笑,成了他每天最关心的事情。因为艾丽雅坚持要享够人生的幸福之后再生孩子,所以他只得一直拖到现在才做父亲。中年得子,那份因企盼太久而起的欣喜来得更多,那份累积起来的亲子之爱也更为浓烈。他是真想把儿子就捧在手掌上,目不转睛地看着他成长。

妻子艾丽雅刚刚把奶头塞到孩子的口中,小家伙已经迫不及待地吮吸开来。当初艾丽雅因怕喂奶会影响她乳房的形状,想让孩子去喝牛奶,振中在这个问题上始终没有让步,他找来了好多讲述母乳喂养对孩子有好处的书刊来读给艾丽雅听,还贴着她的耳朵笑问:你并不打算让别的男人来看你的乳房吧?艾丽雅笑着回答:当然。振中于是说:既是这样,你的乳房形状美不美就主要是由我评价,我说你的乳房美,它就美;我说它不美,它就不美,而我恰恰认为你喂了孩子后的乳房美,因为孩子会用他的双唇把你的乳房吸得更大更饱满更结实。在振中的坚持下,艾丽雅最终同意用自己的乳汁来喂养孩子。而一旦喂上之后她才知道,孩子的小嘴嗬上奶头于她其实是一种享受,有一种献出的快乐总在胸中回荡翻涌。

"这个小狗蛋,又饿了?"振中抚着儿子的红脸蛋笑道。

"我抗议你称他'小狗蛋',这是一个不雅的名字。"拥被而坐的艾丽雅嗔道,"我的儿子应该有一个很好听的名字!"

振中笑了:"在我们中国那块土地上,孩子们降生后通常都有一个乳名,这个乳名一般都是又粗又俗又和一种动物相联系,这样才能为他消去一些灾祸;待他上学读书时,再为他起一个好听的终生使用的名字。"

"好吧,既是能消去灾祸,我就同意你叫他小狗蛋,你们中国人真是有一些奇怪的逻辑。"艾丽雅给儿子换了一个奶子,振中立刻抚着那只刚腾出来的奶子说:"说实话,要不是怕占了儿子的口粮,我是真想也吃几口。""吃呗,儿子吃了奶向我叫妈妈,你吃了该向我叫什么?"艾丽雅歪了头笑问。振中于是笑着去揪妻子的耳朵:"我让你想沾光!"……夫妻两个正在笑闹时,振中的妈妈在门外喊:"振中,前店费经理叫你去!"

振中闻声出门向前店走去。栗家虽然现在是唐人街上有名的富户,后院里住的房屋一修再修已十分现代,但前边的店堂一直没动,仍保持原来那副古老的模样。振中的父亲秉正说:这店堂给咱家带来了福气,是咱们的福脉所在,轻易不能乱动,以免惊了福脉,坏了福源。

振中走进前店时看见费经理正在和一个阿拉伯男人说话,费经理见振中进来急忙对那男人介绍:"这位是我们梦宛绸缎公司的总裁栗振中先生。"随后又对振中说明:"这位易卜拉欣·艾德先生看中了咱店里的尚吉利绸缎,坚持要亲自和你谈谈。"

"你想谈什么?"振中饶有兴味地问,他辨不出他是哪个阿拉伯国家的人,但能看出他来自阿拉伯社会的上层,遂改用英语同他交谈。

"你销售的这种中国绸缎很漂亮,我很想知道它是中国的什么地方出产的?"他果然懂英语且发音不错。

振中立刻明白面前站着的是一位大买主,随即笑着回答:"它产自中国一个很偏僻的地方。"他知道只要他说出产地,对方就有可能直接去中国南阳,那他就会失去一大笔经销的收入。他看了年轻的费经理一眼,对他没有随便说出尚吉利绸缎的产地感到高兴。

"我很想在你的店里买,只是我买的数量太多,怕你这经销商没有进那么多的货。"易卜拉欣·艾德看出了振中的担心,急忙说明。

"你要买多少?"振中笑问。

"二十万米。"

振中双唇吃惊地张开,但他没有让自己发出惊呼,那就太有点少见多怪了。他只是尽力平静地嗯了一声,而让惊奇从眼中隐走了。一下子买二十万米,少有的买主!我手上可真是没有那么多,怎么办?

"你要有的话,请明天就给我办空运手续,目的地是科威特,货款跟着就会送来!说实话,我找了许久,才终于找到了这种可心的绸缎。这二十万米,每种花色的都要有一点。"

"我的货都分散在全美国的许多经销点上,如果你能给我十天或一周的时间,我保证给你把货送到你的国家。"振中这是在争取时间,他想只要有一周或十天时间,他完全可以到中国南阳把货发走,从而满足这个科威特人的要求。

那男人抬腕看了下金表上的日历,似乎在计算日子,随后点点头说:"可以。"……

收下那人的定金支票,送他走了以后,振中又回到了妻子房中。他一边亲着眼珠有些发蓝的儿子一边对妻子说了刚才的事,说了他要立刻去中国南阳的决定。艾丽雅听了马上无了笑容,说:"我还没有满月,现在是我最需要你的时候,为什么不能派个别的人去?"振中歉疚地笑笑:"说真的,单为这二十万米绸缎,我是完全可以派个人去办理的,可我还有另外一个打算——"

"什么打算?"

· 335 ·

"我过去只想到了在美国经销南阳尚吉利绸缎,没有想到它其实在西欧、在阿拉伯世界也会有广阔的销路,今天来的这位易卜拉欣·艾德让我意识到了这一点。"

"你是说要在阿拉伯国家建立经销点?"

振中摇了摇头:"阿拉伯人一旦知道我们经销的这种中国绸缎的产地在南阳,他们就会直接去找尚吉利集团而不找我们的经销点。"

"你的意思是——?"艾丽雅瞪大了眼。

"你过去不是说过我们也办丝织厂的事么?我看现在这样做的时机已经到了,我们确实不应该只满足于当经销商,也应该当制造商,只是我们不必在美国另建新厂,我们可以把资金投到中国南阳有着广阔前途的尚吉利丝织集团里去,在其中占有至少一半的股份。这样,我们就可以获得它日后可能有的巨大利润的一半!"

"哦?这种投资可能实现吗?"

"中国政府目前正欢迎外国人去和他们的人合资办厂,他们急需资金;美国政府目前因北京天安门事件而采取的一些经济制裁措施也正在逐步取消,而且对去中国投资的事并无什么明确限制,因此,我觉得成功的把握很大。我这次去就是想和他们谈谈这个。"

"亲爱的,既是这样,你就去吧。"艾丽雅笑了……

振中是当晚飞往中国的,他踏进机舱时,纽约的天已经黑定,许多颗星星已开始亮在天边。

栗振中没想到南阳已经有了可起降737客机的新机场。他原是准备由北京坐火车赴南阳的,当北京旅行社的小姐告诉他已为他买好了去南阳的机票时,他很有些惊喜:这又为我节约了不少时间。此刻,走下舷梯的他望着这个崭新的机场,在心里感叹着故乡小城的变化之快。

在坐车去市区的路上他看到了田野,看到了田野中正在麦茬地里摇耧种秋的农人。这幅田园景色和美国的不同,美国的播种通常都用机器,田野里人很少。但这幅景色让他觉得亲切,人和土地应该关系密切。当然,照眼下的发展速度,要不了多久这种耕作方式就会变的,现代的生产方式离这块土地不会远了。

他在宾馆大厅见到了迎候他的昌盛。简短的寒暄过后他就迫不及待地问:"我要的二十万米货准备好了吗?"

"你现在就可以去过目。"昌盛答道,没让心中的欢喜露出。他正为产品积压发愁,没想到栗振中来了,二十万米固然没有根本解决他的问题,但这是一个好兆头。

"我希望能尽快装机启运。"

"没问题,这批货下午就可以运抵广州,两天后就可抵达购货人所在的科威特。"

振中松了一口气,再一次向昌盛表示了谢意,这才随着昌盛向餐厅走去。

接下来几天,他以参观的名义,按蚕茧基地、缫丝厂、丝织厂、时装厂和尚吉利综合大学的顺序,很仔细地把尚吉利集团看了一遍,边看边用国际上目前的地产、房产价格和他对各种机器价格的了解,在心里算出了尚吉利集团的固定资产总数大约有一亿元左右的人民币。有了这个底以后,他立刻明白,自己要想获得尚吉利集团的一半股权,充当这个集团的半个老板,获取这个集团日后盈利的一半,也得投资一千多万元美金。

这在自己是一笔庞大的投资,几乎占去了整个家产的三分之二,干还是不干?

他犹豫了五天。

五天中,他同父亲打了三次电话商量;向欧洲商界的几位经营纺织品的朋友作了再三咨询;让在美国的秘书向在白宫任职的一位政界朋友询问了对华政策的发展趋势,了解了华盛顿一家专门研究世界各国政局的机构对大陆政局的中、远期分析。

决定是五天后的那个晚上做出的:干!

一做出决定他便立刻约见昌盛,昌盛并不知他此行的真正目的,以为他是要离开南阳了,到了宾馆他的房间后便笑着问:"你这次不去看看你的姑姑就走?"

振中没有回答昌盛的问话,而是满脸肃穆地问:"尚先生,你有没有把你的集团建成中国和世界第一流的大企业的雄心?"

昌盛一怔:"当然。"

"你想没想过,单靠你自己的力量滚动发展,要达到那个目标还需要很长的时间?"

昌盛微微点头,不知他想说什么。

"不知你愿不愿让别人来帮助你干,比如说,给你提供资金,与你一同经营——"

"资金?"昌盛的眼亮了,他眼下缺的就是资金,"谁?你说的是谁?"

"你还没说你同意不同意!"

"同意,当然同意!只要他仍叫这个企业集团为尚吉利,只要他仍叫我们尚家人来经营,只要他承认我们尚家是第一主人且承认按投入的资金比例来分利润,我当然同意。"

"好,既然是这样,我就告诉你这个愿意帮助你干的人是谁。"

"谁?"

"我!"

"你?"昌盛直看住振中,"真的?"

"当然真的!"

"你愿投多少?"

"你现在的固定资产是多少,我就再投多少,这样,日后的利润我们就平半分。"

昌盛立刻摇头:"不,如果我的固定资产是十,你只能投九,这样才能保证我的第一主人地位。自然,你可以按九的比例来拿利润。"

振中默然了一阵,说:"行吧。只是我要求在估算你的固定财产时,要有我的人来参加。"

"行!"昌盛痛快地答应……

这场令两个人都有些高兴的交谈结束时,振中打开了房间里的电视机,电视机里正在播送一条消息:

> 科威特的民众今天自发举行了庆祝解放三周年的活动,三年前,伊拉克曾一度占领了科威特全境。在今天的庆祝活动中,一位王室成员让下属给参加庆祝活动的每个人都分发了一段绚丽的中国金银丝织锦缎,这种织锦缎在阳光的照射下放射出炫目的金光,似乎是象征这个不大的国家,将永远在海湾地区闪耀着自己的光芒……

哦,那二十万米绸缎原来用在了这里!

13

宁贞从北京回来后一直闷闷不乐,她心里总以为那场展销会的失败自己应该负责。倘若自己那晚没有和尚穹一起吃饭,没有去他的房间看他在电脑上打出那样的画面,自己就不会对他的人格发生怀疑;而没有对他人格的怀疑她就不会留心去查展销厅租金的底细,就不会有向昌盛报告尚穹作弊的一幕;没有这一幕就不会有昌盛去跟尚穹闹翻的事情;自然也没有尚穹作梗使展销会失败的事情。都怨我,我把一个众人都抱很大期望的展销会弄得大败而归,使昌盛损失了近百万元钱……

她的这种思维逻辑使她心情总也好不起来。白天在工厂里忙碌,这种郁闷的心境还显露不出来;一进家门,那种郁闷就在脸上写得清清楚楚。妈妈自然注意到了她的情绪反常,但老人却找错了原因,以为是当嫁的姑娘没有结婚而引起的苦闷,于是就试探地说:"贞儿,你和家福这孩子也来往有些日子了,年龄也都大了,是不是把事情办了?"

宁贞无语,没有像过去妈妈提起这事时明确反对。说真的,她最近也在考虑这事。如果我在去北京办展销会前同家福结了婚,到北京我就向尚穹介绍家福是我的丈夫,他敢对我图谋不轨么?罢了,为了以后少招惹是非,结婚吧……

是在一个休息日,她告诉家福第二天去她家。家福听了自然高兴,这是她第一次主动约他。他买了不少礼物,吃过早饭不久就站到了落霞村宁贞家的门口。因为离吃午饭还早,也因为在家说话不方便,宁贞领着家福又一次向安留岗走去。

葱茏一片的安留岗因为眼下不是忙碌的时节,显得很静,间或响起的几声鸟叫,很快便被浓密的树叶掩盖了起来。如今,这里倒真成了谈情说爱的好地方,逢了周末,城里不少年轻男女会骑了自行车来这里幽会。

宁贞和家福找了一个桑树特别浓密的地方坐了下来。家福因为不知道宁贞今天约他出来干啥,不敢贸然开口;又因为是白天,也不好意思把手朝宁贞伸过去。两个人都沉默着,静静地感受着太阳升高,看着跌碎在地面上的阳光在慢慢挪动位置。

"我前几天回俺们刘家庄,听人说了一个有关安留岗的故事。"家福为了打破这有点让他紧张的沉默,随便地找了一个话题。

"啥故事?"仿佛凝神思考着什么的宁贞朝他抬起头来。

"邻居的一个姓齐的老奶奶说,过去的安留岗一到黄昏,过岗的人都能听到一个女人的哭声。"

"真的?"宁贞好看的双眸完全凝定在家福的身上,这让家福高兴起来,觉得这个话题选得不错。

"当然。齐老奶奶说她最初听人讲了这个也不信,就在黄昏时从岗上过了一回,可不,她听得清清楚楚的,是有一个女人在哭。可就是只能听到哭声,找不到那女人在啥子地方。"

"哦?会是啥样的女人在哭?"宁贞的心完全投入到了这个故事中去。

"齐老奶奶说,她听出来是一个年轻的女人在哭,她说老年女人的哭声不会那样细悠。"

"一个年轻女人为啥在这岗上哭?"

"不知道。"家福摇摇头,"齐老奶奶说她也弄不清楚。不过我作了一个猜测。"

"猜测?"

"我猜,八成是前些年从岗脊上挖出来的那口大棺材里的那个女人在哭,她也许有伤心的事情。"

"你瞎说什么?"宁贞听到这儿吓得勃然变色,急忙站起往家福身边坐了坐。家福趁这机会把宁贞拥到了怀里。

"好,好,不瞎说了。"家福感受到宁贞的身子在哆嗦,急忙抱紧了她开始抚慰。他此刻再一次意识到了女人的脆弱,这是白天呐,一个故事就把你吓成了这样?!他忍住没让自己笑出来,只是用双手触摸着宁贞,希望把恐惧从她身上尽快拂去。

随着太阳缓慢地在向中天运动,岗上的温度开始增加。家福看见有一些细小而晶莹的汗珠在宁贞那光润的颈项上出现,便低下头,用双唇把它们一下一下地吸到了口中。

"告诉我,要是咱们成了一家人,你会一辈子不打我骂我不同我吵架吗?"平静下来的宁贞忽然开口问。

家福一愣:"你咋问起了这个?我怎么可能打你骂你同你吵架?我喜欢还喜欢不过来哩!"

"我问的话现在看起来有点可笑,可有本书上说那其实是婚姻的最高标准。"

"我会一辈子爱你!"家福满脸诚恳。

"没有一辈子的爱,妈妈告诉我,谁也不可能爱谁一辈子。"

"可是我会!"

"那我就说服自己相信你,你挑选日子吧。"

"挑选日子?"家福一时没明白这句话的含意。

"你不是很早就想——"

"嗷——"家福一下子高兴地把宁贞抱起,让自己的脸深深地埋进了宁贞那柔软而深幽的乳沟里。

宁贞和家福那天从安留岗下来,回家时见到门前停了一辆轿车,正诧异间,妈妈满脸笑容地出来说:"快,你振中表哥来了。"宁贞、家福这几天都已与振中见过,就高兴地进屋打着招呼。

"我今天来,一来是看看姑母、姑父,二来是想告诉你们——"他指了一下宁安、宁贞、晶子和家福,"一件事情。"

"啥?"宁安开口问。

"我决定和你们一起干了。"

"和我们一起干?"宁贞双眉弯起,"干什么?"

"丝织呀!"振中笑道,"我已经决定给尚吉利集团投资,与尚昌盛合作。"

"嘀?能行?"家福有些不相信。

"这件事当然要有一个过程,不过意向书我和尚昌盛先生已经签了。"

宁贞定定地看着这个美籍表哥,半晌之后才说:"表哥,我对经商的事虽然懂得不多,但我凭感觉知道,你日后不会为这个决定后悔!"

"但愿是这样,我是商人,赚钱第一,我希望我投入的钱能为我带来更大的利益。但说实话,在中国大陆投资赚钱,心里总不是很安稳,总怕会出什么意外。"

"不会的。"宁贞知道昌盛资金紧张,很需要钱,所以这一刻特别害怕振中改变主意。"尚吉利这些年不是一直在发展?"

"这倒是,我也正是看到了这一点才下了决心的。那天我去蚕茧基地,看到远近十几条岗上的桑树、柞树林带,心里真高兴。我第一次来时不就是一个小桑园?宁安表弟干得是不错,看来你记住了我们第一次见面时我对你说过的话。"

宁安搔了搔头皮笑了:"我将来还要向山区发展,争取干到二百万亩,除了满足尚吉利集团的使用之外,还要向外卖茧!"

"如果我与尚昌盛的合作最后落到实处,我期望你们四位鼎力相助。"他看了一眼坐在一旁的晶子笑道,"你们都是尚吉利集团的老职员,你们是否敬业,将决定我和尚昌盛的收入。宁安、宁贞是我的表弟、表妹,晶子是我的表弟媳,家福眼下虽还不是我的亲戚,但我看得出来,要不了多久可能就是我的表妹夫,我们应该同心做事。只要尚昌盛和我赚了大钱,你们当然也会富起来!我已经看见你们的住房有了改善,换成了瓦屋,比过去的草房强多了,但你们今后还要争取住上楼房,住上带花园的别墅……"

那天的午饭吃得十分快活,大家都喝了酒。宁贞因为心里为尚昌盛就要解除资金困难高兴,把这些天一直缠着她的那股郁闷彻底赶走了,不时发出清脆的笑声。

午饭后振中又坐了许久才走。本来宁贞的情绪一直很好,不想振中临上车时说的几句话又一下子抹掉了她脸上的笑容。——"我明天就回美国,回去就准备资金,在我离开这里之后,如果尚吉利集团在经营上或其他方面出了什么问题,我希望你们能随时告诉我,这是我对你们这些亲戚提出的一个小小的请求。"

"不会出任何问题的!"宁贞急忙保证。

"可不能这样说话,我虽然不是制造商,但我是商人,我知道商海里从来就没有平静过,任何人任何企业都不敢说他不会出事,危险是随时可能发生的。"

"好吧。"宁贞点头,"真要出了什么事我们会告诉你的。"她看着振中坐的车渐渐开远,心中升起了一丝不快:这个人,怎么总是说些不吉利的话,尚吉利能出什么事?

也许是这种不快的心境作怪,她当晚睡着后做起了噩梦:一个身着黑裙的姑娘说要领她去看一处风景,两个人曲曲折折地走到一个四四方方的平台上站定,她问风景在哪,那黑衣姑娘笑笑:在这儿!说着抬手,从自己头顶抽出一缕一缕细如蚕丝的东西。宁贞惊问:这是啥?感情!那黑衣姑娘笑答。她刚想上前看个仔细,却见那姑娘猛将自己的头从脖颈上取下朝她递过来,说:你看看清楚!宁贞一看,竟是一个骷髅,吓得她一身大汗猛然惊醒。

惊醒后她恍然记起,过去好像做过类似的梦……

14

  昌盛收到北京寄来的那封快件信函的那天，正在忙着做一个计划——栗振中从美国打来一个电话，要他在双方没有正式签订合资合同之前，先做出一个使用一千万美元投资的计划。昌盛知道振中这是怕他把钱用到不该用的地方，所以就很认真地做一个扩大尚吉利集团生产能力的计划。计划中，他把现有的蚕茧基地、缫丝厂各扩大一倍；从时装厂里分出一个做真丝工艺品、针织品和丝绵太空绸被的丝绸用品厂；从丝织厂里分出一个印染厂；在尚吉利综合大学里设立一个丝绸织造、染印研究所。同时对机器的更新、员工的培训等都作了安排。他估计，一旦这个计划实现，尚吉利集团就会不仅成为南阳而且会成为中原乃至全国一流的企业集团。到那时，我们生产出的绸缎大概就会称霸丝绸织造界，实现爷爷、父亲和尚家多少代人织出"霸王绸"的心愿。

  他仔细地看了看那个快件信封，信是尚穹寄来的，上边有他的名字。他来信干啥？为展销会的事向我道歉？其实当时我也不该当面给你难堪，不就是几万块钱嘛。

  他抽出了信纸，带了一点歉疚去看，但他没有看到臆想中的道歉的话，看到的只是几行冰冷的文字：

  昌盛哥：

    我和我父亲、哥哥认为，尚吉利集团作为爷爷遗留下来的财产，应该有我们三个的一份，故决定于近日收回这部分财产，请

· 345 ·

做好准备,我的律师将很快与你具体协商有关问题……

昌盛像看见怪物似的瞪住信纸,骇然地站起身子。

一阵哆嗦,渐渐从他的腿部升起,最终像大风一样摇动着他的身子。

"尚穹,你——你……你这个混蛋!"他猛地把拳头砸到了桌子上。尚吉利集团怎么会有你的一份?怎么可能有你的一份?你吞了我七万五千块钱还嫌少吗?你竟敢来要什么遗产?!笑话,真是笑话!天下竟有这样不要脸的人?!你从来没到尚吉利集团干过一天的活,你从来没为尚吉利集团出过一个主意,集团的财产怎么该有你的一份?

他哆嗦着手抓过信纸,嚓嚓嚓地撕了个粉碎。旺旺这时刚好从外边回到办公室,看见父亲铁青着脸在撕信纸,就惊讶地问:"谁的信?"

昌盛不想让儿子知道这件无聊而气人的事,没有说话,只气哼哼地在屋里来回踱步。尚穹,我把你的信撕了,我等着你来找我要钱,你看看我会给你什么?!当初爷爷和我对你寄了多大的希望,希望你在北京上完大学能帮尚吉利一把,没想到你竟是这样帮的?!你这个被钱迷住了心眼的东西,你写这封信时心里就不愧得慌?你愧不愧?……

昌盛那一天既没干成什么,也没吃下什么,胸口和肚里完全被气、怒塞满。这种气和怒直到傍晚才慢慢从身上撤走,他在下班往家走时脸上只剩了冷笑:尚穹,你可以写信来,但你的信等于废纸等于放屁,我连理都不会理你,你的信最多是给我的废纸篓里添一点东西!

他到家时,正在做饭的小瑾过来说:"刚才文琳婶子过来,说想把爷爷留下的那份遗嘱拿去复印一份,他们那边也好留作纪念。"

"哦,给她了?"

"给她了,她拿到街上复印完又把原件送给了我。"

这件事和尚穹的来信有没有联系？怎么这个时候想起复印遗嘱留作纪念了？婶子难道也和尚穹站到一起了？尚家难道真要为钱的事闹出一场事来？但愿这两件事没有联系，但愿没有别人参与，这只是尚穹一个鬼迷心窍的人在做美梦！

做吧，你！看我会给你一分钱！

大约是这封快信被昌盛撕掉的第三天早上，尚吉利集团的办公区出现了一个西装笔挺的中年人。因为平日来这里作商务联系的人太多，所以谁也没有给这个中年人以特别的注意。那中年人径直走到昌盛的办公室门前，抬手敲门。

应声来开门的昌盛以为是来联系买绸缎进时装的商人，便指着旁边旺旺的办公室说："请去找尚旺联系。"但那个人淡淡一笑说："如果我没猜错的话，你就是尚吉利集团的尚昌盛总经理，我就找你！"

昌盛只好带了笑把那人让进房里，问："是想买点什么？"

"不，我只是来要点东西。"那人笑道。

昌盛不由一愣："要点东西？啥东西？"

"钱。"那人掏出一张名片，双手拿着递过来。

昌盛接过一看："北京前门律师事务所　黎明奎律师"，他有些愣："我们集团好像和贵事务所没有什么金钱方面的往来。"

"那当然，我只是受一名当事人的委托来替他要钱。"

"谁？"昌盛警觉起来。

"尚总的堂弟，中国经济部的尚穹处长。"

昌盛霍地站起，头上那已黑白驳杂的头发分明竖了起来。

"他说尚吉利集团的财产是他爷爷尚达志去世时留下的遗产，他和他父亲、哥哥各有应得的一份，他现在想把这笔财产要回来。"黎律师不慌不忙平平静静地说着。

"他自己为什么不来？!"昌盛努力压住胸中上涌的火气，但声

· 347 ·

音还是很高。

"也许他认为委托我们来要可能不会伤你们兄弟之间的和气。"

"让他来朝我要!"昌盛几乎是吼了,"让他看看我会给他什么!"

"好吧,既是你坚持要他来,我只好转告他,不过,作为被委托的律师,我很想现在就开始工作。"

"开始什么工作?"昌盛眼瞪得有些吓人。

"我很想看看贵集团的账目,尤其是尚达志先生去世时的账目,当然,我只是看看,而且会保密!请相信我会在法律许可的范围内行事,我不会胡来。"

"你凭什么要看我的账目?"昌盛到底没能忍住心底翻涌上来的怒气,把双拳攥了起来,"凭什么?"边问边向律师身边逼过去,目光像火焰一样地喷到了律师身上。黎律师现在才意识到对方正在把自己当成尚穹,原先一直带点幽默笑容的脸上露出了慌乱,他大概没想到面对的是这样一个容易冲动的人,于是急忙摆手:"好,好,既是尚总不愿让我看,我就不看。"

"走吧,你!让尚穹来见我!"昌盛大概意识到了自己的失态,放缓了语调说。

"好,好。"黎律师慌忙退了出去。

以昌盛那一刻的暴怒心情,他是真想立马跑到承达叔家去,朝承达叔和文琳婶子发一通火气,把尚穹在北京做的那些事都抖搂出来,让他们评一评谁有理。可转念一想,承达叔有病卧床,那样一弄只会让叔的病情加重。何况这件事全是尚穹搅起来的,他远在北京,和他的家里人说这些有什么用处?

等,就平心静气地等,等到尚穹来见,那时再面对面地同他说个明白,我非要看看你尚穹的脸皮有多厚不可!天下哪有这样的尿痞,明明没流一滴汗反而派了律师来要钱?

"爹,刚才那个人来干啥子?"尚旺这时推门进来。

"他干屎不了啥子,你去忙你的事!"昌盛仍然不想让儿子知道,不想让更多的人晓得这场纠纷,这是尚家的家丑!

天塌不下来!

15

差不多就在昌盛朝黎明奎律师发火的时候,尚穹正站在父亲床前做最后的说服工作。

他一周前就回到了南阳。他给昌盛的那封快信是写好交给烯,让她在他离京后才发出的。他到家没见任何人,只是通过家中的电话,依靠父亲在银行里的熟人,查清了爷爷去世时尚吉利集团在银行账户上的钱数。固定资产反正在那里放着,昌盛无法隐匿,关键是这些流动资金,弄清了流动资金数额,下一步就好办了。

他这次以家中父亲病重为借口,专门请假回来讨要遗产。他是那种一旦下了决心要办哪件事就决心办成的人。再说,这件事也的确值得一办,真要把一大笔钱要过来,一方面可以改变生活上的拮据状况,另一方面可以使自己在政治上的进取有了坚实的经济基础。搞政治是需要钱的,外国的一些政治家为什么总常出些金钱上的丑闻,原因也在这里。没有钱,拿什么和上级沟通感情?连顿饭也请不起,如何与同事结成同盟?只要有了这笔钱,我就可以当清官,中国人一向喜欢清官,只要清廉的形象树立住,还怕不能提升,不能获得更大的权力?一个人一生是否活得辉煌,不就是要看他所掌握的权力有多大么?

我应该利用这个机会。

他这几天还不停地做母亲和哥哥的思想工作,希望他俩和自己站在一起。他想待三个人思想统一之后,再和父亲谈明白。父亲虽已是一个废人,但这是一件大事,应该让他知道。还好,母亲是坚定地站在他这一边的,认为这笔钱该要。麻烦的是哥哥尚天,平日做事一向不顾忌什么的尚天在这件事上却很犹豫,再三说:全城人谁都知道尚吉利集团是昌盛哥自己办起来的,我们并没出什么力,现在去张口要钱,怕要遭人笑话。这是我们尚家自己的家事,怕别人的态度干嘛?经尚穹的再三劝说,尚天总算不再说什么。眼下,妈妈已到昌盛家复印了爷爷的遗嘱,为下一步的行动作了准备。

接下来就是和爸爸谈了。尚穹虽然知道爸爸已不能表达什么,但心里还是有些发虚。

他是在一个早饭后,迟迟疑疑地和母亲、哥哥一块走进父亲的房间的。父亲看见他,无神的双眼倏地一亮,他这次回来父亲显然非常高兴,每回他走进父亲房里父亲总是用这种眼神看他。

"爸爸,有件事要给你说说,"他有点费力地开口,"你退休有病以后,咱们家的生活水平下降得厉害,你和妈的退休金不高,我和哥哥的工资也低,在物价不断上涨的今天,家里的生活遇到了一些难处。尤其是我,还面临着结婚成家的事,因此,应该想办法弄点钱。但我们明白,我们一不能贪污,二不能索贿,三不能经商。前两条不仅你过去一向反对,而且也为法律不容;后一条是国家的规定,国家干部不能经商。"

承达静静地看着小儿子,眼中分明有一点歉疚。

"因此,我们就想出了一个主意,能不能把爷爷当初去世时留下的尚吉利集团的钱财,让昌盛给大家分分,把属于你、哥哥和我的那一份给我们——"

承达的眼神一下子换成了愕然,他直直地瞪住小儿子,片刻之后,口中就呵呵呵含混地叫了起来。

尽管听不懂他说的什么,但尚穹和尚天都明白,他这是在表示反对。

尚穹停住没再说下去,父亲的这种态度和他预料中的一样,他早就估计父亲不会同意,他把目光移向了母亲。

文琳见状急忙开口:"他爸,孩子们这样做也是没有办法,你躺在床上,不知道如今的社会上,人人都在想法子弄钱。尚穹他们这样考虑,也是对的。咱俩的退休金不高,没给孩子们留下什么,他爷爷留下的遗产,他们应该分得一份。再说,尚吉利集团如今是一个大企业,分一点钱出来也伤不了昌盛什么,他们要不了多久就又会赚出来……"

承达眼瞪住妻子,呵呵呵叫得更响,身子也尽力扭动,尚天见状急忙上前扶住爸爸说:"爸爸,爸爸,你别激动,别激动,这事你不同意我们可以再商量,再商量……"

直到承达终于平静下来睡着之后,母子三人才又在客厅坐在了一起。尚穹说:"妈,从今往后,这件事的处理不要再告诉爸爸,以免他再激动伤了身体。"妈妈点头。尚天什么也没说,只是无限忧虑地看了弟弟一眼……

尚穹在尚吉利集团的大门口镇定了一下自己,这才迈步进门。

黎律师向他报告了与尚昌盛的见面情况后,他决定来见昌盛一面。看来这一面不见不行,见完之后我才好使用法律手段,我这也叫先礼后兵吧!

他身后跟着黎律师。

他环视了一下尚吉利集团的办公院子和紧挨着的尚吉利丝织厂,心里不得不佩服昌盛的治理有方。院子里的一切井井有条,给人一种兴旺向上的感觉。不过要不了多久这里就可能变成另外一种样子,一副纷乱的分家模样。

他敲门时心跳多少有些加快,你是在着慌吗?你作为中国经济部的一个处长——尚穹前不久刚刚被晋升为处长——有必要在一个小城里的织绸的人面前发慌吗?

门开了。

尚昌盛一脸冷厉地出现在他面前。

他一时不知该怎么开口,糟糕,什么问题都想到了,就是忘了想见面后第一句话该怎么说。

幸好,对方先开了口:"哟,这是谁呀?"昌盛的声音冷得吓人。

"你弟弟。"话一出口,尚穹就平静了下来。

"我有你这样威风的弟弟?"

"应该有吧。"尚穹临来之前就给自己立了规矩:不发火。

"来干啥子?"昌盛两眼逼视着对方。

"看看你,顺便办点事情。"尚穹努力让自己笑了一下。

"啥事情?"

"我想黎律师已经给你说过了。"

"我忘了,你说说!"看得出昌盛在拼力压着心中的火气。

"想把爷爷留下的遗产中该给我爸、我哥和我的那一份取回去。"

"好,能把这话说出来就算有胆量!告诉我,你知道不知道什么财产都是用血汗换来的?"

"当然,爷爷为创下这份家产付出了许多心血。"

"你为这份家产的建立付没付过心血?"

"没有。"尚穹平静地说。

"既然没有凭啥死皮赖脸地来要钱?"

"我没付出心血并不就说明我没有继承遗产的权力,有一些孩子,他们甚至连走路也不会,更不会为家产的扩大付出心血,但一当他们的爷爷奶奶父亲母亲去世,他们同样可以继承遗产,有的甚至一下子成了富翁。"

"你也想成为富翁?"昌盛的身子因为气怒开始哆嗦了。

"差不多,我想你只要把该给我的钱给我,我就会成为富翁。"

"你做梦去吧!你个没脸没皮的东西,你从我这儿一分钱都别想拿走!"聚集在昌盛胸腹里的怒气终于爆发了,他吼了起来,他的吼声引来了旺旺、家福和另外几个工作人员,他们闯开门,惊慌失措地看着屋里的三个人:满脸紫胀的昌盛,一脸平静的尚穹,略显紧张的黎律师。

"提高嗓门并不能解决问题,你应该理智地把钱给我们!"尚穹依旧不紧不慢地说。

"我给你!给你!!"暴怒中的昌盛两步冲到尚穹面前,抡起拳头就朝尚穹脸上砸去,等家福、旺旺他们冲上去拉住昌盛时,尚穹已经满嘴流血了。黎律师此刻气愤地说:"有话说话,怎么可以打人?打人可是犯——"

尚穹挥手止住黎律师说下去,一边从衣袋里掏出雪白的手绢去擦嘴上的血一边慢腾腾地说:"既然你不想让这事协商解决,那我就只好通过法律途径了!"

"你通过法律吧,我不信法律就会向着你这种不讲良心的东西,你去找法院吧!去吧!"

"你恐怕会后悔的!"尚穹慢慢地站起身子。

"我是后悔,我后悔当初咋就没看出你是这样一个狼心狗肺的混蛋,后悔刚才没有一拳把你砸死!"昌盛的身子被旺旺和家福几个人拉着,只能咬着牙吼。

"那就再见。"尚穹说罢,像来时一样,步态平稳地走出门去……

· 354 ·

16

卓月对尚家发生的新变故一点也不知道。她这些天除了组织好学校的教学之外,把其余的注意力都给了左涛。

左涛送的那一纸箱书是那样深地感动了她。卓远外爷要是知道左涛这样做,也会原谅他吧?看来焚书的事这些年仍一直在左涛心上压着。扔开吧,左涛,把过去的事总背在身上太沉重,你该轻松地生活了。

左涛第一次给学生们上课时,卓月去听了。没有人对卓月的这一举动在意,作为校长,去听一个新聘任的老师的课,是很正常的。

课讲得还算顺利。左涛根据这些年在蚕茧基地积累起来的实践经验,把蚕的喂养这一课讲得挺有趣,学生们对这个新来的老师没有表示出任何反感。这让卓月松了一口气。

下课之后,卓月走过去笑望着左涛说:"祝贺你,课讲得不错。"

"你在安慰我,我离开学校太久了,上讲台时腿都在打哆嗦。"

"为了你今天的成功,我想请你到我那里吃晚饭!"

"不,不!"左涛急忙摆手。

"说定了!学生们都在看你,不要再摆手,我做好晚饭等你!"卓月低声说罢,转身就走了。

天黑之后,做了一桌子菜的卓月听见了迟迟疑疑的敲门声。

"喝点酒吧。"卓月给左涛斟了满满一杯。

"我信佛,酒是不敢沾的。"

"有部电影上的僧人不是说过:酒肉穿肠过,佛祖心上留吗?何况,这里就我们两个,谁会知道你喝酒了?"

"佛祖的目光无处不在。"

"佛祖看见也会原谅的,我们两个这么多年没有见面,喝吧!"卓月把杯高高举起。

左涛犹豫了一下,端起了杯。

两只碰杯的手都有些哆嗦,两个杯里的酒都洒了不少。酒下肚之后,仿佛是因为酒辣,两个人都吞咽着唾沫,没有说话。

"你还在研究安留岗上出土的那个方形土坛吗?"左涛显然不愿这沉默继续,找了个话题。

"是的。我的一篇文章发表后,引发了不少不同意见,其中南京大学的一个教授来信说,他根据我画出的方形土坛的样子判定,它是祭祀生命用的,它上边用颜料画出的▦形图案,是祭坛设计者在表达他们对人与自然关系的看法。横的线条,代表的是人;竖的线条,代表的是自然,二者相交组成一种美丽的图案,是为了说明人与自然是同一关系,二者是和谐并存的。设计者设计这个图案,是为了安慰放在坛上的两个因故死去的女性:你们的生命来自于自然,现在死亡又让你们回归于自然,这不是什么遗憾的事情。"

"这种看法倒有意思。"左涛沉吟着说。

"你觉着他的看法有无道理?"

"这也是一种判断,对于一千多年前建起的这个土坛,每个人都可以根据自己的认识和理解来做出判断。"

"但这个方形土坛的真实用处肯定只是一个。"

"这一点我同意。"

"好了,咱先不说古人的事,说说今天的事。"卓月把话题扭了过来,"我给你找了一个大夫。"

"大夫?找大夫干啥?"

"他说他有个法子能治。"卓月直视着左涛的眼睛。

"治啥？我——"左涛的头低了下去，他明白了卓月的话意。

"治治吧。"

"没用……我过去……找过好多大夫。"

"他说用的是一个秘方。"

"没用。"

"去吧，明晚，安泰堂，从世景路向右拐。大夫等你！"……

左涛几乎是一步一挪地向安泰堂诊所走着。他实在不愿为了这种病再去任何诊疗场所，过去所经历的那些失败早已让他对治疗绝望。没有可能治好，不过是再经历一次难堪罢了。可是要坚持不来就会伤了月儿的心。她是那样真诚地催我来看病，我要不来肯定会让她觉得我仍在生她的气，我当初已经伤过她的心了，我不能再让她伤心！月儿，你其实不必再为此事操心，一切都是命，我现在这样也许是上天早就决定了的，你不过是上天旨意的一个执行者罢了，责任不在你……

离安泰堂还有十几步远的时候，左涛停了脚。这里的大夫见我会不会像别处的大夫那样，再问一遍我得病的经过？也罢，问就问吧。

一个头上有了白发正在向老年靠近的大夫见左涛进门，面带蔼然的笑意迎过来。左涛见过过去的安老大夫，估计这大夫该是安老大夫的长子。

"是左先生吧，我听了卓月校长对你病情的介绍。请不必为此病感到难堪，在我们大夫眼里，这只是一种需要医治的疾病。我们今天采用一种在民间流传的秘方来给你治病，为此，我还专门请来了一位医生。"安大夫边说边领着他向里间走去。

"请在这里坐下。"安大夫领左涛到一个用木板隔成的两米见方的地方，指着惟一的一张椅子说。"待会儿我站在外边向你提一些要求,希望你要照我的话去做,现在你身心放松,坐在这儿歇息。"言毕,安大夫走出去,关上了小门。四周很静,只有一种中药的气味在四周晃动,一盏不大的电灯泡悬在屋顶,原本昏黄的光线在照进这个木板隔成的小空间时显得更加微弱朦胧。会请来一位啥样的医生?他的医术比安大夫还要高吗?他会用啥样的法子来治我这病?

半袋烟功夫之后,他先是听见一轻一重两个人的脚步声响进里间,随后便有安大夫的话音响起:"左先生,给你治病的云医生来了,云医生就在和你相邻的另外一个木板间里,为了避免你看见医生不好意思,云医生将隔着板壁给你治病,现在请你站起,把你的裤子脱掉,连内裤一起脱。"

左涛闻言有些惊异,不过因为是在这个四周封闭的空间,不必顾忌什么,便依安大夫的要求裸出了下体。

"请你面向北侧的板壁站好。"

左涛刚依安大夫的话面朝北边的板壁站下,和他大腿根等高的一小块木板忽然被抽开,这样,他的私部就刚好暴露在了那个洞口里。嗬,原来是这样。

"甭紧张,身子就面朝洞口站着,云医生待会儿就通过这个洞口给你治病。由于你无法看见给你治病的云医生,我给你介绍一下云医生的情况。云医生是个年轻姑娘,今年才——"

"姑娘?"左涛惊得后退了一步。

"甭害羞,病不忌医,这是人人都知道的道理,男病人找女医生看病和女病人找男医生看病一样,都是正常的。云医生家祖传是医,对治这种病尤为擅长,她是他们这个家族的最后一位也是惟一的一位传人。她将给你进行神奇的按摩并涂一种自制的奇效药水,她会很快给你治好的,现在请你下体贴着洞口站好。我要焚香祈请神灵,让他保佑云医生能早日为你解除痛苦。"

左涛立刻闻到了一股幽幽的香味。

"左先生,云医生就要给你治病了,我还有别的病人,就不再奉陪,我出去后把里间的门关上,不会有人来打搅你们。"

左涛听见通往外间的门关上了。与此同时,从板壁上的洞口里,伸过来一双皮肤细腻的女人的手。他的身子哆嗦了一下,随即感到那双小手捧住了他的私部。

那是一种极为轻柔的按摩,似乎在检查、察看它的伤处,又似乎在对它进行鼓励和安抚。那双手是那样的小心和谨慎,每挪动一下位置都要长久地进行试探,仿佛惟恐惊吓住它。左涛很难说清自己心里的感受,只是觉得心中原有的那股紧张感被那双手一点一点赶走,一种温暖的类似清水一样纯净的液体向心里流去。一种被人呵护的舒畅感开始在胸中回旋,他突然有一种想哭、想诉说委屈的愿望,跟着就觉出有泪水冲出了眼帘……

接连治了五次。明显的效果虽然没有出现,但这种治疗带给左涛的那种感动,使他愿意把治疗进行下去。他只是有点怕卓月询问治疗的过程,复述那个过程将令他尴尬无比,还好,卓月一直没问。

第六次治疗时,在体验了以往治疗中的诸种感受之后,微闭了双眼的他仿佛看见了一个百花争艳的花园,在花园的小径上有一个雄赳赳的小伙在姹紫嫣红的花朵中寻觅着什么,他刚想看清那小伙的面孔,忽然感到下腹和大腿根部发热,这种热感在逐渐增强,并最终使他那个久已软塌的器官在云医生的手里一下子挺直了身躯。

哦,我又成了一个男子汉了!

尽管只是一瞬,但带给左涛的是多么巨大的兴奋。这么说我还真有治好的可能?"谢谢你,云医生!"他高兴地说。但隔壁的云医生没有说话,只是把一种温水一样的药物涂到了他的下体上,随后便收回了手。跟着,他听见她打开通往后院的门走了出去……

左涛的心情异常激动。
　　他在这种激动中继续去安泰堂接受治疗。此后的效果一天天明显，到第十六次治疗结束时，他感到他已完全恢复了正常。他想他今天一定要当面向云医生致谢，要把他预先准备好的一千元谢礼送上。所以治疗刚一结束，他就快步出门向安大夫的后院门口跑去。还好，一个女子在夜色里刚走出后门，他急忙上前拦住，刚叫了一声"云医生"，便倏然愣住：星光下，站在他面前的是卓月。
　　"不要吃惊，"卓月在夜色里笑眯眯地开口，"这一切都是安大夫安排的。他说，你的病是受伤加受惊，但伤在次，惊是主要的，要治惊只有用这个秘方。这个秘方其实是一种心理安抚，就是通过近似于按摩的轻柔触摸，把当初你受惊了的那部分神经再恢复过来，那种奇效药水其实就是温水罢了。这个秘方用起来的最大难处是要有一个甘愿做这种事的女性，所以只有我来了。谢天谢地，秘方还真的有效。我本以为我参与其中的秘密会永远保持下去，没想到你违背安大夫的要求追了过来……"
　　左涛什么也没说，他先是怔怔地盯住卓月，随后猛地伸出双手，一下子把她搂在了怀中。卓月渐渐感到自己的脸上滴了些温热的泪水，她也什么都不说，只用手拍了拍他的后背，拉着他往回走去。
　　也就是在这个夜晚，当卓月和左涛告别之后回到自家院门口时，等候在门前的宁贞沉声告诉她："尚吉利集团的银行存款下午已被冻结，账册也同时被查封。"卓月这是第一次知道尚家出了事情，她当时惊望住宁贞，能说出的惟一一句话是："这怎么可能？"……

17

宁贞知道尚穹亲自找到昌盛要遗产的消息时,正在忙着准备结婚用品——家福已经把婚期定在了阴历腊月二十八。她对这消息的第一个反应是惊愕:明明是昌盛干起来的事业挣来的钱财,尚穹你凭什么要求分给你?第二个反应就是气愤:人怎么可以这样厚着脸皮?在北京展销时你已经吞了那么多钱,还不满足呀?亏你还是尚昌盛的堂弟,还讲不讲良心?气愤之后,又忽然想起,这件事也许就是北京展销会期间昌盛训斥尚穹之事的继续,是尚穹对昌盛的报复。这样一想,她便觉得出现这种局面自己也有责任。当初在北京时要是自己想事周密一些,不立刻告诉昌盛有关尚穹在展厅租金上玩的手段,不使他去当面训斥尚穹,也许就不会有今天这事?!……

宁贞顿时无了准备结婚用品的兴致,转而去关注这件事情的进展。她提醒昌盛也去找一个律师,为自己准备不分给对方钱财的理由。于是,一位姓巩的高级律师随后便应聘到了尚吉利集团。巩律师在听了昌盛的讲述和了解有关情况之后断言:尚穹无权要求分得尚吉利集团的财产,因为尚吉利集团主要是尚昌盛办起来的,是尚昌盛的财产而不是尚达志的遗产。尚达志早就失去了劳动能力,他早就没有了创办企业的力气,他的遗产就是他死时留下的一点零钱和尚家的老宅老房子,除此之外没有别的。尚穹能够参与分的,也就是这些。巩律师的一番话使昌盛放了心也使宁贞得到了宽慰,宁贞这才又有了准备结婚用品的兴趣,才重又记起了腊月二十八这个吉利的日子。

在看不见尽头的时间之路上,腊月二十八这个日子像一个红色的标志杆竖在了宁贞的眼前。她知道,只要过了这个标志杆,她人生中的另一段途程就要开始了。她一边怀着喜悦和忐忑的心情注视着那个标志杆的移近,一边和家福一起做着各项结婚的准备。

他们首先在城边买了三间平房外加一个院子,作为他们未来的新房。家福的老家里既然已经没有了亲人,就没必要再去他老家结婚。房子买好的那天,宁贞站在那个宽敞的院里,心里已经在设想院子的哪一处放置花盆哪一处栽种树木,脑子里也同时闪出一个白胖的娃娃在院子里牙牙学步的情景了。

接下来开始打制家具。两个人找来了几本家具图纸挑选比较,最后是宁贞决定了家具式样:一律的中式椅、柜、台、几。宁贞见过妈妈保存的一张过去外爷家的照片,她喜欢那种古色古香的韵味。

随后开始买衣饰、用品。在买饰物时,家福给宁贞买了个金戒指,宁贞自己买了条金手链。买回来的当天,家福就要宁贞把两样饰物戴上,说放在屋里反而容易丢失,不如戴上了牢靠。宁贞戴上金戒指和金手链的那刻不由得在心里感叹:要不是到尚吉利集团做事,自己如今还是个愁吃愁穿的乡下姑娘,哪里会有今日这个样子?戴上了饰物的宁贞又添了几分妩媚,站在一边看着的家福就有些忍不住,上前抱住宁贞就亲,宁贞没有拒绝,让他亲了个尽兴。不想这家福得寸进尺,亲着亲着就想把宁贞往新打制好的床上推,宁贞便敏捷地挣开了身子,羞笑着说:"二十八日!"家福有点不高兴,说:"反正离二十八日也不远了!"宁贞就又笑着低声道:"既是不远了,还慌啥哟?"家福苦笑笑,只得作罢。

大约就在宁贞和家福的新房快要收拾好的时候,一则惊人的消息于一个下午传到了她的耳畔:法院查封了尚吉利集团的账目,冻结了尚吉利集团的银行存款。

听了巩律师的宽慰以为不会有事的宁贞,这时彻底慌了。她身为厂长心里知道,查封了一个企业的账目就意味着断绝了它与客户的往来,它的生产就会陷入实际上的停顿。这个庞大的企业集团一旦停产,每天的损失将是多么怕人?

慌了的宁贞不知该找谁为尚吉利集团求助,她想了想只好去找卓月校长,她知道卓月是昌盛的表妹且一向支持昌盛的事业。她于是在那个晚上去到了卓月门前。

宁贞从卓月校长那里没有得到救助尚吉利集团出险境的法子,只懂得教书和文物研究的卓月面对这种情况也确实想不出办法。卓月能做到的只是和宁贞一起慌慌地去看昌盛。

昌盛、小瑾和旺旺都坐在集团的财务室里,昌盛、旺旺的面孔铁青,小瑾的脸上除了慌乱还有迷惑。屋里所有的保险柜和写字台抽屉都贴上了白色的盖有法院印章的封条。巩律师正伏在桌上飞快地写着什么,空气中掺和着一种让人呼吸急促的东西。

"诸位不必慌张。"巩律师在把他写的材料交给昌盛看的时候望着小瑾、旺旺、卓月和宁贞说,"法院在只接到尚穹的诉状没有详细调查的情况下,就断定理在尚穹一边,就决定查封尚吉利集团的账册、存款,是错误的,是违反司法程序的,我已向上级法院提出了申诉,我相信这个决定很快就会被撤销。你们只管放心,该做什么就做什么,天塌不下来,根据我对法律的了解,尚吉利集团不会因此而被肢解!"

律师的话让宁贞悬着的心又一点一点放了下来。她注意地看着昌盛,看到他在律师交他写的材料上签字后右手去按了按胸部,怎么,胸部疼吗?你可要小心身体,不能因为生气而把身体搞垮!她转而去看小瑾,她希望小瑾也能留意到昌盛的举动,还好,小瑾把一杯水递到了丈夫手中,这让宁贞松了一口气。

"大家都回去休息吧,"昌盛嗓音沙哑得厉害,"没有什么大不了的事,谁贴的封条谁还得把它撕下来,我的财产不会因为尚穹的起诉就变成了他的!"昌盛这几句充满自信的话让宁贞的心彻底放回了原位。就是,尚穹这种变相的抢劫行为要是得逞了那还了得?……

宁贞那晚回到家时已经快到半夜,妈妈在灯下焦急地等着她。"不是出了啥子事吧?"妈妈担心地问。"没有。"她朝妈妈笑笑,心情很好地钻进了被窝。她很快便进了梦乡,曲曲折折高高低低的梦中小径最后把她带到了一个地方——一个四四方方的平台,平台上有一个黑衣黑裙的姑娘,那姑娘正从自己头顶抽出一缕一缕细如蚕丝的东西。宁贞惊问:这是啥?感情!那黑衣姑娘笑着答。宁贞越觉惊异:感情原来是这样的?她刚想上前看个仔细,却见那女子猛将自己的头从脖颈上取下朝她递来,说:你看看清楚!宁贞定睛一看,竟是一个骷髅。吓得她"妈呀"一声从梦中惊醒,呼一下坐起身来。

她满头大汗地坐在那里喘息,妈妈闻声穿着内衣跑到她的床前,一边拍着她的后背一边问道:"是又做噩梦了?"

"嗯,我梦见——"

"甭讲。"妈妈拦住她,"夜里不许说梦,到明天后响再说就没事了。"

宁贞重新躺下后恍惚记起,类似的梦过去已经做过几次。这个黑衣黑裙的姑娘为什么总缠住我?她为何要让我看她的头?要让我看感情的形状?感情是那种细丝一样的东西?梦是心中所想,我啥时候想过这种事情?……

她在这种纷乱的思索里再次走进梦中。这次的梦让她充满了欢喜:她和妈妈一起走在一块豌豆地里,碧绿的豌豆苗上有蜜蜂和蝴蝶在飞,她快活地追着一只蝴蝶,等她终于捉住了那只蝴蝶时她才发现,她已经不知不觉间站在了一个四四方方的平台上,一个黑衣黑裙的姑娘正笑望着她从自己头顶抽出一缕一缕细如蚕丝的东西。感情?！她骇然地大叫一声再次醒来。

奇怪！她望着已经亮起来的窗玻璃不安地自语,我这是怎么了,总梦见那个讨厌的穿黑衣黑裙的女人？……

18

左涛在水濂寺大门前徘徊了顿饭工夫,也没敢走进寺院。他真不知道进去后见到寺院住持印恭大师后该怎么说出那句话:我想还俗。

寺院里钟磬鸣响,佛经声声;寺旁的水帘洞上的瀑布哗哗地注入潭中;身旁走过的香客们的低语和对"阿弥陀佛"的念诵,让他突然怀疑起自己的决定来:我这样做对么?

月儿的身影重又来到了眼前,耳畔同时响起了她凄切的低语:我们都快进入老境,该过一段正常人的生活了……

"咦,这不是左居士?"一声响亮的招呼打断了左涛的思虑,他抬头见是寺院里的慧通师父,忙双手合十行着佛礼。

"是来进香?"

"呃,呃,"左涛急忙点头,脸却有些红了,"印恭大师可在?"

"在大雄宝殿,走,我领你去。"慧通热情在前引路,左涛这下只得挪步进了寺门。

印恭大师正在诵经,左涛不敢惊扰,只先把自己带来的香、表点上,向佛祖叩完头后,静立一旁等候。印恭大师诵完经后,扭身看见他,微微笑道:"昨夜梦有客来,想必就是你了。"左涛急忙施礼问候。

"我看你虽面带犹豫,然眉藏一丝喜色,想必今日不全是为进香、表而来,说吧,有何事?"

"我……我……"左涛低头嗫嚅着。

"佛祖面前,说话不能吞吐的,有啥说啥。我看你这副样子,很像是想还俗的,对吗?"

左涛急忙点头,印恭大师替他说出心中的话让他松了一口气,同时也为大师的猜测如此准确而惊异。

"其实居士还俗,无须来寺内禀报的。佛门一向强调来去由己,你只须不再以出家人的戒律约束自己就成。"

"当初承蒙大师引进佛门,让我忘却苦痛,将一段艰难日子挨过,今日还归俗世,该当来请求宽恕的。"

印恭大师急忙摇头:"不能讲宽恕不宽恕,一个人走进佛界需要勇气,还归俗世同样需要勇气,俗世给人的考验更多,愿你能善处声色名利,平安度过一生。慧通,去叫各位弟子,来诵《善生经》和《无量寿经》,我们用经声把左涛先生往俗世送上一程。"

左涛慌忙朝大师跪下:"弟子不敢当。"

"起来吧,我这是头一次为还俗的人诵经,我是要以此向世人昭告:佛门洞开,佛祖宽宏,佛界、俗世相通,来去全由己定……"

……父子兄弟夫妇,家室内外亲属,当相敬爱,无相憎嫉;有无相通,无得贪惜;言色常和,莫相违戾……

就在木鱼的"当当"声中和这经文的诵念声里,左涛含泪步出了水濂寺大门,一步一回头地向前走去。

他坐上返回南阳的长途客车时,太阳已经偏西。

月儿,我回来了,我依从你的心意,从那个世界彻底返回来了。在佛祖和你的召唤都响起时,我选择了你。但愿等待我们的是幸福,是欢乐,是满足。我如今已经没有退路,不可能再回到佛界净土了,我只有走进俗世,和你一起去迎接命运要给我们的东西。可它还会给我们什么呢?至少不该再是苦痛了吧?……

长途客车在左涛的猜测中向着南阳飞快驰去。

左涛和卓月的结婚喜宴没有来宾。除了给他们办理结婚登记的人外，没有谁知道他们结婚的事。他们原本就不想张扬，加上尚穹和昌盛又在打着官司，整个尚家的人都没有好心绪，所以他们谁也没有告诉。

两个人相对而坐，桌上放着卓月做的饭菜，燃着左涛带来的红烛。

两个人边吃边微笑着望着对方，屋里弥漫着一股柔情蜜意。

四周很静，只有烛芯在燃烧时发出的一点哔剥响动。

——月儿，我过去从没想到我的余生中还会有这样一个夜晚，我不知该怎样感谢你！

——左涛，这一晚我盼了多少年了，它到底让我盼了来。我们还是该感谢命运。

两个人都不说话，只用目光交谈。窗外的风仿佛嫌这种交谈过于隐秘，便挤进来吹熄了两支红烛，迫使他们在黑暗中走到了一起。

在彼此拥住对方的那一刻，两个人都打了个哆嗦而且显得手足无措。多少年过去了，青春时期拥抱时所做的那些动作，于两人都有些陌生了。

是卓月最先抬起手，去抚摸左涛那满是皱纹的脸颊，去触摸那些坚硬而密集的胡茬。仿佛是在卓月的启发下，左涛才也抬起手，去抚摸卓月的身子，但他的手是那样迟疑和胆怯，在卓月的胸上放了许久都不知该怎么办，最后，还是卓月拿起他的手放进了自己的衣襟下。

关闭太久的闸门终于一点一点打开了，两个人渐渐开始激动起来。左涛忽然一弯腰把月儿抱起，大步向那张浴在月光下的床走去。急切和慌乱慢慢攫住了他，但当卓月那依然润白的身体呈现在他眼前时，隐匿在他记忆深处多年的一个镜头突然闪了出来：月儿手持一个锥子一下子挺身朝他刺来。

一阵尖锐的刺疼一下子由他的下腹向全身漫去。

"哦——"他呻吟似的叫了一声,一下子扑倒在卓月身边的被子上。

"怎么了你?"卓月急忙起身问。

左涛无语,脸贴在被子上没动,他清楚地感觉到,整个下腹又恢复到过去那种僵硬麻木的境况里。完了,所有的治疗功劳都白费了,我又一次成了个废人,废人……

在那个本该充满欢乐的夜晚的剩下时间里,卓月一直在努力想使他恢复到治疗后的那种状态里,尽管卓月用了各种办法,可最终还是没用。

他估计他会听到卓月一声失望的叹息,但是没有,卓月只是紧偎在他的怀里,柔声说道:"这样也挺好,我愿意这样……"

他感觉到泪水爬出了眼眶,成串地注入到干燥蓬松的棉絮里,他对着卓月那滚热的身子只能反复说着一句话:"对不起……对不起……对不起……"

天快亮的时候,他悄悄起身穿好了衣服,刚要下床,被惊醒的卓月一把抓住他的手问:"你要干啥?"

"我想回到安留岗蚕茧基地去。"

"你疯了? 我们是夫妻,为什么要分开?"

"我们在一起,我只会使你痛苦!"

"我不痛苦! 我早就知道这个结果,我愿意!"

"你早就知道这个结果?"左涛惊异了。

"当初安大夫告诉过我,用这种秘方治好的男子,不可能完全治愈,只要他还保存着对往事的记忆,只要有了相似的能勾起他回忆的场景,他的病就还会回复到过去的状态。他劝过我不要白费力气,但是我愿意! 我没想到的只是它来得这样快。"

"你——为什么?——"

"我不想让你一个人生活在佛界里,你是被我从身边推到那边的,我应该把你拉回来。两个人在一起总可以相互温暖,能做那事当然好,不能做那事也没什么了不起,重要的是温暖,是活下去!"

"月儿……"

"别走,给我一个赎罪的机会吧,是我毁了你……"月儿扑倒在左涛怀里。

左涛什么也没说,只是紧紧地紧紧地抱住卓月的身子……

19

昌盛一直坚信自己在这场官司中会胜利。所以尽管心情不好,他这些天仍在忙着修改完善尚吉利集团的扩展计划,把打官司的事全权委托给巩律师去办。他想他一定要好好利用栗振中即将投过来的一千万元美金,把尚吉利集团彻底变个样子,为他下一步向更大的目标迈进打下基础。——他内心里早就有一个欲望在蠕动:把尚吉利集团建成不仅在中国而且在亚洲和整个世界都属一流的大型跨国丝绸企业。到那时我生产出的绸缎,当然就是"霸王绸"了!

但出乎他意外的是,由巩律师送上去的申诉被驳回,驳回的理由是:暂时查封是为了防止资金在案件审理前秘密转移。对存款的冻结和账册的查封不但没有被撤销,相反,法院还来人开始查阅他的账目。

他心中的自信第一次开始像阳光下的冰块一样一点一点融化,一丝丝惊慌从心底生了出来。他找到巩律师询问缘由,巩律师叹口气说:"看来,我们低估了尚穹的能力,他一定是通过北京的权力管道,给执法部门施加了压力,否则,不会是这种局面。尚穹虽然职位不高,只是个处长,但权力是个网络,他不可能不和那个网络上的其他人物有联系,他完全可以通过政界其他有更大权力的人来给下边施加压力。"

"那咋办?"昌盛的声音里透出了慌乱。

"我再做努力,但愿事情还有转机。……"

昌盛开始焦急地等待巩律师的消息。其间,法院的人来和他谈了一次,询问了爷爷留下的遗嘱的事。他想探询法官对这件事的真实态度,不料法官说:"我们的态度不重要,重要的是你和尚穹的态度,如果你同意分给他遗产,这官司就不必打下去;如果他同意放弃对遗产的要求,这桩官司就也结束,我们实在不愿介入这种关于遗产的争执。"昌盛见问不出什么,只好依旧去等巩律师的消息。

可怕的消息是在一个傍晚来到昌盛面前的。当时昌盛正和旺旺、宁贞以及另外几个厂长研究下月的生产安排,巩律师没有敲门就走了进来,昌盛抬头一见巩律师沮丧的脸色,心里就"咯噔"响了一声。

"尚总经理,很抱歉我无力回天,法院的倾向性的意见已经有了:你爷爷去世时的尚吉利集团的财产,包括动产和不动产,都将分成五份,你和旺旺各留一份,尚承达、尚天和尚穹各得一份。"

"混蛋——!"昌盛猛地怒吼一声,吼声如炸雷一样滚出窗外。

"法院在开庭前要以这个意见进行调解,调解不成就开庭判决。法院所以有这种结论,除了权力的影响因素之外,还有两个问题让他们钻了空子:第一,尚吉利集团在开办之初,大约是为了提高企业的知名度和产品销路,你在办理手续时用了你爷爷的名字;第二,你爷爷在遗嘱上说有一句话:'我把尚吉利集团留给了你们',这两点被他们抓住,认为尚吉利集团确系你爷爷的遗产,尚承达、尚天和尚穹应该也被视为继承人。"

"这是胡扯!企业明明是我办的!我不怕,我要和他们把官司打到北京去!"昌盛暴怒地吼罢,慌忙伸手捂住了左胸,他觉出那里边开始疼起来。一旁的宁贞见状,急忙递给他一杯水。

"顺便告诉你,由于你的尚吉利集团是市里的纳税大户,是为市里争光的企业,市里领导是真心想保这个企业的,无奈——"

"我不怕！我一定要上诉,我坚决和他们把官司打下去!"昌盛吼道。

"你当然可以一级一级上诉,但你忘了,尚穹既然可以在这里胜你,他在别处就仍有可能胜你！你对政界和法律界的关系了解多少？你认识几个当官的？再说,你能赔得起这个精力和时间？几年官司打下来,你的尚吉利集团不就耽误完了？"

像一盆凉水浇过来,昌盛打了个寒噤。他那被暴怒煮热的脑子开始冷却下来。是的,你既拼不起时间,也拼不起精力！尚吉利集团需要的是抓住眼下的机会发展。可怎么办？认输吗？眼睁睁看着辛苦创下的家业被他们拆散拿走吗？

"现在只有一个办法了。"瘦削的巩律师发一声长长的叹息。

"啥？"昌盛眼望住墙角,身子没动。

"求。"

"求谁？"

"尚穹一家。"

"我去求他们?!"昌盛猛扭过头瞪住巩律师。

"你退让一步,答应平分遗产,但求他们暂不要一次性地索回这笔遗产,改成由你每年付给他们一笔钱,这样,你的集团保住了,你损失的只是每年获得的一部分利润。"

"不！"

"想想吧,这也是没有办法的办法。"

昌盛无语,只定定地站在那里,半响之后,才对屋里的其他人挥挥手示意大家出去。

巩律师也抬脚向门口走去,就要出门时又停步回过头来低声道："我刚刚听说,尚穹为了打赢这场官司,让国家的一个部长为他说了话；而且承办这个案子的法官中,有他一个同学。"

昌盛把头抵住了身边的墙壁……

整整一个晚上,昌盛都坐在办公室里,小瑾、旺旺几次来劝他去睡一会,他都挥手让他们走了。

在最初的气恼和愤怒过去之后,一阵从未有过的伤心压倒了他。为什么给自己最沉重一击的竟是自己的亲堂弟?想当初自己曾在尚穹身上寄着多大的希望呵!没想到就是他挥拳把你打倒了。一旦尚吉利集团的财产分成五份而尚穹拿走三份的话,这个集团就实际上垮了。还要经过多长时间的努力才能达到今天的水平?!爷爷,你看见了吗?就是你最疼爱最看重的那个孙子朝尚吉利下手了!

咋着办?继续同尚穹把官司打下去,向更高的法院上诉直至告到北京?但能不能保证最后胜他?需要多长时间?如果花了许多时光最后又败给了他,那尚家的这份家业不就折腾光了?倘是美国的栗振中知道我整天忙于和堂弟打官司,他还会把一千万元美金投过来吗?那么就依巩律师的主意,去求尚穹不要一次性地索回这笔遗产,改成每年付他一部分从而保住尚吉利集团?可这不是明明自己有理反而要去求他这个无赖高抬贵手了吗?这算什么道理?尚家的列祖列宗,你们睁眼看看你们的后世子孙中出了多么稀奇的事情:有理的哥哥要去求无理的弟弟了!

尚穹,为了尚家的祖业,我尚昌盛就咽下心里的这股气去求你、求你、求你……

大颗屈辱的泪珠砸向了脚下的水泥地。

第二天早上,他到家洗了洗脸之后对小瑾和旺旺说:"走,咱们去见尚穹,去求他开恩!"小瑾、旺旺母子惊愕而意外地看了他一阵,随后无言地跟他走了。

昌盛领着小瑾、旺旺先进了叔叔承达的房间,承达依旧躺在床上,一个保姆正在给他喂饭。昌盛什么也没说,只是用手绢把溢在叔叔嘴角上的一点饭粒擦掉。无法交谈,也没必要再向叔叔说什么,昌盛知道这整个事情与叔叔无干。只有眼珠可以移动的承达直直地看着昌盛。"叔叔,你多保重!"昌盛只在临出门时说了一句。

文琳、尚天夫妇和尚穹都在餐厅吃饭。昌盛一家在门口的突然出现显然令他们觉得意外,饭桌上的人都停下筷子望着门口而忘了说话。

"昌盛哥、嫂子,快进来。"尚天最先站起开口。

"旺旺,给你尚穹叔跪下!"昌盛没理会尚天的招呼,低沉地对身旁的旺旺说。

旺旺愕然地看了父亲一眼,见父亲没有改变这话的意思,只好噗嗵一声面朝尚穹跪到了水泥地上。

"你,你这是——?"尚天有些慌了。

"旺旺这是想向他尚穹叔和你说明白,尚吉利集团的财产可以按五份分开,但他想求他尚穹叔和你开恩,不要一次把那三份拿走,而让他一年一年地分批还给你们。"

"那不行!"一直冷然坐在饭桌旁的尚穹这时开口,"我们只尊重法律,只按法院的判决办事,不接受任何人的建议!"

昌盛的拳头倏一下攥紧了,以他心中的那股恨劲,他是真想扑过去将对面这个一身西服的白面小伙乱拳砸扁的,但他知道,那样一来,尚吉利集团就真有可能散掉了。不,不能发火,不能把事情办糟,吞下去,把这股气吞下去。爷爷不是经常告诫你在和当官的打交道时要学会忍么?你现在就要忍!忍!忍!

他缓缓地缓缓地弯下了双膝朝尚穹跪去,同时发一声嘶喊:"尚穹处长,尚昌盛也求你了!"

一屋子的死寂。

"这是干什么,快起来!"一直站在小儿子一边的文琳这时脸上也有些挂不住,开口说道。

"让他跪吧,他现在晓得跪了?当初他可是以为我这个当处长的小官的就该受他这个大经理欺负了,他敢当众打我的耳光。现

· 375 ·

在你怎么要下跪了？你以为你有几个钱就可以和我这个当官的作对了?!"尚穹一边悠闲地折叠着一块擦嘴的手绢一边慢腾腾地说，"告诉你，你就是让你的全家都跪下来，我也决不会答应你的请求！我就是要看看你尚吉利集团有多厉害！看看你——"

"轰隆"一声，尚昌盛猛地从地上跃起掀翻了尚穹面前的饭桌，他刚要扬拳朝尚穹扑去，身子却突然一歪向地上倒了下去……

20

整个尚吉利集团仍在运转,但谁都能感到,它的运转速度已明显慢了下来。集团要解体的消息已传进了每个职工的耳朵,一股不安情绪已钻进了人们的心里。早晨上班后,宁贞怕产品质量在这个时候出现问题,专门到各车间走了一趟,对关键岗位作了一次检查。她检查完刚回到办公室,电话里就传来了昌盛心脏病发作住院的消息。

她呆呆地握住话筒,许久没有放下去。

尚昌盛,这个时候,你可不能垮呀!看来,他的心脏是真的有病!这些天,每当她看见昌盛总用手去捂去拍左胸部时,她就有点怀疑他有心脏病。现在证实了。昌盛,你得小心自己的身体!

她赶到医院时,看到卓月校长正在走廊上劝慰低声抽泣的小瑾,便走到旺旺身边询问昌盛发病的经过,旺旺简单地说了一遍,她听罢默然无语。又是尚穹,亏你还是尚昌盛的亲堂弟,你难道一定要把他置于死地才甘心?人为了钱财家产,就可以变得这样狠心?……

一个医生从昌盛的病房里出来,宁贞急忙迎过去询问。"心肌梗塞,很严重,随时都有危险。"那医生简短的话语像石头一样砸进了宁贞的心里。呵,老天,保佑昌盛度过这场危险吧。

她隔着病房门上的透视玻璃向里边看去,昌盛正浑身插满管子仰躺在那里,身子一动不动。这一霎,她想起了她进厂应聘的那个上午,那时的尚昌盛,身子是多么的强壮;想起了当初昌盛从日本办展销会回来的模样,那时,他是多么的精神;想起了尚吉利集团成立的那天,他笑得多么自豪多么自信!她知道他的这次倒霉,是从北京展销会开始的。一想到北京展销会,她就又想起了那天晚上她告诉昌盛关于尚穹在展销厅租金上捣鬼的事。也许,那才是昌盛这次倒霉的起点!如果那是起点,那自己就也有责任。她又一次地在心里自责:假若自己当时不那么鲁莽的贸然说出那事,他就不会去当面训斥尚穹得罪尚穹,从而引发了后面的事情……

她再一次觉得大股的歉疚升上了心头。

因为不允许进病房探视,她只得先回到厂里忙碌。下午快下班时,旺旺忽然慌慌地跑进厂里找到她说:"快,我爸爸要见你和月儿姑姑。"宁贞的心莫明地一抖,急忙骑上自行车向医院奔去。

她和卓月几乎同时走进昌盛的病房。昌盛脸色蜡白地躺在床上接受输液,小瑾神情紧张地一边看着床头柜上的心电仪一边摸着他的脉搏。昌盛看见她俩进来,用有些迟钝的目光示意她们靠近床头,尔后低哑地开口说:"医生说我的心肌梗塞很严重,趁我这会儿还清醒,有几句话我想给你们说说!我已经想了,在同尚穹分割财产时,不动产方面,我大概只能留下丝织厂和尚吉利综合大学,其他的都要归尚穹了。这两个部门,是你俩负责,月儿是我的表妹,宁贞我也一直当妹妹看待,一旦我有什么意外真的死了,盼着你俩能辅佐着旺旺,把这份家业保住,能争取慢慢有个发展更好。旺旺还小,缺乏管理经验,他妈妈过去实际接触管理也少,一切全仰仗你俩了,昌盛在九泉之下也会记住你们的恩德……"

成串的泪珠滚下了昌盛那毫无血色的双颊。卓月上前紧攥住昌盛的手,急切地劝慰道:"你别瞎想,你会好起来的……"宁贞什么也没说,她知道只要她一开口,眼泪便再也不会闸住。不能让昌盛再看见自己流泪,那也许会引得他更加伤心,而他是不能再激动的……

宁贞想了差不多一夜,才想出了一个帮助尚昌盛的办法:给在美国的表哥栗振中打电话,请他尽快把预备投资的钱汇来,让昌盛用这笔钱支付尚穹他们索要的那份家产,从而使尚吉利集团所属的企业都能得以保全,都继续得以运转。

电话很顺利地拨通了,电话那头传过来的栗振中的声音,饱含着早晨的气息,清新而有朝气。宁贞猜他可能睡了一个好觉刚刚起床。她以尽量平静的口气,简捷地说了一遍尚家发生的情况和她的希望,尔后静等着表哥开口,这是她第一次求他,她估计表哥会痛快地应一声:可以。但电话那头却一直沉默不语,直到她以为电话中断又催叫了一句:"表哥!"对方才缓缓地开口:"贞妹,很感谢你告诉了我这个信息,这有点出乎我的意外。鉴于原来看好的条件发生了变化,我已决定不再向尚吉利丝织集团投资,请向尚昌盛先生转达我的歉意……"

宁贞怔怔地握着听筒。她没有再说别的,她忽然意识到,自己的行为有点可笑,商人是要追逐利润的,想凭几句恳求就把一大笔资金要过来有点不太可能,我还是想得幼稚了。她在挂断电话时,失望地叹了口气。

那天晚上宁贞回到家时,见家福正和哥、嫂、爹、妈一起愁眉紧锁地坐在屋里,宁贞知道他们也是在为尚吉利集团的前途忧虑。如今,尚吉利集团的命运和自己一家的生活连在了一起,一旦尚吉利集团垮台,有四口人在这个集团工作的她的一家,生活境况当然也会发生重大的变化。

"尚昌盛的身体今儿个咋样?"宁安开口问。

"还在危险之中。"宁贞重重地坐在椅子上。

"唉,但愿他能抗过去。"

"我下午听说,法院就要为尚穹他们继承遗产的事做出判决了。"家福郁郁地接口。

"这么大的一个企业,就眼看着让尚穹这人给拆散了?"宁安捶了一下自己的膝盖,"让人心疼呀!"

"该生法子拦一拦他才好。"晶子插嘴说道。

"咋拦?"家福问。

"劝劝他。"妈妈接口,"万一尚吉利集团散了,咱这能种庄稼的地又不多,得有多少在集团打工的人没了事做,咱这一带有多少村里的人又要闲下来了。"

"尚昌盛给尚穹下跪恳求都不成,谁能劝得了?"宁安摊了摊手。

"那就吓!"正给孩子喂奶的晶子忽然张口出主意。

"吓?咋着吓?北京城里的当官的,啥场面没见过,还怕你吓?"宁安瞪了一眼妻子。

"那也不一定!这世上谁都有害怕的东西,拿他最害怕的东西吓他就能吓住!"晶子坚持说。

"嗬,嫂子懂的还不少。"家福苦笑了一下。

"女人之见。"宁安道。

"眼下要紧的得知道他害怕啥。"晶子仍然坚持自己的主张。

一直没有说话的宁贞这时注意地看了一眼嫂嫂晶子,开口道:"你说得有些道理,谁都有害怕的东西!"

"就是!"晶子见妹妹支持自己,眉头舒展了开来。

"尚穹也有害怕的东西。"宁贞目光飘向窗外,声音低得像是自语……

第二天早上宁贞起得有些晚,她起床时哥哥和嫂嫂都已上班。她匆匆吃过饭推上自行车就向市里赶,骑出村没有多远,忽然瞥见尚吉利蚕茧基地的蚕房那儿,有几百个人围聚在一起,且不时有阵阵的喧哗声传过来。出了啥事?因为哥哥是基地的主任,她不能不担心,便车把一扭骑了过去。

哥哥在人群中看见宁贞,快步走过来说:"基地有人得到消息,

· 380 ·

说尚穹准备把这个基地卖给山东一个靠做蚕蛹生意发了财的商人,那商人买去的目的,一个是卖活蚕蛹,一个是要用蚕蛹做罐头。茧割破取出蚕蛹后再缫丝,丝的质量就不知道要下降多少倍。这消息真要确实,那这个基地离垮台散掉的日子肯定不会远了。基地的工人们听说后都有些焦心,便都聚在了这儿议论,大伙都不想丢掉这个饭碗。"

宁贞吁一口气,把目光在那些或立或蹲的工人们身上扫了一遍,她认出那其中的许多人来自四周的村子。这些早先收入微薄的农民如今有了一个挣钱多的工作,当然不愿再失去,他们的命运已多少和尚吉利蚕茧基地的命运联系在了一起。

"宁贞,"一个认识宁贞的邻村男子这当儿走了过来,"你和你哥能不能去劝劝尚穹,让他别把咱这蚕茧基地折腾散架了。他和尚昌盛是亲堂兄弟,哪怕分了家把这基地还叫尚昌盛经营也行,可千万不能卖给做蚕蛹罐头的人,咱这四乡八村的多少老少爷们还靠在这基地做工挣钱吃饭呐!"

宁贞苦笑了一下:"指望俺俩去劝怕是不行了。"

"能不能想个别的法子?"那人满怀希望地看定宁贞。

宁贞再次摇了摇头。我能想个啥法子呢?她的目光在那些满脸忧虑的蚕工们身上缓缓移动。不过也真得想个法子,仅仅为了这些蚕工们的饭碗,也应该想个法子……

21

差不多就在昌盛那天被送进医院确诊为心脏病的时辰,尚承达也到了吃第二顿饭的时候,他实行的是少吃多餐的办法,一天五顿饭。

保姆把饭做好,妻子文琳替他把手脸擦洗一遍,艰难地扶起他的上半身让他靠在自己身上,这才让保姆过来喂饭。

但承达闭了嘴不吃。

"怎么,是嫌饭做得不合口味?"文琳诧异地问。

承达的眼珠没动,文琳明白不是饭的原因。

"是肚里不饿?"

承达的眼珠依旧没动。

"那你说为了什么?"文琳猜不明白。

承达的眼珠看了看保姆,尔后停住不动。

"噢,是不愿让保姆喂饭?!"

承达的眼珠动了动。这使文琳很高兴,总算明白了丈夫的意思。

"我来喂你!"她说着示意保姆过去换她抗住承达的身子,自己端起了饭碗。

可承达依旧不张嘴。这使文琳有些惊住:"你今天是怎么了?你想让谁来喂?"

承达的眼珠向门口的方向动了动。

"天天？让天天来喂你饭吃？"

承达的眼珠没动。

"是让穹穹来喂？"文琳无望地猜着,心里不由得又升上来一股悲哀,一个好好的人怎会得了这样的病?

承达的眼睛一下子睁大且发出了一种奇怪的闪动。

"噢,你原来是想让穹穹给你喂饭!"文琳摇摇头笑了,"你一定是太想念你的小儿子了。穹穹,快进来,你爸让你喂他吃饭!"

尚穹从妈妈手里接过饭碗时多少有些意外地看了父亲一眼。他和父亲的感情很好,但父亲病后要他亲手给喂饭这还是第一次。他平日对父亲的关怀主要体现在信上和见面后的问候以及给他捎来一些他喜欢的礼物。看来我有点太粗心了,我早该亲手给爸爸喂饭的,人病了常需要一些细微的关怀,而我把这些忘掉了。尚穹接过饭碗时眼前闪过了父亲在他小时候帮他穿衣服、在他上学时为他买作业本、在他大学毕业后为他在北京跑分配的情景,鼻子在这瞬间竟有些酸了。他小心地用筷子把碗里的面条挑起吹了吹,尔后送到父亲的口中。

承达缓慢地嚼着。

大约喂到第四筷的时候,承达停住不吃,而张开了嘴。尚穹立刻看见,父亲的左臼齿上卡了一个细细的肉丝。

"我来!"一直站在一旁的文琳这时也看清了,忙拿过一根牙签弯腰要为丈夫剔出来。

可承达阖上了嘴。文琳让他重新张开嘴,他的眼珠一动不动,好像根本没听见。

"我来!"尚穹这时说,他话刚落地,承达的嘴便张开了。

尚穹笑了:"爸今天是一定要让我来侍候的。"他接过妈妈手中的牙签,刚要伸向爸爸的口中,不想承达的嘴又闭了。

"是怕用牙签伤住牙龈?"尚穹笑问。

承达的眼珠动了动。

· 383 ·

"我用手指就行。"尚穹扔开牙签后,承达的嘴立刻张开了。谁也没想到,尚穹的右手食指刚伸进父亲口中,承达一下子紧紧咬住了,尚穹立刻疼得惨叫了一声:"呀——"

血顷刻涌了出来。

"怎么了,怎么了?"文琳惊骇地看住丈夫。尚天和妻子也闻声急忙跑了过来,一家人看到这情景都惊呆了。

血从尚穹的指头上涌出来,流进了承达的口中和脸上。

"松开!快张嘴松开呀!"文琳望着疼得满头大汗的小儿子,急得慌得跳动双脚高叫,"为了什么?你病糊涂了吗?!"

承达死死咬住不放,一双眼睛直直地盯住尚穹。

"你是因为尚穹平日回来的少而生他的气?"文琳恨不得去掰开丈夫的嘴,但她知道丈夫的脾气,那只会把事情办得更糟。

承达依旧没任何表示,只是用两眼死死地盯住尚穹。

"妈,"尚穹吸着冷气,"我知道爸为啥咬我,是因为我向尚昌盛要爷爷留下的那份遗产!"

承达的眼珠冷冷地一转。

"天呀,你怎么胳膊肘向外拐?!"文琳叫了起来,"就算你不让要,也不能咬伤你的儿子呀!松开,快松开!"

"妈,让爸咬吧!爸就是把我的这个指头咬断,这笔遗产我也要讨回来,这是我们应得的!"

承达依旧没松口,一双眼仍直直盯着尚穹。

尚穹咬紧牙关,不挣不动不吭。

血连续不断地涌出来,顺着承达的下巴,直滴到了他的脖子里。

"你把孩子咬死吧!"文琳哭了,"我没见过这样狠心的父亲……"

"爸,松开小穹吧……"尚天也流出了泪。

但父子俩仍在僵持着,承达眼望着尚穹,尚穹眼瞪着墙角。

结局终于来了:由于尚穹的血注满了承达的嘴巴,承达呛了一下,松开了儿子的手指。

尚穹抽出了已露出骨茬的食指。

"天爷呀!"文琳一时不知该先去擦丈夫嘴上的血还是先去包儿子的手指,她扎煞着手来回转了一圈,最终把同情给了儿子,捏着儿子的手指包了起来。

承达绝望地闭上了眼睛。

尚穹看了一眼父亲,头也没回地走了出去……

尽管尚穹表面上仍很平静,内心却已被父亲的举动搅得纷乱一片浪花飞溅。他现在意识到了他的讨要遗产的举动在人们心里引起的反感有多大了——自己的父亲尚且如此,外人的议论必会更激烈。这件事必须尽快结束,要不然一旦有消息传进北京传进自己工作的经济部,那自己的声誉尤其是职务的晋升就有可能受影响。

他忍住手指上的剧痛正坐在自己的卧室里默想时,哥哥尚天推门进来了,他以为哥哥是来询问他的指头还疼不疼的,不料尚天开口说的却是:"小穹,遗产的事我看就算了吧。"

尚穹的身子一抖,眼瞪住哥哥。

"昌盛哥他们当初把企业办起来不易,这样一分拆,企业的元气就伤了。"

"你替尚昌盛考虑得倒挺周全!"

"说实话,我也不是一个不爱钱的人,我过去为钱,差不多到了啥都不顾的地步,可后来和我合伙干事的人说的一句话让我记到了心里——他说,人做的一切,佛祖都看在眼里!"

"你什么意思?"尚穹冷冷地瞪住哥哥,"爸刚把我咬成这个样子,你还要再往我的伤口上撒盐吗?我要遗产全是为了我自己?爸妈年岁更大之后的全部花销你出得起吗?你和嫂子还有你们今后的孩子就靠你和嫂子那点工资生活？爷爷留下的遗产凭什么让尚昌盛独吞？告诉你，你要是这个时候打退堂鼓，我就彻底和你断绝兄弟关系！我们此生再不往来！"他知道他必须把哥哥要退缩的心思打掉，要不然就会引起真正的麻烦。"妈，你来！"他猛朝外面喊。

文琳当然站在小儿子一边，她一听尚穹说了尚天的态度后就朝尚天叫了起来："你是想和你爸一起把你弟弟逼死吗？事情到了这一步你们都想落个好名誉不是？我给你说明白，你要这个时候打退堂鼓我就再不认你这个儿子，你立马给我搬出这个屋，你最好把你爸也背走，你们好高高尚尚地活下去！……"

尚天看妈妈盛怒的样子，没敢再争辩，只是摇摇头退了出去……

哥哥的态度更令尚穹觉得事情必须尽快解决。他立刻打了两个电话：一个是给北京的情人烯；另一个是给法院的那个同学。他这次所以有把握稳操胜券，除了律师的努力外，主要是靠烯的爸爸和法院那位同学的帮助。烯那边，他知道她一直想有一辆自己的轿车，所以他应允事成之后，一定送她一部捷达轿车，两人平素就有的感情加上这部轿车，使得烯软磨硬缠着她的爸爸，通过权力管道给南阳的有关方面施加了影响和压力。那位同学那边，他主要是用钱，他只用了当初巧占的那七万五千元的一半，就让那个同学动了帮忙的心。在给烯的电话里，他先是用想呀爱的那类话把她的心打动，之后便请她再催她爸爸给南阳的有关领导打个电话，让他们尽快督促了结此案。在给那位同学的电话里，他先问对方他送去的那台电脑用着是否合意，随后便说他很快要回京参加一个重要会议，希望能在回京前看到结果。那个同学在电话上应允：我尽力想办法争取快点结案。

第二天一吃过早饭，他又把黎律师叫来，告诉他去催法院尽快开庭，并做好不动产分到手后的转卖准备——除了不卖给尚昌盛之外,谁买都可以,对方买去后怎么处理都行。

送走黎律师后电话响了,妈妈过去先接的,说是一个女的找他。他估计是北京的烯或韫韫来的,也许是烯要报告她父亲给南阳方面打招呼的情况。他快步走过去拿起了听筒:"喂,你好!"

回话的女声十分悦耳却很陌生:"你好,尚处长。"

他一愣,他没分辨出这是谁的声音:"你是——"他的眉头略略有些舒展,有这样一种美妙嗓音的女性应该长得很顺眼。

"贵人忘性好大哟,"电话里响起了让人心动的笑声:"我姓曹,叫宁贞。"

"是你?!"一副姣美的面孔几乎立刻在尚穹的眼前浮现,他的双腿轻微地颤了一下。是尚昌盛手下那个让人神魂颠倒的厂长。

"是我。接到我的电话有点意外吧?"电话里的宁贞在笑着。

"哦,不,不。"尚穹一边回答一边在脑子里飞快地猜测着宁贞此时打电话干什么?受尚昌盛指派来当说客?不大可能,他本人来跪求都不行,会再让一个黄毛丫头来说情?!派她来探听什么消息?没必要,我关于遗产一事的全部态度和要求都已让律师公开,还有什么消息值得探听?是听说我胜局已定想来套近乎以便改换门庭还继续当她的厂长?有可能!这个聪明的姑娘很可能是在为她的今后做打算。"听到你的声音很高兴。"他也笑着说,"有什么事要我帮助你做吗?"

"没什么事,我只是想,你已经请我吃过两次饭了,我也该回请你一次,要不,我是不是就有点太不懂礼节了?"

"太谢谢了。"尚穹原本一直蹙紧的眉头一点一点舒展开来——一个早就让你心动的漂亮姑娘主动向你发出友好的信号,你的心情不能不轻松!

"你今天下午有空吗?"

"有。"他没有任何迟疑地答。这些天来他差不多一直在紧张的心境中度过,他太需要放松一下了,何况是和那样一个美妙的人儿在一起。

"五点四十分,我在银溪饭店大厅等你!"

"我准时到!"

22

宁贞的决心是在那个阴云低垂的上午下定的。

那天上午她安排好厂里的工作之后去医院看望昌盛,面孔惨白的昌盛身上仍绑缚着各种监测仪器,一动不动地躺在床上。听见她进去,双眼吃力地睁开木然看她,显然没认出她是谁。直到小瑾附耳给他说了一句:"这是宁贞。"他的眸子才转动了一下,喘息着问:"开庭宣判了吗?"

宁贞摇了摇头。

他吁了一口气,又疲倦地阖上了眼睛。

宁贞的鼻子一阵发酸,不久前还是一个活蹦乱跳的人,转眼间便成了这个样子!如果法庭真的如巩律师说的那样作了判决,这种状态的昌盛如何能承受住那个打击?……

小瑾含着眼泪送她出来时,她问医生关于昌盛病情的说法,小瑾抽泣着说,医生讲昌盛心肌梗塞的面积很大,眼下不能再受任何刺激,而且即使将来出院之后,也要避免在精神上起大的波动……

可刺激很快就要来了,判决下来后,就说眼下可以不告诉他,他出院之后也终有知道的时候,那时咋办?他的心脏能经受住再一次的折腾?他会不会因此而送命?

她打了个寒噤。

应该阻止尚穹把这场官司打下去,拦住了尚穹,差不多就等于救了尚昌盛的命!可怎么拦?去求他开恩?昌盛亲自去求都不行,你与他一不沾亲,二不带故,去求就行了?用强制手段去阻止?你一无权力去制约他二无力气去恐吓他,怎能阻止得住?你一个姑娘家能有什么制服他的本领?你——?想到这儿她的心突然一动,她倏然想起了嫂嫂晶子那天晚上说的话,想起了尚穹在南阳和在北京对她的两次约请吃饭,两次吃饭时他那种讨她欢心的面容在她眼前一闪而过。也许可以用用女人的法子?刚一想到这儿她就嫌恶地把头摇摇。不!你怎能想到这上边去?她抬手捶了一下自己的额头。但这个念头却并没有因为她的嫌恶立刻消失,而是像苍蝇一样地在她的脑子里飞来飞去,她几次想用理智把它拍死都没能成功。

她走回到尚吉利集团办公区时,忽然看见旺旺站在办公室门口抹眼泪,就走过去询问缘由。旺旺边抽泣边回身指了一下办公室说:"他们要我今天就做好搬出这办公室的准备。"宁贞这才注意到尚穹聘的那个黎律师坐在旺旺的办公室里,一股火气立刻升上了宁贞的心头:这也有点欺人太甚,判决还没下来,可就催人搬房子了?!她走过去冷了声说:"黎律师,你有什么权力催尚旺搬出办公室?""哦,我并不是催他立刻就搬,而是催他做好搬的准备!因为法院已经决定几天内就开庭,开庭后财产按五等份划分,尚穹说他想要这栋办公的房子。"黎律师笑着说道。

"你能断定法院就会按你和尚穹的意见去判?"宁贞瞪着对方,感觉到胸中的那团气恼在向喉咙口爬动。

"我作为律师,对自己承办的案子一向是充满必胜信心的!"

"别高兴得太早了!"

"那我们到时候看吧!"

也许就是这最后一句话彻底激怒了宁贞,使她在瞬间下了那个至关重要的决心。好吧,就让我来试一试能不能阻止你们!

她几乎立刻扭身向自己的厂部走去。一进办公室就"啪"地一声关上了门,随后走到办公桌前抓起了电话,拨起了尚穹家的电话号码。

话筒里传来了尚穹的声音。她咽了一口唾沫,努力平静一下自己,让笑容把脸上的厌恶全都压下,尔后用悦耳的声音说道:"你好,尚处长!"……

凭着一股被激出的决心打完电话之后,她又一下子陷入了不安和害怕之中:我这是在做什么?我不是在亲手毁坏自己的名誉和人格?在毁坏自己平静的生活?不,不能意气用事去做这样的傻事!可这样想时昌盛那惨白的面容又在她眼前浮现了出来,难道眼睁睁看着他在尚穹的折腾下把命送掉?与一条人命和一个庞大企业集团的被毁掉相比,也许其余的算不了什么?……

她那天下午什么事也没干成,就一直把自己关在办公室里左思右想前瞻后顾苦恼犹豫,直到离约定的时间还有四十分钟,她才最后下定了决心:去!既然自己有胆量约了,就去!不成,作罢;成了,救一条命救一个企业集团,也算做了一桩善事!但愿在我们的头顶真有一个佛祖,他能看见我所做的一切!

一旦下了决心去实行自己的计划,她即刻便开始准备。她先给卓月校长打了个电话,告诉她今晚九点半钟务必和左涛老师一起准时到银溪饭店308房间,她有要事要同他们商量。"你们不论遇到什么意外也必须准时赶到敲门!"她最后交待。卓月在电话那头显然对她这种苛刻要求有些吃惊,半晌之后方开口问:"究竟出了啥事,宁贞?""到时候再说。"宁贞说罢就扣上了电话。她估计卓月校长还在电话那头发怔。

接下来她开始梳妆打扮。她在办公室里放有换洗衣服和简单的梳妆用具,几分钟后她便焕然一新地出现在了镜子前。她望着镜中的自己,确认无可挑剔之后,用手指把眉心间残留的一丝犹豫和害怕抹去,便迈步出门了。

在厂门口,她恰巧碰见了家福,家福问她到哪里去,她强压住心里的慌张,淡了声说:"去见一个买丝绸的客户。""我原想请你今晚和我一块去咱们的新房看看我刚买的电视机。"家福说。"以后吧。"宁贞不敢久停,怕家福看出什么,说了一句就匆匆骑上了自行车。

　　尚穹已等候在银溪饭店大厅里。

　　宁贞在大厅门口平静了一下自己,把心里涌上来的那股对尚穹的反感和恨意往下压了压,这才含了笑迎上前去:"尚处长,见到你真高兴!"

　　尚穹握住宁贞的小手,嘴角上现出一个矜持和自得的笑意:"很感谢曹小姐的一番盛情。"

　　"我这也算是回请,尚处长请了我两次客,我照理也该做一次东了。"宁贞笑着引尚穹向餐厅走去。

　　"知道我们尚家打官司的事了吧?"两个人刚在餐厅一角坐下来,尚穹开口就问,他想弄清宁贞今天请他吃饭的真正目的,也想观察一下宁贞在这件事上的态度——他内心里一直把宁贞看作昌盛的情妇。

　　"早听说了,不过俺们这些打工的人,不关心别的,只关心赚钱。"宁贞笑道,把菜谱朝他递过来:"拣你最爱吃的,我不太熟悉你的口味。"

　　"你估计我和尚昌盛谁会赢得这场官司?"尚穹点了菜后又紧接着问。

　　"谁胜我给谁打工。"宁贞把长长的睫毛垂了下去,她担心自己的眸子里会露出愤恨。

　　"你还没有回答我的问题!"尚穹点燃一支烟,目不转睛地盯住宁贞。

　　"我估计当然是你胜了,你爷爷留下的遗产,自然应该有你一份;再说,你在北京工作,法律界也肯定有不少熟人。"

　　尚穹傲然地笑了:你还算一个聪明人!

"来,为了你即将到手的胜利——"宁贞举起了酒杯。

"如果我真的胜了这场官司,你这个丝织厂的厂长有什么打算?"尚穹喝下杯中的酒后跟着问。

"当然是愿意这丝织厂属于你,而你还让我当这个厂长了。"宁贞努力让自己笑得柔和些。

尚穹舒了一口气。他觉得自己的判断得到了验证:宁贞今天主动请客的目的是为她今后的出路着想。他这才放下了戒心,开始允许因宁贞的美貌而起的那种快感向全身弥漫。

他再次在心中为宁贞的漂亮和妩媚而惊叹。

这样娇美的女人真是少有,不管别人过去动没动过,但她今后得归我了!我会把她养在一座小楼里,让她只供我欣赏!宁贞,我今后有的是钱,你跟我在一起保准比你跟昌盛在一起时要快活,那是个只知劳作不知享受的家伙!

他变得热情起来,不停地为宁贞夹菜,而且举止也开始逐渐放肆,不时地借斟酒用手去碰触宁贞的手,借晃动双腿去碰宁贞的腿。

宁贞压下心中的厌恶,装出浑然不觉的样子,依旧笑得柔媚;而且假装着嫌热,把外衣脱了下来,让自己饱满的胸部在薄薄的内衣下更惹眼地凸现出来。

她感觉到尚穹的目光在自己的胸部像探照灯一样扫来扫去。但为了使计划万无一失地进行下去,她还是有些不放心,借为尚穹倒酒的机会,故意倾起上半身,让自己的双乳在内衣的开口处呈现出一大部分,而且正对着尚穹的眼睛。

她看到尚穹的目光中闪出一种痴迷。

她心如擂鼓一样地期待着预想的结果。

结果很快来了——当她又一次伸筷为尚穹夹菜时,尚穹一下子抓住了她的手,而且双脚也在桌下夹住了她的脚。

她没吭也没动,只是假装害羞地垂下了眼睛。

"宁贞,我喜欢你!"尚穹压低了声音说。

宁贞没有抬头,只是轻轻地回道:"这儿不是说话的地方,我们厂在这家酒店租有一间房做销售接待处,咱们去那里坐。"

尚穹闻言一喜,立刻松开了宁贞的手对服务小姐叫道:"结账!"

宁贞急忙去掏钱包:"我来。"

尚穹早把几张百元大钞递到了服务小姐手上。

有一个全国性的会议前些天在银溪饭店召开,到会代表有两千来人。为了利用这个机会扩大尚吉利绸缎的影响和销售,宁贞让人租下了饭店的308房间,在房内摆上了各种花色的绸缎,欢迎与会人员随时进去参观和选购。这个点子还真让厂里赚了一笔。因为听说很快又有一个豫鄂川陕四省经济协作会议要在这个酒店召开,宁贞还想再赚一回,便没让手下人退房,剩余的绸缎也都还摆在屋里。

尚穹随宁贞走进308房间看见那些绸缎时多少有些意外:"嘀,美丽的尚吉利绸缎无处不在。"

"看见这些美丽的绸缎时你有什么感想?"宁贞一边把外衣扔到床上一边问,她真想把这句问话变成:"你为什么要毁掉生产这些美丽绸缎的尚吉利集团?"

"我觉得它们若变成衣服穿在你身上会变得更美丽,你会为它们增加色彩!"尚穹目光灼灼地盯住宁贞,手伸出去抓住了宁贞的手腕。宁贞没有挣脱,低下头由着他去抚摸她的小臂、大臂。她咬紧牙关制止自己体内那股想要反抗的冲动,在心里告诫自己:顺从,顺从!

那是一双老练的手,只在她的两臂上停了很短的时间,便经由她的脖颈滑向了她的后背,并从后边掀开了她的内衣,利索地解开了她乳罩的搭扣。

这个狗东西!

"你的皮肤比尚吉利最好的缎子还要光滑细腻!"他边说边把嘴凑到了宁贞的颊上,宁贞因为厌恶身子不由自主地颤了一下。

他的手很快绕到了宁贞的胸前,一下子攥住了两个乳房。"我终于如愿了,你知道我为此想了多长时间?"

宁贞痛苦地闭上了眼睛,她此刻忽然对自己的计划发生了怀疑:让这个杂种这样放肆是不是太蠢?但事情既然已经开始,现在后悔已经晚了。

"我会给你报答的!"尚穹喃喃着把嘴凑上了宁贞的双唇,宁贞巧妙地避开了之后,飞快地瞥了一眼腕上的手表:离计划中的时间还早!

她看见他的双眼开始变红,呼吸已十分急促,估计他已不可能让事情就此作罢,便猛地推开了他。"我们坐下喝点水说说话吧。"

"不,宁贞,小贞,求求你!"他果然有些控制不住自己,又朝宁贞走来。宁贞轻笑着敏捷地在屋里兜着圈子,边躲边不时故意地撞碰屋里的东西,把茶几上的茶杯、床头柜上的台灯罩子、沙发上的白纱罩布撞落到地上,把堆放着的绸缎撞倒,把屋角的痰盂撞翻,把挂衣服的衣架撞歪。"看你能不能抓住我!"宁贞俏皮地笑道。

处在亢奋中的尚穹一心想把宁贞抱在怀里,根本没去想屋里呈现出的这副景象意味着什么,他以为宁贞这是在同他做游戏。

狭小的空间不允许宁贞做长时间的周旋,终于,她被尚穹抓到了手里。

他把她一下子抱起平放到了床上。

宁贞知道自己不能硬抗,那样一来就可能真使他罢手从而让自己的计划落空。她只有在床上装着害羞左右躲闪不让他脱下自己的衣裤,从而来拖延时间。

她在这种躲闪中急切地瞥了一眼腕上的手表,还好,快到九点半了。

她听到了哧啦的声响,定睛看时才注意到尚穹已脱光了他自己的衣服。她这是第一次看见男人的裸体,大概是内心里对他的厌恶和排斥,她觉得他的裸体非常丑陋。

他整个地扑到了她的身上,她再也无法闪避。她趁他脱她衣裤的时候,悄悄把他的三角裤头抓到手里并塞到了床单下边——这是她计划中的重要一环。

她这时候全副身心都在倾听,倾听敲门的声音。她相信卓月校长会和左涛准时来的,该敲门了,敲呀,敲呀,只要一敲我就行动!

门并没有被敲响。

她再次飞快地瞥了一眼腕上的手表,九点半钟。怎么了,卓校长?糟糕!她慌了,开始了真正的反抗。这使得尚穹有些惊住:"你怎么了?"

就在这时,门上响起了敲击声。

"来人哪——"宁贞猛地坐起喊道。

尚穹先是被骇呆在那里,随后一边急急抓起自己的衣服胡乱穿着一边压低声音叫:"你怎能这样?怎能这样?"

门外的人显然听到了宁贞的喊声,敲得更急,宁贞三两下穿好衣服,赤脚跑过去拉开了门。

卓月和左涛出现在门口,两人定定地望着乱七八糟的房间和慌慌张张穿着裤子的尚穹。"滚!"宁贞朝尚穹厉声叫道。

尚未穿好衣服的尚穹狼狈不堪地向门外跑去。

"在我决定控告的时候,你们要为我做个证明!"宁贞一字一句地对卓月和左涛说道,"记住,是我决定控告的时候!"她直盯着两人的眼睛……

23

尚穹跑回家在沙发上坐了很长时间,喘息还没有平稳下来,心脏也还没有放回原位。事情太出乎他的意料,在他和女人交往的历史上,还从未出过这样的事情。真他妈的倒霉,表姐卓月和那个男人恰恰在那个时候敲门,事情没做成还弄得这样狼狈——

"叮铃铃。"身旁的电话突然响了,他刚刚沉落下去的心被这骤然而起的响声震得又猛摇了一下,他拿起话筒"喂"了一声。

"尚穹,你听着——!"电话里的女声十分冷厉。

他一怔,一下子没能辨出这是谁的声音:"你是——"

"你想强奸的曹宁贞!"

"什么?"尚穹呼一下站起来了,"宁贞,你怎能——"

"我告诉你,明天一上班,我就到市法院告你强奸未遂!你约我出来吃饭;吃完饭后说要参观我们308房间的绸缎;没想到一进房间你就撒起了野,幸亏我拼力反抗,幸亏有卓月他们敲门,要不然你这个色狼就要得逞了!"

"曹宁贞,你想干啥?"尚穹这时才豁然明白自己当初的判断有错,曹宁贞不是一个简单的投怀送抱的女人。"你想诬陷我?!你好大的胆子!"

"怎么叫诬陷?你的裤头攥在我的手中!308房间被我们的搏斗弄得一片狼藉!卓月和左涛两个人当面看见你在穿裤子!人证、物证俱在,现场保存完好,谁会相信这是诬陷?!"

· 397 ·

"你——?!"尚穹觉得有一股凉意从脚底升起。是的,我将有口难辩。他摸了一下腰间,感觉到裤头确实忘了穿上。

"我知道你在司法界有熟人,我也知道这场官司难打,但我不怕!我反正豁出去了,我市里打不赢就去省里,省里打不赢就去北京,就到你们经济部门口喊冤,说你要强奸我。我非要把你在你们部里搞臭不可!"

这最后一句话让尚穹打了个冷颤。这是他最怕的事情,倘若曹宁贞真到北京经济部门口喊冤说我要强暴她,那消息转眼间就会传遍全经济部,那我的脸还往哪里搁?今后还怎么在部里做人?谁还敢提升我?那不等于在仕途上把我判了死刑?"宁贞,你说你究竟想干什么?"他的声音软了下来,但心上的气恨却在迅速集聚:你这个贱货,我怎么就没有看透你?!

"我不想干什么!"

"说吧,你是不是想要钱?你想要钱了可以说个数字,我会尽量如数给你,你知道我很快就会有钱了!"他的声音中带了点恳求的味道。

"你想让我不告也可以,但拿钱来交换不行!"

"那你要啥?"尚穹见宁贞的话里有了转机,忙急切地问。

"我要两张纸!"

"纸?"

"第一张纸上必须写有下述内容:我们经过反复调查和考虑,认为尚吉利集团的财产主要是尚昌盛创下的,不是尚达志留下的,我们决定不再要求平分尚吉利集团的财产。纸上要有你、尚天和尚承达的签名和盖章。"

"哦?"尚穹惊得后退了一步。

"第二张纸是法院的撤案通知,上边不能少了这样的话:鉴于尚承达、尚天、尚穹声明尚吉利集团的财产为尚昌盛所创,表示不再要求平分集团的财产,本院决定撤销这一民事诉讼案件。"

尚穹的脸上现出一个怕人的冷笑:"是尚昌盛让你这样做的?"

"现在该我来问你!"宁贞的声音十分强硬,"你愿不愿这样交换?!"

尚穹的咬肌在急剧哆动。婊子,没想到爷们会栽到你的手里!尚昌盛,我没想到你会跟我玩这一手!

"我等你到明天下午三点!如果三点钟尚昌盛还见不到你的承诺和法院的通知,那我就立刻到法院对你提出控告!这样,办案的人也可以在天黑之前来勘察现场!再见!"

电话咔一声扣下了。

尚穹暴怒地在卧室里来回踱步。妈的,我真是瞎了眼了,竟然没看清这个女人的面目!这一定是尚昌盛精心设计的一个圈套,而你这个蠢货,竟然真的钻进去了!那一刻,他后悔得真想打自己的耳光。你什么样的女人不能玩,偏来玩她?再有几天你就会成为一个富翁,那时啥样的女人弄不到手?!现在可好,竟然栽倒在一个乡下丫头手上,怎么办?——用钱买通几个流氓,去把宁贞手上的裤头夺回并把银溪饭店那个现场毁了?不行。万一宁贞有了防备咋办?再说那样一来也就等于把自己的把柄交给了流氓,那也会后患无穷!寻找不是强奸未遂的证据,日后在法庭上为自己辩护?不行,这件事只要一上了法庭,就会闹得满城风雨就会毁了自己的名声和仕途前程。找与曹宁贞有至亲关系的人去向她求情?不行,她在电话中的态度那样强硬,不可能求得动。

尚穹急得在屋里来回踱步,汗珠成串地滚下额头。

"怎么还不睡?"门外传来了妈妈的询问。

"睡。"他没好气地应一声,啪一下拉灭了灯。

黑暗呼一下涌了进来将他围住,他颓然地抱头坐在了床沿。眼见得大功就要告成,没想到会出了这样的事!贪色,贪色真是能

· 399 ·

坏大事呀！那么就依那个婊子说的,向法院提出撤诉请他们别再开庭？多长时间的心血就这样白费了？那我丢掉的将是多大一笔钱呐?！可不这样又能怎么办？曹宁贞一旦上告,先不说警察会不会扣押住我,单是北京自己所在单位的反应就够我受了。他仿佛已经看见北京经济部自己所在司里的人们在交头接耳,听见司长在发怒:这样的人还怎能再用？……

他双手抱头一直在床沿坐到了天明。

他听见了哥嫂起床的声音,听见了妈妈在给爸爸洗漱的响动,听见了保姆往饭桌上摆放碗碟的动静,他慢慢地起身,上牙咬住下唇,绝望地叹了一口气,随后,拉开门向爸爸的屋里走去。

"哥哥,你过来一下。"他朝正在清扫院子的尚天喊了一句。

"有事？"尚天扔下扫帚,朝弟弟走过来。

尚穹没再吭声,转身进了爸爸的房间。

正在让文琳梳头的承达,一看见尚穹,立刻闭上了眼睛。

"爸、妈、哥哥,"尚穹慢腾腾地开口,"我经过反复考虑,觉得我们还是不要爷爷留下的那份遗产好!"

承达猛地睁开了眼睛。

文琳和尚天意外地看着他。

"尚吉利集团发展到今天不容易,要是一分一拆,恐怕难再有今天的局面,丝织是咱尚家的祖业,应该成全。"

尚天高兴地拍了一下弟弟的肩膀:"对,真要把尚吉利集团弄得五零四散,咱心里有愧,外人也会议论。"

"那官司——"文琳满脸困惑地看定小儿子。

"哥哥去把黎律师叫来,我让他去撤诉吧。"

尚天应了一声,转身向门外跑去。

尚穹看了父亲一眼,他注意到父亲的眼里有泪光在闪。爸爸,这件事顺了你的心吧？可你想没想过,我忙了这些天得到的是什么？也好,得到了教训,教训呐！一个想做大事的男人,万不可贪恋女色,这话看来不是凭空说的。

不可贪色呀!

尚昌盛,你赢了!……

24

　　昌盛还在昏昏沉沉地躺着。他觉得心脏的跳动更加不规律起来,一种绝望的情绪在他的心中弥漫。死吧,早点死吧,死了免得我再为尚吉利集团心烦。活着看见自己辛苦创下的家业被人拆散毁掉会更难受,早入土早心安。爷爷,爹,我就要去见你们了……

　　门外传来了一阵急促的脚步声,他听出是旺旺来了,走这么快?是不是法院的判决下来了?下就下来吧,我认输了,尚穹,我承认我斗不过你,你赢了,你愿拿什么就拿吧……

　　"爸!"旺旺站在他的床头叫,声音中仿佛带了点欢喜。傻东西,你这会儿还在高兴哩,你啥时候才能真正长大变得懂事起来?

　　"法院来了通知,并送来了尚穹叔叔他们致法院的一封信的抄件——"

　　"旺旺,晚点再说吧。"一直坐在昌盛床头的小瑾这时轻声制止儿子,她显然是怕丈夫的心脏再受刺激。

　　"让他念给我听,我要在死前弄明白他们是怎样强占我的财产的!"昌盛闭着眼说。

　　南阳尚吉利丝织工业集团总经理尚昌盛先生:
　　　　鉴于尚承达、尚天和尚穹三人声明自愿放弃对尚达志所留遗产的继承权利,不再讨要尚吉利集团的动产和不动产中应属他们的部分,主动撤回原来的诉讼请求,本院决定,立即撤销该案。此前本院所发去的开庭通知即行作废——

"嗬?"昌盛睁大眼睛,"你个傻东西,想拿这来宽慰我?"他瞪住儿子。

旺旺摇头:"你看上边的公章!"他把那张盖有鲜红法院印章的纸展开在父亲面前。

昌盛注视良久,尔后哆嗦着手拿了过去。

"这是承达爷爷和尚天、尚穹叔叔给法院的信。"

旺旺从衣袋里掏出了另一张纸。

"念吧。"

南阳市法院民事庭:

  我们经过再三考虑,为保证尚家的丝织祖业得以发展,决定放弃对前辈尚达志所留遗产的继承权利,不再讨要尚吉利集团的动产和不动产中应属我们的部分,撤回原来的诉讼请求,请准予撤诉,并请把我们的决定转告尚吉利集团总经理尚昌盛……

昌盛呼一下坐了起来:"这么说他们还算讲良心?"

"他爸,快躺下。"小瑾急忙去扶丈夫。

"这么说尚吉利集团能够活下去了?"昌盛盯住旺旺自语,"能够活下去了!这是哪方神灵的保佑?爷爷,你看见了没有,尚吉利又度过了一场灾难,又见识过了一回灾星……"

"爸爸,你快躺下。"

"还躺啥?我得赶紧回去,"昌盛边说边抬腿下床,"得先同美国的栗振中——"

他的双脚刚一落地,突然间觉得天旋地转起来,眼一黑向地上栽去。

旺旺急忙扶住……

昌盛是三天后出院的。消瘦了不少的他出院时显得精神十足。他从医院直接去了尚吉利集团办公室,在办公大院门口,他碰见了右颊上捂着一大块纱布的宁贞,立刻高兴地叫:"知道了吧,尚穹自动撤诉,良心发现了一回。"

宁贞点点头。

"你的脸咋着回事?"

"不小心碰了一下,不碍事。"

"宁贞,你知道我现在心里是什么感觉?死里逃生!尚吉利集团是死里逃生,我也是死里逃生。你不会知道,我三天前是多么绝望!"

宁贞无语,目光越过昌盛的肩头,投向远处的天空。

"我想过些天去水濂寺一趟,为了这次灾难的过去,我得敬敬佛祖了。"昌盛边说边向办公室挪步……

昌盛是在出院的第三天去到叔叔承达家的。尽管他内心里认定尚穹讨要所谓爷爷的遗产毫无道理,但对他在最后关头撤诉还是很有些感动。他折腾了尚吉利集团一回,可总算没下绝手。昌盛觉得有必要借来看叔叔的名义对尚穹说几句表示和解的话,让事情彻底结束。不与当官的结仇结怨,这是爷爷过去反复告诫过他的。

进了叔叔家门才知道尚穹早已返回北京,这让昌盛轻舒了一口气:谢天谢地,我们不用再面对面说话了。说实在的,昌盛一直担心自己见了尚穹的面会重新变得不冷静起来,毕竟是尚穹引发了这场风波。昌盛内心里还贮藏着不少对尚穹的气恨,他害怕与尚穹面对时这些气恨会自动喷发出来。幸好,他走了。

是尚天把他领到叔叔床前的。他和叔叔只能用目光交谈,他从叔叔的目光里看出了高兴、宽慰和鼓励。他握住叔叔那无力抬起的手说:"叔,我对尚穹自动中止这场官司很感动,我会尽我的力把尚吉利集团办好,为咱们尚家争光。"说完,从衣兜里掏出一张五万元的支票递到尚天手上说:"这点钱留下家里花销,以后啥时候用钱啥时候去找我。"

尚天红着脸坚持把支票又塞回到了昌盛兜里。昌盛临走时把支票放到了婶子文琳的手上,默站在一旁的文琳脸上一直浮着尴尬,这时更有些不好意思,连说:"不用,不用,家里有钱。""有钱也得收下,这是侄子的一点心意。"昌盛没容婶子再推让,就急忙出门走了。

这天的晚饭后,昌盛给美国的栗振中打去了电话,他现在最迫切的愿望就是尽早同栗振中把合资合同签订下来。眼下,他太需要资金支持了。如果栗振中能很快把那一千万美元注入进来,那尚吉利集团的扩建和设备更新计划就能落实,建立中国和世界第一流丝绸企业的目标就有望实现。

电话接通后,栗振中的声音十分热情,昌盛估计对方会先说到合资的事,因为栗振中回美国前对同尚吉利合资显得很急迫,但是奇怪,栗振中说来说去净是些家常话,就是不提合资的事,昌盛只得先开口说了。一说到这事,对方在电话那头突然沉默了,两秒钟之后,栗振中才问:"你和你堂弟尚穹的官司进行得如何?"这倒使昌盛吃了一惊:"你远在美国,怎会知道我和尚穹打官司的事?""先别问我的消息来源,只说官司进行得怎样了?""尚穹已经撤诉,官司不打了。""我为你高兴。但我想,你和他在感情上出现的裂痕已无法弥合了吧?"昌盛无语,他承认这话说得对,从今往后,他心里已无法再把尚穹看成弟弟,他想尚穹对他也是这样,他们的兄弟之情完了。"这对你的尚吉利集团极其不利,你知道,他在中国经济部工作,他随时可以生办法卡你!""那倒不必害怕,他就是想卡也卡不住我,我们这儿有法律。""别给我说宽心话,我知道在那个部门有一个熟知你情况的对你有敌意的官员意味着什么,也正是由于此,我想暂缓考虑合资的事。""振中,你不能这样!"昌盛急了,"我保证尚穹不会也不敢对我们的合作造成什么威胁!""很抱歉,我有点不敢相信这个保证,我对中国的情况多少有一点了解,一个当官的要想整你一个织丝绸的,实在是太容易了。祝你好运,再见!"……

　　昌盛好半天没有放下话筒。一股气憋在喉咙那儿:好你一个栗振中,说变就变了?!你知道我为编制扩建计划花费了多少时间?你给了我一个希望却又很快把它捏碎,就不想想这会给我带来什么?谁他妈的这样多嘴,我和尚穹打官司的事也用得着你往美国打电话通报?这下可好,你一个电话把我的一大笔资金搅黄了,把尚吉利集团一个大发展的机会弄没了。妈的,也许栗振中在我的内部买通有眼线,我得查查!

　　南阳这个小城往美国打电话的人实在不多,查起来很容易。昌盛第二天就从邮局一个熟人那里知道,这些天往美国纽约栗振中家那个号码上打电话的只有一个人:宁贞。

　　是你?!昌盛先是一愣,随后把牙慢慢咬起来了:你是他的表妹,所以你就站在了他那边,他会给你很多钱吗?贱女人!

　　就在他放下电话不久,尚天送来了一个密封着的档案袋说:"这是尚穹临走时让交给你的,你昨天去时我忘了给你。尚穹说里边都是他当初打官司时准备的材料,给你的目的是为了让你销毁,也表示他永不再要求遗产的决心。"昌盛听了很有些感动,把尚天送走后就急忙拆开了档案袋,内中装有爷爷的遗嘱复印件,有尚吉利集团在银行的存款数额和固定资产核算数字,有关于遗产分配的法律条文的复印件,有上交法院的起诉书的副本,其中还夹有一个很小的纸条,就是这个纸条让昌盛大吃一惊,纸条上只写着简单的几句话——

　　穹:
　　　　如果你胜了官司,我希望你要下丝织厂,我可以继续为你工作。

　　　　　　　　　　　　　　　　　　　　　　　贞

　　贞?丝织厂里还有谁叫贞?不就是宁贞吗?!这也有点像是

· 406 ·

她的笔迹。嚄,她竟然在暗地里和尚穹搞在了一起!行呵,你这个吃里爬外的女人!

你大概不会想到这个纸条还会交到我的手上吧?

天呐,我还敢相信谁?

25

栗振中把自己那辆福特车在车库里停好打开车门出来时,隔窗看见女仆正把饭菜往餐桌上摆,他心里一阵高兴:我赶上和家人一起用晚餐了。自从他接替父亲管理梦宛绸缎公司以来,只要没离开纽约,他都尽力坚持和全家人一起吃晚餐。每当他坐在那张宽大的饭桌前,望着围坐在桌前的父亲、母亲、妻子、儿子时,他的心里都充满了一股浓浓的暖意,都让他觉得,整个白天的忙碌是值得的。你有父、母、妻、儿,你有这个美好的家庭,你当然应该操劳,你作为一家最有力气的人,你不忙碌谁忙碌?

全家人在饭桌前坐好时,振中照惯例把他认为最好吃的那道菜给父、母、妻、儿每人夹了一筷。之后,才开始端起自己的饭碗。他这个举动是跟父亲学的,当年奶奶在世那阵,每顿饭开始吃前,父亲总是先给奶奶、妈妈、艾丽雅和他各夹一筷菜。父亲当年的夹菜动作让他体会到了一种深深的爱意,所以长大后他就把这个动作学了来。

"中儿,我今天一直在想你那个决定。"大病初愈的栗秉正吃了几口饭后,停下筷子说。

"哪个决定?"振中一愣,停了咀嚼。

"不去大陆尚吉利丝织集团投资的事。"

"怎么,你觉着——"

"我觉着,尚吉利集团内部的财产纠纷既是已经结束,而他们眼下又急需资金,如果我们此时帮上一把,会不会——"

"爸爸,那太危险!"

"你奶奶当年告诉过我,尚家的丝织业一向有起死回生的本领,万一日后他们度过了难关,没有了危险,他们会不会因为我们现在出尔反尔,拒绝投资帮助,而中断与我们的往来?"

"这倒不必挂虑,他们是织绸缎的,即使他们今后渡过难关又发展了,也不会拒绝买他绸缎的客户上门。再说,据我判断,尚吉利集团今后一段时间的麻烦不会少了。"

"怎么见得?"

"我刚刚通过有关渠道了解到,与尚昌盛结怨的他的堂弟尚穹,因其女友的社会关系而受大陆一位高层官员的保举,在不久的将来可能作为跨世纪的年轻干部升任司局级官职,而且有可能负责纺织品的贸易,如果真是这样,对堂哥昌盛满怀怨气的尚穹不可能不找尚吉利集团的麻烦。"

"一个官员还真能制约了一个企业的发展?"

"我在大学学习时研究过大陆的官吏任免制度和官员行使权力情况,大陆的企业家对官员的任免基本上没有权力过问,行政官员却可以利用手中的权力制约企业家的经营活动。譬如尚穹,如果他管纺织品出口配额的分配,他只要一句暗示,就可以把原本可给尚吉利集团的配额分给别的丝织厂家。在大陆,民众当然也包括企业经营者,对官员制约的手段很少,而官员对民众制约的手段却很多。"

"那你的意思是——"

"我们还按原来的决定办,不投资,先静观其变。若尚吉利集团一直效益不好,我们可以在杭州寻找合作的伙伴;若尚吉利集团最后挺过了难关又发展了起来,我们再用其他方法与其联络感情,把生意继续做起来。"

"可我这心里总觉着……"

"爸爸,我理解,因为这件事牵扯到了你的故乡,你在想问题时不知不觉中让感情参与了进来,可你经了一辈子商应该比我还明白,在作商业决策时,是必须摒弃感情的。"

"好吧,那就依你说的……"老人低下了头。

"宝宝,给爷爷夹菜!"振中为了调节饭桌上的气氛,急忙朝刚刚学会用筷子的儿子喊……

晚饭后,振中进书房处理完几件商业上的信函出来,艾丽雅也刚刚洗完澡走出卫生间的门,妻子新浴后的娇媚模样令振中身子一阵亢奋,上前就把艾丽雅抱了起来。他原想把妻子平放到床上,不想艾丽雅双手圈住他的脖子很郑重地说:"我有话要给你讲。"

"什么重要的话非要在这会儿讲不可?"

"我觉得爸爸的话有道理!"

"爸爸的什么话?"

"关于投资支持尚吉利集团的事。"

"嗬,你怎么也关心起了这个?"振中一边吻着艾丽雅的脸一边问。

"我觉着在你表妹宁贞和尚昌盛的两次请求之下,我们仍然拒绝帮助,在道义上有点说不过去。我用'道义'这个词恰当吗?你过去向人家请求当代理销售商时,人家可是满口答应。"

"他答应让我当代销商是受利益驱动的。亲爱的,你在说这段汉语时用'道义'这个词很恰当,但我想提醒你的是,商界的人一般不用'道义'这个词,因为它有时会让人上当或破产!"

"我有点担心,你以后再回南阳时,怎好意思去见尚昌盛和你的宁贞表妹?!"

"你放心,只要你身上有可以投资的美元,你就好意思去见任何人;一旦你身上没有了美元,那才真不好意思去见人了!行了,我们不谈这些投资、道义的事情,我们谈谈这个美丽的夜晚,谈谈你这个柔软的腹部,我发现你的腹部又回复到了产前的模样,看来,坚持锻炼还真是有效——"

"对不起,我想先睡了。"艾丽雅把被振中撩起的睡裙放下去,拉开了被子。

"亲爱的,你是不是有点生我的气?"

"不,没有,我只是觉得有点累。顺便问一句,是不是所有形容美好情感的词,比如支持、帮助、理解、信任等,都不适宜商界和商人使用?"

"呃……当然……不……"

26

宁贞对着镜子小心地揭开右颊上的纱布,还好,颊上那个红色的掌印总算已经消去。她手抚着右颊上那柔嫩的皮肤,一个钝重的耳光又啪一声在耳畔炸响——

那个上午她焦躁而紧张地在丝织厂自己的办公室里等待消息,她对自己的计划能不能成功充满担心,一想到尚穹有可能不害怕自己的威吓,她的身子就打起了哆嗦,要是那样,我就真要丢掉名誉去打一场前途莫测的官司了!电话是午饭后响起的,她平静了一下自己,待电话铃响了三声后才拿起话筒。话筒里传出的尚穹的声音阴沉而瘆人:"我已拿到法院的撤案通知,我把它和我致法院的要求撤诉的信的复印件当面交你,我想换回我的东西!"她感觉到有一个笑容升上了自己的面孔,哦,成功了!昌盛,你的尚吉利集团不会毁了!看来嫂嫂晶子说得对,每个人都有他害怕的东西,尚穹害怕的是丢失官职和名誉,这是在官场奋斗的人都怕的东西。我的判断没错,没错呀!她怕声音会泄露自己内心的东西,对着话筒只简短地说了一个字:"行。"之后,为了防止发生意外也为了更快地把法院撤案的消息通知给昌盛,她打电话给旺旺,请他立刻来自己的办公室一趟。

她是和旺旺一起坐在办公室迎接尚穹的到来的。尚穹进门时看见旺旺,怔了一下,随即便径直走到宁贞面前,把两张纸交到了宁贞手上。宁贞平静地看完两张纸上的字迹,反复审视了法院的公章,在确信一切无伪之后,才忍住心里的高兴,把两张纸交到旺旺手上,淡了声说:"马上去医院交给你的爸爸!"

旺旺接过那两张纸就出门走了——他讨厌尚穹这个堂叔,一点也不愿和他多呆。他是在厂院里读完那两张纸上的字的,读完后的他惊怔了一霎,随即便撒腿向医院跑去。

当室内只剩下宁贞和尚穹之后,尚穹冷了声说:"你要的东西我已经给你了,现在该你把东西还我了!"

宁贞无语,只慢慢转身打开桌子抽屉上的锁,从里边拿出了一个塑料袋——那里边装着尚穹的裤头——把它递了过去。

"我还想请你随我去银溪饭店308房间一趟,把里边的东西摆整齐!"尚穹直盯住宁贞的眼睛,"那个现场没必要再保存下去了吧?!"

宁贞点头,低了声说:"你先走,我随后就到。"

二十分钟之后,尚穹和宁贞站在了银溪饭店的308房间里。尚穹一声不吭地整理地上、沙发上、床头柜上和床上弄乱的东西,仔细地拣去床单上的一些毛发,待一切弄整齐之后,他舒了一口气,站在了宁贞面前。

"告诉我,你这样替尚昌盛卖力,他答应给你多少钱?"

宁贞无语,只把目光虚虚地放到窗外去。

"尚昌盛让你用这个法子治了几个男人?"

宁贞还是没吭,只是目无所视地站在那里。

"你以为你就胜利了? 告诉你,你也必须付出代价!"

宁贞仍旧未说一句话,只是平静地看了尚穹一眼。

"婊子!"他在低吼的同时,猛扬手朝宁贞的右颊上打去。

"啪!"那是一声钝重而响亮的耳光,宁贞在原地转了一圈后才"噗嗵"一下向地上倒去。

宁贞醒来时已近黄昏,她觉得右颊火烧火燎地疼,对镜一看才知道有一个鲜红的掌印贴在了颊上。她依然无语,只用手绢捂了

· 413 ·

脸向门外走去……

她用纱布在脸上捂了三天,三天里,面对工人们好奇探询的目光,她几次想揭掉纱布,都因为那个掌印死赖着不走而罢手,现在,总算消去了,总算可以揭掉了。

她看了一下床头柜上的台历,今天是阴历二十一,离选定的结婚日子只剩七天了。该去新房一趟,看看家福把东西准备得怎么样了。她记起家福那天要她去看电视机的事,咳,家福,原谅我那天冷待了你。我今天就去看你买的电视机,我会补偿你,你不是总说你见了我就忍不住么,好吧,今晚你不必忍了,你可以尽你的兴致,想做什么就做什么吧,不是只剩七天了?……

她起身向门外走去:"妈,我去俺们的新房那儿。"

新房里的灯在亮着。这么说家福刚好在这里。

宁贞没有敲门,宁贞手中有门上的钥匙,她轻轻地把钥匙插进锁孔,她想给家福一个惊喜。她想象着家福看见她来会怎样高兴地跳过来把她抱到怀里。

门开了。

家福躺在沙发上一动不动。

这有点令宁贞意外,他应该听见我推门的声音,应该知道是我来了,能够开门进到这屋里的人只有我们两个。

"家福,是我!"她轻声说道。

家福仍然没动。

是睡着了?宁贞轻步走过去,低头一看,家福的双眼在大大地睁着。

"病了?"她吃惊地探手去摸他的额头,但手刚伸出去,便被家福一下子抬手打开了。

"怎么了,你?"宁贞有些生气,他还从未敢在她面前这样。

"你来干啥?"家福这时呼一下从沙发上坐起,双眼瞪着宁贞。

家福眼中的凶气和口中的酒气让宁贞后退了两步。她这才想起,这几天她在厂区一直没有看见过家福。

"你喝酒了?"她冷下脸来。

"我喝没喝酒与你他娘的有啥子关系?"

"你敢这样跟我说话?"宁贞惊骇而且着恼了。

"要我咋样跟你说话?是不是嫌我不文雅?可你他娘的就文雅了?一方面答应和我结婚,一方面又和别的男人上床乱搞——"

"你胡说什么?!"宁贞的脸青了,她一下子明白问题出在哪里了。

"我胡说?你以为我是个几句话就能骗过去的憨蛋?!那天傍晚我去约你来看电视机的时候,我就发现你的神色不对,你对我说去会见客户,却急急忙忙地跑向银溪饭店和尚穹坐在一起喝酒。告诉你,那天晚上我一直跟在你的后边,我清清楚楚地看见你在尚穹面前的那个浪劲,看见你和他眉来眼去地进了308房间,听见你和他在床上的浪笑,要不是后来听见楼梯上有人来我真想破门冲进去——"

"家福,你听我说——"宁贞的声音软了下来,她现在知道她面临着一场艰难的解释,她突然觉得,尽管自己在尚穹那里没有失贞,可还是有点对不起家福。

"听你说什么?听你说你叫他日过后的感受?"家福恶狠狠地瞪住宁贞,"是不是特别好受?"

"刘家福,你是畜生!"宁贞被这恶毒下流的话一下子激怒了。长这么大,还从来没人把这话送进她的耳朵。

"我是畜生我还知道只找你一个女人结婚,你不是畜生但你却在答应和一个男人结婚的同时,让另一个人爬到你的身上日你!"

"刘、家、福!你——"宁贞的脸已经煞白,双唇哆嗦得厉害,这些话语所造成的可怕伤害让她一下子失去了解释的愿望。

"我现在有些怀疑,当初在北京办展销会时你就让他日过!"

· 415 ·

宁贞的身子摇晃了一下,踉跄着向门口走去。

"等一等!"刘家福猛地拦到宁贞面前,"有些事我还想弄清楚,告诉我,你们在北京那阵是不是就搞上了?"

"是的!"宁贞咬着牙答。

刘家福被愤怒扭歪的脸也一下子无了血色,他被这个回答冲撞得向后退了一步。

"他是不是答应给你很多钱?"

"是的!"宁贞答得毫不犹豫。

"多少?他答应给你多少?"刘家福的双眼都被愤怒烧红了。

"十万!"

"婊子!"刘家福用尽全身的力气挥掌向宁贞的脸上打去。这一巴掌的巨大力量使得打者和被打者都一下子扑倒在地。

宁贞最先站起,她站起后一边抹着嘴角的血丝一边露出一个冷极了的笑意。

她什么也没再说,只是踉跄着向门口走去,在门口,她扶住门框喘息了一阵,随后便决绝地向门外的黑暗里扑去。

"婊子!破鞋!烂货!"刘家福爬起身把一连串怒骂朝宁贞的后背上砸去,"去吧,去吧,去让尚穹日吧!让别的男人日吧!哈哈,刚才还有个匿名的男人来电话,要给我谈谈和你睡觉时的滋味,你这个谁都可以日的烂东西,滚吧!滚得越远越好!……"

整整一夜,宁贞都没有脱衣上床,她就那样默然呆坐在床边,在黑暗中倾听着刘家福的骂声。婊子!破鞋!烂货!这些骂声在她耳边的每一次回放,都令她的身子悚然一悸。她从来没想到这些可怕的骂语会落到自己身上,更没想到它们是经由刘家福的嘴落到自己身上的,这种双重的意外使她格外痛心。天亮前,她把脸埋到被子里伤心至极地哭了一场,这才早早地起床洗脸去坚持上班。

她知道自己一夜没睡脸色肯定难看,所以上班后就先坐在办公室里填一张生产进度表格,直到半晌午时才到各车间去进行例行的巡查。

她走进丝整理车间时,注意到工人们看她的目光里带有一点审视意味,她一开始以为这是她脸色不好所致,所以没有放在心上。待巡查到印染车间,她听见在她走过时有窃笑声在身后响起,而等她一回头去寻找那笑声的出处,工人们又一个个都装得一脸正经地在那里忙活,好像从来就没有笑声发出。往日巡查时可从没有这种现象发生,莫不是他们已经知道了自己和刘家福发生的冲突?为了弄清缘由,她从那几个工人中喊出一个平日相熟的女工来到车间外边,问刚才她们几个在笑什么。那女工一开始支吾说没笑什么,后在宁贞的反复追问下才吞吞吐吐地说:"今天上班后,有一个纸条在大伙手上传着。"

"纸条?什么纸条?"宁贞一愣。

"纸条上写着——"那女工脸涨红了。

"纸条上写着什么?"宁贞的心一下子揪紧,她本能地觉着那纸条和自己有关系。

"写着你……"女工垂下了头。

"写着我什么?"宁贞催促的声音已开始打颤了,她已在心里作出了判断:纸条上写的肯定不是好话。

"上边只写着一句话:宁贞的左奶子上长的一个暗红胎记很漂亮。"

宁贞原本就苍白的脸刷地没有了任何血色。不用猜测,宁贞立刻就明白那纸条出自尚穹的手。哦,你的报复来了,是用的这个法子!只是那个纸条是怎么由北京送到厂里的?

"那句话的下边署着:一个抚摸过那胎记的人。"

宁贞的身子打了个哆嗦:"那个纸条……在哪?"

"撕了,传到小刘手上后他把它撕了。纸条上的字是打印的。"

· 417 ·

"好了,你去忙吧!"她挥挥手让那个女工回车间。一待那女工进了车间门,她的身子便软软地靠在了身后的墙上。尚穹,你这个流氓!你毁坏我的名誉,我要去告你!可怎么告?你要告他,他会不会对法庭承认他曾看见过那个胎记,他会不会把发生的一切都说出来,如果那样,你就将彻底的名誉扫地!到时候他会怎样替自己辩解?说他根本就没写过那个纸条——纸条已经撕了;说他只是说出了一件实事——你的左奶子上的确长了一个暗红胎记;说他只是为了赞美——他用的不是侮辱之词?!你敢去法庭上打这样的官司?你想让全城的人都知道你的左奶子上长了一个暗红胎记?你还在这个城市活不活了?那么不告?就吃这一次哑巴亏?可厂里已有那么多工人知道了这件事,他们以后将怎样看待打量你?!他们会做怎样可怕肮脏的猜想?你将怎样向人们解释清楚?……

宁贞先是捂着脸跑进自己的办公室,片刻后,又低头推了自行车匆匆向家里骑去……

27

卓月和左涛那天晚上在银溪饭店308房间门口目睹了屋里的那个场面之后,自然十分震惊:尚穹竟敢做出这样的事?不过紧跟在这震惊而来的,是疑问:宁贞为何预先要我们必须在九点半赶到?她已经准确预见到此时会发生这样的事吗?她最后为什么强调只在她要控告时为她作证?……

这一连串的问号在当晚和第二天上午一直坠在他们的心上,同时坠在他们心上的,还有昌盛与尚穹的遗产官司。后者更令他们焦心,在这场财产纠纷中,他们当然站在昌盛一边。这两件事使他们对尚穹生了深深的厌恶。令他们意外的是,第二天下午尚穹突然宣布放弃分配遗产的要求,使那场万人瞩目的官司一下子结束了。他们听到这个消息时几乎同时吁了一口气,又几乎同时把询问的目光投向了对方:尚穹为什么会突然改变了主意?

"我觉着,尚穹一定是受到了某种强大的压力,要不然他不可能突然改变他原来固执坚持的要求。"迟疑到当天的晚饭后,卓月先说出了自己的看法。

"那压力来自什么?"

"不会来自家庭,也不会来自上级权力机构。"

"你是说——?"

"我猜,很可能来自一个人——"

"宁贞?!"

卓月点头。

"我也是这样想,"左涛接口,"也许我们该去给昌盛说说。"

"说什么?"

"就说宁贞——"

"说宁贞做了什么?"

"就说在银溪饭店308房间发生的那个场面——"

"那个场面与这场官司并没什么直接联系,有联系的可能是之前和之后发生的事情,而之前和之后发生的事情我们并不知道,我们现在只是在猜测和判断。"

"那依你说——"

"我们现在对昌盛还说不清楚,与其说不清楚,还不如暂时不说,让昌盛自己去分析去判断,或许宁贞也会让他明白的!"

"要是宁贞一直不说明呢?"

"那就让它成为一个谜吧,历史上不是已经有了很多谜吗?多一个又有什么关系?"

"那你为什么还要千方百计去解安留岗上的方形土坛之谜?让它留下去不是也好?"

"那个谜离我们已经太久了,太久了的谜解开以后,已不会对活着的人造成伤害了。我个人认为,对于历史之谜,愈久愈不好解愈可以解,愈近愈好解愈不可以解。"

"那好吧……"

卓月那天吃过早饭到学校处理了几件急办的事后,就带上拓印工具,向城西的盛丰村走去。昨天,有学生告诉她,说盛丰村有一家人拆旧房时从墙脚上拆出了一块旧石碑,碑上还有字。卓月这些年兼搞文物研究,已收集到不少古碑刻,她计划在适当时候,把这些古碑刻的拓片汇集成书出版,也算为文化积累做一件事。所以一听盛丰村有旧石碑,便匆匆来了。

那学生的话果然没错,盛丰村头一户姓盛的人家是从旧房墙脚上拆出了一块残损的石碑,卓月赶到这家的宅前时,看见那块残损的石碑就随便扔在碎砖烂瓦之中。她急忙上前察看,碑上有极标准的汉隶字迹,可惜不少字已磨蚀得不清了。她小心地拂去碑上的尘土,仔细地辨认着:

……延光四年朝中佞臣阎显阎耀等作乱中黄门宛城人王康以其女文蕊诱耀耀觉后杀蕊及侍女玉被擒阎氏之乱遂破此恰值先帝秀创帝业百年为颂文蕊之忠德为谢日月之神赐百年长时于吾家特于吉祥地南阳城西安留岗立坛相祭……

卓月吃惊地望定这通古碑。

不用怀疑了,这块石碑就是原本竖在安留岗那个方形土坛前的碑。左涛当初由那块石片判断方形土坛前有碑是正确的!

踏破铁鞋无觅处,得来全不费功夫,原来你流落到了这里!

这么说,我当初对文蕊之死的过程的猜测有误。她不是在与阎耀幽会时被误杀的,她是在忠于刘氏皇权的父亲的劝说下,为刘家皇位的正统传承自愿去赴死的。那应该是一个有月的夜晚,为了诱杀城门校尉阎耀,王文蕊向对自己怀有爱慕之情的阎耀送去了幽会的信号,阎耀应约而来。但当他腰挂环首刀步入文蕊的绣房,正要去拥吻自己钟情的女人时,政变的兵丁出现了。他在惊慌中抱住了文蕊,他很快就明白自己中了圈套,他在气愤中抽刀削去了文蕊和她的侍女玉的头,但他也随之做了刀下鬼。卓月看见,三个人的鲜血转眼间溅满了那个原本可用于幽会的房间……

接下来是安留岗上的一场大祭。这场大祭应该是刚刚顺利即位的济阴王提议举行的。延光四年是公元125年,当初刘秀登基开创东汉王朝是建武元年,也就是公元25年,从公元25年到125年,刚好一百年,整整一个世纪,掌管时间的日月之神已给了刘家一百年的皇权,他们有理由举行一场大祭。大祭的地点选在南阳安留岗,是因为对于刘家来说,那是一块吉祥之地,先王刘秀就是在此岗前转危为安的。

卓月的目光透过石碑,看见了一千八百多年前在安留岗举行的那场大祭——那可能是一个充满阳光的上午,预先筑好的方形祭坛上摆满了祭品:整牛、整羊、各种陶器,和在这场平乱中做出了贡献的王文蕊及其侍女玉的棺材。阎耀的那把环首刀为什么也放在了祭坛上?是为了告诉文蕊,杀你的阎耀也是被这把刀杀死的?还是文蕊的父亲王康知道女儿内心里对阎耀的感情,为了安慰女儿,把它放了上去?大祭开始了,祭坛下跪满了文武官员,济阴王跪在最前头,肃穆的祭乐徐徐响起……大祭结束后,为了让祭坛永存下去,也为了让死者安息,济阴王又下令用土将祭坛掩埋了起来?……

既然祭坛是为此目的而设,那坛上用颜料画上的䶒形图案,表示的就应该是对时间的占有欲望,无边无际的时间都属于我刘家所有,我们刘家的江山将像占有这些格子一样,一个百年又一个百年永无止境地延续下去……

"卓月。"身后突然传来一声低喊。卓月扭头见是左涛,一愣之后欢喜地叫:"你怎么来了?快看这石碑!"

"月儿,宁贞她——"

"宁贞怎么了?"卓月这才注意到左涛脸上的阴郁神色。

"她死了。"

"什么?"卓月猛地抓住左涛的手:"你胡说什么?"

"她……在安留岗上……"

卓月无限惊诧地瞪住左涛,渐渐地,痛楚从眼角漫起,一点一点地包住了她的双眸:"为什么……为了什么呀?!"

"不知道,"左涛轻轻地摇着头,"我只是在怀疑,我们两个是不是犯了一个错误:我们不该让发生过的事成为一个谜……"

28

　　太阳在寒风里抖抖颤颤地向高处爬着,大约因为它也怕冷,竟一点热力也不发送出来,使得落霞村通往安留岗的小路上仍是一个冰冷的世界。

　　度过了又一个不眠之夜的宁贞高一脚浅一脚地在小路上走着。早饭她只应付性地吃了几口便向岗上走来。自打安留岗上有了桑树和柞树林之后,她一有心事就向岗上走,那密密匝匝的树林,成了她排遣心中烦恼的最好去处。

　　"宁贞,你今天不上班了?"哥哥宁安从后边跟上来问,这里也是宁安去蚕茧基地上班的必经之路。

　　宁贞像刚才没有理会妈妈的询问一样没理睬哥哥,只是闷了头向前走。她现在不想和任何人说话。

　　"宁贞,你脸色不好,不是出了啥事吧?"宁安看了一眼妹妹,"我得赶快去基地,尚总今天要来检查,你早点回去,岗上这样冷。"

　　宁贞继续向岗脊上走,她听见哥哥拐向了通往蚕茧基地的路。她没有回头,径直走进已落光了叶子的桑树林里。

　　风在穿越桑林时仿佛迷了路径,在林中四下里冲撞,撞得那些光秃的枝条发出呜呜的喧叫。宁贞在林中不辨路径和方向地走着,她只是想通过不停地走动,把一直晃在她眼前的那个纸条和轰响在她耳边的家福的那些骂语抛到身后。但是,她没有成功,她在林中走了有两个小时,那个纸条依然横在她的眼前,"婊子!""破鞋!""烂货!"的叫骂仍然紧跟在她的身边,充盈着她的耳朵。她最后双手扶住一棵桑树闭了眼在那里喘息。尚穹,你这个流氓!刘家福,你原来是这样一个东西,你把最恶毒的咒骂都给了我了!可你过去竟然不停地说爱我?!……她慢慢地睁开眼睛,她这才发现她已经站在岗脊上那个出土的方形土坛旁边,土坛上那些横竖相交的线条还依稀可见。她恍然记起许多年前的那个春天的上午,她用镢头第一次挖出土坛上那口棺材的情景。那口棺材里躺着一具断头的女尸,那个女人是为什么死的?不管为什么死,人只要死了就好,死了就可以再无苦痛、烦恼,再也看不到别人的侮辱,再也听不到别人的骂声了……

"宁贞,你怎么不去上班?"身后突然传来一声问话。宁贞扭头,才发现是尚昌盛站在近处。

"我来基地找你哥商量事情,他告诉我你在这儿。"昌盛的话里分明露着冷淡和不快,"年前正是生产紧而人心容易散的时候,你身为厂长,怎能在这里闲逛不去上班?你昨天后晌是不是也没在岗位上?"

在看见昌盛的最初一瞬,她的鼻子一酸,一种想哭诉一番的强烈愿望使她差一点朝他扑过去:我就是为了你和你的尚吉利集团,才让尚穹侮辱才让刘家福骂婊子的!但昌盛那种冷淡和不快的语气使她的这种愿望一下子熄灭了。她那连续受伤的心已变得异常敏感。

"我有点事。"她也冷淡地答。

"什么事也不能耽误了上班,要知道,我可是给了你们高工资的!"自从和栗振中通了电话,尤其是看到了尚穹退回的那些材料中所夹的那个纸条后,昌盛对宁贞就有了不满和戒心。

"是吗?"宁贞感到自己的心又被狠狠地刺了一下。工资?你是付了工资的?可你知道我为你付出了什么?!

"我知道你快要结婚,到时候我会给你婚假的,但在这之前,你

424

应该好好上班!"

"谢谢提醒!"她的声音冷得像从身边滑走的北风。

"还有一件事,我想问问你!"原本要转身下岗的昌盛这时又扭过身来。

"讲吧。"

"在我住院期间,你是不是打电话给栗振中,告诉了他我和尚穹打官司的事?"

"是的。"宁贞倏然记起了自己当初一心想挽救尚吉利集团的那份急迫样子。

"出于什么目的?"

"目的?"这两个字是那样尖利地扎进了宁贞的心,使得她的眉毛都疼得弯了起来,她直瞪住昌盛,"你说是什么目的?"

"我不管你的目的是什么,我想告诉你的是,他因此而决定不再跟我合资,我失去了一个重要的发展机会!一千万美元的投资被你搞没了,懂吗?"

"是么?"宁贞的脸上现出了一丝冷冷的嘲讽。

"你这样为你的表哥卖力,他给你什么回报?"昌盛显然也被宁贞的态度激恼,话音中带了挖苦意味。

"你说呢?"

"钱?"

"对!"

"多少?他给你多少?"他的脸上现出果然不出所料的神情,钱,果然是为了钱!从今往后,再也不能相信别人,不能!

"十万美元!"

昌盛咽了口唾沫,他显然想压下心中的怒气。

"怎么样,不少吧?"被气恨攥住的宁贞存心要把昌盛激怒。

"我过去没看出你这样贱!"

"是吗?但我得到了十万美金!"

"婊子!"昌盛咬牙骂出这两个字后,转身就走。

宁贞双眼死死地盯住昌盛的背影,随后,一个笑容慢慢升上她的面孔:"婊子,哈哈,婊子! 多好听的评语!"她的目光先是掠过长长的安留岗上那万千的树梢,随后停在了身边那棵桑树的一根粗枝上。"哈哈,婊子!"她一边笑一边解下脖子里围着的那条粉色带着紫色碎花的真丝围巾,把它在那根桑树枝上绑成了一个圆环。这个世界还有什么值得你留恋? 爹、妈,哥哥会照顾你们……

她仔细地看了一眼围巾一角商标上的那行字:"尚吉利集团",随后用双手猛力压弯树枝,让自己的脖颈套进了那个真丝圆环,在双脚离地的那一瞬间,她看见有一个黑衣黑裙的姑娘向她袅娜着走来……

尾　　声

　　公元一九九九年的最后一个黄昏就要被夜暗吞没的时候,在南阳世景街上的尚家大院里,旺旺那新婚的妻子——一个名叫青䘥的少妇,正忙着在灶台上做饭。她刚把蒸馍的笼屉揭开,从微波炉里拿出菜盘,白色的蒸汽正向四下里弥漫,一双手突然从背后把她抱离了地面,她吃惊地回头,看清是旺旺后才娇嗔道:"让咱妈看见?快放下!""知道我为啥这样高兴吗?"旺旺放下妻子,转到灶前问道。"为啥?""世界纺织品协会今天发来电传,邀我们尚吉利丝织集团参加明年春天在美国洛杉矶举办的世界纺织品展销评比大会!""嗨,真的?""在这个展销评比大会上,要在丝绸、棉布、化纤三个门类中都评出一个第一名,每个第一名都会获得一顶镶有'世界霸主'字样的金冠!""嗬?!""但愿我们尚吉利能够夺得丝绸项目的金冠!"旺旺边说边在妻子脸上响亮地亲了一口。

　　"旺旺在吗?"门外传来卓月的喊声。

　　"是表姑? 姑,快请进来!"旺旺急忙松开妻子。

　　风尘仆仆的卓月应声走进屋来。青䘥急忙拉开餐桌前的椅子说:"姑,先坐,饭立马就好。"

　　"知道我来干什么吗?"卓月坐下后笑问。

　　旺旺拍拍自己的额头:"是来和我们一块送走这个世纪的最后一个夜晚?"

　　卓月摇头:"我来是为了告诉你们一个发现!"

"发现?"

"我刚从西峡县的恐龙蛋发掘现场回来,国家已经批准大规模发掘这块恐龙生息的地方,并要在这里建一个白垩纪公园。你们晓得我在三号发掘现场看到了什么?"

"什么?"

"三号现场的土层掘开清理之后,只见四百余枚恐龙蛋成▦形排列,其图案和我们尚家院里那块石头上刻的那个图案一样,和当初在安留岗那个方形土坛上见的图案也一样。"

"是吗?"

"恐龙时代人类还没有出现,恐龙们何以让自己下的蛋排列成这个图案,太让人惊奇!"

"你咋认为?"旺旺急问。

"我说不清楚,我现在能说的只是:我们过去关于这个图案的所有解释,都应该受到怀疑!"

旺旺和妻子惊疑地对望一眼,屋里出现了长长的静寂。

夜色就在这静寂中像松开控制绳的帷幕,刷地落到了院里……

1988年冬动笔
1991年冬写完上卷
1994年春写完中卷
1997年夏写完下卷
1998年春改完全书